Mila Summers

Liebe ist nur mit Dir

Über das Buch:

Was würdest du tun, wenn deine Sandkastenliebe dir einen unmoralischen Deal vorschlägt?

Mason ist ein Womanizer mit einem verdammt schlechten Image. Als sein Club abbrennt und die Versicherung für den Schaden nicht aufkommen will, sieht er nur einen Ausweg: Er arbeitet in der ihm verhassten Weddingplanneragentur seiner Mom. Auch wenn das bedeutet, dass er heiraten muss, um wirklich für das zu stehen, was die Firma ausmacht.
Die einzige Frau, mit der er sich eine Ehe auf Zeit vorstellen könnte, ist Gwen – seine Freundin aus Kindertagen. Doch die beiden haben sich seit zwanzig Jahren nicht gesehen. Gwen ist erwachsen geworden. Sie ist sexy, klug und sie weiß, was sie will. Während Mason Gwen von einer Heirat mit ihm überzeugen will, versucht er händeringend, nicht daran zu denken, wie es sich anfühlen würde, sie zu küssen.
Doch ist Gwen nach all der Zeit noch die beste Freundin, der er blind vertrauen kann und die ihn ohne Worte versteht? Und ist es wirklich so leicht, Freundschaft und Liebe zu trennen?

Bisher von der Autorin erschienen:
Manhattan Love Stories:
Irresponsible Desire
Irrepressible Desire
Irresistible Desire

Tales of Chicago
Küss mich wach (Band 1)
Vom Glück geküsst (Band 2)
Ein Frosch zum Küssen (Band 3)
Küsse in luftiger Höhe (Band 4)
Zum Küssen verführt (Band 5)

Social-Web-Trilogie
Instafame oder Gummistiefel in Acryl
Facebook Romance oder nach all den Jahren
Twinder oder die Irrungen und Wirrungen der Liebe

Liebe lieber einzigartig
Rettung für die Liebe
Küsse unter dem Mistelzweig
Auf einmal Liebe
Sommer, Sonne, Strand und Liebe – Nele & Josh
Liebe und andere Weihnachtswunder
Schneegestöber (Charity-Buchprojekt für die Stiftung Bärenherz in Wiesbaden)

MILA

SUMMERS

Liebe ist nur mit Dir

Roman

Deutsche Erstauflage November 2018

Lektorat: Dorothea Kenneweg

Korrektorat: Jil Aimée Bayer.

Covergestaltung: Nadine Kapp

Covermotiv: Shutterstock © Oskana Shufrych/Versta

Impressum: D. Hartung

Frankfurter Str. 22

97082 Würzburg

mila.summers@outlook.de

Prolog

»Was trödelst du eigentlich so lange?«

Masons Wangen waren vor Anstrengung gerötet. Schmerzerfüllt verzog er das Gesicht und blickte nach unten, damit Gwen es nicht sehen konnte. Seine Beine waren von den spitzen Ästen im unteren Bereich des Baumes schon ganz aufgeschürft. Einzelne blutige Striemen zogen sich über seine Waden und brannten wie Feuer. Er biss die Zähne fest zusammen und verbot es sich, vor Gwen Schwäche zu zeigen, indem er jammerte oder gar zu weinen anfing.

»Ich wollte dir nur einen Vorsprung geben, weil du ein Mädchen bist.« Dabei wagte er es nicht, sie anzusehen, und blieb für einen Moment auf einem Ast sitzen, damit sie ihm beim Sprechen nicht anhören konnte, wie sehr er außer Puste war.

»So ein Quatsch! Du weißt ganz genau, dass ich besser klettern kann als du.« Gwen saß auf ihrem Stammplatz und lehnte am Baumstamm. Sie verschränkte ihre Arme vor der Brust und tat beleidigt, während Mason mit den Tränen rang und befürchten musste, jeden Moment den Halt zu verlieren und nach unten zu stürzen.

»Ich lasse dich gewinnen, weil du jünger und kleiner bist. Das heißt noch lange nicht, dass du auch besser klettern kannst. Wenn ich wollte, wäre ich immer als Erster oben in der Baumkrone.« Mason schnaufte. Seine Hände zitterten vor Anstrengung. Er stand kurz davor, aufzugeben und sich nach unten fallen zu lassen.

Die Abkühlung im See würde ihm guttun. Doch Gwens baumelnde Beine und ihr Lachen schimpften ihn einen Versager, wenn er jetzt aufgeben würde. Er wollte und konnte sich vor ihr nicht die Blöße geben und sich ins Wasser stürzen. Schließlich war Gwen zwei Jahre jünger als er und ging ihm gerade mal bis zur Schulter. Zudem war sie ein Mädchen.

Wenn er jetzt aufgab, würde Gwen Rose morgen in der Schule erzählen, was für ein Schwächling er gewesen war, und alle würden sich über ihn lustig machen, weil er gegen ein Mädchen verloren hatte.

Sein Ehrgeiz war spätestens in dem Moment geweckt, als er an Dylan Robovsky dachte, der ihn erst vor wenigen Tagen im Sportunterricht aufgezogen hatte, nachdem Mason es nicht gelungen war, an einer Stange hochzuklettern.

»Pah, du weißt ganz genau, dass das nicht stimmt.« Gwen funkelte ihn wütend an.

Das wollte er nicht. Er mochte seine kleine Nachbarin wirklich sehr. Schließlich konnte man mit Gwen so wunderbare Streiche aushecken. Erst vorgestern hatten sie der alten Mrs. Bloomfield, für die es nichts Schlimmeres auf der Welt gab als Kinder, den frisch gebackenen Applepie von der Veranda stibitzt und heimlich selbst gegessen.

Als sie danach die leere Backform zurückgebracht hatten, hatten sie aus sicherer Entfernung mit angesehen, wie Mrs. Bloomfield schier ausgeflippt war und ihren Kater Mr. Pocket beschuldigt hatte, den Kuchen gefressen zu haben. Zu dumm, dass sich das arme Tier gerade in dem Moment an den Resten bediente, als die alte Frau auf die Veranda gelaufen kam.

Wobei das Mitleid mit Mr. Pocket eher geringfügig ausfiel, nachdem der Kater den beiden Kindern schon einige Male aus dem Hinterhalt auf den Rücken gesprungen war und sie dabei zu Tode erschreckt hatte.

Endlich oben angekommen, wetteiferte Mason: »Wer zuerst im See ist«, um das Thema ein für alle Mal zu wechseln. Streit war das Letzte, was er wollte. Schließlich mochte er Gwen wie eine Schwester. Eine ziemlich coole Schwester, die mindestens genauso viele Flausen im Kopf hatte wie er.

»Warte!« Gwen suchte nach Masons Hand. Die Höhe war ihr nicht geheuer. Das wusste Mason. Zumindest dann nicht, wenn es darum ging, von hier oben in den See zu springen.

»Bereit?«, fragte er sie, als seine Hand fest die ihre umschloss.

Sie nickte, obwohl sich ihre Augen mit Angst füllten.

»Es wird wunderbar. Wirst sehen!«, versuchte Mason, Gwen Mut zuzusprechen. »Auf die Plätze, fertig, los!«

Als sie gesprungen waren und tief unter Wasser gezogen wurden, klammerte Mason seine Hand ganz fest um die von Gwen und zog sie schließlich mit sich an die Oberfläche. Schwimmen konnte er definitiv besser als sie. Aber damit würde er sie nie aufziehen. Denn er wusste, dass es sie furchtbar treffen würde. Und das wollte er nicht. Er wollte ihre Schwächen nicht dazu benutzen, um gut dazustehen. Dafür hatte er sie viel zu gern.

Sie waren Freunde fürs Leben. Nichts auf der Welt würde sie je trennen können.

Kapitel 1

Zwanzig Jahre später

Gwen

»Bitte! Verstehen Sie doch … Ich kann nicht … Nur noch einen Monat …«

Der Mann am anderen Ende der Leitung blieb trotz meines Flehens beharrlich.

»Miss Fingerhood, das ist nun schon der vierte Aufschub in Folge, um den Sie mich bitten. Wenn Sie der Zahlungsaufforderung nicht nachkommen, dann muss das Haus zwangsversteigert werden. Ich sehe mich nicht in der Lage, Ihnen weiterhin Kredit zu gewähren, während jeden Monat aufs Neue Probleme bei der Tilgung entstehen.«

Aufgewühlt lief ich in der Küche meines Elternhauses hin und her. Der Wasserhahn an der Spüle tropfte monoton vor sich hin. Eine weitere Baustelle, die an dem maroden Haus dringend repariert werden musste. Genauso wie das Dach und die Spülung im Bad. Nicht zu vergessen die Umbaumaßnahmen für Mom, die schon längst überfällig waren.

»Mr. Donalds, ich bitte Sie nur noch ein letztes Mal um Ihr Entgegenkommen. Mein Chef hat es nicht rechtzeitig geschafft, mir den Scheck auszustellen. Er war auf einer Geschäftsreise und wird am Montag zurück sein. Es sind doch nur noch drei Tage«, bat ich weiter, auch wenn mir mit jedem Satz die Hoffnung schwand.

Mr. Donalds war ein älterer und für gewöhnlich netter Mann,

den ich schon mein ganzes Leben lang kannte, schließlich wohnte er genau wie ich schon immer in Elwood. Mit einer seiner Töchter war ich sogar zur Schule gegangen und mit seinem Sohn hatte ich während des Herbstfestes meine ersten Erfahrungen gemacht, was das Küssen anbelangte.

Gerade dieser Umstand machte das Gespräch für mich nur noch unerträglicher. Ich hatte es so satt, ständig um die Mithilfe meiner Nachbarn und Freunde betteln zu müssen. Aber seit Dad vor drei Jahren unerwartet gestorben war, trug ich allein die Verantwortung für die Pflege meiner an den Rollstuhl gefesselten Mom.

Nicht nur das. Ich war zudem gezwungen gewesen, mein Architekturstudium abzubrechen und nach Hause zurückzukommen, um die fälligen Rechnungen zu begleichen und Mr. Donalds allmonatlich um einen Aufschub der Zahlungsfrist zu bitten.

Alles in meiner Welt drehte sich nur noch um Geld, unbezahlte Rechnungen und die Sorge um meine Mom, die sich in ihrem eigenen Zuhause seit Jahren nicht mehr frei bewegen konnte. Das obere Stockwerk erreichte sie nur auf mich gestützt und dabei verging jedes Mal eine halbe Ewigkeit, bis wir oben angekommen waren.

»Gwen.« Mr. Donalds senkte die Stimme. Offenbar wollte er nicht, dass das, was er gleich sagen würde, von seinen Kollegen gehört wurde. »Ich kenne dich und deine Familie schon seit vielen Jahren. Mit deinem Dad habe ich früher Football gespielt, und Elsie und deine Mom sind oft gemeinsam zum Joggen gegangen. Ich würde dir ja gerne so viel Aufschübe gewähren, wie du brauchst, aber auch mir sind die Hände gebunden. Ich bin in dieser Bank nur angestellt, und wenn jemand bemerkt, was ich in deinem speziellen Fall tue, dann ist mein Job gefährdet. So leid es mir auch tut, das ist deine allerletzte Chance. Das Geld muss bis Mittwoch eingezahlt sein, sonst sehe ich mich gezwungen, andere Schritte einzuleiten.« Er seufzte. »Mir sind wirklich die Hände gebunden, Gwen. Ich bin auf diesen Job angewiesen. Meine Hypothek ist auch noch nicht abbezahlt.«

Nun war es für mich an der Zeit, laut zu seufzen. Der arme Mr. Donalds riskierte für mich seine sichere Festanstellung, und ich konnte ihm nicht einmal versichern, dass es im nächsten Monat keine Probleme bei der Tilgung mehr geben würde. Wie auch? Mom und ich lebten ausschließlich von dem, was ich als Kellnerin im Diner verdiente. Für unseren Unterhalt konnte ich sorgen, allerdings fraßen die Hypothek aufs Haus und die immer neuen Baustellen, die sich wie die Karnickel vermehrten, jeden Monat ein immenses Loch in die Haushaltskasse.

»Ich werde Sie nicht enttäuschen«, sagte ich, und doch wusste ich, dass ich dieses Versprechen nur schwer würde halten können.

Besonders dieser Umstand machte es mir immer schwerer, mich im Spiegel anzusehen. Ich hasste es, Menschen, die mir helfen wollten, enttäuschen zu müssen.

»Gwen …«, ertönte es nun. Offenbar spürte auch Mr. Donalds die Unsicherheit in meiner Stimme.

»Mittwoch. Okay?«

»Okay.«

Damit war der unangenehmste Punkt auf meiner heutigen Agenda erledigt. Ich atmete erleichtert auf. Zumindest für den Moment. Wobei ich keine Ahnung hatte, was noch auf mich warten würde. Am liebsten hätte ich mich jetzt zurückgelehnt, meinen Toast in Ruhe gegessen, sinnlos auf Facebook rumgescrollt und wäre anschließend entspannt zur Arbeit gefahren.

Aber wenn mein Leben eins nicht war, dann entspannt. Moms Therapiestunden standen heute an. Danach war sie meist vollkommen fertig und todunglücklich darüber, dass ihr nichts gelingen wollte. Sie fühlte sich in ihrem Rollstuhl ebenso gefangen, wie ich an dieses Leben gefesselt war.

Ich wollte nicht verbittert klingen, aber ich war es so leid, immer nur von Sorgen, Unglück und Trauer umgeben zu sein. Es war an der Zeit, mein Leben wieder selbst in die Hand zu nehmen. Das mittlerweile erkaltete und hart gewordene Stück Brot auf meinem Teller schob ich mir in den Mund, auch wenn mir der Appetit am heutigen Morgen schon wieder vergangen war.

»Gwen, Schatz? Bist du noch da?«, rief Mom aus dem Wohnzimmer, in dem sie auf der ausziehbaren Couch schlief, um sich nicht allabendlich ins erste Stockwerk quälen zu müssen.

»Ja, Mom, ich bin in der Küche. Brauchst du Hilfe?« Ohne ihre Antwort abzuwarten, ging ich durch den Flur zu ihr rüber.

Die hagere Gestalt dort auf der Couch hatte kaum etwas mit der Frau gemein, die sie vor dem Unfall gewesen war. Ihr einst so wunderschönes blondes Haar war stumpf und grau geworden. Das Lachen, das auf ihren Lippen lag, erreichte ihre Augen schon lange nicht mehr. Die Tatsache, für immer an den Rollstuhl gefesselt zu sein, war schlimm genug. Doch Dads unerwarteter Tod hatte uns beide völlig aus der Bahn geworfen.

Mom war stets lebenslustig, beliebt und voller Tatendrang gewesen. Als Hausfrau hatte sie es geliebt, immer neue Rezepte auszuprobieren, Feste in Elwood mitzugestalten oder für Obdachlose Spenden zu sammeln. Wenn ich daran dachte, dass wir womöglich selbst bald kein Dach mehr über dem Kopf haben könnten, zog sich mein Magen auf die Größe einer Erbse zusammen.

»Schau mal!« Dabei klopfte sie neben sich auf das Sofa und bat mich, an ihrer Seite Platz zu nehmen. »Ich habe gerade alte Fotos angesehen und das hier entdeckt. Kannst du dich daran noch erinnern?«

Als mein Blick auf den Jungen mit dem wirren dunklen Haar und der Narbe am Kinn fiel, wusste ich, dass dieser Tag alles andere als schön werden würde. Zu den allgegenwärtigen Problemen, mit denen ich mich beinahe täglich herumschlagen musste, gesellten sich nun auch noch die Schatten der Vergangenheit.

»Ich weiß noch genau, wie heiß es an diesem Tag gewesen ist.« Mom lachte. »Man konnte kaum zur Tür raus, ohne schweißgebadet zu sein.«

Meine Augen fixierten die beiden Kinder auf dem Bild. Der Junge war einen guten Kopf größer als das Mädchen. Beide lachten ausgelassen in die Kamera. Noch ahnten sie nicht, dass sie schon sehr bald für immer getrennt werden würden und nichts mehr so sein würde wie bisher.

»Lass doch die alten Bilder, Mom. Das wühlt dich nur zu sehr auf.«

Ich wusste nicht, ob es sie tatsächlich aufregte, in Erinnerungen zu schwelgen. Doch für mich bedeuteten diese alten Aufnahmen Kummer und Schmerz.

Der kleine Junge auf dem Foto war einst mein bester Freund gewesen. Wir waren unzertrennlich gewesen. Meine Mom hatte uns scherzhaft immer als siamesische Zwillinge bezeichnet, da wir damals meist wie Kletten aneinanderhingen. Wo Mason gewesen war, war auch ich nicht weit – und umgekehrt.

Mom hielt mir das Bild hin, und ich nahm es in die Hand, strich vorsichtig darüber, als könnte ich die Zeit von einst erneut heraufbeschwören und wieder ein unbeschwertes Leben als Kind führen.

Mit Mason an meiner Seite war das Leben der reinste Spaß gewesen. Wir beide hatten nur Flausen im Kopf gehabt. Viele der Dinge waren meinen Eltern zum Glück nie zu Ohren gekommen. Für einige der Streiche, die wir beispielsweise Mrs. Bloomfield gespielt hatten, hätte ich wahrscheinlich heute noch Hausarrest.

»Ich denke gerne an die Zeit zurück. Mason war wie der Sohn für mich, den ich nie hatte.«

»Mom, bitte!« Wenn ich eines nicht ertragen konnte, dann war es das Gefühl der Vertrautheit und der Geborgenheit, das sich in mir breitmachte, sobald ich an meinen besten Freund aus Kindertagen erinnert wurde.

Die Leere, die nach der Erinnerung an Mason in mir zurückblieb, war furchtbar.

»Hast du eigentlich jemals wieder etwas von ihm gehört?«, fragte Mom ganz leise, während sie mich mit in Falten gelegter Stirn unsicher ansah.

Ich schüttelte mit dem Kopf, gab ihr das Bild zurück und stand so ruckartig auf, dass ich selbst ein wenig darüber erschrak.

»Ich muss gleich los«, wechselte ich das Thema. »Brauchst du etwas? Soll ich dir nach meiner Schicht im Diner etwas mitbringen?«

Mom sah mich mit einer Mischung aus Mitleid und Fürsorge an, die mir nicht behagte. Ich wollte nicht länger in der Vergangenheit leben. Mason war vor beinahe zwanzig Jahren aus meinem Leben verschwunden. Es wäre naiv, jetzt zu glauben, dass er seither auch nur einen einzigen Gedanken an mich verschwendet hatte.

Mason war nach der Scheidung seiner Eltern mit seiner Mom an die Westküste gezogen, als ich kaum zehn Jahre alt gewesen war. Seither hatten wir sicher beide Erfahrungen gemacht, die uns verändert hatten. Das kleine Mädchen und der kleine Junge von damals würden heute achtlos aneinander vorbeilaufen, weil sie sich gar nicht mehr erkennen würden.

Nach Masons Wegzug hatte ich ihm geschrieben, doch nie eine Antwort erhalten. Wenn Mason daran interessiert gewesen wäre, den Kontakt zu mir aufrechtzuerhalten, dann hätte er sich doch gemeldet. Oder? Schließlich war ich nie wirklich aus Elwood weg gewesen. Er hätte mich immer erreichen können.

Anfangs hatte ich noch die Hoffnung gehegt, alles wäre nur ein dummes Missverständnis gewesen und dass mein bester Freund schon bald wieder vor meiner Tür stehen würde. Doch er war nie gekommen. In zwanzig Jahren kein einziges Mal.

Es war an der Zeit, die Vergangenheit ruhen zu lassen. Natürlich hätte ich mich in den sozialen Netzwerken nach ihm umschauen und auf diese Weise versuchen können, den Kontakt wieder aufleben zu lassen. Schließlich war da heute fast jeder zu finden. Aber die Tatsache, dass Mason meine Briefe nicht beantwortet hatte, war doch ein mehr als eindeutiger Hinweis darauf gewesen, dass er nichts mehr von mir wissen wollte. Und das musste ich akzeptieren.

Mom öffnete ihren Mund, als würde sie etwas erwidern wollen, was nichts mit meiner Frage zu tun hatte. Dann entschied sie sich jedoch dagegen, schloss ihn wieder, seufzte kurz und sagte: »Nein, mein Schatz, ich habe alles, was ich brauche.«

Kapitel 2

Mason

Das war mit Abstand der schwierigste Gang, den ich seit Jahren hatte gehen müssen. Dummerweise blieb mir keine Alternative, wenn ich den Club retten wollte. In den letzten Jahren war ich ziemlich erfolgreich mit dem *Empire* gewesen, aber seit einiger Zeit verfolgte mich eine Pechsträhne nach der anderen. Also atmete ich ein letztes Mal tief durch, schloss für einen Moment die Augen und versuchte, auf das Schlimmste gefasst zu sein, falls das überhaupt möglich war.

»Cassy, was ist mit meinem Fünf-Uhr-Termin morgen mit Mr. Jacobs, und wo zum Henker bleibt mein Kleid, das Sie vor einer halben Ewigkeit in die Reinigung gegeben haben?«

Mom machte sich nicht mal die Mühe, zur Tür zu sehen, durch die gerade ich und nicht ihre Sekretärin oder, besser gesagt, ihre Leibeigene marschiert kam.

Ihr Schreibtischstuhl war wie so oft zum Fenster hingewandt. Das machte sie immer, wenn sie über etwas nachdenken musste oder für ihre Weddingplanneragentur entscheidende Veränderungen anstanden.

Mom ließ sich ungern in die Karten schauen. Also wandte sie sich lieber der Skyline San Franciscos zu, während sie ihren Gedanken nachhing, um ja nicht Gefahr zu laufen, als schwach oder unentschlossen zu gelten. Je älter sie wurde, desto verbissener ging sie an alles heran, was ihre Firma betraf. Mom konnte nicht zuletzt wegen ihres grenzenlosen Ehrgeizes auf einen exzellenten Ruf in der Branche blicken. Dieser hatte ihr scharenweise Gelebrities mit dem nötigen Kleingeld und Heiratswillige des Hochadels durch die Türen ihrer Agentur geschwemmt ähnlich wie Muscheln an den Strand.

Die Beziehung zwischen uns beiden hatte sich im Gegensatz dazu immer weiter verschlechtert. Je erfolgreicher Mom wurde und je angesagter ihre Agentur war, desto weiter hatten wir uns voneinander entfernt. Von Jahr zu Jahr hatte sich unser Verhältnis mehr und mehr abgekühlt. Irgendwann hatte Mom nur noch für ihre Firma gelebt. Selbstredend immer unter dem Vorwand, das alles nur für mich zu tun. Immerwährend hatte sie mich dazu drängen wollen, in die Firma einzusteigen. Als sie schließlich auch noch von mir erwartete, die Geschäftsführung ihrer heiß geliebten Agentur zu übernehmen, hatte ich endgültig rotgesehen und mir etwas gesucht, von dem ich wusste, dass sie es nie und nimmer gutheißen würde.

Ich hatte lange überlegt, womit ich sie so richtig kränken konnte. Denn schließlich hatte sie auch keinerlei Rücksicht auf mich und meine Gefühle genommen. Mit meiner Wahl, einen Nachtclub zu eröffnen, hatte ich voll ins Schwarze getroffen. In ihren Augen hatte ich das verruchte *Empire* nur eröffnet, um ihr und ihrem Image zu schaden. Das letzte Fünkchen des wie auch immer gearteten Zusammengehörigkeitsgefühls war dabei gänzlich vor die Hunde gegangen. Im Grunde hatten wir seither kaum mehr Kontakt zueinander.

»Ich bin es, Mom. Nicht Cassy.«

Meine Mutter erwiderte nichts. Für einen furchtbar langen Moment war es ganz still in dem riesigen Raum, in dem eine ganze Abteilung untergekommen wäre. Ich blickte nach vorne zu der komplett verglasten Fensterfront, durch die man wirklich einen atemberaubenden Blick auf die City hatte. Bei gutem Wetter konnte man sogar die Golden Gate Bridge sehen. Doch ich war nicht gekommen, um mich an den Sightseeing-Highlights dieser Stadt zu erfreuen.

Als das Schweigen weiter anhielt, überlegte ich kurz, wieder zu gehen und mir eine andere Lösung für mein Problem aus den Fingern zu saugen. Schließlich war es ohnehin eine Schnapsidee gewesen, in der Firma vorbeizukommen und Mom hinterrücks zu überfallen. Doch in unserem alten Zuhause war sie nur noch selten anzutreffen, wenn überhaupt.

Als Dad sie betrogen hatte und die beiden sich daraufhin hatten scheiden lassen, hatte sie sich kopfüber in die nächste Beziehung mit ihrem Unternehmen gestürzt. Seither war sie mit der Agentur verheiratet. Manchmal fragte ich mich, ob die Firma nicht sogar der eigentliche Grund dafür gewesen war, dass die beiden sich getrennt hatten.

Doch ich schob den Gedanken beiseite. Jetzt war nicht die Zeit, einen geistigen Spaziergang durch die Vergangenheit zu machen. Was einmal war, würde nie wieder zurückkommen. Als kleiner Junge hatte ich allzu lange darauf gehofft, nach Elwood und damit in mein altes Leben zurückkehren zu können, nur um immer und immer wieder enttäuscht zu werden. Seither war ich allerdings zu einem erwachsenen Mann herangereift, der sich nicht länger von schmerzlichen Erinnerungen dominieren ließ. Mein Blick ging nur geradeaus. Ein Zurück kam dabei nicht infrage.

Als das Warten bereits zum Geduldsspiel mutierte, rang ich mit dem Unwillen in mir, der mich aufforderte, nicht länger wie ein Bittsteller im Vatikan an der Tür zu warten, ehe er zur Audienz beim Heiligen Vater vorgelassen wurde. Es begann allmählich in mir zu brodeln, als Mom es noch immer nicht für nötig hielt, sich zu mir umzudrehen. Doch dann besann ich mich. Das hier war verdammt noch mal meine einzige Chance. Ich hatte im Vorhinein bereits alle Eventualitäten abgewogen und war zu einem einzigen Ergebnis gekommen: Nichts und niemand konnte mir helfen – außer meiner Mutter.

Als ich bereits versucht war, noch einmal das Wort an sie zu richten, drehte Mom ihren Stuhl in aller Seelenruhe in meine Richtung um. In ihrem Gesicht konnte ich trotz der Entfernung wie in einem offenen Buch lesen. Dabei blieben ihre Gesichtszüge völlig versteinert. Ich konnte mir schon ausmalen, wie die nächsten Minuten verlaufen würden. Schließlich kannte ich meine Mutter nur allzu gut, und auch wenn wir uns schon länger nicht mehr gesehen hatten: Gewisse Gewohnheiten legte man nicht so einfach ab. Vor allem dann nicht, wenn sie einem in Fleisch und Blut übergegangen waren.

Ich erinnerte mich plötzlich wieder an unser letztes Zusammentreffen auf einer schicken Party, auf der der Champagner wie Wasser ausgeschenkt worden war. Steven, ein befreundeter Regisseur, hatte mich gefragt, ob ich ihn begleiten wollte. Die Aussicht auf heiße Bunnys und kostenlosen Schampus war zu verlockend gewesen, als dass ich ihm hätte absagen können.

Dummerweise war meine Mom auch ein geladener Gast der besagten Fete gewesen. Für sie war es im Gegensatz zu mir jedoch ein geschäftlicher Termin. Jemand kannte jemanden, der jemanden kannte. Und der kannte dann jemanden, der Mom neue lukrative Kunden verschaffte. Der Markt war ziemlich klar definiert. An jenem Abend hatte ich meine Bedenken über Bord geworfen und mich dem Alkohol hingegeben.

Im Nachhinein war es ein Fehler gewesen, sich auf der Feier, an der gefühlt mehr Kameras als Menschen beteiligt gewesen waren, derart gehen zu lassen. Wieder bei klarem Verstand wusste ich, dass ich ihr mit meinem Verhalten geschadet hatte. Zu jenem Zeitpunkt hatte ich meiner Mutter allerdings einen Dämpfer verpassen wollen. Schließlich hatte sie geglaubt, mir mit Ende zwanzig noch vorschreiben zu können, wie ich mein Leben zu führen hatte, als wäre ich eine Marionette, die nach ihrer Pfeife zu tanzen hatte. Fataler Fehler!

Mom kapierte einfach nicht, dass ich mittlerweile nicht mehr das kleine Kind war, das sich nach Mommys Nähe sehnte und ihr gefallen wollte. Wenn ich einen Nachtclub eröffnen wollte, dann brauchte ich dafür nicht die Einwilligung meiner Mutter. Ich war erwachsen geworden und fällte fortan meine eigenen Entscheidungen. Auch wenn ich nicht leugnen konnte, dass ich mich nahezu ausschließlich wegen Moms immerwährender Bevormundungsversuche für das *Empire* entschieden hatte. Eigene Ambitionen, einen Club zu leiten, hatte ich eigentlich nie gehabt.

Dennoch hätte ich mich bei der Gala nicht so gehen lassen dürfen. Ich kannte den Einfluss der Boulevardblätter und wusste, dass sie ihr schaden konnten. Da war es nicht besonders klug von mir gewesen, meinen nackten Hintern in die Kamera zu strecken. Die Schlagzeile – *Sohn von erfolgreicher Weddingplanneragenturchefin zieht blank! – Bleibt nur zu hoffen, dass mit den Daten der Kunden bedeckter umgegangen wird* – samt einem Foto von meinem Hintern war mir von samtlichen großen Zeitungen am folgenden Tag regelrecht an jedem Kiosk entgegengesprungen.

O Mann, wenn ich nur daran zurückdachte, wie Mom daraufhin ausgeflippt war, hätte ich auch gleich in die Höhle des Löwen gehen können, um mich der Presse zum Fraß vorzuwerfen.

Beschönigend ausgedrückt, wir waren nach unserer letzten Begegnung nicht besonders freundlich auseinandergegangen. Seitdem war eine geraume Zeit vergangen. Manchmal wuchs ja Gras über solche Angelegenheiten. Allerdings nicht bei Mom. Sie hatte stets einen Bunsenbrenner parat, um auch noch den allerletzten Grashalm abzufackeln.

Scheiße, wenn mich jetzt nicht alles täuschte, dann hatte sie gestern auch noch Geburtstag gehabt, und ich hatte mich mal wieder nicht bei ihr gemeldet. Ein weiterer Minuspunkt auf meiner ellenlangen Missratener-Nachwuchs-Liste.

»Der verlorene Sohn kehrt zurück. Wie komme ich zu der Ehre?«

Mom legte theatralisch ihre Hand auf die Brust und sah mich gespielt überrascht an. Dabei wäre ich jede Wette eingegangen, dass ihr der Koloss unten an der Rezeption bereits Bescheid gegeben hatte. Der Typ war mehr Stier als Mann, zumindest was seinen muskulösen Nacken und die breiten Schultern anbelangte. Wenn der nicht wollte, dass man durch die heiligen Pforten dieses Hauses ging, dann kannte er sicher Mittel und Wege, einem den Zugang zu verwehren. Da war ich mir ganz sicher.

Ein selbstgefälliges Grinsen legte sich auf Moms Lippen, geschmeidig wie eine Schicht Butter auf einem frisch getoasteten Stück Brot. Sie genoss es in vollen Zügen, mich zu Kreuze kriechen zu sehen. Wahrscheinlich wusste sie auch schon längst, weshalb ich da war. Die Medien hatten schließlich über den Großbrand berichtet. Leider war es mein Club, der in Flammen aufgegangen war. Und Mom hielt sich immer auf dem Laufenden, was das Stadtgeschehen anging.

»Lass uns keine Spielchen spielen, Mom, aus dem Alter bin ich raus. Ich habe dir einen Deal vorzuschlagen.«

Betteln war nicht meine Art. Ferner wusste ich, dass Menschen, die Mom um Geld baten, in ihrem Ansehen auf das Niveau einer Küchenschabe zurückfielen. Das wollte ich tunlichst vermeiden. Es war mir wichtig, dass wir uns bei diesem Gespräch auf Augenhöhe begegneten. Ich musste alles umgehen, was ihr einen Royal Flush in die Hände spielte.

Poker gehörte zum Leidwesen meiner Mom zu einer der Passionen, denen ich mich in der Vergangenheit viel zu oft und viel zu bedingungslos hingegeben hatte. Doch seit ich die Geschäfte des *Empire* selbst leitete, war ich ein anderer Mensch geworden.

Ich übernahm Verantwortung, was meine Angestellten und die Geschäfte anging. Glücksspiel und Huren gehörten nicht länger zu meinem Alltag, obwohl ich einer ungezwungenen Nummer mit einer schönen Frau nie abgeneigt sein würde. Da war ich einfach doch viel zu sehr Mann, als dass ich meine Chancen ungenutzt an mir vorbeiziehen lassen würde.

Aber das tat hier nichts zur Sache. Das Einzige, was zählte, war die Umsetzung meines penibelst ausgearbeiteten Plans, um schnellstmöglich wieder von hier verschwinden zu können.

Die Brautpaare auf den Fotos, die mich mit ihren gebleachten Zähnen anlächelten, die roten Herzluftballons, die im Eingangsbereich hingen, dazu noch diese Duftmischung aus Rosen und Anstand, all das brachte mich beinahe zum Kotzen.

Wenn ich eines nicht wollte, dann war es, je ein Teil von diesem grotesken Zirkus zu werden, der den Kunden die heile Welt vorgaukelte. Auf den Fahnen der Firma standen Dinge wie Liebe, Treue und Familie. Durchaus ehrbare Punkte, auch wenn ich beim besten Willen nicht begreifen konnte, wie meine Mutter ausgerechnet mit Hochzeiten und der Inszenierung von Liebe und Happy Ends so erfolgreich hatte werden können. Doch um ihr eigenes Versagen zu übertünchen, arrangierte meine Mutter Heile-Welt-Bilder am laufenden Band.

Aus ihrem Grinsen wurde schlagartig ein heftiges Lachen. So laut, dass es wie ein Donnergrollen in dem übergroßen Raum widerhallte. Wenn ich es nicht besser gewusst hätte, wäre ich wahrscheinlich versucht gewesen, auf der Stelle zu glauben, sie hätte einen Verstärker in den Wänden installiert, um ihren Worten oder ihrem Lachen mehr Nachdruck zu verleihen.

Aber Mom war darauf nicht angewiesen. Sie wusste, wie sie ihr Gegenüber einschüchtern musste, um das zu erhalten, was sie haben wollte.

»Mein Sohn, du bist mit deinen zweiunddreißig Jahren offenbar an einem Punkt in deinem Leben angelangt, an dem du endlich das Geschäftsgebaren dieser Welt begreifst.«

Die Worte klangen verständnisvoll und viel zu freundlich. Ich konnte beim besten Willen nicht fassen, was meine Ohren vernahmen.

»Dennoch glaube ich nicht, dass es irgendetwas geben könnte, das du in die Waagschale werfen könntest, um … Wie nanntest du es doch so schön? … mir einen Deal vorschlagen zu können.«

Da war sie wieder: meine Mom, wie sie leibte und lebte. Aber auch wenn sie sich so hart und unnahbar gab, wusste ich ganz genau, dass sie in ihrem Inneren sehnsüchtig darauf gewartet hatte, dass ich zu ihr zurückkam. Nicht weil sie mich so sehr liebte, sondern weil sie hoffte, mich doch noch für ihre Zwecke einspannen zu können.

Unbeirrt fuhr ich fort, ohne auf ihre Spitze einzugehen. »Wie du sicher bereits aus den Medien mitbekommen hast, ist mein Nachtclub dem Feuer zum Opfer gefallen.«

»Wohl eher einem Feuerteufel, der von dir angestiftet wurde«, unterbrach sie mich, während sie ihre Hände fest um ihre gläserne Schreibtischplatte legte, wie um daran Halt zu finden.

»Mom!«

Ich hatte es so satt, dass jeder, der die Hetzkampagnen der Zeitungen las, auch glaubte, was darin geschrieben stand. Reichte schon, dass die Versicherung sich bis zum heutigen Tag weigerte, für den Schaden aufzukommen, weil ein Selbstverschulden nicht ausgeschlossen werden konnte.

Ja, es hatte Schweißarbeiten im *Empire* gegeben. Das wollte ich auch gar nicht leugnen. Schließlich waren gewisse Reparaturen unabdingbar gewesen, wenn man bedachte, dass mein Vorgänger in zehn Jahren kein einziges Mal auf den Gedanken gekommen war, den Schuppen von Grund auf zu überholen. Zehn Jahre waren in der Branche wie Lichtjahre in einer fernen Galaxie.

Dennoch war der Unfall nicht auf die Arbeiten der Handwerker zurückzuführen. Diese waren längst beendet gewesen, als der Club an besagtem Abend seine Türen für die partywütigen und vorwiegend betuchten Gäste der Stadt geöffnet hatte.

Doch die Versicherung wollte sich nicht damit abfinden, tat immer neue Gründe dafür auf, um eine Auszahlung zu verhindern. Fror die Kohle letztlich sogar ein, auf die ich so bitter angewiesen war. Wann immer ich anrief, war jedes Mal ein neuer Mitarbeiter für mich zuständig. Oder der Kollege, der mit dem Fall betraut war, war krank oder im Urlaub oder beides. Ich hatte die Ausreden inzwischen so satt.

Am schlimmsten daran war, dass mir langsam, aber sicher das Geld ausging. Ich hatte den Einsatz der Feuerwehr aus eigener Tasche zahlen müssen. Das *Empire* sah danach aus, als hätte Luzifer selbst darin gewütet: Das komplette Inventar lag in Schutt und Asche.

»Was denn? Ich gebe nur wieder, was die Leute von der Presse dazu zu schreiben hatten. Nichts weiter.«

Ihr Blick glich dem eines Rehkitzes, das auf einer Wiese im Wald graste und kein Wässerchen trüben konnte. Doch mich konnte sie damit nicht täuschen. Ich kannte sie besser. Viel besser.

Um Mom ihren stillen Triumph einen Moment zu gönnen und nicht weiter gezwungen zu sein, wie ein Schuljunge, der etwas ausgefressen hatte, in der Tür warten zu müssen, nahm ich in der pompösen Sitzgruppe Platz. Das Leder des Sessels quietschte empört auf, als ich mich ohne Aufforderung darauf niederließ. In dieser beschissenen Agentur sprang wirklich alles und jeder nach Moms Pfeife.

Trotz meines inneren Aufruhrs blieb ich nach außen hin die Ruhe selbst. Ich lehnte mich etwas zurück und presste mein Gewicht in das aufmüpfige Polster.

»Und dass die natürlich immer nur die Wahrheit schreiben, weißt du seit dem Fall *Emily Winchester* ganz genau. Richtig?«

Das leichte Zucken um Moms Lippen verriet mir, dass ich sie mit meinen Worten getroffen hatte. Gut. So stand es mittlerweile wenigstens wieder unentschieden. Das war für die weiteren und dabei sicher zähen Verhandlungen unabdingbar. Ich musste mich behaupten, wenn ich nicht gleich zu Beginn mit wehenden Fahnen untergehen wollte.

Gänzlich ohne mein Zutun begann ich zu schmunzeln, als ich an die Sache von damals zurückdenken musste. Emily Winchester war eines dieser jungen, hübschen Mädchen gewesen, die wussten, wie sie einen Mann um den Finger wickeln konnten. Emily hatte sich dabei ein Exemplar jenseits der fünfzig ausgesucht, das mehrere Millionen Dollar unter anderem auf den Cayman Islands gebunkert hatte.

Für die Hochzeit der beiden war natürlich nur das Beste gut genug gewesen, sodass Mom persönlich die Planung übernahm. Im guten Glauben, Werbung für ihre Weddingplanneragentur zu machen, ließ sie sich in diesem Zusammenhang medienwirksam von der Presse fotografieren. Außerdem hatte sie irgend so einem Fritzen von einem Celebrityblatt ein Interview zu der Hochzeit des Jahres gegeben.

Als die Steuerfahndung dem netten Texaner, der sein Geld mit argentinischen Rindern gemacht hatte, kurz vor der Hochzeit einen Besuch abstattete, war Mom händeringend darum bemüht gewesen, alle Spuren, die sie oder die Firma mit dem Mann in Verbindung brachten, zu verwischen.

Es gelang ihr wider Erwarten ganz gut – bis zu dem Augenblick, als Emily all ihre Felle davonschwimmen sah und meine Mom mit Fotos auf ihrem Handy erpresste. Für einen Außenstehenden waren lediglich ihr Mann und meine Mom lächelnd beim Kaffeetrinken in der Vier-Millionen-Dollar-Villa in den Pacific Heights zu sehen. Doch meine Mutter wusste, was dieses Bild in der Öffentlichkeit mit ihrem Ruf anrichten würde.

Seit diesem Zwischenfall war Mom gegen jede Art von Foto geradezu allergisch, zu dem sie nicht ihre Einwilligung gegeben hatte. Bei Meetings war es verboten, Bilder zu machen, außer sie erlaubte es ausdrücklich. Zudem überließ sie fortan nichts mehr dem Zufall und überprüfte ihre Kunden vor einer Zusage auf Herz und Nieren. Sie knüpfte Kontakte zu einem hohen Tier bei der Steuerfahndung sowie zu wichtigen Typen bei den einschlägigen Banken, um einen neuen Fall wie den von Emily Winchester zu vermeiden.

Bisher war sie mit dieser Taktik sehr gut gefahren. Bis auf den Zwischenfall mit meinem nackten Hintern hatte Rachel Livington ihr millionenschweres Hochzeitsperfektionierungsunternehmen, was negative Schlagzeilen anbelangte, komplett aus der Klatschpresse raushalten können. Zumindest, was schlechte Publicity anging. Und für ihre erwachsenen Kinder konnte sie schließlich nichts.

»Reden wir nicht länger um den heißen Brei herum.« Mom begann die Krallen auszufahren. Sehr gut. Langsam schien sie zu begreifen, dass wir uns auf Augenhöhe unterhalten sollten. »Meine Zeit ist kostbar. Schließlich habe ich keinen abgebrannten Tanzschuppen zu verwalten, sondern leite ein seriöses und erfolgreiches Unternehmen.« Dabei tätschelte sie ihre apfelsinengroßen Locken, sodass sie leicht zu wippen begannen, und fuhr wie beiläufig mit ihrem Finger über den Terminplaner, der vor ihr auf dem Tisch lag, um möglichst geschäftig zu wirken.

Wem wollte sie eigentlich etwas vormachen? Ich war verdammt noch mal ihr Sohn. Ich wusste, wie sie tickte, was sie tat, um sich zu profilieren. Diese ganze Show war doch völlig unter ihrer Würde. Entweder war sie alt geworden, oder sie sah mich nicht als gleichwertigen Geschäftspartner an. Dummer Fehler!

»Ich bitte dich um einen Kredit von fünfhunderttausend Dollar.«

»Na, um mit mir von alten Zeiten zu schwärmen, bist du sicher nicht gekommen«, spottete Mom.

»Darauf wäre ich unter Umständen noch zu sprechen gekommen, aber da du es von vornherein kategorisch ausschließt, müssen wir beide uns die alten Kamellen nicht unnötig antun.«

Mom zuckte kaum merklich zusammen. Einem Fremden wäre es sicher nicht aufgefallen, aber mir entging es nicht. Mom wirkte müde und abgespannt, auch wenn das Botox von ihrer letzten Behandlung die Falten in ihrem Gesicht noch nahtlos glättete.

»Ich biete dir im Gegenzug einen Anteil an meiner Firma an.«

Nun prustete sie vor Lachen.

»Wie kommst du nur auf den Gedanken, dass ich an deinem Sexschuppen beteiligt sein möchte?«

»Wenn du mich ausreden lassen würdest, dann würdest du verstehen, dass es durchaus Vorteile für dich gibt. Du könntest beispielsweise in dem Anbau, der unabhängig von meinem Nachtclub genutzt werden kann, einige der Dinge lagern, die du bisher im Fisherman's Wharf untergebracht hast.«

Mom griff sich an den Hals. »Wer hat dir gesagt, dass uns die Hallen gekündigt wurden?«

Ich antwortete nicht, ließ meinen Blick teilnahmslos durch den Raum schweifen. »Das Pärchen rechts von dir kenne ich noch gar nicht. Ist das ein Zahnarztehepaar? Ihre Zähne strahlen ja regelrecht mit den weißen Wolken im Hintergrund um die Wette.«

Mom kapierte sofort, dass ich meine Quelle nicht preisgeben würde.

»Ich brauche deinen Anbau nicht. Wir haben bereits Ersatz gefunden. Mr. Jacobs wird deshalb morgen zu mir kommen. Aber ich habe einen anderen Vorschlag, mein Junge.«

Ich setzte mich aufrecht hin, als ein angedeutetes Lächeln auf den Lippen meiner Mom zu erkennen war. Sie sah sich im Vorteil. Ohne Zweifel. Dabei hatte ich keinen blassen Schimmer, wie sich das Blatt derart schlagartig gegen mich hatte wenden können.

»Du übernimmst einige wichtige Aufgaben der Firma, erhältst ein repräsentatives Haus und heiratest, um den zukünftigen

Brautpaaren das Leben vorzuleben, das sie von einem anständigen Weddingplanner erwarten, und ich schenke dir das Geld.«

Mir klappte der Mund auf. Im ersten Moment wusste ich nichts zu erwidern, so geschockt war ich. Sie konnte doch nicht allen Ernstes glauben, dass ich mich nun doch noch vor ihren Karren spannen ließ. Nicht, nachdem ich mich ein ganzes Leben mit Händen und Füßen dagegen gewehrt und ihr mehr als einmal überdeutlich zu verstehen gegeben hatte, was ich von ihren Plänen hielt: nämlich gar nichts.

»Mom, du bist auch nicht verheiratet«, war das Erste, worüber ich mich beschwerte. Den Vorschlag, ein Teil dieser Firma zu werden – und sei es auch nur für einen gewissen Zeitraum –, ließ ich zunächst gedanklich gänzlich unter den Tisch fallen, weil er vollkommen abwegig für mich war.

»Mason, ich bin jenseits der sechzig. Bei mir schaut keiner mehr auf den Finger. Bei einem gut aussehenden jungen Mann wie dir werden die Bräutigame ungeduldig. Mit Recht, wenn du mich fragst.« Sie schenkte mir ein süffisantes Lächeln. »Außerdem ist es für das Image der Firma unabdingbar, dass du in den sicheren Hafen der Ehe einfährst. Die Frau sollte allerdings keine deiner Gespielinnen sein und zudem einen makellosen Ruf vorweisen können. Du solltest Lord Wellingtons jüngste Tochter Victoria ins Auge fassen. Ich hörte unlängst, dass sie wieder ein Single ist. Ihr beiden wärt ein ausgesprochen schönes Paar.« Mom lachte auf. »Ich bin mir außerdem ganz sicher, dass du sonst keinerlei Ahnung hast, wo du eine entsprechende Kandidatin mit Stil und Esprit finden könntest, die bisher noch nicht negativ in der Klatschpresse aufgefallen ist.«

Als ich endlich realisierte, was die Frau vor mir von mir verlangte, spürte ich eine immer größer werdende Wut in meinem

Bauch. Wie konnte sie nur glauben, dass ich jetzt doch noch klein beigeben und ihre Agentur übernehmen würde? Wie besessen war sie bloß von dem Gedanken, mir ihren Willen aufzuzwingen? Wie konnte sie nur nach all der Zeit noch immer an dem Bild festhalten, das sie sich einst für mich ausgemalt hatte?

»Mom, ich werde nie und nimmer für dich arbeiten. Und meine Frau suche ich mir immer noch selbst aus.«

Allein beim Gedanken daran, mich fortan mit Hochzeiten auseinandersetzen zu müssen, bekam ich das Kotzen. Welche Marzipanrosen passten besser? Die roten oder doch lieber die roséfarbenen? Das waren Fragen, die mir schon immer am Arsch vorbeigegangen waren. Ich konnte nicht so tun, als würden sie mir ab sofort die Welt bedeuten. Unter gar keinen Umständen. Auch wenn mir dank meines abgebrannten Nachtclubs im Moment ausreichend Zeit zur Verfügung stünde, es ging einfach nicht.

Als wenn die Sache mit dem *Empire* nicht schon nervenaufreibend genug wäre, setzte meine Mutter noch eins drauf, indem sie sich zu meiner Vorgesetzten erklären wollte. Ich hatte keinen blassen Schimmer davon, was zu tun war, und war mit Sicherheit der ambitionsfreieste Mitarbeiter, den sie je kriegen würde. Warum war sie dennoch so versessen darauf, dass ich ihre Nachfolge antrat? Das war doch vollkommener Schwachsinn. Oder hielt sie etwa noch immer an der Vorstellung fest, aus mir den in ihren Augen perfekten Vorzeigesohn machen zu können?

»Du wirst, mein Sohn. Mit allen Bedingungen. Sonst sehe ich mich leider gezwungen, bei der Versicherung an der richtigen Stelle Bescheid zu geben.«

Ich verengte meine Augen zu Schlitzen. »Das würdest du nicht tun!«, schrie ich so laut, dass die Worte von den Wänden widerhallten.

»Bei der Wahl deiner Partnerin will ich dir entgegenkommen, schließlich weiß ich nur selbst allzu gut, was es bedeutet, an den falschen Menschen gebunden zu sein.«

Erstaunt registrierte ich, dass sie ehrlich traurig war über ihr verpfuschtes Leben.

Doch dann beschlich mich ein schrecklicher Verdacht, weshalb die Situation bei der Versicherung in meinem Fall derart verfahren war. Mom *hatte* sich bereits eingemischt und an den richtigen Fäden gezogen, damit mir die Police nicht ausgezahlt wurde.

Dieses Spiel war von vornherein von ihr geplant gewesen. Rachel Livington hatte ihre Chance gesehen, mir nach all den Jahren endlich ihren Willen aufzuzwingen, und ich Idiot war ihr in die Falle gegangen. Für sie stand schon immer außer Frage, dass ich irgendwann in die Agentur einsteigen würde, um zu gegebener Zeit ihre Nachfolge anzutreten.

Während mir all diese Gedanken durch den Kopf gingen, nahm Mom demonstrativ den Hörer ihres Fünfzigerjahre-Wählscheibentelefons in die Hand.

»Wollen wir wetten?«

Kapitel 3

Gwen

»Finger weg, Jerry.«

Es hatte mehrere Vorteile, direkt in dem Ort zu arbeiten, in dem man auch wohnte. Wenn Mom meine Hilfe brauchte, war ich beispielsweise in null Komma nichts zu Hause. Der Diner lag nur ein paar Straßen weiter, sodass ich das Fahrrad nehmen konnte anstatt des Wagens, und lange Anfahrtswege sowie verstopfte Highways blieben mir auch erspart.

Was mir allerdings nicht erspart blieb, waren die Annäherungsversuche meines Ex-Freundes aus Highschooltagen. Jerry war wie eine Klette, die sich im Haar verfangen hatte und kaum daraus zu befreien war.

»Nun hab dich doch nicht so, Gwen.«

Mit der Kanne in der Hand goss ich Jerry Kaffee in seinen Becher und servierte ihm den riesigen Berg Pancakes, den er eben bestellt hatte.

»Nimm deine Hand von meinem Hintern, oder ich gieße dir den brühheißen Kaffee in den Schoß.«

Mit Jerry musste man Klartext sprechen, sonst verstand er nur das, was er auch verstehen wollte. Dummerweise ging mein Verflossener aus Teenagertagen nämlich davon aus, dass ich nur so tat, als würde ich ihn nicht wollen. Als gehörte meine tagtägliche Abweisung zu irgendeinem bescheuerten Spiel.

Jerry interpretierte mein Desinteresse völlig falsch. In seinen Augen zierte ich mich nur und wollte von ihm erobert werden. Dabei lag mir nichts ferner, als mit Jerry irgendwelche Spielchen zu spielen. Der Typ hatte sich in den letzten rund fünfzehn Jahren nicht unbedingt zu seinem Vorteil entwickelt. Ganz im Gegenteil.

Früher war Jerry der Kapitän der Footballmannschaft gewesen, hatte dunkelblondes Haar und einen breiten Rücken. Von dem einst so hübschen Kerl, in den ich mich verliebt hatte, bei dem mir aber schnell klar geworden war, dass wir überhaupt nicht zueinanderpassten, war äußerlich rein gar nichts mehr übrig geblieben.

Trotz Glatze und fünfzig Kilo zu viel auf den Rippen hielt Jerry sich noch immer für den Womanizer schlechthin. Der Typ hatte wohl schon seit Jahren nicht mehr in den Spiegel gesehen. Anders konnte ich mir seine völlige Selbstüberschätzung, was seine Wirkung auf das andere Geschlecht anbelangte, beim besten Willen nicht erklären.

Während ich funkelnde Blitze aus meinen Augen in seine Richtung abschoss, hob er gespielt eingeschüchtert die Hände in die Höhe und grinste dabei so selbstgefällig, dass ich ihm am liebsten doch einige Tropfen Kaffee in den Schritt gegossen hätte.

Im letzten Moment verkniff ich es mir jedoch. Schließlich war Jerry der Neffe meines Chefs. Es würde sicher nicht gut für mich ausgehen, wenn ich Jerrys Kronjuwelen beschädigen würde. Jerry war nämlich Mitchs Lieblingsneffe.

Ganz zu schweigen von Jerrys Geschrei, das daraufhin sicher die unnötige Aufmerksamkeit der übrigen Gäste auf uns ziehen würde. Und so gerne ich Mitch, den kleinen grauhaarigen Mann um die sechzig, auch hatte, den Gefallen, mich auf seinen Neffen einzulassen, würde ich ihm nie und nimmer tun. Da blieb ich lieber bis an mein Lebensende ein Single.

Doch dieser Gedanke war nicht sonderlich tröstlich. Denn wie es aussah, würde es genau so kommen und nicht anders. Ich war fast dreißig Jahre alt, lebte noch immer zu Hause und kam dank meiner katastrophalen finanziellen Lage nur selten bis nie dazu, dieses Zweitausend-Seelen-Kaff zu verlassen.

Neben dem fehlenden Geld blieb mir auch kaum Freizeit. Im Diner schob ich nicht selten Extrastunden, und ansonsten ging verdammt viel Zeit dabei darauf, die Reparaturen, die ich selbst am Haus vornehmen konnte, durchzuführen. Dann war da noch meine Mom, die sich seit ihrem Unfall vorzugsweise im Haus einigelte und nicht unter Leute wollte. Um sie wenigstens ab und an an die frische Luft zu bringen, fuhr ich mit ihr an den Weiher, der nicht allzu weit von unserem Haus entfernt lag, fütterte mit ihr zusammen die Enten und unterhielt mich mit ihr über Dad.

Die beiden waren nach über dreißig Jahren Ehe noch so glücklich gewesen wie am ersten Tag. Sie waren mir ein Vorbild dafür, was es hieß, sich bedingungslos zu lieben und die Tücken des Schicksals mit einem Lächeln beiseitezuwischen. Seit Mom nach dem Unfall, bei dem ihr jemand die Vorfahrt genommen hatte, im Rollstuhl saß, hatte es keinen einzigen Augenblick gegeben, in dem Dad traurig darüber gewesen wäre. Vielmehr hatte er Gott jeden Tag dafür gedankt, dass seine Emma überlebt hatte.

»Gwen?«, fragte Jerry, während ich meinen Gedanken nachhing. Als ich nicht reagierte, wurde er lauter. »Gwen!«

»Was ist denn los?«, wollte ich wissen.

Doch da erblickte ich das Malheur schon selbst. Der Kaffee, den ich immer weiter in Jerrys Tasse gegossen hatte, hatte zunächst die Untertasse getränkt und anschließend einen kleinen See auf dem Tisch gebildet. Die vormals weiße Tischdecke war nun kackbraun. Ein dünnes Rinnsal tropfte derweil unnachgiebig der Schwerkraft folgend zu Boden und hatte dabei auch Jerrys

Schritt getroffen.

Ich konnte mir ein Lachen nicht verkneifen, als ich den Fleck auf seiner Hose erblickte. Wenn man nicht wusste, dass es sich dabei um Kaffee handelte, ließ der Fleck auch andere Schlüsse zu. Solche, die offenbar sogar Jerry peinlich waren.

»Was machst du denn da? Wie soll ich denn jetzt zurück zur Arbeit?«

Jerry arbeitete an der Tankstelle gleich gegenüber. Er tat gerade so, als müsse er Kunden im Anzug eine Versicherung verkaufen oder an der New Yorker Börse arbeiten. Für gewöhnlich trug er eh einen Blaumann.

Jerry stieß sichtlich wütend den Stuhl beiseite, während ich mir von innen auf die Wange biss.

»Was ist denn hier los?«, wollte nun auch Mitch wissen, der plötzlich wie aus dem Nichts vor mir stand.

»Es gab einen kleinen Zwischenfall«, erklärte ich betont ruhig, während ich den Boden und den Tisch sauber machte. »Nicht weiter der Rede wert. Ist alles gleich wieder sauber.«

Jerry wandte den Kopf ab und warf die Hände abwehrend in die Höhe. »Ich gehe zurück an die Arbeit. Dort will mich wenigstens niemand umbringen!«, blaffte er eingeschnappt und eilte zur Tür.

»Umbringen?«, wiederholte Mitch und sah mich fragend an.

Ich zuckte mit den Schultern und stellte mich unwissend. »Keine Ahnung, was er wieder hat.«

»Gwen, vielleicht …« Mitch räusperte sich und zog das Basecap vom Kopf, um mit seinen Fingern am Schild entlangzufahren. Das tat er immer, wenn er aufgeregt oder unschlüssig darüber war, was eine Entscheidung betraf, die er zu fällen hatte. »Vielleicht ist es an der Zeit, dass du etwas kürzertrittst.«

Ich sah ihn aus vor Schock geweiteten Augen an. Das, was er mir da vorschlug, war gar keine gute Idee. Allein wenn ich an das Gespräch zurückdachte, das ich am heutigen Morgen erst mit Mr. Donalds geführt hatte, wurde mir bei Mitchs Worten ganz flau im Magen.

»Mitch, bitte … ich brauche das Geld«, versuchte ich es auf die Mitleidstour, die mir mittlerweile so verhasst war. Aber ich konnte mir die Stunden im Diner nicht kürzen lassen. Das ging unter gar keinen Umständen. Jedenfalls nicht, wenn ich nicht demnächst mit Mom auf der Straße stehen wollte.

Mitch fuhr nun in kreisenden Bewegungen an der Kante des Schilds entlang. »Gwen, du verbringst eindeutig zu viel Zeit im Diner.«

»Du weißt, dass mir keine Alternative bleibt.« Dabei warf ich den Lappen, mit dem ich soeben die Kaffeelache aufgewischt hatte, auf den Tisch.

»Ich weiß, aber in letzter Zeit geht so viel Geschirr zu Bruch, die Leute beschweren sich über deine schlechte Laune und mit Dory legst du dich auch beinahe täglich an.«

Ich wollte etwas erwidern, doch im ersten Moment war ich dermaßen überrumpelt, dass mir die Worte fehlten. Im Vergleich zu den anderen Mitarbeitern ließ ich nicht mehr Sachen fallen und mit unserer Köchin Dory stand jeder auf dem Kriegsfuß, da sie in ihrer Küche keine Widerworte duldete und Extrawünsche der Gäste so schnell zu einem kraftezehrenden Schlagabtausch werden konnten.

Dass sich allen Ernstes jemand über mich beschwert haben könnte, konnte ich beim besten Willen nicht nachvollziehen. Ich war immer nett und freundlich zu den Gästen. Schließlich war das Trinkgeld, das sie mir dafür gaben, verdammt wichtig für mich.

Mich beschlich ein Verdacht. Es ging hier weder um Dory noch um das Geschirr noch um irgendwelche Gäste, die Beschwerden über mich vorgetragen hatten. Es ging hier vielmehr um einen ganz bestimmten Gast, der nicht bekam, was er wollte, und nun schmollte.

Jerry, dieser Wichser, hatte seinen Onkel angestiftet, mir die Pistole auf die Brust zu setzen. Wenn er allerdings glaubte, mich auf diese Weise für sich zu gewinnen, dann war der Typ noch dämlicher, als ich es je vermutet hätte.

Mitch wagte es nicht, mir länger in die Augen zu sehen. Das Gespräch war ihm sichtlich unangenehm und er wand sich wie ein Aal hin und her, um einen Ausweg aus der Situation zu finden. Ich war so sauer auf Jerry, dass ich am liebsten rüber zur Tankstelle marschiert wäre und ihn gefragt hätte, was zum Kuckuck ihn geritten hatte, seinen armen, alten Onkel die Drecksarbeit für ihn machen zu lassen.

Nur weil er bei mir nicht landen konnte, sollte Mitch den Buhmann spielen und mich rausschmeißen. Das war so unfair. Am liebsten hätte ich lauthals herausgeschrien, wie gemein ich es fand. Aber es würde weder Mitch noch mir helfen, wenn ich bei den übrigen Gästen im Diner für Gesprächsstoff sorgte und mich hier zum Affen machte.

Ich zog meine Schürze über den Kopf. »Dann bin ich also gekündigt?«

»Was?« In Mitchs Gesicht stand offenkundiges Entsetzen geschrieben. Ganz so, als würde ich ihn bitten, nackt im Diner unter einer Limbostange hindurchzutanzen und dabei die Kaffeekanne zu schwenken. Ein überaus lustiges Bild, wohlgemerkt, wenn man bedachte, dass mir der gutmütige alte Mann gerade mal bis zur Schulter ging und ich selbst nicht größer als ein Meter siebzig war. »Natürlich nicht. Du sollst nur ein bisschen weniger Extraschichten schieben und …« Er seufzte und kratzte sich an der Stirn. »… ein bisschen mehr Freizeit genießen können.«

Daher wehte der Wind. Jerry hatte ihm wohl gesteckt, dass ich all seine Einladungen mit der Begründung ausgeschlagen hatte, keine Zeit zu haben. Dabei hatte ich den Job im Diner doch nur vorgeschoben, um mir Jerry vom Hals zu halten. Grrr!

»Freizeit ist was für Leute, die es sich leisten können.«

Mitch legte seine Hand auf meinen Arm und tätschelte ihn einfühlsam. »Gwen, bevor du dich versiehst, ist dein Leben in großen Sprüngen an dir vorbeigezogen und du sitzt noch immer allein da. Willst du denn gar keine Familie? Einen Mann, der dich liebt? Kinder, die dir mit ihren ständigen Fragen und ihren schokoverschmierten Mündern die neue cremefarbene Couch versauen, die du eben erst beim Schlussverkauf im …«

Als ich Mitch mit hochgezogener Braue ansah, verstummte er kurz.

»Na, du weißt doch, worauf ich hinauswill, Kind. Du hast studiert, wolltest die große, weite Welt sehen und deine Träume leben. Jetzt sitzt du hier in Elwood fest, arbeitest in einem mittelklassigen Diner und sorgst dich um deine Mom. So gerne ich Emma auch habe, du solltest ihr nicht dein ganzes Leben schenken. Das würde sie nicht wollen.«

Noch nie hatte Mitch so offen mit mir gesprochen, geschweige denn, sich über Dinge mit mir unterhalten, die außerhalb des Diners stattfanden.

Wenn ich mir den älteren Mann mit den wässrigen Augen, den leicht zittrigen Händen und den vielen Lachfalten um die Augen so ansah, dann war mir schleierhaft, wie ich hatte glauben können, Mitch könnte etwas anderes als mein Wohl ins Auge gefasst haben. Ich schämte mich sogar ein wenig dafür.

Zwei Stunden später hatte mich die schonungslose Realität wieder. Zu Hause wartete ein riesiger Stapel Rechnungen im Briefkasten auf mich. Die Post hatte gestreikt, und so waren sie erst heute gebündelt ins Haus geflogen.

Verstohlen blickte ich zum Wohnzimmerfenster hinüber, wo ich Mom vermutete. Es war wohl das Beste, wenn ich die Rechnungen erst mal in der Garage lagerte und später in mein Schlafzimmer brachte, um sie in Ruhe zu sichten und Mom nicht zu verängstigen.

Sie glaubte nämlich, ich hätte alles ganz wunderbar im Griff. Mochte wohl daran liegen, dass ich immer so tat, als wäre alles in bester Ordnung. Aber ich wollte Mom keine unnötigen Sorgen bereiten. Reichte schon, dass ich vor lauter fälliger Zahlungen nachts kaum mehr zum Schlafen kam und in meinem Schädel durchrechnete, was diesen Monat noch ging und was wohl eher auf den nächsten Monat verschoben werden musste.

Wenn ich mir die Stapel Briefe so ansah, dann sollte ich wohl besser heute als morgen auf Brot und Wasser umstellen. Der Briefkasten quietschte, als ich die Tür wieder verschloss und zur Garage lief.

Neben dem alten Van, den Dad so umgebaut hatte, dass auch Moms Rollstuhl hineinging, stand eine kleine Werkbank, in der Dad sein Werkzeug aufbewahrt hatte. Ich entleerte die oberste Schublade und ersetzte den Inhalt mit den Kuverts in meiner Hand. So lief ich nicht Gefahr, dass Mom sie vielleicht doch noch fand. Denn ich war mir ziemlich sicher, dass sie nicht allein zur

Garage fahren würde.

Als ich die Briefe verstaut hatte, ging ich hinaus in den kleinen Garten, der vor unserem Haus lag und den Mom einst mit viel Liebe angelegt hatte. Es war bereits Mitte Mai, und die ersten ihrer wilden Rosen, der Rhododendron und auch ihr Apfelbaum begannen zu blühen. Einzelne Bienen kosteten von dem Nektar, während mich Sonnenstrahlen im Gesicht kitzelten.

Es war ruhig um mich herum. Vor unserem Haus fuhren kaum Autos vorbei, da wir am Ortsrand von Elwood wohnten. Früher war das die reinste Idylle für mich gewesen. Der Wald im Rücken hatte mir den besten Spielplatz der Welt geboten. Als ich noch klein war, hatte ich nie von hier weggehen wollen. Erst als Mason nicht mehr da war, änderte sich meine Meinung mit den Jahren, und nun konnte ich nicht mehr weg, auch wenn ich es vielleicht wollte.

»Mom? Ich bin wieder da«, meldete ich mich zurück, als ich die Haustür aufgeschlossen hatte und meine Schuhe unter die Garderobe stellte.

»Du bist schon zurück?« Moms Stimme klang verschlafen.

Nachdem ich meinen Schlüsselbund in dem Schälchen auf der Kommode im Flur abgelegt hatte, ging ich zu ihr rüber ins Wohnzimmer. »Entschuldige bitte, Mom. Habe ich dich gerade aufgeweckt?«

Mein Blick streifte das Fotoalbum, das wir am Morgen angesehen und das sie nach wie vor nicht weggeräumt hatte. Ich sah darüber hinweg und bemühte mich um ein strahlendes Lächeln, auch wenn mir dank der vielen Rechnungen und des Zwischenfalls im Diner eher zum Heulen zumute war.

»Nein, es ist gut so. Die Krankengymnastik hat mich heute ganz schön geschlaucht.«

Das hatte ich ganz vergessen. Nach ihren Therapiestunden war Mom meist so fertig, dass sie stundenlang schlief. Es dauerte eine Ewigkeit, bis sie sich wieder einigermaßen regeneriert hatte. Auch wenn sie diese Termine sehr anstrengten, es ging nicht ohne.

»Soll ich uns einen Tee machen? Was meinst du? Ich glaube, ich habe noch Muffins in der Küche.«

Mom nickte, nachdem ich ihr einen Kuss auf die Stirn gegeben hatte. Sie war alles, was mir von meiner glücklichen Familie geblieben war. Mom so krank zu sehen, war fast so, wie selbst an den Rollstuhl gefesselt zu sein. Dennoch bemühte ich mich darum, dankbar dafür zu sein, dass das Schicksal sie mir bei dem Unfall nicht genommen hatte. Am liebsten wäre es mir natürlich gewesen, sie wäre unversehrt geblieben, könnte noch immer den Tätigkeiten nachgehen, die ihr einst besonders viel Freude bereitet hatten, und nach Lust und Laune ihren Tag gestalten.

In ihrer Lage konnte man nicht eben den Wagen nehmen, um einen Großeinkauf zu stemmen, oder sich mit Freunden im Nachbarort verabreden. Alles musste genau getaktet sein.

Ein Gutes hatte Mitchs Eingreifen: Auf diese Weise würde ich nun mehr für Mom da sein können, um sie mal wieder zu einer ihrer Freundinnen bringen zu können, die sich in letzter Zeit ziemlich selten bei uns blicken ließen. Ich fragte nicht nach, weil meine Mutter eine erwachsene Frau war und ich ihr nicht das Gefühl geben wollte, sie zu bevormunden. Doch wenn ich mir sie so ansah, dann kam es mir manchmal so vor, als fühlte sie sich wie der einsamste Mensch auf Erden.

Als ich auf dem Weg zur Küche war, klingelte es an der Tür.

»Erwartest du jemanden?«, fragte ich Mom und freute mich innerlich für sie, dass sie doch jemand besuchen kam.

»Nicht, dass ich wüsste«, erwiderte sie mit zuckenden Schultern.

Es hätte mich auch gewundert. Nach einer Therapiestunde machte Mom für gewöhnlich keine Verabredungen aus.

Während ich noch überlegte, wer dort an der Tür stehen könnte, klingelte es abermals.

Wahrscheinlich war es Jerry, der mich zum x-ten Date einladen wollte, oder Mr. Donalds, der mir zwecks der fälligen Tilgungsrate noch mal ins Gewissen reden wollte. Vielleicht waren es aber auch einfach nur die Zeugen Jehovas, die sich mit mir über etwas gänzlich Unverfängliches wie die Bibel unterhalten wollten. Die Hoffnung starb bekanntlich zuletzt.

Als ich die Tür noch immer in meiner Arbeitsuniform öffnete, stand dort ein Mann, den ich noch nie gesehen hatte. Er trug eine schwarze Lederjacke, Bluejeans und Boots. Sein Gesicht war zum Teil verdeckt von einem Dreitagebart, und das wirre dunkelbraune Haar stand in alle Richtungen ab und wirkte so, als sei er gerade erst aufgestanden.

»Ja, bitte?«

Ich hatte keinen blassen Schimmer, um wen es sich bei dem Typen handelte. Mitch hatte ihn mir sicher nicht geschickt, um die viele Freizeit ausgiebig mit ihm auszukosten. Dafür hätte ihn Jerry nämlich in null Komma nichts gelyncht, gevierteilt und anschließend seine Asche in alle Winde verstreut.

Von der Bank war er dem Aussehen nach auch nicht. Vielleicht trieb er unbezahlte Rechnungen ein?

Vorsichtshalber zog ich die Tür in meinem Rücken zu, damit Mom nicht mitbekam, worüber wir redeten.

»Gwen?«, fragte der Unbekannte mit leicht zusammengekniffenen Augen und gerunzelter Stirn.

»Ja, die bin ich, und eigentlich sollte dir das klar sein, wenn du bei mir klingelst. Oder?«

Der Typ war wirklich äußerst merkwürdig. Ich verschränkte demonstrativ die Arme vor der Brust und hoffte, dass dieses Gespräch bald ein Ende finden würde.

Er lachte. »Touché! Da muss ich dir wohl recht geben.«

»Okay, nachdem wir das geklärt haben, kann ich jetzt ja wieder reingehen.«

Ich deutete mit dem Daumen in Richtung der Tür in meinem Rücken und wollte mich bereits umdrehen und gehen, als mein Blick auf eine schätzungsweise einen Zentimeter lange Narbe an seinem Kinn fiel.

»Früher gab es bei euch immer Karamelltörtchen oder Blaubeermuffins an Samstagen. Gibt es die heute noch immer?«

Ich sah ihn verwirrt an, versuchte, die Narbe, den wirren Haarschopf und die leuchtend blauen Augen in meinem Kopf zu ordnen, wobei mir meine innere Stimme immer wieder zurief: *Nein, das kann nicht sein! Er ist es nicht! Er hat dich längst vergessen!*

»Es gibt nur Schokomuffins«, erklärte ich, während mein Herz einen Schlag aussetzte. In mir wurden Erinnerungen wach, die lange Zeit in den Tiefen meines Gedächtnisses verstaut gewesen waren. Bis zum heutigen Tag hatte ich mich nicht getraut, sie daraus hervorzuholen.

»Das reicht für den Anfang«, sagte der Mann keck und wollte bereits an mir vorbei durch die Tür gehen.

»Mason?«, fragte ich vorsichtig, als könnte er sich bei der Nennung seines Namens in Luft auflösen. Meine Stimme klang zittrig und brach schließlich ganz. In all den Jahren, in denen ich ihn schmerzlich herbeigesehnt hatte, war er nie zurückgekehrt. Nun, da ich mit unserer Geschichte abgeschlossen hatte, stand er plötzlich vor mir, als gäbe es nichts Selbstverständlicheres auf der Welt.

Kapitel 4

Mason

Ich gab mich vorwitzig und tough. Dabei war ich weder das eine noch das andere. Meine Hände schwitzten vor Aufregung, mein Herz pochte so wild in meiner Brust, dass ich Angst hatte, Gwen könnte jeden Schlag überdeutlich hören.

Als ich an ihr vorbei ins Haus ging, konnte ich ihren Duft nach Himbeeren und Vanille riechen. Es war die ultimative Mischung, kostbarer, als es jedes Markenparfüm je für mich sein könnte. Für einen Moment hielt ich in der Bewegung inne und versuchte, die Lider zu schließen und die Erinnerungen in meinem Kopf aufsteigen zu lassen.

Als Gwen mich bei meinem Namen nannte, war der Zauber gebrochen.

»Ja«, erwiderte ich wenig geistreich, während Gwens Miene zwischen Irritation, Fassungslosigkeit und einem Hauch von Neugier schwankte.

»Echt jetzt? Nach all der Zeit stehst du einfach so vor meiner Tür, als wäre es das Normalste der Welt? Gehts noch?«

Gwen verschränkte wieder die Arme vor der Brust und ihre Miene wechselte zu Entschlossenheit.

In meiner Wunschvorstellung wäre sie noch ein wenig länger geplättet gewesen, mich zu sehen, sodass ich ausreichend Zeit gehabt hätte, mich zu akklimatisieren. Der Vergangenheit so plötzlich gegenüberzustehen, brachte selbst mich aus der Fassung. Mehr noch, als ich es erwartet hätte.

Gwen war einst meine beste Freundin gewesen. Wir hatten alles miteinander geteilt, uns die intimsten Geheimnisse anvertraut, auch wenn diese zu jener Zeit noch ziemlich unschuldig waren. Gwen und ich waren unzertrennlich gewesen. Bis der Kontakt nach meinem Umzug nach San Francisco einfach abbrach. Zunächst hatte ich Gwen noch Briefe geschickt – das Handyzeitalter war schließlich noch nicht eingeläutet worden –, da es für mich zu schmerzlich gewesen wäre, sie anzurufen und ihre Stimme zu hören. Ich wollte nicht mit ihr über Frisco sprechen müssen und dabei Gefahr laufen, am Hörer wie ein Baby weinen zu müssen. Aber als ich auf keine meiner Nachrichten eine Antwort erhielt, wusste ich, dass nun jeder von uns zusehen musste, wie er sein neues Leben selbst gebacken bekam.

Für Gwen war es sicher einfach gewesen. Sie hatte tolle Eltern, war allseits beliebt und ziemlich gut in der Schule gewesen. Zumindest war sie das, als ich vor knapp zwanzig Jahren weggezogen war. Sie hatte mich sicher schnell vergessen. Vielleicht war es für uns auch besser so gewesen.

»Ich hatte eben Appetit auf den Kuchen deiner Mom«, gab ich mich souverän, obwohl mir der Arsch auf Grundeis ging.

Gwen begann schallend zu lachen. »Wenn du dich in den vergangenen zwanzig Jahren auch nur ein einziges Mal gemeldet hättest, wüsstest du vielleicht, dass sie seit Jahren nicht mehr backt. Seit …« Sie ballte ihre Finger zu Fäusten, bis die Knöchel weiß hervortraten.

»Sag nicht, sie ist wie all die verrückten Großstadtmütter auf den Trichter mit den Diäten gekommen. Das ist mit die leidigste Plage, die unser Jahrhundert kennt. Wobei ich mir das bei Emma gar nicht so richtig vorstellen kann. Ist sie da?« Ohne Punkt und Komma redete ich auf Gwen ein, um meine eigene Unsicherheit zu überspielen und den coolen, witzigen Typ zu mimen, der ich mitnichten war.

Während sich Gwen sammelte, ging ich weiter ins Haus, um ihr nicht länger allein gegenüberzustehen. Ich hatte den Wagen der Familie in der Garage gesehen. Sicher war auch Robert zu Hause. Für gewöhnlich nahm er das Auto, um zu seiner Arbeit in Chicago zu kommen.

»Emma? Robert?«, rief ich, als ich den Flur entlangging und mich umsah.

Es war noch fast wie damals, als ich das letzte Mal in dem Haus der Fingerhoods gewesen war. An den Tag konnte ich mich noch gut erinnern. Schließlich hatten Gwens Eltern eine kleine Feier für mich gegeben. Emma hatte meinen Lieblingskuchen für mich gebacken, und Robert schenkte mir zum Abschied ein Schnitzmesser, das ich in der Millionenmetropole San Francisco nicht wirklich hatte gebrauchen können. Dennoch besaß ich es noch heute und hütete es wie einen Schatz.

Aktuell umklammerten die Finger meiner rechten Hand den Gegenstand in meiner Hosentasche ganz fest, als wäre er ein beschissener Talisman, der die Wut in Gwens Gesicht in Wiedersehensfreude verwandeln konnte.

»Bist du bescheuert?«

Gwen riss an meinem Arm und hinderte mich so daran, weiterzulaufen und nach ihren Eltern zu suchen. Ihr Blick war eisig. Wenn ich es nicht besser wüsste, hätte ich geschworen, sie könnte damit Menschen per Gefrierstrahl schockfrosten. Sie zog mich mit sich hinaus auf die weiß gestrichene Veranda, auf der zwei Schaukelstühle bereitstanden. Typisch Pampa. Aber irgendwie auch typisch ihr Zuhause.

»Was ist denn in dich gefahren?«, platzte es aus mir heraus, als sie endlich von mir abgelassen hatte. Während ich auf ihre Antwort wartete, richtete ich meine Lederjacke und setzte mich in einen der Stühle. Irgendwie hatte ich mir das erste Aufeinandertreffen nach all den Jahren schöner vorgestellt.

Das hier war … es war … anders. Ganz anders, als ich es mir erhofft hatte. In meiner Vorstellung waren Gwen und ich uns um den Hals gefallen, zum nahe gelegenen Weiher gefahren und wie in alten Zeiten auf Bäume geklettert.

Und genau darin lag auch mein Fehler. In meinen Gedanken waren wir Kinder gewesen. Keine Erwachsenen, die ein eigenständiges Leben führten und sich seit zwei Jahrzehnten nicht gesehen hatten.

Ich hatte versucht, etwas über Gwen in Erfahrung zu bringen. Google lieferte leider kaum brauchbare Ergebnisse, und in den sozialen Netzwerken war sie überhaupt nicht aufzufinden gewesen. Zumindest nicht unter ihrem Namen. Sie war wie ein Stück Papier für mich, auf dem eine Geschichte stand, die vor ziemlich genau zwanzig Jahren mittendrin abrupt geendet hatte. Der Rest des Blattes war noch immer unbeschrieben. Während die blaue Tinte bereits verblasste und das Papier vergilbt war, drängte alles in mir danach, sie zu fragen, was in der Zwischenzeit passiert war.

»Was in mich gefahren ist? Nun, vielleicht könnte die Tatsache, dass du meinen toten Vater suchst, meine an den Rollstuhl gefesselte und äußerst labile Mom ein wenig verstören.«

Gwens Worte saßen wie der präzise geführte Schlag einer Faust. Sie traf mich jedes Mal. Mit jedem Wort.

»Scheiße!« Ich sackte mit all meinem Gewicht tiefer in den Schaukelstuhl und sah mich außerstande, je wieder daraus aufzustehen.

»Scheiße?« Gwen überlegte kurz, ehe sie ihre Hände in die Hüften stemmte. »Könnte man so sagen. Verdammt große Scheiße.«

Völlig unvermittelt begann ich zu schmunzeln, als ich mich an eine Begebenheit in unserer Kindheit zurückerinnerte.

»Was?«, blaffte Gwen. »Du lachst mich jetzt nicht allen Ernstes aus, oder?«

»Ganz und gar nicht.« Ich biss mir auf die Zunge, um mir das Lachen zu verkneifen. »Ich musste nur eben an Mrs. Bloomfield denken. Weißt du noch, wie sie dir den Mund mit Seife auswaschen wollte, weil du in ihrer Gegenwart ein Schimpfwort gebraucht hast?«

Hinter Gwens Stirn begann es mächtig zu arbeiten, das konnte ich sehen. Sie versuchte offenbar, sich an das Erlebnis zurückzuerinnern, über das wir Monate später noch hatten lachen müssen. Mrs. Bloomfield war es natürlich nicht gelungen, Gwen einzufangen, um ihr den Mund auszuwaschen. Vielmehr stolperte die gemeine alte Frau über das besagte Stück Seife, als Gwen ihr entwischt war.

Während Gwen und ich nach Hause gerannt waren, hatte sie uns ihrerseits mit sämtlichen Flüchen belegt, die ihr auf die Schnelle eingefallen waren. Im Vergleich dazu wog Gwens Schimpfwort um einiges geringer.

»*Der Teufel soll euch holen*. Das hat sie doch gesagt. Oder?« Gwen sah mich unsicher an, während ich ihr zunickte.

»Unter anderem. Ja.«

»Irgendwie hat sie recht behalten.«

Gwens Finger ballten sich nicht länger zur Faust, als sie sich im Schaukelstuhl mir gegenüber hinsetzte und tief ausatmete.

»Wenn man bedenkt, dass meine Eltern sich kurze Zeit später getrennt haben … Ja, wahrscheinlich.«

Ein Schweigen legte sich zwischen uns, während jeder von uns beiden seinen eigenen Gedanken nachhing. Wir hatten so viele gute Zeiten miteinander durchgemacht. Die vielen schlechten, die im weiteren Verlauf meines Lebens gefolgt waren, hätten wir gemeinsam sicher besser überstanden.

Genau aus diesem Grund war ich hier: Wenn es eine Frau auf dieser Erde gab, mit der ich Moms unterirdische Bedingungen einhalten und das *Empire* retten konnte, dann war es Gwen. Ich hatte stundenlang hin und her überlegt, hatte das Für und Wider abgewogen, ehe ich mich schließlich dazu entschied, nach Chicago zu fliegen, mir dort einen Mietwagen zu nehmen und in meine alte Heimat zu fahren. Zurück zu ihr.

»Weshalb bist du gerade jetzt gekommen? Du wusstest, wo ich war. Warum bist du nicht früher gekommen?«, fragte Gwen mit vorwurfsvollem Unterton in der Stimme. Am liebsten hätte ich ihr erwidert, dass ich ebenso enttäuscht darüber war, dass sie all meine Briefe unbeantwortet gelassen hatte. Aber ich wollte sie nicht verärgern, schließlich brauchte ich ihre Hilfe.

Noch immer sah sie mich durchdringend an. Ihre Enttäuschung stand ihr offen ins Gesicht geschrieben.

Von dem kleinen Mädchen mit den Sommersprossen im Gesicht und dem kurzen Pagenschnitt war nicht mehr viel übrig. Aus Gwen war eine erwachsene Frau geworden, mit Rundungen an den richtigen Stellen, einem wunderschönen Gesicht und langen dunkelblonden Haaren. Sie war wirklich ausgesprochen nett anzusehen, und ich war ein völliger Idiot gewesen, wenn ich geglaubt hatte, sie wäre noch zu haben.

Bestimmt war Gwen verlobt oder sogar schon verheiratet. Vielleicht war sie sogar Mutter von Zwillingen. Ich wusste wirklich rein gar nichts über sie. Nur ein winziges, aber nicht unerhebliches Detail hatte ich über sie oder, besser gesagt, über ihre Familie in Erfahrung gebracht. Dieses Wissen würde mir hoffentlich dabei helfen, Gwen von meinem Plan zu überzeugen.

»Du hättest dich melden können«, setzte sie noch nach und verschränkte nun doch wieder demonstrativ abweisend ihre Arme vor der Brust.

Ihre Aussage irritierte mich. Schließlich hatte ich ihr ja immer wieder geschrieben, während Gwen mich einfach vergessen hatte. Noch ehe ich sie mit diesem Umstand konfrontieren konnte, wurde die Tür zur Veranda aufgestoßen.

»Habe ich doch richtig gehört«, hörte ich eine mir vertraute Stimme plötzlich aus Richtung der Tür sagen.

Emma Fingerhood kam in einem ziemlich antik wirkenden Rollstuhl zu uns gerollt. Auf ihrem Schoß befand sich ein Teller mit Muffins. Die Schokodrops waren noch in ganzen Stücken darauf zu erkennen. So mochte ich sie am liebsten.

»Hallo, Mrs. Fingerhood«, begrüßte ich die Frau, die mir in meiner Jugend mehr eine Mutter gewesen war als meine eigene.

Sie war alt geworden. Ihr einst so strahlend blondes Haar war ergraut, ihr Gesicht wirkte eingefallen und hager – wie auch ihre übrige Gestalt. Doch am meisten bekümmerte mich der Umstand, dass sie an den Rollstuhl gefesselt war. Es tat mir leid, dass ich in all den Jahren nicht ein einziges Mal hier gewesen war, um mich nach ihrem Gesundheitszustand zu erkundigen. Doch nachdem der Kontakt zu Elwood und im Besonderen zu Gwen abgebrochen war, fand ich es nicht richtig, mich bei ihnen zu melden. Denn ich war kein Teil von ihnen, auch wenn ich mich oft so gefühlt hatte.

Die Fingerhoods waren eine wundervolle Familie, bei denen der Zusammenhalt immer an oberster Stelle gestanden hatte. Sie waren im Grunde das krasse Gegenteil von dem, was Mom, Dad und ich gelebt hatten. Jeder von uns war schon immer seine eigenen Wege gegangen. Manchmal fragte ich mich, ob Dad Mom je geliebt hatte, oder was die beiden dazu veranlasst hatte, sich aufeinander einzulassen.

In meinen Augen waren sie nie wirklich glücklich miteinander gewesen. Das hatte ich schon als kleines Kind gespürt. Die ewigen Streitereien waren bald schon zum wesentlichen Bestandteil unseres Alltags geworden. Ein Wort gab das andere, und manchmal hatte ich das Gefühl gehabt, dass Mom und Dad nicht in der Lage waren, miteinander zu reden, ohne sich dabei verbal an die Gurgel zu gehen. Erst als Dad es irgendwann satthatte und sein Glück bei einer anderen Frau suchte, endeten die Streitereien.

Ihre Scheidung war unausweichlich gewesen. Doch sie war Fluch und Segen zugleich. Einerseits hörten die ständigen Auseinandersetzungen auf. Andererseits wurde ich durch ihre Trennung aus dem Paradies vertrieben, in dem ich einst gelebt hatte. Weg von den Fingerhoods, die mir immer die Familie gewesen waren, die ich mir als Kind so sehr gewünscht hatte.

»Mason?«, fragte Gwens Mom. Ihre Brauen schoben sich nach unten, während sie in meinem Gesicht auf die Suche nach Altbekanntem ging. Mit ihrem Blick fuhr sie über meine Stirn, die Nase, die Lippen und blieb schließlich an der Narbe an meinem Kinn hängen. Dann strich sie mir mit der Handfläche über die Wange. »Ja, du bist es wirklich. Du bist nach Hause zurückgekehrt.«

Im Gegensatz zu Mom, die erst vor wenigen Tagen einen ganz ähnlichen Satz zu mir gesagt hatte, war Emmas Wiedersehensfreude nicht gespielt. Ihre Augen begannen wässrig zu schimmern, und eine einzelne Träne rann ihr über die Wange, perlte an ihrem Kinn ab und landete auf ihrem blauen Kleid.

»Mom, willst du denn gar nicht wissen, warum er wieder da ist und warum er sich nie gemeldet hat?« Gwen war noch immer skeptisch. Ihr war deutlich anzusehen, dass ihr mein plötzliches Auftauchen nicht behagte. Ein Teil von mir war darüber enttäuscht, doch der andere Teil fragte sich, wie es mir wohl ergangen wäre, wenn Gwen nach all der Zeit aus heiterem Himmel vor meiner Tür gestanden hätte.

Sie hatte jedes Recht, misstrauisch zu sein. Denn auch wenn wir uns einst in- und auswendig gekannt hatten, hatten die letzten Jahre uns verändert. Wir waren keine Kinder mehr, die sich mit einem einzigen Blick verstanden. Wir waren weiter voneinander entfernt, als es je gut für uns gewesen wäre. Das verstand ich jetzt.

Emma sah zu ihrer Tochter.

»Das ist doch alles nicht wichtig, mein Schatz. Mason ist wieder da. Das ist das Einzige, was zählt.« Dann wandte sie sich erneut an mich. »Hast du Hunger, mein Junge? Ich habe noch Blaubeeren im Gefrierfach. Wenn du möchtest, backe ich dir einen Kuchen – so, wie ich es früher immer gemacht habe. Was meinst du?«

Ich sah zwischen Gwen und Emma hin und her. Gwen sah mich mit durchdringendem Blick an und schüttelte leicht mit dem Kopf. Emma hingegen strahlte übers ganze Gesicht.

»Ich weiß nicht … Vielleicht …«

Ohne meine Antwort abzuwarten, rollte Emma zurück zur Haustür. »Ich werde mal in die Küche gehen und Bescheid geben, sobald ich etwas für euch gezaubert habe.« Dann verschwand sie und ließ die Stille zwischen Gwen und mir zurück.

Ich vergrub meine Hand wieder in der Hosentasche und umklammerte das zugeklappte Schnitzmesser darin. Bisher hatte es mir nicht sonderlich viel Glück gebracht.

»Gwen, ich …«, startete ich den Versuch, ihr eine Erklärung

dafür zu geben, weshalb ich gekommen war. Allerdings war ich mir darüber im Klaren, dass ich nicht gleich mit der Tür ins Haus fallen durfte.

Auch wenn wir einst Freunde gewesen waren, hieß das nicht, dass wir noch immer bedingungslos füreinander einstanden, wie wir es uns damals geschworen hatten. Das war nur das dämliche Geschwätz kleiner Kinder, die nicht wussten, wie die Welt da draußen wirklich aussah. Als ich wegzog, waren wir der festen Überzeugung gewesen, dass uns nichts und niemand trennen konnte. Weder die Distanz noch die verschiedenen Zeitzonen.

Letztlich wurden wir eines Besseren belehrt. Zweitausendzweihundert Meilen waren verdammt weit. Ich hätte genauso gut an den Nordpol ziehen können oder in den Hindukusch. Aus den Augen, aus dem Sinn.

»Sie hat schon ewig nicht mehr gebacken.« Gwen sprach ganz ruhig und sachlich. Der argwöhnische Ausdruck in ihren Augen war verschwunden.

»Deine Mom?«, fragte ich interessiert.

Gwen nickte. »Seit ihrem Unfall meidet sie für gewöhnlich die Küche. Sie hat aufgehört zu backen oder zu kochen. Auch um ihren Garten kümmere ich mich, so gut es eben geht.« Gwen strich die Uniform, die sie trug, glatt. Fehlte nur die Schürze, und sie sah aus wie eine Kellnerin aus einem Diner.

Was war aus ihren Träumen geworden? Wollte sie nicht studieren und die Welt entdecken?

Gwen pfriemelte an ihrem Rock herum und sah dabei zu Boden. »Sie hat sich vollkommen verändert, seit Dad gestorben ist. Manchmal habe ich das Gefühl, dass sie nur darauf wartet, ihm endlich folgen zu können.«

Ihre Stimme brach, und in meinem Hals bildete sich ein riesiger

Kloß, der mich zu ersticken drohte. Ich war nach Elwood zurückgekommen und hatte mir keine Gedanken darüber gemacht, dass ich hier auf Trauer und Leid stoßen könnte. In meiner Erinnerung war das hier der glücklichste Ort auf Erden.

Wann immer ich mich in San Francisco ausgestoßen oder missverstanden fühlte, erinnerte ich mich an Elwood zurück und stellte mir Gwens Lachen, Emmas Blaubeermuffins und das viele Grün vor, das mich hier umgeben hatte. All das hatte mich getragen, wann immer ich am Boden zerstört gewesen war. Sie hatten mich aufgebaut, wenn ich nicht weitergewusst hatte. Und sie waren für mich da gewesen, wenn ich mich einsam gefühlt hatte.

Dabei hätten sie mich hier vielleicht viel nötiger gebraucht. Wobei der Mason, der ich in der Zwischenzeit geworden war, nichts mehr mit dem kleinen, unschuldigen Jungen von damals gemein hatte. Ich lebte nach meinen eigenen Regeln, hatte in der Vergangenheit aus Trotz und Rebellion meiner Mutter gegenüber viel Mist gebaut, um mir die Hörner abzustoßen und die Nichtbeachtung meiner Mom auf andere Art und Weise zu kompensieren.

Ich hatte gestohlen, Alkohol und Drogen konsumiert und bei illegalen Wettrennen mitgemacht. Heute, auf der Veranda der Fingerhoods, war ich wieder zwölf Jahre alt.

»Kann ich … kann ich irgendetwas für euch tun?«

Gwen lachte bitter auf. »Du glaubst wohl, du kommst nach einer Ewigkeit mal kurz bei uns reingeschneit, wirbelst mächtig Staub auf, und im Anschluss daran laufen wir alle mit einem breiten Grinsen im Gesicht durch die Gegend. Keine Ahnung, in was für einer Blase du die letzten Jahre gelebt hast, aber das wirkliche Leben, lieber Mason, sieht verdammt noch mal anders aus.«

»Ich wollte doch nur …«

»Deine Hilfe anbieten?« Gwen seufzte und fuhr sich derweil mit den Händen durchs Gesicht. »Das wollen sie immer alle. Gott, ich bin es so leid, das Mitleid unserer Nachbarn ertragen zu müssen und die guten Ratschläge mit einem freundlichen Nicken entgegenzunehmen. Ich bin es so leid, dass jeder glaubt, sich in mein Leben einmischen zu dürfen.«

Gwen sah müde aus. Ganz so, als hätte sie seit Wochen nicht mehr richtig geschlafen. Es tat mir in der Seele weh, die Frau, die ich als lebensfrohes und immer gut gelauntes Kind in Erinnerung hatte, so leiden zu sehen.

Als ich meine Hand auf ihren Unterarm legte, erschrak Gwen und zuckte zurück. »Du bist sicher nicht gekommen, um dir mein Gejammer anzuhören.« Dabei versuchte sie sich an einem Lächeln, das ihre Augen jedoch nicht erreichte.

Unschlüssig darüber, wie es nun weitergehen sollte, fuhr ich mir über die Narbe am Kinn.

»So schlimm?«, fragte Gwen, die mich fest im Auge behielt.

»Was meinst du?«

»Wenn du früher in der Klemme gesteckt hast, dann hast du dir auch immer gedankenverloren übers Kinn gefahren.«

Sie deutete auf die Handbewegung, und ich blickte ertappt auf meinen Finger. »Erwischt.«

»Also?«

»Das ist nicht so einfach.«

Im Vorfeld zu meiner Reise in die Vergangenheit hatte ich mir ein Konzept zurechtgelegt, hatte mir überlegt, wie ich cool und selbstsicher mein Angebot präsentieren und Gwen mit meinem Humor und den Geschichten von einst für die Idee gewinnen konnte.

Aus der Ferne war mein Plan absolut wasserdicht gewesen.

Nun, da ich die Realität vor Augen hatte, schien es keine Aufgabe auf dieser Welt zu geben, die schwieriger als diese war. Plötzlich kam mir meine Idee einfältig vor, um nicht zu sagen dämlich. Was hatte mich denn glauben lassen, Gwen würde auch nur für eine Sekunde auf meine Schnapsidee eingehen?

»Jetzt sag schon, Mason! Du weißt, dass ich es hasse, wenn mir jemand etwas verschweigt.«

O ja. Das wusste ich nur zu gut. Einmal hatte ihre Mom eine riesige Geburtstagsparty für sie schmeißen wollen und alle Welt hatte dichthalten müssen. Doch Gwen wäre nicht Gwen, wenn sie nicht geahnt hätte, dass etwas im Busch war. Sie hatte mich ausgefragt, mich unter Druck gesetzt, mich erpresst und sonst noch was getan, um mir das Geheimnis zu entlocken.

Ich war standhaft geblieben, aber es war ein hartes Stück Arbeit gewesen. Und hatte unsere Freundschaft zudem auf eine harte Probe gestellt. Für gewöhnlich hatten wir beide nämlich keinerlei Geheimnisse voreinander. Gwen wusste von den heftigen Auseinandersetzungen zwischen meinen Eltern, sie wusste von meiner Angst, sie könnten sich scheiden lassen, und sie wusste auch, dass ich das Gefühl hatte, meine Mom würde mich nicht lieben.

Nach Gwen gab es keinen Menschen mehr in meinem Leben, den ich so nah an mich herangelassen hatte. Mit meinem Umzug nach San Francisco war mir nicht nur meine Familie und meine Heimat genommen worden, sondern auch die einzige Vertrauensperson, die ich je hatte.

Eigenartig. Normalerweise machte ich mir über diese Angelegenheit keinerlei Gedanken mehr. Das alles lag ja auch eine Ewigkeit zurück. Und wer konnte schon von sich behaupten, dass er den wichtigsten Menschen seines Lebens bereits mit zwölf Jahren gekannt hatte?

»Ich habe ein Problem«, rückte ich zögerlich mit der Sprache heraus.

»Sag mir was Neues. Ich habe unzählige davon.« Gwen lehnte sich in ihrem Schaukelstuhl zurück und sah nach oben.

Die Veranda schien auf den ersten Blick gut in Schuss zu sein, aber das Dachgebälk darüber wirkte verwittert und bedurfte offenbar einer Erneuerung. Ich war kein sonderlicher Kenner, was solche Dinge anbelangte, aber blind war ich nun auch nicht.

»Mit meinem Problem könnte ich dir einige von deinen abnehmen«, offenbarte ich geheimnisvoll.

Gwen schob ihre Brauen skeptisch zusammen. »Wie solltest du mir meine Probleme nehmen können? Woher weißt du überhaupt davon?«

Durch einen Trick war es mir gelungen, Moms Kontakte in der Finanzwelt zu nutzen, um in dieser Hinsicht etwas über die Familie Fingerhood aus Elwood herauszubekommen. Es war mehr ein Versuch gewesen, irgendetwas über Gwen in Erfahrung zu bringen, da sie der virtuellen Welt offenbar fernblieb und ich auch sonst nirgends etwas über sie herausgefunden hatte.

Es erschien mir praktisch, etwas in der Hand zu haben, womit ich sie von meinem Plan überzeugen konnte. Dass der korrupte Typ bei der Bank, dessen Name mir schon längst wieder entfallen war, auch noch einen Volltreffer landen würde, hätte ich dabei jedoch nie und nimmer für möglich gehalten.

Mit Informationen warfen die Deppen wie Kleinkinder mit Sand um sich. Einen weiteren Kredit hatten sie mir jedoch nicht einräumen wollen. Mittlerweile wusste ich mit ziemlicher Sicherheit, dass meine Mom diesbezüglich ihre Finger im Spiel hatte. Für sie war es ein riesiger Spaß, ihren Sohn vorzuführen, ihn scheitern zu sehen.

Denn genau darauf wollte sie hinaus: Sie wollte mich winselnd am Boden sehen und nach Mommy rufen hören. Aber diesen Triumph über mich würde ich ihr nicht bieten. Jedenfalls nicht, solange noch ein Tropfen Blut durch meine Venen floss und es auch nur den Hauch einer Chance gab, als Gewinner aus dieser Schlacht hervorzugehen.

Nichts weiter war es, was meine Mom vorgeschlagen hatte. Für sie war es ein Spiel. Die alte Frau langweilte sich augenscheinlich und brauchte anderweitige Unterhaltung, statt immer nur die roten Herzluftballons in ihrem Empfangsbereich zu sehen.

»Ich habe so meine Quellen«, gab ich mich nebulös.

Plötzlich fand ich den Einfall, mich bei der Bank über die Fingerhoods zu erkundigen, die mir in meiner Kindheit die Familie ersetzt hatten, gar nicht mehr so glorreich. Es war mir sogar ein wenig unangenehm, um genau zu sein.

Der Mason, der in San Francisco lebte, erkundigte sich nach Personen und versuchte stets, für sich das Beste aus seinem Wissen rauszuhandeln. Der Mason, der in Elwood aufgewachsen war, hätte das nie und nimmer getan.

»Interessant.«

Gwens Miene blieb unergründlich. Sie sah mich an und schien doch nur durch mich hindurchzusehen. Sie fragte sich sicher auch, was aus mir geworden war. Ob es so ratsam war, sich mit einem ihr mehr oder minder fremden Mann auf die Veranda zu setzen und über diese Dinge zu sprechen.

»Limonade?«

Gwen erhob sich ruckartig von ihrem Stuhl, während sie auf meine Antwort wartete.

»Gerne«, erwiderte ich und hoffte dabei inständig, dass es genau die Limonade sein würde, die Emma früher immer selbst zubereitet hatte.

Der Geschmack aus frisch gepressten Zitronen und einem Schuss Himbeersirup war genau das, woran ich mich erinnerte, wenn ich an meine Kindertage in Elwood dachte. Dabei war das Getränk absolut nichts Außergewöhnliches. Doch meist waren es genau diese einfachen Dinge, wie Gerüche oder ein Geschmack, die man ein Leben lang mit einem Ort oder einer Begebenheit in Verbindung brachte.

Kapitel 5

Gwen

»Unterhaltet ihr euch schön, mein Schatz?«

Mom sprach mit mir wie mit einer Zehnjährigen, die mit ihren Teddys und Puppen eine lustige Teestunde abhielt und mächtig viel Spaß dabei hatte.

Dabei war Masons plötzliches Auftauchen alles andere als lustig. Es war verstörend schön und gleichsam merkwürdig vertraut. Teilweise hatte ich das Gefühl, wir wären nie lange voneinander getrennt gewesen. Dann wieder war er mir so fremd, dass ich keinen blassen Schimmer hatte, wer der Mann war, der mir da gegenübersaß.

»Hm.«

Zu mehr konnte ich mich im Moment beim besten Willen nicht hinreißen lassen. Schließlich hatte ich selbst noch keine Ahnung, was Masons Besuch mit mir anrichtete.

Es war schön, ihn wiederzusehen. Auch wenn er nicht mehr der kleine, hagere Junge von einst war, dessen leuchtend blaue Augen mit den grauen Sprenkeln darin an die Milchstraße erinnerten. Die Augen waren noch dieselben. Nur das Leuchten fehlte ihnen. Und aus dem dürren Jungen war ein groß gewachsener Mann mit breiten Schultern, großen Händen und kantigen Wangen geworden. Wäre es nicht Mason, dann wäre der Typ wirklich nett anzusehen.

Aber Mason war mir wie der Bruder, den ich nie hatte. Den ich längst verloren geglaubt hatte und der nun auf unserer Veranda saß, als wäre er nie weg gewesen, und auf seine Limonade wartete.

»Hier.« Mom drückte mir eine Karaffe mit dem Getränk in die Hand, als hätte sie unser Gespräch auf der Veranda belauscht. »Nimm die mit! Mason hat die Limonade früher immer literweise getrunken.« Sie lachte.

Mit meinen Fingern umschloss ich den Griff des Gefäßes. »Mom?«

»Ja, Liebes?«

Mom werkelte weiter an ihrem Kuchen. Ich hatte sie schon lange nicht mehr so unbeschwert gesehen. Sie summte sogar irgendeinen alten Evergreen dabei. Wenn ich daran dachte, dass sie heute bei der Therapiestunde gewesen war und sonst meist im Anschluss daran den restlichen Tag im Bett verbrachte, war das hier wie ein … ein Wunder. Ja, so konnte man das wirklich nennen.

Kaum kam Mason durch die Tür geschneit, sah Mom so aus, als hätte jemand den Schleier aus Trauer und Sorge von ihrem Gesicht gehoben und ihr gezeigt, dass da draußen noch immer die Sonne scheint. War es denn richtig, ihr diesen Glücksmoment mit meinen Fragen zu zerstören?

Als sie mich erwartungsvoll ansah, winkte ich schnell ab.

»Ich freue mich schon auf die Blaubeermuffins.«

Mom strahlte übers ganze Gesicht. »Ein bisschen werdet ihr euch noch gedulden müssen. Aber ihr beiden habt euch bestimmt eine Menge zu erzählen.« Dabei zwinkerte sie mir vielsagend zu.

»Mom!«

»Was denn? Mason ist ein ziemlich attraktiver junger Mann geworden. Findest du nicht? Außerdem trägt er keinen Ehering am Finger«, kombinierte Sherlock. Ich wusste gar nicht, dass Mom ein Faible für den englischen Detektiv des neunzehnten Jahrhunderts hatte.

»Mason ist vor allem ein alter Freund, der sich verdammt lange nicht hat blicken lassen, um heute aus heiterem Himmel vor der Tür zu stehen«, gab ich zu bedenken.

Mom freute sich bedingungslos darüber, dass Mason gekommen war, und ich hatte nichts Besseres zu tun, als ihr die Wiedersehensfreude madig zu machen. Dabei war sein Besuch offenbar genau das, was sie aus ihrer Lethargie herausholte. Eigentlich müsste ich Mason dankbar dafür sein. Er hätte sich keinen besseren Zeitpunkt dafür aussuchen können, um bei uns vorbeizuschneien.

»Vielleicht war er in der Gegend und hat sich spontan dazu entschlossen, in Elwood vorbeizufahren.« Mom kam auf mich zugerollt und legte meine freie Hand zwischen ihre beiden Hände. »Mach es ihm nicht zum Vorwurf, dass er da ist, und mach es mir nicht zum Vorwurf, dass ich mich darüber freue.«

Ich nickte.

»Und wenn du ehrlich zu dir selbst wärst, würdest du dich auch riesig darüber freuen, dass dein bester Freund wieder da ist. Auch wenn er sich in all den Jahren nicht gemeldet hat, scheint er dennoch an dich gedacht zu haben. Du weißt nicht, was in der Zwischenzeit vorgefallen ist. Aber ich glaube nicht, dass Mason mit dem Vorsatz weggegangen ist, dich zu vergessen.«

»Ich weiß, worauf du hinauswillst, aber hätte er nicht versuchen müssen, …«

»Nichts, was du nicht auch hättest machen können. Ich finde, es zeugt von Größe, dass er nach all den Jahren zurückkommt. Es wird ihm bewusst gewesen sein, dass er es nicht leicht haben würde.« Mom ließ meine Hand wieder los. »Und jetzt nimm dir noch zwei Gläser und trage die Limonade nach draußen. Der arme Junge ist bestimmt schon am Verdursten.«

Sie lächelte mir aufmunternd zu, und ich nahm mir vor, weniger Skepsis und mehr Freude an den Tag zu legen. Nachdem ich heute allerdings bereits einiges erlebt hatte, was mir die Stimmung verhagelt hatte, fiel es mir nicht ganz so leicht. Aber schließlich war Mason nicht für die Kürzung meiner Schichten im Diner verantwortlich und konnte auch nichts für die vielen Rechnungen, die heute bei uns eingetrudelt waren.

Wahrscheinlich hatte er mich einfach auf dem falschen Fuß erwischt. Plötzlich tat es mir leid, dass ich ihm regelrecht feindselig begegnet war. Das hatte er wirklich nicht verdient. Jedenfalls nicht, bevor ich nicht wusste, warum er wirklich gekommen war.

»Ah, ich bin erleichtert«, kommentierte Mason mein Auftauchen auf der Veranda.

»Wie meinst du das?«

»Ich dachte schon, du hättest dich durch die Hintertür abgesetzt, um mich nicht länger ertragen zu müssen.«

Ich lachte. »Wenn ich dich loswerden wollte, dann würde ich es dir sagen. Glaub mir! Ich habe keine Bedenken dabei, jemanden vor die Tür zu setzen, den ich nicht sehen möchte.«

Mason schenkte mir dieses schiefe Lächeln, das ihn um so viele Jahre jünger erscheinen ließ. Die Anspannung war etwas von ihm abgefallen. So gefiel er mir schon viel besser.

»Muss ich mir Gedanken darüber machen, dass du mich nur bis auf die Veranda vorgelassen hast?« Mason lächelte noch immer.

»Step by step, würde ich sagen. Erst mal will ich hören, wie du meine Probleme mit deinen Problemen lösen willst.«

Kaum hatte ich meinen Satz vollendet, zogen Schatten über

Masons Gesicht und das Schmunzeln auf seinen Lippen verschwand.

»Keine Sorge, ich werde dich nicht fragen, woher du von meinen Problemen weißt. Für den Moment reicht es mir, einfach zu hören, wie du sie mir nehmen kannst.«

Mason strich sich über die Narbe am Kinn, während die andere Hand in der Hosentasche steckte. »Ich weiß, dass dieses Haus hier bis unter den Giebel verschuldet ist. Wenn es so weitergeht, dann droht euch die Zwangsversteigerung.«

Während mir Mason schonungslos ehrlich meine aussichtslose Lage vor Augen hielt, goss ich die Limonade in die beiden Gläser. Dabei achtete ich darauf, dass Mason mindestens drei Zitronenscheiben abbekam. Er war der einzige Mensch auf Erden, den ich kannte, der Zitronen wie Orangen aß und keine Miene dabei verzog.

Als ich ihm sein Glas gereicht hatte, setzte ich mich wieder in den freien Schaukelstuhl.

»Aus deinem Mund klingt meine Situation ziemlich beschissen.«

»Entschuldige bitte, ich wollte dir nicht zu nahe treten.« Mason sah mich besorgt an, doch ich winkte ab.

»Nein, nein, ist schon gut. Du hast mich mit deinen Worten nicht verletzt. Es ist nur …« Ich musste ein paarmal blinzeln, um die Tränen, die sich in meinen Augen angesammelt hatten, daran zu hindern, über meine Wangen zu kullern. Es wäre mir unangenehm gewesen, vor Mason zu weinen. »… schwierig.«

Mason setzte das Glas an seine Lippen und trank einen großen Schluck. Als er es wieder auf dem Tisch abgesetzt hatte, umschloss er es noch immer fest mit seinen Fingern, als würde er daran Halt finden wollen. »Ich will nicht behaupten, dass ich dir alle Sorgen nehmen kann. Aber was das Haus anbelangt, hätte ich dir einen Vorschlag zu unterbreiten.«

Nervös rutschte ich ein Stück in meinem Stuhl nach vorne und hing wie gebannt an Masons Lippen. »Ich bin ganz Ohr.«

Mason räusperte sich. Offenbar war er unschlüssig, wie er beginnen sollte.

»Mein Vorschlag klingt jetzt total verrückt und ich bin mir nicht sicher, ob du mich gleich hinauswerfen wirst«, gab er zu bedenken.

»Das werde ich dann entscheiden, wenn du mir gesagt hast, weshalb du gekommen bist.«

Mason zog die Augenbrauen in die Höhe. »Das ermutigt mich jetzt nicht besonders, aber ich werde es trotzdem sagen. Denn dafür bin ich ja schließlich gekommen.«

»Nicht, um mich wiederzusehen?« Ich wusste, dass ich Mason auf diese Weise nur noch nervöser machte, dennoch konnte ich es mir nicht verkneifen.

»Doch, natürlich auch«, beeilte er sich, noch zu sagen.

»Schwamm drüber! Sag schon! Wie sieht dein Vorschlag aus?«

Mason holte tief Luft. »Ich kann euer Haus retten. Dafür müsstest du allerdings …«

Dann brach er mitten im Satz ab. Ich sah ihn fassungslos an. Wie konnte er mich nur so dermaßen auf die Folter spannen? Er wusste doch, dass ich die neugierigste Person auf Erden war.

»Sag schon! Ich werde dich auch nicht töten. Versprochen! Egal, was du sagst.«

Mason versuchte sich an einem angedeuteten Lächeln, doch in seinen Augen begannen die grauen Sprenkel vor Angst zu zucken. Die Milchstraße geriet in Aufruhr. Und nicht minder aufgeregt war ich.

»Okay. Ich sage es dir frei heraus. Ich kann dein Zuhause retten, wenn du einwilligst, mich zu heiraten.«

»Was?«, platzte es aus mir heraus. »Du bist ja wahnsinnig.«

»Ich sagte doch, dass du mich für verrückt erklären würdest.«

In meinem Kopf sprangen tausend Gedanken wie Pingpongbälle über eine Tischtennisplatte immer hin und her. Ich konnte nicht glauben, was ich gerade gehört hatte.

»Die Muffins sind fertig«, durchbrach Moms heitere Stimme die angespannte Situation.

Mason löste den Blick von mir, als die Törtchen vor uns auf einem kleinen Tischchen abgestellt wurden.

»Vielen Dank, Mrs. Fingerhood«, bedankte sich Mason artig, während ich darüber nachdachte, ob Mason sich gerade einen Scherz mit mir erlaubt hatte.

Anders konnte es nicht sein. Er konnte mich doch nicht allen Ernstes fragen, ob ich ihn heiraten wollte. Das war … total abwegig. Schließlich waren wir wie Geschwister. Einst zumindest.

»Sehr gerne, Mason. Ich werde gleich wieder reingehen, um das Chaos in der Küche zu beseitigen.« Mom lächelte Mason freudig an und zwinkerte mir im Anschluss daran zu.

»Ich kann dir doch helfen, Mom«, versuchte ich, mich der Situation zu entziehen.

»Lass mal, mein Schatz! Ihr beide müsst die Zeit nutzen. Wer weiß, wann ihr euch das nächste Mal wiederseht.«

Als Mom wieder im Haus verschwunden war, war ich wieder allein mit Mason.

»Das war ein Scherz, oder?«

Mason sah mich an, ohne dabei das Gesicht zu verziehen. »Nein, das war es nicht. Es war mein voller Ernst.«

Ich schluckte. »Wie stellst du dir das vor? Und wie kannst du das Haus retten, wenn wir beide heiraten? Ich verstehe das nicht. Du kommst nach einer Ewigkeit bei uns vorbei, setzt dich auf unsere Veranda und machst mir in einem Halbsatz einen Heiratsantrag?«

»Jetzt beruhige dich erst mal. Die näheren Details erläutere ich dir alle noch. Für den Moment ist es erst mal wichtig, ob du dir überhaupt vorstellen könntest, mich zu heiraten. Es wäre natürlich nur auf Zeit oder, besser gesagt, für ungefähr ein Jahr. Du könntest weiterhin in Elwood wohnen, nur zu bestimmten Anlässen müsstest du nach San Francisco kommen. Wir würden nicht in einem Bett schlafen müssen und du musst mich auch nicht in der Öffentlichkeit küssen oder mit mir Händchen halten.«

Mason war wirklich ein attraktiver Mann geworden. Aber er war Mason. Ich würde nie und nimmer auch nur mit dem Gedanken spielen, ihn zu küssen, geschweige denn, mit ihm zu schlafen. Das wäre ja so was wie Inzest, auch wenn wir nicht genetisch miteinander verwandt waren.

»Handelt es sich bei deinem Vorschlag um etwas Illegales? Hast du etwas ausgefressen?«

Ein Mann wie Mason kannte sicher einige Frauen, die ihn vom Fleck weg heiraten würden. Er hatte noch immer dieses einnehmende Lächeln, selbst wenn es jetzt sogar etwas Verführerisches an sich hatte. Ich konnte mir nicht erklären, wie seine Wahl ausgerechnet auf mich gefallen war.

»Nein, es ist nichts Verbotenes oder Kriminelles, was ich dir vorgeschlagen habe. Das verspreche ich dir.«

Mason hob die Hand zum Schwur.

»Warum ausgerechnet ich?«

»Weil du die einzige Frau auf Erden bist, mit der ich mir vorstellen kann, länger als eine Nacht zusammen zu sein«, erwiderte er schonungslos ehrlich.

Kapitel 6

Mason

Nach außen hin gab ich mich tough, doch in mir tobte ein Wirbelsturm, der so stark war, dass er mich jeden Augenblick hinwegfegen würde. Das hier war verdammt schwer. Viel schwerer, als ich es mir im Vorhinein ausgemalt hatte.

Wie Gwen mich mit ihren großen dunklen Augen ansah, ging mir tief unter die Haut. Das hier war nicht richtig. Es war nicht richtig von mir gewesen, vorbeizukommen und sie um diesen Gefallen zu bitten. Wahrscheinlich hätte ich es auch nie getan, wenn ich nicht in Erfahrung gebracht hätte, dass ihr Elternhaus kurz vor der Zwangsversteigerung stand.

Dieser Umstand war für mich ein Ass im Ärmel, das ich einzusetzen gedachte. Schließlich war ich bei Mom in die Schule gegangen. Ungewollt zwar, aber das tat jetzt nichts zur Sache. Ich wusste mir einen Vorteil zunutze zu machen. Doch bei Gwen bekam ich meine Skrupel. Sollte ich sie wirklich in die hässliche Schlammschlacht zwischen Mom und mir drangen?

Wenn ich es nicht täte, wäre meine Unabhängigkeit, für die ich die letzten Jahre hart geschuftet hatte, dahin. Der Nachtclub wäre verloren und mit ihm alles, was ich mir mühsam aus eigener Kraft aufgebaut hatte. Dank der bescheuerten Sanierungsarbeiten am Gebäude und des anschließenden Feuers herrschte auf meinem Konto nämlich gähnende Leere. Die Versicherung weigerte sich noch immer, mir die Police auszuzahlen, und würde es sicher nie tun, solange Mom ihre Finger im Spiel hatte.

Gwen war meine einzige Chance.

»Wann?«

Sie sah mich etwas gefasster an. Offenbar hatte sie den ersten Schock überwunden.

»So schnell wie möglich.« Sie zu schonen, wäre nicht richtig. In dieser Angelegenheit musste ich bedingungslos ehrlich zu ihr sein, auch wenn ich seit Jahren keinem anderen Menschen mehr derart viel Vertrauen entgegengebracht hatte.

Gwen war die Einzige, bei der ich es wagen musste und konnte.

»Was sagen wir Mom?«

Das war eine berechtigte Frage, über die ich mir auch schon Gedanken gemacht hatte. »Vielleicht beunruhigen wir sie nicht unnötig und behalten einige der Details unseres Abkommens für uns. Ich denke, sie wird sich riesig freuen, wenn wir heiraten, und keine Bedenken haben. Sie weiß, dass wir uns schon immer sehr nahegestanden haben. Sie wird es verstehen.«

Gwen biss sich auf die Unterlippe. »Ah ja? Wie gut, dass du dir da so sicher bist. Ich bin es nicht. Wie wird sie wohl auf die Tatsache reagieren, dass ich weiterhin in Elwood wohnen werde? Lässt sie dieser Umstand nicht skeptisch werden?«

Ich bemühte mich um ein aufmunterndes Lächeln. »Auch dafür finden wir eine Lösung. Vielleicht musst du hier einfach noch ein paar Dinge klären. Oder wir finden einfach nicht das passende Apartment. Vielleicht muss ich auch ständig auf Geschäftsreise oder was weiß ich.«

Gwen seufzte. »Es fällt dir wohl nicht sonderlich schwer, dir Lügen auszudenken?«

Gwens Bemerkung war wie ein Schlag ins Gesicht, obwohl sie nur die Wahrheit sprach. Denn genau so verhielt es sich mit mir. Ich hatte gelernt, mir meine eigene Wahrheit zu schaffen, wenn ich sie brauchte, um an mein Ziel zu gelangen. Bisher war es mir egal gewesen, ob ich jemanden dabei verletzen könnte. Bei Gwen und Emma bekam ich Skrupel. Das erste Mal.

»So war das nicht gemeint. Ich wollte nur …«

»Ich glaube, ich kann mir ganz gut vorstellen, wie du es gemeint hast.« Das Funkeln in Gwens Augen sagte mir, dass Widerworte an dieser Stelle unangebracht waren.

Es fühlte sich unangenehm an, dass Gwen in mir wie in einem offenen Buch lesen konnte. Diesen Umstand hatte ich bei meinem Plan nicht bedacht. Es würde schwer werden, Gwen zu täuschen. Sie kannte mich in- und auswendig. Auch wenn Jahre seit unserem letzten Aufeinandertreffen vergangen waren, wir kannten uns, würden uns immer kennen.

Ich wusste, dass die gekräuselte Nase nichts Gutes bedeuten konnte, genauso wenig wie die leicht in die Höhe schnellende Augenbraue. Alles winzig kleine Details, die einem Fremden nicht auffallen würden. Für mich sprachen sie jedoch Bände.

»Vielleicht war es falsch von mir, zu euch zu kommen. Ich hätte dich nicht um diesen Gefallen bitten dürfen.«

Ich löste die Finger von meinem Schnitzmesser, zog die Hand aus der Hosentasche und trank den letzten Schluck Limonade aus meinem Glas. Die süßsaure Mischung aus Zitrone und Himbeeren prickelte auf meiner Zunge und setzte auf meinen Geschmacksknospen tausende von Erinnerungen in Gang.

Das war der Inbegriff an Sommer für mich. Sobald die ersten Sonnenstrahlen das Land erwärmten, hatte Emma für uns Kinder immer eine kühle Limonade bereitgestellt, wenn wir vom Spielen aus dem Wald oder vom Schwimmen aus dem Weiher kamen. Es war selbstverständlich für sie gewesen, dass ich bei ihnen einkehren würde. In meinem Zuhause wartete eh selten jemand auf mich.

Um mich nicht länger mit den Bildern meiner Vergangenheit zu quälen, erhob ich mich aus dem Schaukelstuhl.

»Warte!«, sagte Gwen bestimmt. »Setz dich wieder hin!«

Ich tat wie mir befohlen und ließ mich zurück in den Stuhl fallen, während ich an Gwens Lippen hing.

»Ich willige ein.« Gwens Stimme klang überzeugt und fest. »Allerdings nur unter einer Bedingung.«

»Wie sieht deine Bedingung aus?«, fragte ich beinahe eingeschüchtert.

»Du bist ehrlich zu mir und erklärst mir haarklein die Umstände, die zu deinem Antrag geführt haben. Okay?«

Ich nickte. »Absolute Ehrlichkeit. Okay.«

»In welchem Hotel wohnst du?«

Gwens Frage irritierte mich. Der Mann in mir, der in Gwen mehr sah als das Kind von einst, konnte nicht anders, als Folgendes zu erwidern: »Diese Abmachung schließt Sex nicht mit ein.«

Gwen errötete schlagartig im ganzen Gesicht, und an ihrem Hals bildeten sich rote Pusteln, ehe sie mit einer der Zitronenscheiben aus ihrem Glas nach mir warf.

Ich fing sie mit einer Hand und biss hinein. »Mhm, lecker.«

»Zwischen uns beiden wird nie etwas laufen. Hörst du? Ich wollte nur wissen, wo wir ungestört über alles reden können. Hier geht es nicht, da ich Mom nicht unnötig damit belasten möchte, und in Elwood haben sogar die Grashalme Ohren.«

Ich lachte. »Da hast du natürlich vollkommen recht.«

Insgeheim bedauerte ich den Umstand, dass Gwen mit dieser Heftigkeit auf meinen kleinen Scherz reagierte. Aber im Grunde war es ja tatsächlich so: Gwen und ich würden uns nie stöhnend durch die Laken wälzen. Das war absolut undenkbar. »Ich bin in einem kleinen Motel etwas außerhalb von Elwood. Morgen fliege ich zurück.«

»Na, du musst dir deiner Sache ja ziemlich sicher gewesen sein, wenn du nur eine Übernachtung eingeplant hast.« Gwen feixte.

»Nun, ich wusste zumindest, dass es nichts bringen würde, dich weiter zu bearbeiten, nachdem du abgelehnt hättest. Du warst, was deine Entscheidungen betrifft, schon immer sehr geradlinig.«

Gwen schnappte sich einen Blaubeermuffin und stopfte ihn sich komplett in den Mund.

»Sieh mich nicht so an! Ich habe Hunger«, antwortete sie mampfend.

Ich kannte wirklich keine Frau, die sich in meiner Gegenwart derart hemmungslos einen Muffin in den Mund geschoben hätte. Doch es gefiel mir irgendwie. Es war erfrischend ehrlich, und auf diese Weise war dieses beklemmende Gefühl des Sich-neu-Kennenlernens wie weggewischt. Gwen war nach wie vor die Alte. Und genau diese Hoffnung hatte ich gehabt, als ich sie für dieses Unterfangen auswählte. Mit Gwen würde es auf keinen Fall peinlich oder unangenehm werden. Vor ihr brauchte ich mich nicht verstellen, nicht den Latin Lover mimen, um sie ins Bett zu kriegen.

Bei Gwen konnte ich ganz ich selbst sein. Ohne Wenn und Aber. Da war ich mir ganz sicher.

Kapitel 7

Gwen

Es war kurz vor zwanzig Uhr an diesem viel zu warmen Samstagabend im Mai, an dem ich mir eines meiner geblümten Sommerkleider übergezogen, Make-up aufgelegt und die High Heels aus ihrem Schattendasein im hintersten Eck meines Schuhschranks befreit hatte.

Als ich nun in unseren alten Van stieg und den Motor zum Leben erweckte, kamen mir Zweifel, ob es wirklich so eine gute Idee war gewesen, mich dermaßen aufzubrezeln. Schließlich ging ich nicht zu einem Date, sondern traf mich mit Mason, um Geschäftliches zu besprechen. Dazwischen lagen Welten. Nur mein Outfit sprach eine andere Sprache.

»Viel Spaß, Schatz!«, rief mir Mom von der Veranda aus zu, während sie mir einen Luftkuss sandte, den ich schon im Van sitzend brav auffing.

Wann immer ich mit dem Auto unterwegs war, verabschiedete sich Mom ausgiebig von mir, gab mir auf ihre Weise zu verstehen, wie sehr sie mich liebte. Seit Moms Unfall war sie der Ansicht, dass man seinen Lieben immer sagen sollte, wie wichtig sie einem waren, bevor man ein Verkehrsmittel bestieg, und sei es nur das Fahrrad.

Wenn ich jetzt noch mal aus dem Wagen aussteigen und an ihr vorbei ins Haus gehen würde, um mich noch mal umzuziehen, dann wäre ich mir ganz sicher, dass sie sich furchtbare Sorgen um mich machen würde. Und das konnte und wollte ich ihr nicht antun.

Zudem wollte ich keine schlafenden Hunde wecken. Für Mom

war es vollkommen selbstverständlich, dass ich mich mit Mason traf. Sie hatte nicht mal mit der Wimper gezuckt, als ich ihr davon erzählte.

Ich schloss die Tür des Wagens, drehte das Radio ganz laut und lauschte den Klängen von Ed Sheerans *Perfect*, schnallte mich an, atmete einmal tief durch und fuhr schließlich los.

Innerlich noch immer von den Begebenheiten des Tages aufgewühlt, fuhr ich auf den beleuchteten Parkplatz des Motels. Besonders viele Gäste hatten sich nicht hierher verirrt. Sollte mir recht sein. Auf diese Weise würde es in Elwood kein Gerede geben. Blieb nur zu hoffen, dass Masons Besuch bei uns zu Hause von den Nachbarn unbemerkt geblieben war.

Ich hatte keine Lust auf noch mehr Aufmerksamkeit um meine Person. Das Leben war schon schwer genug, wenn ich nur ich war. Jetzt sollte ich auch noch Masons Frau werden und eine Rolle einnehmen, von der ich keine Ahnung hatte, ob ich ihr gewachsen war.

In Gedanken versunken, klappte ich die Sonnenblende nach unten, besah mich ein letztes Mal im Spiegel und fuhr meine Lippen mit dem roten Lippenstift nach. War das Rot nicht viel zu grell? Hätte ich nicht viel eher eine dezentere Farbe auswählen oder gleich ganz auf Make-up verzichten sollen?

Diese ganze Situation überforderte mich maßlos. Schließlich war ich keine Schauspielerin. Ich war Gwen, fast dreißig, alleinstehend und so verschuldet, dass ich mich zu dieser Schnapsidee hier hatte verleiten lassen.

Ich meine, war es denn nicht gegen das Gesetz, sich mit jemandem auf Zeit zu verheiraten? Und wenn wir nicht gegen die Bestimmungen des Landes verstießen, dann doch zumindest gegen die moralischen. Masons Plan war verwerflich, doch gleichzeitig war er ein Strohhalm, an den ich mich klammerte, um aus meiner aussichtslosen Lage herauszukommen.

Nachdem Mitch mir nun auch noch die Schichten im Diner gekürzt, sah ich schwarz, was die Tilgungsraten bei Mr. Donalds Bank anbelangte. Ihn noch einmal anzurufen und um einen weiteren Aufschub zu bitten, würde ich nach dem letzten Telefonat nicht wagen. Nicht, nachdem er mir erklärt hatte, dass er um seinen Job bangen musste, wenn er mir half. Das konnte ich unter keinen Umständen riskieren.

Ich konnte und wollte nicht dafür verantwortlich sein, dass Menschen, die mir helfen wollten, zu Schaden kamen. Das hätte ich nie mit meinem Gewissen vereinbaren können.

»Einen Mann zu heiraten, den du nicht liebst, widerspricht nicht deinem Gewissen?«, fragte mich meine innere Stimme vorwitzig.

Ich antwortete ihr nicht, schob die Blende wieder nach oben und stieg aus dem Wagen. Es dauerte noch einige Minuten bis zu unserer Verabredung, allerdings wollte ich in meinem Aufzug auf diesem verlassenen Parkplatz nicht mehr Zeit allein verbringen als unbedingt nötig. Also lief ich schnell hinüber zum Motel und suchte die Zimmernummer, die mir Mason heute Nachmittag genannt hatte.

Als ich vor der entsprechenden Tür angekommen war, zupfte ich mein Kleid zurecht, das mir plötzlich viel zu kurz erschien. Ich hätte doch das blaue Kleid mit den gelben Schmetterlingen drauf nehmen sollen. Das ging mir wenigstens bis über die Knie. Das Exemplar hier endete gefühlt knapp unterhalb meines Hinterns.

Trotz des Kleides und der weiteren Gewissensbisse, die immer mehr an mir nagten, hob ich die Hand, ballte sie zur Faust und klopfte an die Tür.

Eine gefühlte Ewigkeit passierte erst mal nichts. Ich lehnte mein Ohr gegen die Tür und konnte den Fernseher hören. Es musste also jemand da sein. Vielleicht hatte ich ja zu leise geklopft? Ich pochte abermals. Dieses Mal etwas lauter. Jetzt musste Mason mich aber gehört haben. Wieder geschah nichts.

Als ich es bereits bereut hatte, überhaupt hergekommen zu sein, und überlegte, einfach wieder zu gehen, öffnete sich die Tür und Mason stand vor mir, lediglich mit einem Handtuch bekleidet.

»Du bist verdammt früh dran«, kommentierte er mein Erscheinen, während mein Blick auf seiner muskulösen Brust ruhte, um anschließend der Schwerkraft nach unten zu folgen und auf seinem Sixpack hängen zu bleiben.

Der Kerl war verdammt gut in Form. So gut, dass ich für einen Moment völlig vergaß, wer da vor mir stand. Meine Hormone machten sich nämlich einen Scheiß daraus, dass das hier Mason war.

»Und du mal wieder fürchterlich unpünktlich«, erwiderte ich so selbstbewusst, wie es mir in dieser Situation möglich war, und schlängelte mich an ihm vorbei ins Innere des Zimmers, setzte mich auf einen antik wirkenden Sessel, der mich mit einer Staubwolke willkommen hieß, und versuchte, mich wieder zu sammeln.

»Kann ich mich noch schnell umziehen, oder soll ich gleich so …« Mason schmunzelte und tat so, als wolle er das Handtuch lüften. Offenbar war ihm seine Wirkung auf mich nicht entgangen.

»Mason!«, ermahnte ich ihn. »Ich dachte, wir hätten eine Abmachung.«

»Die haben wir auch. Du sollst dich nicht dazu verpflichtet

fühlen, mit mir in die Kiste zu hüpfen, aber wenn dir der Sinn danach steht …«

»Danke, kein Bedarf.«

Dabei stellte ich meine Beine eng zusammen und bemühte mich, das Stück Stoff, das nur notdürftig meinen Hintern bedeckte, unter ebendiesen zu ziehen. Der Sessel war leider viel zu niedrig, sodass meine Beine in den Heels unfreiwillig mehr preisgaben, als mir lieb war.

»Falls du es dir doch noch mal anders überlegen solltest …«

Auf dem kleinen Tischchen zu meiner Rechten lag ein Buch. Wahrscheinlich die Bibel. Ich besah es mir jedoch nicht näher, sondern warf es ohne Vorwarnung in Masons Richtung. Dummerweise verfehlte es sein Ziel, da Mason verdammt gute Reflexe besaß und ihm ohne Probleme auswich.

»Okay, okay!« Mason hob abwehrend seine Hände in die Höhe. »Ist ja schon gut. Ich ziehe mir schnell etwas über und überlasse dich solange *America's Got Talent*. Bisher allerdings mit nur mäßigen Darbietungen. Wobei ich nicht über die Typen sprechen kann, die aufgetreten sind, während ich unter der Dusche war.«

»Mason, zieh dir was an!«

»Schon gut! Wird gemacht. Aber komm währenddessen bloß nicht auf die Idee, das Motelzimmer auseinanderzunehmen. Mehr schlechte Publicity kann ich im Moment wirklich nicht gebrauchen.«

Mason verschwand grinsend im Badezimmer und zog die Tür ins Schloss.

Ich ließ meinen Blick tatsächlich auf dem Fernseher ruhen, während meine Gedanken jedoch wieder zu dem heutigen Nachmittag zurückschweiften.

Kaum dass Mason gegangen war, hatte ich ihn nämlich gegoogelt und dabei Erstaunliches über ihn in Erfahrung gebracht. Neben den unzähligen Bildern mit blonden, brünetten und schwarzhaarigen Schönheiten auf roten Teppichen waren mir ganz besonders die Berichte über seinen abgebrannten Nachtclub ins Auge gefallen. Laut diverser Artikel war es noch unklar, wer für den Brand verantwortlich war. Einige mutmaßten sogar, der Eigentümer selbst könnte seine Finger im Spiel gehabt haben, um die Versicherungsprämie zu kassieren.

Die Versicherung hatte das Geld auf Eis gelegt und wollte den Sachverhalt zunächst einmal prüfen lassen. So die Medien. Das war vor zwei Monaten gewesen. Seither hatte sich nichts getan, und wenn man den kritischen Stimmen im Netz Glauben schenken durfte, dann saß Mason seitdem auf dem Trockenen. Aus eigenen finanziellen Mitteln war es dem Sohn der Weddingplanergigantin Rachel Livington nicht gelungen, seinen Nachtclub wiederaufzubauen.

Das Internet hatte mir gleich mehrere Antworten geliefert. Weit mehr, als ich Fragen gehabt hatte. Wobei es mich nicht weiter hätte verwundern dürfen, dass ein derart gut aussehender Mann wie Mason keine besonderen Schwierigkeiten hatte, eine Frau kennenzulernen. Offenbar war ihm genau das in der Vergangenheit schon einige Male gelungen.

Ganze zweiundzwanzig Mal, um genau zu sein. Ich hatte all die Bilder, die Mason mit einer Frau gezeigt hatten, näher in Augenschein genommen, um auf diese beachtliche Zahl zu kommen. Wobei das nur die Frauen waren, mit denen er sich in der Öffentlichkeit präsentiert hatte. Ich wollte mir gar nicht ausmalen, mit wie vielen Frauen Mason sonst noch Kontakt gehabt hatte.

Und schon gar nicht wollte ich darüber nachdenken, mit wie vielen davon er geschlafen hatte.

»Besser?«

Ich zuckte zusammen und überlegte für einen Moment, ob man mir an der Nasenspitze ansehen konnte, worüber ich gerade nachgedacht hatte. Mason stand drei Meter von mir entfernt und deutete auf sein Outfit, bestehend aus einer einfachen Jeans und einem blauen Shirt. Plötzlich kam ich mir furchtbar overdressed vor.

»Viel besser.«

Mason grinste. »Auf diese Weise sollte dein Gesicht nicht länger die gleiche Farbe wie die Verpackung deiner Lieblingskaugummis annehmen müssen.«

Bei dieser anzüglichen Bemerkung wurde es allerdings wahrscheinlich gerade wieder genau das: dunkelrot wie *Big Red*.

»Also, was machen wir jetzt?«, wechselte ich das Thema. Ich wollte mich weder an Masons Sixpack zurückerinnern, der nun unter Stoff verborgen war, noch wollte ich darüber nachdenken, was diese Anspielungen in mir verursachten.

»Wir reden.«

»Okay.«

»Aber nicht hier.«

Mason ließ seinen Blick durch den Raum schweifen, ich folgte ihm.

Das Zimmer war nicht mehr ganz so gut in Schuss. Die Möbel waren in die Jahre gekommen und abgewohnt. Die einst weiß gestrichenen Wände waren gelblich verfärbt. Kalter Zigarettengeruch hing in der Luft, und ich fragte mich unweigerlich, ob Mason auch rauchte.

Im Grunde wusste ich rein gar nichts über den Mann, abgesehen von den Infos, die Google ausgespuckt hatte, aber ich wollte Mason nicht in die versnobte Bad-Boy-Schublade stecken, ohne hinter die Fassade geblickt zu haben. Das war ich ihm irgendwie schuldig.

»Was spricht denn gegen das Motelzimmer?«, fragte ich ehrlich interessiert.

Denn auch wenn der Raum nicht unbedingt wohnlich wirkte und auf dem alten Röhrenfernseher eine dicke Staubschicht zu sehen war: Er hatte vier Wände und man konnte sich hier prima ungestört unterhalten.

»Dein Outfit«, entgegnete Mason mit den Händen in den Hosentaschen.

»Was haben denn bitte meine Klamotten mit unserem Gespräch zu tun?«

Ich blickte an mir hinab und versuchte, auf diese Weise zu sehen, was Mason darin sah.

Mason musterte mich einen Moment aus leicht zusammengekniffenen Augen. »Es wäre eine Schande, wenn wir das Kleid dazu verdonnern würden, hier sein Dasein zu fristen.«

»Nur zum Verständnis: Du sprichst gerade von meinem Kleid?«, fragte ich skeptisch.

Mason grinste. »Genau. Ausschließlich.«

»Du spinnst.«

Mason lachte. »Schon möglich. Finden wir es heraus. Komm!« Dabei bot er mir seine Hand an. »Lass uns essen gehen. Ich habe Lust auf Steak.«

»Ich bin Vegetarierin«, log ich.

Zunächst schien es so, als würde Mason mir das sogar abkaufen. Dann aber begann er laut zu lachen. »Wer in seiner Kindheit mehr Ribs verdrückt hat als irgendjemand sonst, den ich kenne, kann unmöglich zum anderen Lager gewechselt sein. Das glaube ich dir nicht.«

Ich legte meine Hand in seine und ließ mir auf die Beine helfen. »Okay, du hast recht. Und gegen ein saftiges Steak hätte ich jetzt wirklich nichts einzuwenden.«

Wie zum Beweis begann auch schon mein Magen zu knurren. Bei all der Aufregung um mein Nicht-Date mit Mason hatte ich zu Hause keinen Bissen hinunterbekommen. Die Aussicht auf Nahrung ließ meinen Magen also jubilieren, nachdem ich ihn für heute auf Diät gesetzt hatte.

»Wir sollten aber darauf achten, dass wir irgendwohin fahren, wo uns niemand kennt. Besser gesagt, wo mich niemand kennt. Ich möchte nicht, dass es Tratsch gibt.« Das war nur die halbe Wahrheit.

Natürlich wollte ich nicht, dass die Leute über Mason und mich redeten. Aber im Grunde war es mir viel wichtiger, dass die kleine Abmachung, die wir miteinander hatten, unter uns blieb. Ich konnte so einiges mit meinem Gewissen vereinbaren, auch wenn einige Punkte noch strittig waren. Nur Mom zu enttäuschen, sie in etwas hineinzuziehen, was ihr Kummer bereiten könnte, das wollte ich nicht.

»Mach dir keine Sorgen. Ich bin auf der Herfahrt an einem Diner vorbeigefahren, der mehr als vier Sterne im Gesamtranking seiner Rezensionen auf Google vorweisen kann. Rate, was seine Spezialität ist?«

Mason grinste über beide Ohren, während ich gespielt genervt die Augen verdrehte.

Kapitel 8

Mason

Gwens Appetit war wie immer zügellos. Sie aß, als gäbe es kein Morgen oder als hätte sie seit Wochen nichts gegessen. Der viel zu schmalen Figur nach war wohl eher Letzteres der Fall.

Mein Blick glitt an ihrem Körper entlang. Die Arme waren dünn, genau wie ihre Beine. Doch an den entscheidenden Stellen fanden sich dennoch die nötigen Rundungen, die sie weiblich erscheinen ließen.

Ihre Haare waren leicht gewellt, und sie hatte sich große Mühe mit dem Make-up gegeben, dennoch aß sie munter drauflos, während andere Frauen, mit denen ich ausgegangen war, lediglich winzige Häppchen zu sich genommen hatten.

Keine Ahnung, warum mir gerade dieses Detail so sehr ins Auge fiel. Vielleicht lag es daran, dass ich es herrlich erfrischend fand, mit einer Frau zu essen, die auch wirklich aß und nicht nur so tat als ob.

»Ist was?«, fragte Gwen verunsichert und wischte sich mit der Serviette über den Mund. »Hängt da irgendwo Barbecuesoße?«

»Nein, nein«, beeilte ich mich zu sagen. »Alles bestens.«

Gwen schien mir nicht zu glauben. Also wischte sie sich erneut mit der Serviette über den Mund, ehe sie sie wieder auf den Tisch legte.

»Eins habe ich jetzt noch nicht so ganz begriffen. Warum hat dir deine Mom diesen merkwürdigen Deal vorgeschlagen? Warum leiht sie dir das Geld nicht einfach? Schließlich bist du doch ihr einziges Kind.«

Ich lachte. »Falsch gedacht. Mom hat mindestens noch ein weiteres Kind, und das ist ihre Weddingplanneragentur. Wobei ich nicht sicher bin, ob sie nicht vielmehr mit ihr verheiratet ist. Sie hängt an der Firma wie ein Katzenbaby an der Zitze seiner Mutter. Unzertrennlich, die beiden. Ich könnte nur noch wichtig für sie werden, wenn ich endlich ein Einsehen mit ihr hätte und einwilligen würde, den Laden eines Tages zu übernehmen. Dann wäre die heile Welt, nach der sich Rachel Livington so sehr sehnt, endlich wiederhergestellt.«

Gwen überlegte kurz. »Dann will sie also auf Biegen und Brechen dafür sorgen, dass du ihre Nachfolge antrittst, auch wenn du überhaupt kein Interesse an der Firma hast? Das verstehe ich nicht. Wäre es nicht viel sinnvoller, sie würde sich jemanden suchen, der ernsthafte Ambitionen für eine Übernahme der Agentur hätte?«

Ich lehnte mich in meinem Stuhl zurück und gab der Kellnerin per Handzeichen zu verstehen, dass ich gerne noch ein weiteres Budweiser bestellen wollte.

»Mom hat noch immer die Hoffnung, ich könnte mich in der Agentur endlich bekehren lassen und letztlich einsehen, wie recht sie mit allem hatte. Für sie ist Blut nach wie vor dicker als Wasser, sodass sie ihr Baby wohl nie an einen Außenstehenden abtreten könnte. Dennoch wird sie die Stricke bis zu ihrem Tod weiterhin fest in Händen halten und aus dem Hintergrund dabei zusehen, wie ich mich mache und wie ich hoffentlich irgendwann zu dem Nachfolger heranwachse, den sie sich für die Agentur so sehnsüchtig herbeiwünscht. Sie liebt es, Menschen zu kontrollieren und ihnen ihren Willen aufzuzwingen. Und sie verzweifelt beinahe an der Tatsache, dass ich mich als ihr Sohn ihren Vorschriften und Weisungen immer wieder zu entziehen versuche.« Dankend nahm ich der Kellnerin die Flasche vom Tablett und goss einen riesigen Schluck meine Kehle hinunter. »Ich habe mich in all den Jahren mit Händen und Füßen dagegen gewehrt, etwas mit ihrer Firma zu tun zu haben. Nun hat sie endlich eine Möglichkeit gefunden, mich doch noch für ihren Laden einzuspannen. Weißt du, Gwen, tief in ihrem Herzen sehnt sich meine Mutter auch für sich selbst nach der rosaroten Herzchenwelt, die sie ihren Kunden verkauft. Ein Ehemann, vorzeigbare Kinder und ein Stall voller Enkelkinder wären genau das, was sie sich insgeheim wünscht. Nur leider ist sie nicht in der Lage, das so auszudrücken. Sie fordert, anstatt zu bitten. Das ist ihr größter Fehler.«

Gwens Stirn war gerunzelt und ihre Augen dunkler, als die Nacht es je sein könnte.

»Nach einer liebenden Mutter hört sich das nicht an.«

Ich nahm abermals einen großen Schluck aus der Flasche. »Hast du sie denn als solche in Erinnerung?«

Gwen überlegte kurz. »Komischerweise habe ich kaum eine Erinnerung an sie. Sie war irgendwie …«

»… nie da?«, fragte ich.

»Ja, genau.«

»Tja, das kommt daher, dass sie noch nie wirklich interessiert an mir war. Ich habe manchmal tagelang bei euch verbracht, während sie sich nicht einmal gewundert hat, wo ihr Sohn abgeblieben ist. Kannst du dich noch an das Ferienlager erinnern, bei dem ich mich am Kinn verletzt hatte, wovon diese Narbe zurückgeblieben ist?« Ich deutete auf besagte Stelle.

Gwen nickte. »Aber sicher doch. Ich war ja dabei.«

»Kannst du dich noch erinnern, wer damals kam, um mich zum

Arzt zu fahren?«

»Das war mein Dad.«

»Genau, mein Dad war auf einer Geschäftsreise. Wie so oft, und Mom hatte offenbar Wichtigeres zu tun, als sich um mich zu kümmern.«

Gwens Miene war voller Mitleid für den kleinen Jungen, der ich schon lange nicht mehr war.

»Deine Mutter wird wohl nicht gerade erfreut sein, wenn du ihr ausgerechnet mich als Schwiegertochter präsentierst. Ich war ihr schon immer ein Dorn im Auge, besonders seit dieser peinlichen Situation in …«

»Gwen, was auch immer in den nächsten Monaten auf uns zukommt, kannst du mir bitte eins versprechen?«

»Ja?«

»Lass uns nicht mehr über meine Mom und meine Kindheit reden. Ich habe das Kapitel abgeschlossen und möchte nicht länger darüber nachdenken.«

Gwen nickte und wechselte das Thema. »Wie sieht der Zeitplan aus? Wann würden wir heiraten?«

Gwens Stimme klang gefasst, und doch hörte ich den leicht zittrigen Unterton darin. Es war merkwürdig für sie, mit mir über die Ehe zu sprechen. Gerade mit mir. Bestimmt hatte sie sich dieses Fest einmal anders vorgestellt. Viele Mädchen planten ihre Hochzeit eine Ewigkeit im Voraus, hatten ganz konkrete Vorstellungen davon, wie der schönste Tag ihres Lebens verlaufen sollte. Und nun kam ich dem Mädchen mit einer Abmachung, einem Zeitplan und der fristgerechten Scheidung nach dreihundertfünfundsechzig Tagen. Wie zur Hölle hatte ich nur zu diesem Arschloch werden können?

»Gwen, wir müssen jetzt nicht alles im Detail besprechen. Lass die Informationen doch erst mal sacken, und wir sprechen uns dann, wenn ich wieder in San Francisco bin«, bremste ich sie aus.

Doch Gwen wollte sich damit nicht zufriedengeben. »Ich wüsste gerne schon jetzt, was auf mich zukommt. Ich muss planen. Außerdem hast du mir noch nicht gesagt … Ich meine … Die Sache mit dem Haus ist wirklich verdammt dringend.«

Daher wehte der Wind. Aber ich konnte Gwen in dieser Hinsicht gut verstehen. Ihr stand das Wasser bis zum Hals und sie wollte Gewissheit. Gewissheit darüber, dass es sich lohnte, sich auf diesen Deal mit mir einzulassen.

»Mach dir keine Sorgen. Die Sache mit dem Haus nehme ich gleich morgen nach der Landung in Angriff.«

Gwen atmete erleichtert aus. Es war ihr deutlich anzusehen, welch große Last ihr da gerade von den Schultern genommen worden war. Eine Last, die sie viel zu lange allein getragen hatte. Auf völlig verquere Weise musste ich Mom am Ende auch noch dankbar dafür sein, dass sie mir die Pistole auf die Brust gesetzt hatte. Ohne ihre perfiden Spielchen wüsste ich wahrscheinlich nicht einmal, wie es um Gwen und ihre Mom bestellt war.

Ob Mom das allerdings im Sinn gehabt hatte, als sie mir in ihrem Büro diesen Vorschlag unterbreitet hatte, wagte ich jedoch zu bezweifeln. Schließlich hatte sie Gwen nie wirklich leiden können. Das Mädchen war ihr viel zu laut und zu gut gelaunt gewesen. Ein Umstand, der ihr damals Kopfschmerzen bereitet hatte. Dabei war ihr nie aufgefallen, dass glückliche Kinder eben laut und meist gut gelaunt waren. Sie hatte nie auch nur einen Gedanken daran verschwendet, warum ich oft still und abwesend in meinem Zimmer gesessen hatte.

Vielleicht war sie aber auch einfach nur neidisch auf die Fingerhoods gewesen. Während diese das perfekte Familienidyll lebten, das sich meine Mutter immer erträumt hatte, saß sie im Nachbarhaus und ärgerte sich über ihre kaputte Ehe und ihren störrischen Sohn. Doch anstatt auf die Suche nach der Ursache für die Probleme in unserer Familie zu gehen, hatte sich Rachel Livington irgendwann dafür entschieden, die Fingerhoods aus tiefster Seele zu hassen. Schließlich hatten sie etwas, was ihr nie vergönnt gewesen war: eine glückliche und intakte Familie.

»Und die Hochzeit?«, unterbrach mich Gwen in meinem Gedankengang.

»Ich schätze, die wird in vier Wochen stattfinden.«

Gwen schluckte. »Das ist … bald.«

»Aber gut machbar. Schließlich gehört meiner Mutter ein Weddingplannerimperium. Vergiss das nicht!« Ich lachte, auch wenn mir beim Gedanken an die Firma zum Heulen zumute war. »Man kann ja einiges über meine Mom sagen, aber in ihre Firma hat sie wirklich alles an Herzblut und Leidenschaft fließen lassen, was ihr zur Verfügung stand.«

Sogar so viel, dass für mich nichts mehr übrig geblieben war.

»Das waren nicht meine Bedenken«, entgegnete Gwen, ehe sie wieder auf ihre Unterlippe biss.

Der verführerische Rotton ihrer vollen Lippen brachte mich beinahe um den Verstand. Die Frau war so sexy und wusste es nicht mal. Wenn es nicht Gwen gewesen wäre, wäre ich sicher schwach geworden. Sehr sicher sogar! Aber es war Gwen, und daher würde ich die Finger von ihr lassen.

»Was bedrückt dich dann?«

Gwen sah mich unsicher aus ihren großen Bambi-Augen an. Wenn ich sie so vor mir sitzen sah, war es für mich unvorstellbar, dass sie keinen Freund hatte. Sie war mit Abstand die schönste

Frau, die ich je gesehen hatte, und ich hatte schon einige kennengelernt.

Bevor sie zu sprechen begann, senkte sie den Blick. »Als kleines Mädchen hatte ich irgendwie eine andere Vorstellung davon, wie ich einmal heiraten würde.«

Damals hätte sie es sich sicher nie träumen lassen, in eine Heirat einzuwilligen, die nur aus geschäftlichen Gründen geschlossen werden sollte. Ferner wäre sie sicher nie auf den Gedanken gekommen, dass ich der Auserwählte sein würde.

»Na, komm schon. Es hätte dich durchaus schlechter treffen können.« Ich versuchte mich an einem Scherz, um die Schwermut, die sie umhüllte, von ihr zu nehmen. Schon bald würden wir beide wieder getrennte Wege gehen können. Es blieb mir ungefähr ein Jahr, um meinen Nachtclub wie ein Phönix aus der Asche aufsteigen zu lassen und meiner Mom eine oscarreife Show zu bieten.

Ferner blieb mir ein Jahr, um meine beste Freundin wieder neu kennenzulernen, mit ihr Zeit zu verbringen und das aufzuholen, was wir in den vergangenen zwei Jahrzehnten verpasst hatten. Keine Ahnung, ob es mir gelingen konnte. Das würde nur die Zeit zeigen.

Gwen zerknüllte eine saubere Serviette, die sie sich aus dem Spender genommen hatte und warf sie in meine Richtung. »Das ist nicht komisch, Mason.«

Während Gwen mich mahnend ansah, konnte ich mir das Grinsen nicht verkneifen.

»Es ist aber auch kein Todesurteil. Lass uns das Beste daraus machen, und wenn mein Club wieder läuft, hast du mich eh wieder von der Backe. Danach bist du schuldenfrei und kannst dein Leben planen, wie du es für richtig hältst.«

»Ein Jahr kann aber auch verdammt lang sein, wenn man das Gefühl hat, eine falsche Entscheidung getroffen zu haben.«

Natürlich hatte sie recht. Wenn man für eine gewisse Zeit an eine andere Person gebunden war, ohne es wirklich zu wollen, dann konnten daraus durchaus Probleme erwachsen. Doch es gab auch viele Paare, die sich liebten und heirateten und im Anschluss daran mit ihrer Wahl unzufrieden waren. Das kam sogar sehr oft vor, wenn man bedachte, dass die Scheidungsrate sehr hoch war.

Ich konnte Gwens Bedenken gut nachvollziehen. Wirklich. Nur hätte ich nie gedacht, dass sie ein Jahr mit mir als eine falsche Entscheidung einstufen könnte.

»Es könnte aber auch eine Chance sein.« Die Worte gingen mir ganz leicht von den Lippen. Doch ich wusste, dass ich mit ihnen eine Schwelle überschritten hatte, die weit über unsere Freundschaft hinausging.

Ich fixierte mit meinen Augen jede von Gwens Regungen, um in ihnen zu lesen, was meine Worte mit ihr anstellten.

Für den Bruchteil einer Sekunde legte sie ihre Stirn in Falten, dann strich sie sich eine ihrer gewellten Haarsträhnen hinters Ohr und unterbrach den Blickkontakt zu mir. Ihre Wangen röteten sich leicht. Schon wieder.

»Mason, ich denke nicht …«

Ich war übers Ziel hinausgeschossen. Warum hatte ich nicht einfach meine Klappe gehalten? Das hier war kein Date, um eine Frau ins Bett zu bekommen. Das hier war Gwen. Meine beste Freundin. Meine engste Vertraute. Mein rettender Anker. Die Frau, die eingewilligt hatte, sich ein Jahr an mich zu binden, um mir aus der Patsche herauszuhelfen.

»Es tut mir leid«, erwiderte ich entschuldigend, als neben uns ein Mann stehen blieb und zwischen Gwen und mir hin und her sah.

Er kam mir auf merkwürdige Art und Weise ziemlich vertraut vor. Doch die letzten Jahre hatten es offenbar nicht sonderlich gut mit ihm gemeint.

»Hey, können wir irgendwie helfen?«, fragte ich schließlich.

»Das ist also der Grund, warum du all meine Einladungen zum Essen oder ins Kino ausgeschlagen hast.«

Der glatzköpfige Typ mit der Riesenwampe deutete in meine Richtung, während er mich abschätzig ansah. Am liebsten hätte ich ihm gesagt, er solle mal in den Spiegel sehen. Wenn ich die Wahl zwischen ihm und mir hätte, würde ich mich auf jeden Fall für mich entscheiden. Und das sollte nicht überheblich klingen. Aber der hünenhafte Kerl mit den riesigen, schwieligen Händen war sicher nicht der Traum Gwens schlafloser Nächte.

Gwen würde in einer Million Jahren nicht mit ihm ausgehen. Der Kerl war eine Zumutung. Kein Wunder, dass die Frau noch immer single war. Wenn das hier das einzige Angebot war, das ihr zur Verfügung stand, dann konnte ich gut nachempfinden, dass sie lieber allein durchs Leben ging.

»Hey, Jerry«, begrüßte Gwen den Mann mit einem leicht genervten Unterton in der Stimme. Doch da war noch mehr. An ihren Augen konnte ich ablesen, wie unangenehm es ihr war, dass ausgerechnet er uns zusammen sah. »Das ist Mason. Du erinnerst dich sicher noch an ihn. Er ist mit uns zur Schule gegangen.«

Gwen so reden zu hören, versetzte mir einen Stich ins Herz. *Er ist mit uns zur Schule gegangen.* War das denn schon alles, was uns miteinander verband? Wir waren doch so viel mehr gewesen. Freunde. Oder empfand das nur ich so?

Hatte ich mir rückblickend ein anderes Bild von meiner Vergangenheit gezeichnet? Ein schöneres? Ein passenderes für meine Stimmungen, um mir den Lebenswillen zu erhalten? Hatte ich das zwischen Gwen und mir auf einen zu hohen Sockel gestellt, an den nichts und niemand rankam, und die Realität damit verklärt? Waren wir je echte Freunde gewesen?

Jerrys tiefsinniges »Oh!« überhörte ich beinahe, während ich an allem zu zweifeln begann, was mich mit Gwen verband.

»Hey, Mason. Nichts für ungut«, versuchte Jerry, sich bei mir einzuschleimen, aber der Zug war abgefahren.

»Wir müssen los«, erwiderte ich abweisend und griff nach Gwens Hand, die mich völlig irritiert ansah.

Der Kellnerin drückte ich beim Hinausgehen einen Hundertdollarschein in die Hand. Viel zu viel. Aber Jerrys verdatterter Gesichtsausdruck war es mir wert, außerdem war das Steak wirklich ausgesprochen gut gewesen.

»Wo fahren wir hin?«, fragte Gwen nach einer Weile des Schweigens, als sie bemerkte, dass ich nicht auf dem Weg zurück ins Motel war.

Ich musste etwas klarstellen, mir selbst etwas beweisen und fuhr deshalb zu dem Ort, der uns in unserer Kindheit alles bedeutet hatte, an dem wir so viel Zeit miteinander verbracht hatten, dass er schnell zu unserem zweiten Zuhause geworden war.

Als ich den Waldweg entlangfuhr, öffnete ich die Fenster des Jeeps und atmete ganz tief die frische Luft ein. Der Himmel über uns war sternenklar. Die Sterne leuchteten uns den Weg zu dem kleinen Weiher, von dem ich nach meinem Umzug nach San Francisco beinahe jede Nacht geträumt hatte.

Selbst der Pazifik konnte mir den kleinen Weiher in Elwood nicht ersetzen. Frisco, die riesige Stadt aus Beton und Millionen von Menschen an der Westküste, war nichts gegen das kleine Nest in der Nähe Chicagos, das meine Heimat war. Es hatte nie auch nur annähernd eine ähnliche Stellung bei mir einnehmen können.

Doch ich war geblieben. Warum? Weil ich nicht wusste, wohin? Weil ich mir nicht klar darüber war, ob es das Elwood von damals überhaupt noch gab? Weil ich nicht wollte, dass all das, was ich mir in den vergangenen Jahren in einer riesigen Erinnerungsseifenblase konserviert hatte, mit einem Schlag zerplatzte?

»Was machen wir hier?«, fragte Gwen, nachdem wir angekommen waren.

»Ich hatte Lust, mal wieder herzukommen«, erwiderte ich wie selbstverständlich.

Wir stiegen aus dem Wagen und sahen auf die glatte Wasseroberfläche, die wie ein Spiegel das Leuchten der Sterne einfing und unsere Umgebung erhellte. Für eine lange Zeit standen wir einfach nur nebeneinander. Jeder von uns hing seinen eigenen Gedanken nach.

»Du wirst es nicht bereuen«, sagte ich schließlich, da es mir wichtig war, dass Gwen nicht das Gefühl hatte, ein Jahr mit mir könnte die Hölle auf Erden werden.

»Ich weiß«, erwiderte sie. »Ich weiß nur nicht, was danach sein wird. Wie wird man über mich denken, wenn ich nach Hause zurückkomme? Was werden die Leute sagen, wenn sie doch von irgendwoher Wind von unserem Abkommen bekommen sollten?«

»Das wird nicht geschehen«, antwortete ich schnell. »Dafür werde ich sorgen. Und natürlich werde ich alle Schuld auf mich nehmen und sagen, dass ich derjenige war, der unsere Beziehung scheitern ließ.« Ich lachte. »Bei meinem bisherigen Lebenswandel wird das für die Leute nicht sonderlich schwer zu glauben sein.«

»Ich weiß«, sagte Gwen, während sie einen Stein nahm und ihn ins Wasser warf. Die makellose Oberfläche des Weihers zuckte. Fünfmal ploppte der Stein auf, ehe er schließlich unterging. »Ich habe dich gegoogelt«, offenbarte sie wie beiläufig.

»Okay. Und das hat dich nicht davon abgehalten, heute Abend zu kommen?«

Ich bemühte mich um einen scherzhaften Klang in meiner Stimme.

»Ich denke, ich wollte mir selbst ein Bild von dir machen. Und diese Ehe wird ja nur zum Schein bestehen, also kann mir deine Vergangenheit nicht gefährlich werden. Keine Sorge, mir wirst du schon nicht das Herz brechen.«

Gwen sah mich schmunzelnd an. »Was meinst du? Wollen wir eine Runde schwimmen gehen, wo wir schon da sind?«

Ihre Augen leuchteten. Darin war wieder dieser Übermut zu sehen, der sie als Kind so ausgezeichnet hatte.

»Ich habe keine Badesachen dabei«, gab ich zu bedenken.

»Ich auch nicht. Kein Grund, es nicht zu tun. Oder?«

Gwen zog sich das Kleid über den Kopf und die Heels von den Füßen, dann sprang sie so schnell ins Wasser, dass ich keine Chance hatte, ihren nackten Körper näher in Augenschein zu nehmen.

»Komm schon, Mason. Auf was wartest du denn? Das Wasser ist herrlich.«

Nun war mein Ehrgeiz geweckt. Ich öffnete die Schnalle meines Gürtels, entledigte mich meiner Jeans, der Strümpfe und Schuhe und zog schließlich mein Shirt über den Kopf, ehe ich ihr ins Wasser folgte, sie einholte und wir übermütig wie Kinder zu lachen begannen, als ich versuchte, sie einzufangen.

In diesem Moment wusste ich es: Alles, was ich mit Gwen und meiner Heimat verband, war real. Ich hatte es mir nicht nur ausgedacht, um die dunklen Jahre in einer neuen Stadt zu überleben. Es war nichts als die Wahrheit, die mich in all den Jahren getragen hatte. Und diese Erkenntnis wog so viel mehr als all die Zweifel, die mich bald wieder übermannen würden.

Kapitel 9

Gwen

»Das ist verrückt.«

»Sag mir etwas, was ich noch nicht weiß.«

Gerade noch war es mir als das einzig Vernünftige erschienen, Phil anzurufen.

»Du bist verrückt.«

Jetzt war ich mir da nicht mehr so sicher.

Dabei hatte ich gehofft, in Phil eine Verbündete zu finden. Schließlich war sie seit dem College meine beste Freundin und war mir auch nach meinem Schulabbruch geblieben. Als einzige Freundin, wohlgemerkt.

Ich seufzte, als mein Blick auf das Fotoalbum fiel, in dem Mom vor einigen Tagen geblättert hatte. Nach Masons Besuch hatte sie es nicht weggeräumt. Es lag noch immer im Wohnzimmer. Ganz so, als hätte es auf mich gewartet. Oder als hätte Mom gewollt, dass ich es mir ansehe. Letzteres war wohl eher der Fall.

»Ach, Phil.«

Mit meinen Fingern strich ich über den braunen Ledereinband des Albums, auf dessen Rücken wie selbstverständlich *Gwen und Mason* stand. Uns beide hatte es eine ganze Zeit nur im Doppelpack gegeben. Und wenn Masons Plan wirklich in die Tat umgesetzt werden sollte, dann würde es wohl auch bald wieder so sein. Zumindest für einen gewissen Zeitraum – ab dem Hochzeitsdatum.

Allein beim Gedanken an den Termin in vier Wochen wurde mir ganz übel. Wie sollte ich Mom davon erzählen? Wie sollte ich ihr erklären, dass ich Mason heiraten würde? Erst hatten wir uns fast zwanzig Jahre nicht gesehen, dann würden wir innerhalb von nur dreißig Tagen heiraten? Das klang sogar in meinen Ohren total abwegig. Mehr als das. Und was war mit Rachel? Sie hasste mich aus tiefster Seele, seit ich etwas über sie erfahren hatte, was sicher nicht für meine Ohren bestimmt gewesen war. Das würde sie mir sicher nie verzeihen.

»Gwen, ich sag es dir, wie es ist: Du kannst Mason nicht heiraten und dich dann nach einem Jahr oder so wieder von ihm scheiden lassen. Das ist … moralisch einfach nicht okay.«

Ich schnaubte. »Aber als du das Haus von diesen Verbindungsmädels mit *Fahrt zur Hölle!* besprayt hast, war das natürlich moralisch vollkommen einwandfrei. Wie hießen sie noch gleich? Waren es die *Gamma Delta Fours* oder die *Alpha Epsilon Zero*? Ob die wohl jemals rausbekommen haben, wer ihnen die Fassade so beschmiert hat?«

»Das kannst du doch gar nicht miteinander vergleichen. Das war eine Art Kurzschlussreaktion, nachdem sie meine Bewerbung vor meinen Augen zerrissen hatten und meinten, ich sei zu fett für ihren erlauchten Club. Das würde ich heute nicht mehr machen.«

Ich lachte. Schließlich kannte ich Phil viel zu gut, auch wenn sie fast zweihundert Meilen von mir entfernt wohnte. Mir machte sie nichts vor. Ich wusste, wie Phil tickte.

»Du würdest es jeder Zeit wieder tun. Ich kenne dich.«

Phil schnaubte. »Was hat denn jetzt das eine mit dem anderen zu tun?«

Meine Finger glitten noch immer über den Ledereinband des Albums, bis sie irgendwann dem Drang nachgaben und das Buch öffneten. Ich schlug das Album ziemlich mittig auf. Auf der Seite war Mason mit einer Augenklappe, einem Piratenschwert und einem viel zu großen schwarzen Hut zu sehen. Halloween. Ich stand neben ihm in meinem nicht weniger spektakulären Geisterkostüm und hielt unsere Ausbeute in die Kamera.

Mason und ich waren unermüdlich durch die Straßen Elwoods gezogen, bis wir unseren Eimer bis zum Rand gefüllt hatten. Damals war Mom mit uns gegangen, weil wir noch recht klein waren. Sie stand rechts hinter mir und lächelte ebenfalls in die Kamera. Dad hatte das Foto von uns im Garten gemacht und anschließend hatten wir die Marshmallows aus unserem Eimer über einem Lagerfeuer gebraten und bei sternenklarem Himmel im Vorgarten in einem Zelt übernachtet.

Eigentlich war es viel zu kalt dafür gewesen, aber Dad hatte sich erweichen lassen, als Mom zwei Schlafsäcke sowie mehrere Decken für uns holte und Mason und ich nicht müde wurden, immer wieder darum zu betteln.

Wir beide waren ein eingespieltes Team gewesen. Jeder von uns kannte den anderen fast besser als sich selbst. Ob es wohl wieder so werden könnte? Würden wir das Rad der Zeit noch mal zurückdrehen können? Oder womöglich sogar von vorne beginnen?

Ich schüttelte über meine Gedanken den Kopf. Mason und ich waren kaum mehr als Fremde, die sich das erste Mal im Supermarkt über den Weg gelaufen waren und nach demselben Päckchen Butter im Kühlregal gegriffen hatten. Mit Mason die Ehe einzugehen, fühlte sich höchstens deshalb falsch an, weil wir damit an etwas anknüpfen wollten, was nicht mehr existierte. Es gab kein *Wir* mehr. Schon lange nicht mehr. Auch wenn die Bilder vor mir etwas anderes behaupteten.

»Die Idee mit der Hochzeit ist doch nicht moralisch verwerflich. Wir würden mit unserer Abmachung ja niemandem schaden. Ganz im Gegenteil. Mason bekommt seinen Nachtclub zurück, während Mom und ich in unserem Haus wohnen bleiben können. Ich brauche dir nicht zu sagen, wie sehr mich gerade Letzteres dazu bewogen hat, Mason zuzusagen.«

Phils Stimme erhellte sich. »Du brauchst dich mir gegenüber nicht zu rechtfertigen. Von mir aus kannst du den Papst heiraten. Mir geht es dabei vielmehr um dich.«

Während ich Phils Bedenken lauschte, blätterte ich weiter im Album. Weihnachten. Leider stand keine Jahreszahl dabei, aber ich ging davon aus, dass wir beiden dort acht und sechs Jahre alt waren. Mason grinste auf dem linken Bild breit in die Kamera. Er hatte bei unserem traditionellen Lebkuchenwettessen gewonnen. Sein ganzes Gesicht war mit Krümeln verschmiert. Sogar seine Nasenspitze hatte etwas abgekommen. Doch das alles konnte seinem freudigen Grinsen keinen Abbruch tun. Er war überglücklich. So glücklich, wie Kinder nur sein konnten.

Ich saß daneben und war den Tränen nahe. Es war kein Weihnachtsfest vergangen, an dem ich mir nicht gewünscht hätte, Mason im Lebkuchenwettessen zu besiegen. Nie war es mir gelungen. Bis er irgendwann fort war und ich keine Chance mehr hatte, um eine Revanche zu bitten. Nun war er also wieder da.

»Den Papst? Echt jetzt, Phil? Das wäre allerdings moralisch mehr als verwerflich. Außerdem ist mir der Typ um einige Jahrzehnte zu alt. Und dann Rom. Ständig Pizza und Pasta. Das schlägt sich auf meine Hüften und beult meine Oberschenkel nur noch weiter aus.«

Phil pfiff verächtlich aus. »Ausgebeulte Oberschenkel? Wann zum Kuckuck hast du zum letzten Mal in den Spiegel geschaut?

Du siehst aus wie eines dieser Magermodels, die für eine dieser wichtigen Shows in New York laufen. Und jetzt behaupte ja nicht das Gegenteil. Ich habe gestern deine Fotos auf Instagram gesehen. Auch die im Bikini. An dir ist kein Gramm Fett zu viel.«

Gegenwehr war zwecklos. »Wenn du jeden Monat darum bangen müsstest, aus deinem Elternhaus rausgeworfen zu werden, sähe es bei dir sicher nicht anders aus.« Ich bemühte mich um so etwas wie Leichtigkeit in meiner Stimme. Aber das hier war keine Werbung für einen Frühlingsduftweichspüler. Das hier war mein verkorkstes Leben, das mir in den letzten Jahren immer wieder mit voller Breitseite Meerwasser ins Gesicht gespült hatte. Vorzugsweise immer dann, wenn gerade mein Mund offen stand, sodass ich ordentlich Salzplörre geschluckt hatte.

»Da halte ich dagegen. Rody, mein Wellensittich ist vor zwei Wochen gestorben. Und das Einzige, was ich in meiner Trauer tue, ist fressen. Ich fresse mich durch die Speisekarten meines Lieblingsinders und meines Lieblingsitalieners. Immer im Wechsel. Und ich kann dir nur so viel sagen: Ich liebe Pizza und Pasta, und meine mehr als ausgebeulten Oberschenkel reiben seither noch viel heftiger als zwei sich verschlingende Teenager aneinander, die die Finger nicht voneinander lassen können.«

Ich prustete laut los und schlug dabei die nächste Seite im Fotoalbum auf. Das Lachen erstarb auf meinen Lippen. Das war das letzte Bild, auf dem Mason und ich zusammen zu sehen waren. Wir standen vor dem Baum am Weiher, auf den wir immer gemeinsam geklettert waren. Mason hatte seinen Arm auf meine Schulter gelegt und wehmütig in die Kamera gelächelt. Sicher hatten Mom oder Dad uns beide dazu angehalten, dem Apparat ein letztes Lächeln zu schenken. Auch in meinen Augen war etwas zu sehen, was mir bis dahin fremd gewesen war: Angst. Ein

Gefühl, das mich bis zum heutigen Tag nicht mehr losgelassen hatte.

»Das mit Rody tut mir leid. Du hast mir gar nicht erzählt, dass er gestorben ist«, beeilte ich mich, noch zu sagen, um die trüben Gedanken in meinem Kopf beiseitezuwischen.

»Ach, er war alt und hatte ein gutes Leben. Ich sollte dir leidtun. Dank seines Verlusts hab ich die letzte Diät bereits meilenweit auf der Waage zurückgelegt, wenn du verstehst, was ich meine. Tschüss Traum-BMI, es war schön, dir so nahe zu sein. Doch offenbar ist uns das Happy End nicht vergönnt. Wer zur Hölle legt solche Sachen eigentlich fest? Was ist ein Body-Mass-Index schon wert, wo wir doch alle so verschieden sind? Ich meine, ich habe verdammt schwere Knochen, und das sage ich jetzt nicht nur so. Ich habe mir in meiner Kindheit unzählige Male die Finger in der Tür eingequetscht, doch nie ist etwas passiert. Dann meine Haare. Die wiegen sicher eine Tonne. Du kennst sie ja. Wer spricht über das unterschiedliche Gewicht von Haaren?«

Ich schlug das Fotoalbum zu, um nicht länger in die traurigen Gesichter zweier Kinder sehen zu müssen. »Phil, du bist wundervoll, und zwar genau so, wie du bist. Hörst du? Lass dir bloß nichts anderes einreden.«

Ein letztes Mal strich ich über die beiden Namen auf dem Buchrücken, ehe ich das Album zurück in den Schrank räumte, um die Vergangenheit für den Moment ruhen zu lassen. Die Zukunft würde mir alles abverlangen. Mich gleichzeitig mit den Erinnerungen meiner Kindheit zu quälen, war da wenig hilfreich.

Wenn ich die Sache mit Mason wirklich durchziehen wollte, dann musste ich alles, was uns einst verbunden hatte, außer Acht lassen. Denn so ungern ich es mir eingestehen wollte: Ein Jahr war eine verdammt lange Zeit. In zwölf Monaten konnte man da anknüpfen, wo das Band, das uns einst fest aneinandergebunden hatte, aus dem Nichts heraus abgeschnitten worden war. In dreihundertfünfundsechzig Tagen gab es sicher nicht nur einmal die Möglichkeit, das wiederzuentdecken, was ich vor so langer Zeit verloren hatte. Ob ich es dann verkraften würde, es noch einmal zu verlieren, stand auf einem anderen Blatt Papier geschrieben. Auf einem, auf das ich nicht mal aus drei Metern Entfernung schielen wollte.

»Ich danke dir für dein offenes Ohr und deinen Zuspruch, Liebes. Aber eigentlich wollten wir doch über dich und deine bevorstehende Hochzeit reden.«

Da war sie wieder, die unausweichliche Realität, die mich einholen würde, egal wohin ich mich flüchtete.

»Hm«, grummelte ich, da ich gehofft hatte, der Kelch wäre an mir vorbeigegangen. Falsch gedacht.

»Du willst das also durchziehen?« In Phils Stimme klang eine Mischung aus Entsetzen und ehrlicher Bewunderung mit. Ganz so, als hätte ich gleichzeitig bei ihrem Lieblingsinder und bei ihrem Lieblingsitaliener angerufen und einmal die komplette Speisekarte rauf und runter bestellt.

»Phil, es fehlen mir die Alternativen.«

»Ich könnte dir etwas leihen. Du weißt, dass ich …«

»Das könnte ich nicht annehmen«, unterbrach ich meine Freundin. »Ich möchte unsere Freundschaft nicht mit meinen Geldsorgen belasten.« Das hatte ich mir immer fest vorgenommen. Phil war die einzige Freundin, die mir geblieben war. Ich würde einen Teufel tun und unsere Beziehung aufs Spiel setzen.

»Dann frag doch noch mal bei der Bank nach.«

»Mr. Donalds hat mir bei unserem letzten Gespräch sehr deutlich zu verstehen gegeben, dass er nichts mehr für mich machen kann. Nicht, wenn er sein eigenes Haus behalten will«, nahm ich Phil den Wind aus den Segeln.

»Oh.«

Zwei Buchstaben, die meine momentane Situation ziemlich genau geschrieben, ohne etwas zu beschönigen.

»Wenn ich irgendetwas für dich tun kann, dann sag mir Bescheid.«

Ich schluckte und kämpfte mit den Tränen. Phil war keine der Personen, die solch einen Satz aussprachen und zwei Minuten später schon vergessen hatten, was genau sie da von sich gegeben hatten. Sie meinte es ernst.

»Danke dir. Damit wären wir beim eigentlichen Grund meines Anrufs angekommen.«

Es klingelte bei Phil. »Heute ist der Inder dran«, erklärte sie, ehe sie ihren Türsummer betätigte, sich für die Lieferung bedankte und schließlich den Essensboten verabschiedete.

»Also, was wolltest du mir sagen?« Das Rascheln einer Tüte war im Hintergrund zu hören. Phils Stimme klang gedämpft. Offenbar hatte sie den Hörer zwischen Ohr und Schulter eingeklemmt und sprach dabei nicht mehr direkt in das Telefon.

»Ich brauche eine Trauzeugin für die Hochzeit mit Mason. Könntest du dir vorstellen, diesen Posten zu übernehmen, auch wenn du das Ganze als moralisch verwerflich erachtest?«

Das Rascheln verebbte. »Aber natürlich werde ich deine Trauzeugin sein, Liebes. Du kannst voll und ganz auf mich zählen. Schließlich bin ich moralisch keine Instanz. Jedenfalls nicht, nachdem ich das Verbindungshaus der *Alpha Epsilon Zero* verschönert habe.«

Ich lachte. »Ich danke dir, Phil. Das bedeutet mir wirklich viel.«

Ein riesiger Stein fiel mir vom Herzen. Mindestens so groß wie eine Kokosnuss, die überreif vom Baum plumpste.

»Aber eins will ich noch gesagt haben, bevor ich mich an mein Hühnchencurry mache.«

»Ja?«, fragte ich verunsichert.

»Ein Jahr an ausgerechnet den Mann gebunden zu sein, mit dem du solch eine intensive Kindheit verlebt hast, könnte dir unter Umständen zum Verhängnis werden.« Etwas milder setzte sie nach: »Ich will nicht, dass du verletzt wirst.«

Ich zwang mich zu einem Lächeln, auch wenn Phil es nicht sehen konnte. »Da brauchst du dir überhaupt keine Sorgen zu machen. Mason und ich sind nur Freunde. Wahrscheinlich nicht mal mehr das, nachdem wir uns fast zwanzig Jahre nicht gesehen haben.«

»Ich will einfach nur, dass du auf dich aufpasst und dich bei mir meldest, falls du Hilfe brauchst. Versprochen?«

Mein Blick glitt erneut zu dem Album hinüber. »Versprochen. Und jetzt iss dein Curry! Es schmeckt sicher nur, wenn es heiß ist«, lenkte ich ab, um mir nicht selbst noch mehr Gedanken über die kommende Zeit machen zu müssen, als ich mir ohnehin bereits gemacht hatte.

»Apropos heiß. Ich habe deinen Mason gegoogelt. Der Typ ist ja verdammt gut gebaut. Du hast nicht erwähnt, dass er einen Sixpack hat, und von den breiten Schultern musste ich auch erst aus den Medien erfahren.«

Ohne es zu wollen, begann ich beinahe hysterisch zu lachen. »So genau habe ich ihn mir gar nicht angesehen«, behauptete ich, was eine krasse Lüge war. Schließlich waren wir gemeinsam im

Weiher baden gewesen. Zudem hatte ich ihn zuvor im Motelzimmer nur mit einem Handtuch bekleidet gesehen.

»Nun, in eurem Ehejahr wirst du ihn sicher etwas genauer unter die Lupe nehmen können. Aber jetzt ruft mein Curry. Wir hören uns, Süße.«

»Lass es dir schmecken! Und bis bald.«

Tut, tut, tut! Damit konnte ich den ersten Punkt auf meiner ellenlangen Liste mit den Dingen, die für die Hochzeit erledigt werden mussten, abhaken. Warteten ja nur noch gefühlte drölf Millionen auf mich. Eine der schwersten Aufgaben würde es sein, Mom von der Hochzeit zu erzählen. Doch dafür fehlte mir bislang der Mut.

Kapitel 10

Mason

»Dich innerhalb so kurzer Zeit bereits zum zweiten Mal zu sehen, kommt dem achten Weltwunder gleich, mein Sohn. Was verschafft mir heute die Ehre?«

Rachel Livington thronte auf ihrem Bürostuhl wie eine Königin. Rechts neben ihr stand ihre Sekretärin, ein wichtiger Bestandteil ihres Hofstaats, wenn nicht sogar der wichtigste. Manchmal fungierte sie auch als Hofnarr zur Belustigung meiner Mom, aber das war eine andere Geschichte.

»Ich würde gerne mit dir unter vier Augen reden.« Betont gelassen reagierte ich auf ihren Versuch, mich einzuschüchtern.

Nur weil Mom die Bedingungen für dieses Spiel aufgestellt hatte, hieß das noch lange nicht, dass ich mich widerstandslos fügen musste. Wenn sie glaubte, mich endlich da zu haben, wo sie mich schon immer sehen wollte, dann irrte sie sich.

»Es gibt nichts, was wir miteinander bereden müssten, was Cassy nicht hören dürfte.« Mom lächelte bei ihren Worten, faltete die Hände wie zum Gebet und ließ sich ein wenig in ihren Stuhl zurücksinken.

Ich erwiderte nichts darauf, lief auf den ledernen Besuchersessel zu, der vor ihrem Schreibtisch stand, und sah dabei auf die Skyline von San Francisco hinaus. Der Himmel war heute etwas wolkenverhangen. Vielleicht regnete es später sogar noch. Ohne meinen Blick von der Fensterfront in Moms Rücken abzuwenden, setzte ich mich auf den Sessel und legte meine Arme auf die Lehnen.

»Es dauert nicht lange.«

Mom zog ihre Mundwinkel leicht nach oben. »Mein nächster Termin ist erst am Nachmittag. Ich habe also alle Zeit der Welt. Möchtest du etwas trinken?«

Ich sah zu Cassy, die sich darin übte, mich nicht direkt anzusehen. Ob sie wohl zu Hause bei ihrem Mann auch so stocksteif am Esszimmertisch stand und dessen Befehle erwartete? Wann genau hatte sie aufgehört, ein eigenständig denkender Mensch zu sein, und sich mit Leib und Seele dieser Firma verschrieben? Was erhoffte sie sich davon, meiner Mutter derart devot zu dienen? Hatte sie am Ende vielleicht sogar Interesse am Chefsessel?

»Ein Kaffee wäre nett.« Dabei richtete ich mein Wort an Cassy, die mich plötzlich mit wachen Augen ansah wie ein abgerichteter Schäferhund, der nur auf sein Kommando wartete. »Schwarz. Danke.«

Ohne mit der Wimper zu zucken, ging Cassy aus dem Zimmer. Letztlich hatte ich also doch bekommen, was ich mir gewünscht hatte. Zumindest für den Moment. Eins zu null für mich. Dieses Treffen verlief besser als das letzte. Vor allem, da ich noch ein Ass im Ärmel hatte.

»Also, mein Sohn, warum bist du gekommen?«

Mom hasste es, im Unklaren über etwas gelassen zu werden. Am liebsten hätte ich den Augenblick noch etwas länger ausgekostet, aber die Zeit war knapp und ich wollte mein Glück nicht über die Maßen strapazieren.

»Ich habe eine Braut gefunden, die genau deinen Anforderungen genügt. Sie ist ein absoluter Nobody, was die Medien anbelangt. Außerdem war sie *noch nicht* mit mir im Bett.« Bei den Wörtchen noch nicht musste ich schlucken. Die Vorstellung, mit Gwen zu schlafen, war total verrückt. Wir waren doch Freunde. Sie war wie eine Schwester für mich. Allein der Gedanke, sie zu küssen, fühlte sich total verkehrt an. Ebenso wie der Umstand, sie zum Schein zu heiraten, nur um einen Businessdeal auszuhandeln.

Ich beruhigte das aufkeimende schlechte Gewissen mit der Tatsache, dass unsere Ehe zeitlich begrenzt war und wir nichts tun mussten, was wir nicht beide wollten. Schließlich schloss Moms perfider Plan nicht mit ein, dass wir zu geregelten Zeiten miteinander Sex hatten.

Mom lachte süffisant auf. »Wenn es nach mir gegangen wäre, dann hätten wir nach wie vor Lord Wellingtons Tochter genommen. Victoria ist zwar keine besondere Schönheit, aber ihr Name nimmt diesen Makel vollends von ihr, wie ich finde.« Als ich darauf nichts erwiderte und sie mit versteinerter Miene anstarrte, setzte sie fort: »Wo hast du diese Jungfrau denn aufgetrieben? Das klingt ja fast nach einer Prinzessin aus einem Märchen.«

Gewisse Ähnlichkeiten bestanden tatsächlich. Gwen war so schön geworden wie eines der zahlreichen Models, die ich in meinem Leben bereits gedatet hatte. Mit dem klitzekleinen Unterschied: Sie hatte keine Ahnung davon. Oder sie legte wenig Wert darauf. Wie auch immer. Nach all den Jahren und trotz ihrer Verwandlung vom Babyentlein mit flauschigem Fell zum wunderschönen Schwan mit langem Hals und den Maßen 90-60-90 war sie immer noch die Gwen geblieben, die ich von früher kannte.

Wie von allein flogen meine Gedanken zu dem Abend zurück, an dem wir im Weiher baden gegangen waren. Mitten in der Nacht. Es war Gwen vollkommen egal gewesen, dass sie keinen Bikini dabeihatte. Wie eine Nixe war sie durchs Wasser geschwommen. Die Tiefe bereitete ihr keine Angst mehr. Für den Bruchteil einer Sekunde war ich sogar enttäuscht gewesen, dass sie nicht wie früher nach meiner Hand gegriffen hatte.

»In Elwood, Mom«, ließ ich die Bombe platzen.

Sie verfehlte ihre Wirkung nicht. Mom sah mich aus zusammengekniffenen Augen an.

»Du hast doch nicht etwa …«

»Doch, genau das habe ich. Ich habe Gwen gebeten, meine Frau zu werden.«

Zwei zu null für mich. Das Gefühl war so berauschend, dass ich für einen Moment vollkommen vergaß, wozu mich meine Mom verdonnert hatte und welch aufreibende Zeit noch auf mich warten würde.

Aber allein dieser völlig entgleiste Gesichtsausdruck meiner Mutter, die nicht wusste, wie sie auf meine Neuigkeiten reagieren sollte, war so berauschend wie eine Nacht mit zwei Frauen. Mindestens.

»Du hast ja völlig den Verstand verloren. Dieses Mädchen spielt überhaupt nicht in unserer Liga. Sie ist eine Landpomeranze, die es mit Müh und Not schafft, anständig mit Messer und Gabel zu essen. Du würdest das arme Kind bei den öffentlichen Veranstaltungen mit dem ganzen Besteck und den vielen zeremoniellen Abläufen nur überfordern. Willst du das wirklich?«

Mom sprach leise und mit Bedacht, doch man konnte den Widerwillen in ihrer Stimme ganz deutlich heraushören, auch wenn sie alles daransetzte, Haltung zu bewahren.

Ich konnte nicht leugnen, dass mich dieser Umstand umso mehr bekräftigt hatte, Gwen zu fragen, ob sie mich heiraten wollte. Für die Genugtuung, die mir mein glorreicher Einfall genau in diesem Augenblick verschaffte, hatte es sich bereits hinreichend gelohnt.

»Gwen entspricht genau den Vorgaben, die du gemacht hast. Sie ist weder eine meiner Verflossenen, noch wird sich ihr Ruf nachteilig auf dich oder deine Agentur auswirken.« Meine Stimme troff nur so vor Sarkasmus. »Sie ist, wenn du es so willst, die unbekannte Schönheit vom Lande.«

Mom knirschte hörbar mit den Zähnen. Offenbar wurde sie sich gerade der Tatsache bewusst, dass ich ein würdiger Gegner war und keiner ihrer Handlanger, der in ihrer Gegenwart nicht zu husten wagte. Es hatte durchaus etwas Erhebendes an sich, meiner Mom die Stirn zu bieten. Vielleicht würde sie nun kapieren, dass sie sich mit dem Falschen angelegt hatte. Dass ich Mom ebenbürtig werden könnte, damit hatte sie im Vorfeld sicher mitnichten gerechnet. Davon zeugten zumindest ihre bebende Unterlippe und die krampfhaft ineinander verschlungenen Finger, die sich wie die Zargen eines Reißverschlusses ineinander verkeilt hatten.

»Wenn du dir da nicht mal dein eigenes Grab geschaufelt hast, mein lieber Junge.« Moms Augenbraue zuckte kaum merklich nach oben. Sie bekam Aufwind. Kein gutes Zeichen. »Es ist nie besonders ratsam, die Schatten der Vergangenheit in die Gegenwart zu zerren. Bist du dir denn sicher, dass deine liebe Gwen noch immer das Mädchen ist, mit dem du früher auf Bäume geklettert bist?« Ein Lächeln umspielte ihre Lippen, als sie sich zufrieden in ihrem Stuhl zurücklehnte. »Zwanzig Jahre können einen Menschen von Grund auf verändern. Sie können ihn sogar in sein Gegenteil verwandeln. Ganz abgesehen von all den schmutzigen kleinen Details, die in dieser Zeit in ihrem Leben vorgefallen sind.«

»Ich denke nicht …«

Doch Mom hob die Hand und ließ mich nicht aussprechen. »Jeder Mensch hat ein paar Dinge in seinem Leben, auf die er nicht besonders stolz ist. Warum sollte es bei Gwen anders sein?

Oder ist sie in deinen Augen etwa eine Heilige?«

Rachel Livington bekam endlich wieder Oberwasser in diesem für sie so grausamen Spiel, das sie selbst angezettelt hatte. Ein Umstand, der mir überhaupt nicht zusagte, aber viel schlimmer waren die Stimmen in meinem Kopf, die ihr recht gaben.

Auch wenn sich das erste Treffen zwischen Gwen und mir nach all dieser Zeit so angefühlt hatte, als seien wir nie voneinander getrennt gewesen, wusste ich rein gar nichts über die Frau, die ich in naher Zukunft heiraten würde. Die Hochzeit an sich war dabei nicht das Wesentliche an der ganzen Geschichte. Das war nur eine Formalität, ein Vertragsabschluss sozusagen. Viel wichtiger war die darauffolgende Zeit, in der wir in gewisser Hinsicht miteinander verbunden waren. Würden wir miteinander auskommen? War es wirklich ratsam, eine Frau für diesen Job zu engagieren, der ich ohne Weiteres mein Vertrauen entgegenbrachte?

Bei keiner anderen Frau hätte ich Skrupel gehabt, sie vorab auf Herz und Nieren prüfen zu lassen. Doch bei Gwen wäre ich vorher überhaupt nicht auf die Idee gekommen, sie abchecken zu lassen. Würde mir diese Tatsache nun womöglich das Genick brechen?

»Mom, mach dich nicht lächerlich und gib zu, dass dir nur der Umstand nicht sonderlich gefällt, Gwen in nächster Zukunft als deine Schwiegertochter in diesem Haus willkommen heißen zu müssen.«

Mom schluckte hörbar, und ihre angehobenen Mundwinkel sanken für den Bruchteil einer Sekunde nach unten ab, ehe sie sich wieder zu einem Lächeln zwang. »Euch beide verbindet nichts als die Sandkastengeschichten von einst. Wird das wirklich ausreichen, frage ich mich?« Dann zuckten ihre Mundwinkel erregt. »Spätestens, wenn du die Vereinbarungen unseres Vertrags nicht ausreichend erfüllen kannst, indem du die Geschäfte nicht so leitest, wie ich es für richtig halte, oder deine repräsentativen Aufgaben vernachlässigst und Gwen schließlich mit ihrer Mom auf der Straße sitzt, ziehen dunkle Gewitterwolken über eurem gemeinsamen Himmel auf. Da bin ich mir ganz sicher.«

»Keine Sorge, ich werde meinen Pflichten in deiner Firma nachkommen und alle repräsentativen Aufgaben übernehmen. Ich werde meine Rolle schon zu deiner Zufriedenheit spielen. Verlass dich drauf!«

Sie wusste es. Sie wusste, dass ich alles in die Wege geleitet hatte, um Gwens Elternhaus vor der Zwangsversteigerung zu bewahren. Moms Augen glänzten mit den auf dem Pazifik tänzelnden Sonnenstrahlen um die Wette.

»Du hast von mir verlangt, ein Haus zu kaufen. Das habe ich getan.«

Mom lächelte spöttisch. »Wir wissen beide, dass ich in dieser Hinsicht ein anderes Ziel vor Augen hatte. Aber sei es drum. In diesem Punkt gewähre ich dir einen kleinen Etappensieg über mich. Bilde dir jedoch bloß nicht ein, dass du am Ende als Sieger aus diesem Spiel hervorgehen wirst. Letztlich wirst du nämlich doch tun, was ich von dir erwarte. Ich habe meine Mittel und sitze am längeren Hebel.«

In diesem Moment kam Cassy durch die Tür und reichte mir einen weißen Porzellanbecher, dessen Inhalt so schwarz war wie die Seele meiner Mutter. Ich nahm ihn dankend entgegen und versuchte, mich zu fassen sowie mich wieder auf das Wesentliche zu besinnen: ohne das Geld meiner Mutter kein Nachtclub.

Ohne Nachtclub keine Einnahmequelle, um die Raten der Kredite abbezahlen zu können, die ich bisher noch gut bedienen konnte. Das würde sich aber bald ändern, wenn ich nicht zusah, dass es endlich wieder in der Kasse klingelte.

»Ich denke, wir haben uns hinreichend über das weitere Vorgehen in dieser Angelegenheit unterhalten. Für mich gilt es nun, eine Hochzeit zu planen.« Ich setzte den warmen, beinahe noch heißen Kaffee demonstrativ an die Lippen und trank ihn in einem Zug aus.

Kapitel 11

Gwen

Die Zeit schritt unnachgiebig voran wie der Lauf der Sonne. Nur irgendwie noch viel schneller. Schon morgen würde ich nach San Francisco fliegen, um mit Mason die Hochzeit in allen Einzelheiten zu besprechen und bis ins Detail zu planen.

Irgendwie hatte ich mir das alles ganz anders vorgestellt. Einfacher. Unkomplizierter. Ohne das Aufhebens, das um diesen Tag gemacht werden würde. Doch Mason konnte als vermeintlicher Juniorchef eines Hochzeitsagenturimperiums ja schlecht in Vegas von einem Elvis-Presley-Imitator getraut werden. Nein, es musste natürlich der Erzbischof von San Francisco sein, der uns das Eheversprechen abnahm.

Bis dass der Tod euch scheidet. Die Medien waren auch schon hinreichend informiert worden und standen wahrscheinlich alle schon längst in den Startlöchern, im Kampf um die besten Fotos des wahnwitzigen Spektakels. Mir wurde ganz schlecht bei dem Gedanken. Fehlte nur noch, dass sie die Hochzeit zur besten Sendezeit im Fernsehen übertrugen wie bei der Königsfamilie von Großbritannien. Nur mit dem winzig kleinen Unterschied, dass in meinen Adern kein bisschen blaues Blut floss.

Ich war Gwen. Ende zwanzig. Aus Elwood bei Chicago, einem verschlafenen Nest, in dem sich alle kannten und jeder über jeden Bescheid wusste. Allein beim Gedanken daran zog sich mein Magen auf Erbsengröße zusammen. Das war nicht gut. Das war ganz und gar nicht gut.

Alle würden erfahren, dass ich Mason mein Jawort gab. Ob ich wollte oder nicht. Auch wenn ich noch so sehr darum bemüht war, das Ganze geheim zu halten, würde diese Eheschließung Wellen schlagen. Ähnlich einem Tsunami, der über eine Insel hereinbrach und alles mit sich ins Meer zog, was sich seiner Sogkraft nicht widersetzen konnte. Ich sah mich schon wie ein Stück Treibholz auf dem offenen Meer schwimmen. Immer weiter von dem sicheren Ufer weg. Ohne Aussicht, je wieder an Land zu gelangen.

»Gwen?«

Mom rief aus dem Erdgeschoss zu mir nach oben, und ich zuckte ertappt zusammen. Natürlich wusste sie von meinen Plänen, nach Frisco zu fliegen. Allerdings hatte ich ihr gegenüber behauptet, dort mit Phil ein Mädelswochenende verbringen zu wollen.

Ich hatte mich schrecklich gefühlt, als Mom mich strahlend angesehen und mich darin bekräftigt hatte, mal rauszukommen und Dinge zu tun, die junge Leute eben so taten. Sie fand die Idee so wundervoll, dass ich es bis zum heutigen Tag nicht übers Herz gebracht hatte, sie über den wahren Grund meiner Reise in Kenntnis zu setzen. Dabei war mir mein schlechtes Gewissen von Tag zu Tag immer schwerer geworden.

»Ja?«, fragte ich mit leicht brüchiger Stimme und in der Hoffnung, sie würde mir meine Unsicherheit nicht anhören.

»Soll ich euch Mädchen für den Flug morgen noch ein paar Muffins backen?«

Seit Mason unverhofft vor unserer Tür gestanden hatte, war Moms Liebe fürs Kochen und Backen wieder aufgeflammt. Sosehr mich sein plötzliches Auftauchen und alles, was danach passiert war, auch aufgewühlt und verunsichert hatte, für diesen Umstand würde ich ihm ewig dankbar sein.

Trotzdem legte sich auf mein zentnerschweres Gewissen bei

Moms Frage ein weiterer Fünf-Kilo-Block. Ich musste Mom endlich sagen, mit wem ich mich wirklich in San Francisco traf und warum ich überhaupt dorthin flog. Sie hatte ein Recht darauf, von mir zu erfahren, was ihr und mir demnächst bevorstand. Auch wenn ich es nicht übers Herz brachte, ihr zu sagen, dass ich Mason nur heiratete, um das Haus zu retten.

In all den Jahren, seit Dad gestorben war, hatte ich alles darangesetzt, Mom nicht mit unserer verheerenden finanziellen Situation zu belasten. Sie würde nicht verstehen, wenn ich ihr nun sagte, dass ich mit Mason einen Deal ausgehandelt hatte, nur damit wir auch weiterhin ein Dach über dem Kopf hatten.

»Danke, Mom. Das wäre toll.« Auch wenn ich mir ganz sicher war, dass ich keines der süßen Teilchen runterkriegen würde, war das Letzte, was ich wollte, dass Mom wieder in ihre depressive Grundhaltung zurücksank. Es wäre furchtbar, wenn sie sich wieder im Wohnzimmer auf der Couch verkroch, anstatt dem nachzugehen, was ihr wahre Freude bereitete.

»Heidelbeer-Schokolade oder Vanille-Kirsch? Was ist euch lieber?«

Lieber wäre mir, ich müsste morgen nicht fliegen und alles würde so bleiben wie bisher. Aber dank der gestrichenen Extrastunden im Diner war Masons Angebot, wenn man so wollte, der rettende Anker meines in Sturmflut geratenen Boots. Ohne ihn säßen Mom und ich schneller auf der Straße, als ich Heidelbeer-Schokolade oder Vanille-Kirsch sagen könnte.

»Klingt beides toll.«

Ich besah mir mein Spiegelbild, während ich Shirts, Hosen, Kleider und Unterwäsche in den Koffer packte. War das wirklich ich? War das die Gwen, die ich immer hatte werden wollen? Und was war aus Mason geworden? Das Internet sprudelte nur so wie ein Geysir von Geschichten über ihn. Allesamt hatten sie eins gemein: Sie erzählten von einem Mann, von dem ich meinte, ihn zu kennen. Doch wenn ich den Worten der Journalisten Glauben schenkte, dann war mein bester Freund von früher nicht mehr derselbe. Ganz so, als hätte es ihn nie gegeben. Nicht einmal zwischen den Zeilen hatte ich ihn aufstöbern können.

»Dann mache ich einfach beide. Der Flug ist lang, den Rest könnt ihr ja in Frisco essen. So schnell werden sie nicht schlecht.« Das Lächeln war deutlich in Moms Stimme zu hören. Sie freute sich darauf, für Phil und mich den Proviant zu richten.

Ich sah die Frau im Spiegel ein weiteres Mal mahnend an, während sich abermals ein Fünf-Kilo-Block auf mein schlechtes Gewissen legte. Mittlerweile war der Berg fast schon so hoch wie der Willis Tower in Chicago. Vielleicht auch höher.

»Das ist doch nicht nötig. Du warst doch heute Vormittag erst bei der Physio. Willst du dich nicht lieber ausruhen?«

Moms plötzlich neu entfachter Lebenswille war wundervoll und grausam zugleich. Führte er mir doch beinahe tagtäglich schmerzlich vor Augen, wem ich ihn zu verdanken hatte.

»Ach was, mir geht es blendend. Mach dir um mich keine Sorgen.« Damit rollte sie über den Linoleumboden im Gang in die Küche. Wenig später ertönte der Mixer und Elvis schmetterte *Love Me Tender* durchs Haus. So laut, dass ich kaum noch einen klaren Gedanken fassen konnte. Irgendwie war ich ihm dankbar dafür.

Wieder streifte mein Blick mein Spiegelbild. Wir sahen uns verstohlen aus den Augenwinkeln an. Und dennoch wussten wir beide, dass ich nicht fliegen konnte, ehe ich nicht mit Mom gesprochen hatte. Ich musste einfach. Das war ich ihr schuldig. Und auch mir.

Seufzend sah ich mein Spiegel-Ich an und atmete gedehnt aus und wieder ein. Mein Herz pochte wie wild in meiner Brust, während mein Bauch zu kribbeln begann, als befände sich dort ein Ameisenhaufen, in dem abertausende Tiere wirr umherwuselten.

»Mom?«, unterbrach ich meine Mutter, nachdem ich ihr einige Sekunden dabei zugesehen hatte, wie sie singend den Teig in die Papierförmchen goss. Ein Bild, das ich so schon eine Ewigkeit nicht mehr gesehen hatte.

Fast hätte ich mein Vorhaben verworfen, um diesen Moment nicht zu zerstören. Er war so perfekt. Sie so zu sehen, war genau das, was ich mir in all den Jahren gewünscht hatte, wenn sie mal wieder in eines ihrer tiefen Löcher gesunken war und nicht den Willen gefunden hatte, sich selbst dort wieder herauszuholen.

Denn eins hatte ich in all der Zeit gelernt: Egal, wie sehr ich mich auch bemühte, was ich auch tat, um ihr zu helfen, sie musste es selbst wollen. Man konnte niemandem dabei helfen, neuen Lebensmut zu finden, wenn er das nicht wollte.

»Ja, mein Schatz? Was gibt es? Möchtest du doch lieber eine andere Sorte?«

Während Elvis *In the Ghetto* anstimmte, sah Mom mich erwartungsvoll an. Noch immer gelang es mir nicht, die Worte in meinem Kopf dazu zu bewegen, die Reise zu meinem Mund anzutreten. Zumindest nicht jene Worte, weshalb ich mich auf den Weg von meinem Zimmer ins Erdgeschoss zu Mom in die Küche aufgemacht hatte.

»Nein, nein«, sagte ich schnell, um ihr den Hauch eines Zweifels aus dem Gesicht zu wischen. Er passte so überhaupt nicht in die ausgelassene Stimmung, die von einer Duftmischung aus Schokolade, Vanille und Walnüssen durchzogen wurde.

Das Letzte, was ich wollte, war, Mom diese heile Welt zu nehmen, die sie sich selbst geschaffen hatte. Es war falsch von mir, sie zurück in das Loch zu schubsen, aus dem sie sich so mühevoll herausgekämpft hatte. Und dennoch. Sie verdiente die Wahrheit.

»Was kann ich dann für dich tun, mein Schatz? Brauchst du noch etwas? Es ist zwar eine Ewigkeit her, dass ich das letzte Mal in San Francisco gewesen bin, aber wenn du noch Tipps brauchst oder …«

»Nein, das ist es nicht«, unterbrach ich sie, weil ich es nicht länger ertragen konnte, wie sehr sie sich um mich sorgte, während ich Geheimnisse vor ihr hatte.

Und in meinem speziellen Fall ging es nicht darum, dass ich länger wach gelegen hatte als erlaubt oder mich mit einem Jungen getroffen hatte, ohne ihr etwas davon zu sagen. Es waren keine Kindersorgen, sondern ausgewachsene Mammutprobleme, die mich mit dem nächsten Schritt dem Erdboden gleichmachen würden.

Noch konnte ich das Ausmaß dessen, was mir in nächster Zukunft bevorstand, nur erahnen. Doch eins war dabei ganz sicher: Ich würde in diesem Spiel nicht die Fäden in der Hand halten. Ab sofort gab ich die Geschicke meines Lebens in die Hände eines Mannes, von dem ich wusste, dass er als Kind gut schwimmen konnte und lieber Erdbeereis als Schokoladeneis gegessen hatte. Ob mir dieses Wissen jedoch in Frisco helfen würde, wagte ich zu bezweifeln. Mehr noch: Ich war mir sogar ziemlich sicher, dass ich damit rein gar nichts anfangen konnte. Denn der Junge von damals war jetzt ein Mann, der neue Vorlieben entwickelt und alte Gewohnheiten abgelegt hatte.

Ich atmete ein letztes Mal tief durch, ehe ich den Mut fasste, über das zu sprechen, was mir auf dem Herzen lag.

»Mom, ich verreise gar nicht mit Phil nach Frisco.«

Das wars. Die Bombe war gezündet. Nun war es raus und es gab keinen Weg zurück. In wenigen Minuten würde uns das Ding dermaßen um die Ohren fliegen, dass mir schon jetzt Hören und Sehen verging.

Moms Augenbrauen schoben sich eng zusammen, sodass eine schmale Kante auf ihrer Stirn zu erkennen war. »Das verstehe ich nicht. Mit wem fliegst du denn dann?«

Moms Stimme schwang zwischen Irritation und Neugier hin und her.

»Ich werde in San Francisco Mason besuchen.«

Wieder ein Fünf-Kilo-Block leichter. Doch ich konnte nicht behaupten, dass es sich schon weniger schwer anfühlte. Eher das Gegenteil war der Fall.

»Warum hast du das denn nicht gleich gesagt?« Moms Miene sprach Bände. Sie war enttäuscht darüber, dass ich ihr den wahren Grund meiner Reise vorenthalten hatte.

In diesem Moment tat es mir unendlich leid, dass ich so lange geschwiegen hatte. Ich hätte Mom schon viel früher erklären müssen, dass Mason von nun an in meinem Leben wieder eine größere Rolle einnehmen würde. Eine von der Sorte, die man wohl als Hauptrolle bezeichnen würde.

Ich schluckte beim Gedanken daran, ehe ich all meinen Mut zusammennahm, mich am Türrahmen festkrallte und mit meinem Blick die Speichen von Moms Rolli fixierte. Ihr direkt in die Augen zu sehen, wagte ich nicht. Dann würde ich es mir vielleicht doch noch mal anders überlegen und das winzige Detail über unsere Hochzeit ein anderes Mal zur Sprache bringen. Oder, besser gesagt, gleich gar nicht. Nie wäre viel besser. Und … Hach.

»Mason hat mich gebeten, zu ihm zu kommen.«

Fast wäre es mir gelungen. Fast hätte ich Mom die Wahrheit gesagt. Denn mit einem ungezwungenen Besuch hatte meine Reise nach San Francisco herzlich wenig zu tun.

»Aber das ist doch sehr nett von ihm.« Mom begann übers ganze Gesicht zu strahlen. Das war nicht gut. Das Gespräch driftete in eine ungezwungene, locker-flockige Richtung ab, die mich meilenweit vom eigentlichen Ziel wegführte.

»Es ist kein Besuch im herkömmlichen Sinne.«

So allmählich war meine Anspannung überdeutlich zu spüren. Sie füllte den Raum immer weiter. Doch Mom schien das gar nicht zu bemerken. Sie lächelte noch immer in einer Tour vor sich hin, begann sogar wieder damit, ihren Teig in die Förmchen zu geben. Ganz so, als wäre unser Gespräch beendet. Dabei hatte ich ja noch gar nicht richtig damit angefangen. Die Bombenschnur war zwar entzündet worden, aber auf dem Weg zur eigentlichen Explosion war das Feuer erloschen. Einfach so.

»Mason hat mich gebeten …«

Mom sah mich abwartend an, während ich nicht wusste, wie ich weitermachen sollte. Gleich mit der Tür ins Haus fallen oder lieber doch noch eine weitere Abzweigung rechts oder links des Weges wahlen? Vielleicht wäre der Rückwärtsgang auch eine Überlegung wert. Die Flucht nach vorne fiel mir mittlerweile immer schwerer.

»Worum hat er dich gebeten, mein Schatz? Falls ihr allerdings vorhabt, eine Bank auszurauben, will ich darüber nichts wissen.« Mom begann heftig zu lachen. »Gwen, du schaust ja aus, als hätte ich mit meiner Aussage mitten ins Schwarze getroffen. Was ist denn nur los? Was kann so schlimm sein, dass du es mir nicht sagen kannst? Du hast mir früher immer von euren Streichen erzählt, die ihr Mrs. Bloomfield gespielt habt. Auch auf die Gefahr hin, dass es daraufhin eine Strafe gab.«

Die guten alten Zeiten. Wenn ich doch nur noch für einen einzigen Tag das kleine Kind von damals sein könnte, das keinerlei Ängste und Sorgen kannte. Rückblickend war ich wohl das fröhlichste kleine Mädchen auf diesem Planeten gewesen, ohne auch nur ansatzweise zu ahnen, wie glücklich ich mich tatsächlich schätzen konnte.

»Mason hat mich um meine Hand gebeten, Mom. Er möchte, dass ich ihn heirate.«

Mom unterbrach ihre Tätigkeit. Ihr Mund verformte sich in Sekundenschnelle zu einem großen fragenden O, während ihre Augenbrauen katapultartig in die Höhe schnellten und Wellen auf ihrer Stirn zeichneten.

»Das ist … Nun, wie soll ich sagen … Damit hätte ich nun wirklich nicht gerechnet. Es kommt … unverhofft. Früher, da hätte ich es vielleicht erwartet … aber nach all der Zeit … Was hast du ihm gesagt?« Erwartungsvoll sah Mom mich an, während ich ziemlich durch den Wind wirkte.

Für sie war Masons Antrag genauso abwegig wie für mich. Während ich jedoch den wirklichen Grund dafür kannte, der ihn zu diesem Schritt bewogen hatte, mussten meine Worte Mom wie ein Rätsel vorkommen. Wie eines von der Sorte, die auf Seite 137 aufgelöst werden sollten, deren Lösung allerdings nirgends im Heft zu finden waren.

»Ich hab den Antrag angenommen«, sagte ich schließlich, nachdem ich ihrem bohrenden Blick nicht länger standhalten konnte.

»Das sind … Nun, ich denke, das sind gute Nachrichten.« Mom wischte sich die Hände an einem Küchentuch sauber und rollte anschließend zu mir rüber.

Ich stand noch immer wie angewurzelt auf der Stelle, war unfähig, mich auch nur einen einzigen Schritt zu bewegen. Meine Knie schlotterten dermaßen, dass ich jeden Moment zusammenzusacken drohte.

Als Mom bei mir anlangte, hob sie ihre Hände in die Höhe und ich zwang mich trotz meiner Wackelpuddingknie dazu, den sicheren Halt an der Tür loszulassen und sie in die Arme zu nehmen. Es tat gut, ihre Wärme und Liebe zu spüren.

»Ich freue mich so für euch«, hauchte sie in mein Ohr. Dann löste sie sich von mir, hielt mich dabei aber an den Armen fest und sah mir tief in die Augen. »Ich wusste schon immer, dass ihr beiden füreinander bestimmt seid. Offenbar ist Mason das nun auch endlich klar geworden.«

Dankbar, dass Mom sich ihre eigene Erklärung zurechtlegte, atmete ich erleichtert aus. Das hier würde mich sehr viel Kraft und vor allem Ausdauer kosten. Doch ich durfte das höhere Ziel nicht aus den Augen verlieren. Die Ehe mit Mason würde Mom und mir das Dach über dem Kopf sichern. Und das war alles, was zählte.

Kapitel 12

Mason

Entweder die Flüge gingen nicht planmäßig, oder aber eine der Fluggesellschaften, die mittlerweile wie Pilze aus dem Boden sprossen, streikte und cancelte einen Flug nach dem anderen.

Ungeduldig blickte ich auf die Anzeigetafel. Gwens Maschine war noch immer nicht gelandet. Dabei hätte sie schon vor einer Stunde da sein müssen. Mit jeder Minute, die verstrich, wurde ich nervöser. Als wenn ich nicht schon aufgeregt genug gewesen wäre.

Wieder umklammerte ich das Schnitzmesser in meiner Hosentasche ganz fest, während ich unruhig in der Ankunftshalle auf und ab lief. Die Geräuschkulisse um mich herum kam der im *Empire* sehr nahe. Fehlte nur noch der richtige Beat. Denn zwischen schreienden Babys und weinenden Grannys, die ihre erwachsenen Kinder in die Arme schlossen, als hätten sie den Untergang der Titanic überlebt, wollte keine wirkliche Harmonie aufkommen.

Als ich die Anzeigetafel erneut passierte, hob ich den Kopf erwartungsvoll in die Höhe und suchte Gwens Flug. Die Maschine war noch immer in der Luft. Keine Ahnung, warum ich ihre Ankunft dermaßen herbeisehnte. Schließlich würde sich danach mein ganzes Leben verändern.

Ab Montag sollte ich in Moms Firma meinen Pflichten nachgehen. Eine Hochzeit auf den Keys in Florida, bei der ich angeblich unbedingt in Erscheinung treten musste, und eine Besprechung in London hatte mir meine Mutter bereits in der ersten

Woche aufs Auge gedrückt. Dabei juckte es mich nicht im Geringsten, ob die Gläser blank poliert waren oder die Location hielt, was sie im Vorhinein versprochen hatte. Und am allerwenigsten interessierte es mich, ob das Brautpaar mit dem, was es gebucht hatte, zufrieden war. Das ging mir, um ganz ehrlich zu sein, ziemlich am Arsch vorbei.

Die Leute buchten in Moms Agentur eine Hochzeit, keinen persönlichen Lakaien, der für jeden Fehltritt einen auf den Deckel bekam. Allein die Vorstellung, bei diesen Feierlichkeiten lächelnd am Rand stehen und dem Brautpaar jeden Wunsch von den Augen ablesen zu müssen, brachte mich zum Kotzen.

Eigentlich hatte ich erwartet, Mom würde mich in ihrem Headquarter unter Beobachtung halten wollen, um mich mit furchtbar langweiligen Dingen wie der Buchhaltung oder dem Abhaken von Lieferscheinen – waren da wirklich 750 glitzernde Dekoherzen in der Verpackung? – zu quälen. Doch Mom wäre nicht Mom, wenn sie nicht immer aufs Neue für eine Überraschung gut gewesen wäre. Dass sie mich allerdings ohne Vorwarnung ins kalte Wasser schmiss, hatte ich nicht erwartet.

Nun gut. Der Drops war gelutscht. In dieser Hinsicht würde ich ab kommender Woche einige sehr unangenehme Erfahrungen machen müssen. Ich hätte liebend gern darauf verzichtet. Wer wollte schon einem knutschenden Pärchen gegenübersitzen, das sich Gedanken über die passende Tischdeko machte oder über gelbe oder rote Servietten debattierte? Wenn ich die Wahl hätte, dann würde ich meinen Kopf viel lieber in Eiswasser tunken und so lange darin verweilen, bis mein Hirn schockgefrostet war. Alles war besser, als den Vorführkasper des rosaroten Hochzeitsimperiums zu spielen.

Doch vor diesem Höllenszenario stand erst einmal ein Wochenende mit Gwen auf der Agenda. Auch das würde einiges an Arbeit bedeuten. Schließlich hatte Mom bei ihren Erwartungen an mich, was meine Hochzeit betraf, ziemlich hohe Ansprüche. Ich hoffte nur, Gwen würde das alles mitmachen und nicht doch noch Reißaus nehmen. Ich konnte von Glück reden, dass es Gwen war, die ich gebeten hatte, mich zu heiraten. Gwen verstand mich. Zumindest hatte sie es damals getan. Es bestand also zumindest ein Funke Hoffnung, dass sie es auch heute noch tat.

Noch immer hatte ich bei meiner Versicherung keine Möglichkeit gefunden, die ausstehende Summe aus dem Brandschaden überwiesen zu bekommen. Die Idioten stellten sich weiterhin quer. Behaupteten doch tatsächlich, ich hätte zumindest eine Teilschuld, und ließen sich bei ihren eigenen Ermittlungen verdammt viel Zeit. Mom hatte wirklich gute Arbeit geleistet. In Gedanken zog ich den Hut vor der Grande Dame, auch wenn ich sie dafür erwürgen könnte.

Der nächste Flug war gelandet. Wieder nicht der aus Chicago. Wäre ja auch zu schön gewesen, wenn das Warten endlich ein Ende gehabt hätte. Ich brauchte dringend so etwas wie eine Verbündete im Kampf gegen Rachel Livington. Auch wenn ich mir durchaus darüber im Klaren war, dass ich Gwen nie zwischen die Fronten bringen durfte. Das wäre ihr gegenüber nicht fair. Mom war imstande, sie wie ein hungriger Tiger in einem Happen zu verspeisen. Sie kannte keine Gnade.

Wenn ich nicht so leichtsinnig den Kredit für den Ausbau des *Empire* aufgenommen hätte, dann wäre das ganze Theater hier überhaupt nicht nötig. Dann würde Gwen noch immer in Elwood sitzen, anstatt durchs halbe Land zu reisen, um mit mir eine Hochzeit zu inszenieren, die wir beide nicht wollten.

Verdammt, ich hatte Gwen dazu angestiftet, mir in der Kirche ein Ehegelöbnis zu besiegeln und zu beteuern, mich bis an mein Lebensende zu lieben. Wie krank war das eigentlich? Wenn Gwen nicht mit den Raten für ihr Elternhaus dermaßen in Verzug geraten wäre, dann hätte sie sicher nie eingewilligt. Kein auch nur ansatzweise klar denkender Mensch wäre auf diesen Deal eingegangen.

Ich fuhr mir mit beiden Händen durchs Haar. Was tat ich hier eigentlich? Bis zuletzt hatte ich mich damit getröstet, dass ich Gwen mit dieser Aktion unter die Arme greifen konnte. Aber damit log ich mir nur selbst in die Tasche. Weil es bequem war. Weil es einfacher war, als über mein eigenes verkorkstes Leben nachzudenken.

Verdammt! Wann kam denn endlich dieser beschissene Flieger an? Ich hielt die Anspannung kaum mehr aus. In den letzten beiden Wochen hatte mehr oder minder Funkstille zwischen uns geherrscht. Gwen hatte auf meine diversen WhatsApps lediglich mit *Ja* oder *Nein* geantwortet. Ein wirkliches Gespräch war nicht mehr zustande gekommen, sodass ich es nicht gewagt hatte, sie anzurufen oder sie anderweitig zu bedrängen.

Vermutlich war ihr klar geworden, worauf sie sich da eingelassen hatte. Womöglich würde sie sogar einen Rückzieher machen. Wer sagte mir denn überhaupt, dass sie tatsächlich in dieser Maschine saß? Vielleicht hatte sie es sich kurzfristig anders überlegt.

Verunsichert zog ich das Handy aus meiner Hosentasche. Doch da war nichts. Kein Anruf in Abwesenheit und auch keine neue Nachricht. Zumindest nicht von Gwen. Steven hatte mir geschrieben. Er berichtete mir von einer Party, auf die er mich mitnehmen wollte. Roter Teppich. Das Übliche eben.

Während ich noch immer an quengelnden Kindern, Rollatoren

und Massen an Koffern vorbeilief, tippte mir jemand auf die Schulter.

Als ich mich umdrehte, blickte ich in Gwens schokobraune Augen und sah mich außerstande, das Bild, das sich mir bot, in die richtige Ordnung zu bringen. Eigentlich müsste sie doch noch im Flugzeug sitzen. Eigentlich sollte die Maschine noch in der Luft sein. Warum stand Gwen dann jetzt vor mir und verströmte eine Duftmischung aus Himbeeren und Vanille in der Ankunftshalle, die sich wie ein Teppich über den Raum legte und die Welt um mich herum um einiges schöner erscheinen ließ?

Anscheinend waren nicht nur die Flüge das Problem. Offenbar funktionierte mittlerweile nicht mal mehr die Anzeigetafel richtig. Doch mir blieb keine Zeit, mir weitere Gedanken darüber zu machen. Gwens bloße Anwesenheit ließ mich alles um mich herum vergessen. Ich nahm die Geräuschkulisse in der Halle gar nicht mehr wahr. Ich sah nur Gwen. Hatte nur Augen für sie.

Dabei war sie nicht einmal besonders herausgeputzt. Sie trug Shorts und ein weites fliederfarbenes Shirt, das für meinen Geschmack durchaus enger geschnitten sein könnte. Die Shorts waren allerdings ein absoluter Glücksgriff. Sie endeten knapp unterhalb von Gwens Hintern und ermöglichten damit einen wunderbaren Blick auf ihre langen schlanken Beine.

Gwen war wirklich verdammt gut gebaut. Sie sah noch immer wie Anfang zwanzig aus. Dann diese leuchtenden Augen, in die ich am liebsten abtauchen würde, um all den Mist, der mich in meiner Realität erwartete, hinter mir zu lassen.

»Hey«, sagte Gwen nach einer gefühlten Ewigkeit, in der ich bisher nur in der Lage gewesen war, sie anzustarren.

Der Film drehte sich weiter, und zu meinem Bedauern nahm ich nun auch wieder den ganzen Trubel um uns herum wahr.

»H-hey«, stammelte ich wie ein Teenie bei seinem ersten Date.

»Alles klar bei dir?«, fragte Gwen mit gerunzelter Stirn. »Du siehst ein wenig blass um die Nase aus.« Auch wenn sie ihre Mundwinkel kaum merklich anhob, konnte ich ihr dennoch deutlich ansehen, wie sehr sie mein Anblick belustigte.

»Liegt wohl an der Luft.«

Echt jetzt? Wie lahm war das denn? Wie zur Bestätigung sah mich Gwen skeptisch an.

»Die Großstadt scheint dir nicht sonderlich gut zu bekommen«, erwiderte Gwen, während ich ihr den Koffer aus der Hand nahm und ihr die Richtung wies, in die wir gehen mussten, um zu meinem Auto zu gelangen.

»So schlecht ist es hier gar nicht«, erwiderte ich wenig überzeugend.

Verdammt! Was war bloß los mit mir? Mein Herz übersprang immer einen Takt und setzte an falscher Stelle wieder ein, weiterzuschlagen. Viel zu schnell und viel zu überhastet. Das hier war Gwen. Die Gwen, mit der ich Würmer mit den bloßen Händen aus dem Erdboden gegraben hatte, um sie als Köder beim Angeln zu verwenden. Die Gwen, die lieber auf Bäumen herumgeklettert war, anstatt mit Barbies zu spielen. Die Gwen, die nicht einmal davor zurückgeschreckt war, Mrs. Bloomfield einen randvoll gefüllten Eimer mit Kuhdung in die Rosenbüsche zu kippen. Dabei hatte es den Blumen richtig gutgetan. Sie hatten geblüht wie in keinem Jahr zuvor. Nur der Gestank war etwas penetrant gewesen, sodass die meisten Einwohner von Elwood einen riesigen Bogen um Mrs. Bloomfields Haus in Kauf genommen hatten.

»Komm bloß nie auf die Idee, für diese Stadt als Bürgermeister kandidieren zu wollen.«

Ich rollte Gwens kleinen Handgepäckkoffer wie in einem Parcours um die Gruppen an Menschen herum, die auf Angehörige oder Freunde warteten.

»Keine Sorge, ich habe nicht vor, in die Politik zu gehen. Das ständige Lächeln macht Falten, und die vielen Bodyguards um mich herum würden mich viel zu schmächtig wirken lassen.«

Trotz meines schnellen Schrittes hatte Gwen zu mir aufgeschlossen. Sie war gut in Form. Wahrscheinlich kletterte sie noch immer auf Bäume.

»Ich denke, es gäbe einige junge Frauen und auch ältere, die dich wählen würden. Du hast immer noch dieses Schwiegermutterlächeln, das dir schon damals immer aus der Patsche geholfen hat.«

Ich schielte zu Gwen hinüber, die mich schelmisch anlächelte. Ob es wirklich eine so gute Idee gewesen war, eine Frau zu heiraten, die verdammt viel über mich und meine Vergangenheit wusste? Hatte Mom am Ende vielleicht sogar recht und ich schoss mir hier gerade ein Eigentor?

»Ein paar der Männer müsste ich schon auch noch überzeugen, wenn das mit dem Amt was werden soll.«

Die Schiebetür vor uns öffnete sich und ein kalter Wind zog in die Halle. Es war bereits Ende Mai, doch von Frühling mochte ich noch immer nicht sprechen. Ich zog den Sweater enger um mich und blickte dann zu Gwen. In Elwood war es sicher um einiges wärmer gewesen. Gwen würde frieren, bis wir am Auto angekommen waren. Gerade heute war so verdammt viel los gewesen, dass ich ein ganzes Stück entfernt hatte parken müssen.

Noch ehe wir draußen angelangt waren, zog ich den Sweater aus und legte ihn Gwen über die Schultern. Sie sah mich etwas irritiert an. Ich bildete mir sogar ein, dass sich ihre Wangen etwas röteten. Dabei war meine Geste rein freundschaftlich gemeint. Das war absolut nichts Ungewöhnliches. Auch wenn sich unsere Blicke in diesem Moment in einander verkeilten und wir mitten auf dem Weg innehielten. Der Duft von Himbeere und Vanille stieg mir abermals in die Nase. Am liebsten hätte ich die Augen geschlossen und einen tiefen Zug von dieser Droge genommen. Einer Droge, der es möglich war, mich im Nullkommanichts in die Vergangenheit zu katapultieren. Doch eine leise Stimme ganz tief in mir sagte mir, dass es nicht gut war, ständig an das zu denken, was längst vorbei war. Um mein Leben auf die Reihe zu kriegen, musste ich all meine Energie auf die Gegenwart richten.

»Danke, aber das ist nicht nötig. Mir ist gar nicht kalt«, erklärte mir Gwen. Als jedoch ein neuerlicher Windhauch in die Halle fegte, zog sie sich die Jacke von den Schultern und schlüpfte schnell hinein.

Ich grinste. Gwen war sehr um ihre Eigenständigkeit bemüht. Schon als Kind konnte sie es nicht leiden, wenn sie jemand zu bevormunden versuchte. Vielleicht hatten wir Mrs. Bloomfield ja aus diesem Grund die ganzen Streiche gespielt. Wann immer wir ihr Haus passierten, hatte sie uns irgendwelche Vorschriften gemacht oder uns Grenzen aufgezeigt.

»Springt nicht immer von den Bäumen in den Weiher! Ihr brecht euch noch das Genick dabei.« Oder: »Anstatt in eurer Freizeit herumzulungern, solltet ihr lieber zusehen, dass ihr etwas für die Schule macht. Von nichts kommt nämlich nichts.«

»Wo zum Geier hast du eigentlich geparkt?«, fragte Gwen schlotternd neben mir. Ihre Lippen waren schon ganz blau.

»Ist nicht mehr weit«, antwortete ich und wies in die entsprechende Richtung. »Der schwarze Porsche in der zweiten Reihe hinter dem gelben Beetle ist meiner.«

»Porsche?«, fragte Gwen und sah mich mit hochgezogenen Augenbrauen an.

»Leider nur geleast«, offenbarte ich ihr einen Einblick in meine recht überschaubare Finanzlage. Die meisten Dinge, die ich besaß, gehörten eigentlich der Bank. So einfach war das.

Als wir beim Wagen ankamen, hob ich Gwens viel zu leichten Koffer an, um ihn zu verstauen. »Hast du auch genügend warme Kleider dabei, oder sollen wir gleich shoppen gehen?«

»Du brauchst dir um mich keine Sorgen zu machen. Ich habe alles, was ich benötige.« Dabei öffnete sie demonstrativ den Reißverschluss meines Sweaters und reichte ihn mir.

Gwen war so dickköpfig wie eh und je. Ich war wirklich schon sehr neugierig darauf, was dieses Wochenende bringen würde. Langweilig würde es sicher nicht werden. Nicht, wenn Gwen mich mit diesen funkenden Lichtblitzen bedachte, wenn ihr etwas gegen den Strich ging.

Kapitel 13

Gwen

Aus Masons Apartment im fünfundzwanzigsten Stockwerk eines riesigen Wolkenkratzers konnte man auf die Golden Gate Bridge, die San Francisco Bay sowie auf das berüchtigte und ziemlich beeindruckende Alcatraz blicken. Ich ließ meinen Blick über diese atemberaubende Kulisse schweifen, beobachtete die Wellen des Pazifiks, auf denen sich die Sonnenstrahlen brachen. Auf der Golden Gate Bridge herrschte reger Verkehr. Rushhour. Eines der zahlreichen Touristenboote hatte soeben vor Alcatraz angelegt. Es war sicher total interessant, durch das Gefängnis, in dem Al Capone inhaftiert war und das als Drehkulisse für zahlreiche Filme gedient hatte, zu laufen und ein Stück Geschichte mit eigenen Sinnen wahrzunehmen.

Ich war kein besonderer Geschichtsfreak, aber die Festungsinsel ein paar Seemeilen außerhalb San Franciscos würde mich schon interessieren. Genauso wie die Robben am Fisherman's Wharf oder eine Fahrt mit der handbetriebenen Cable Car. Ich hatte die Zeit im Flieger ausgiebig genutzt, um mich mit der Stadt vertraut zu machen, in der Mason lebte. Dass auch ich bald ein Teil von seinem Leben in San Francisco werden würde, versuchte ich jedoch, nach wie vor auszuklammern.

»Schöne Wohnung«, erklärte ich anerkennend, als es mir endlich gelang, meinen Blick wieder von der Fensterfront zu lösen.

Dabei hatte ich dem Rest des Apartments noch überhaupt keine Aufmerksamkeit geschenkt. Die Aussicht hatte mich wie ein Magnet angezogen. Alles andere drum herum verlor dabei an

Bedeutung.

»Gehört der Bank«, erwiderte Mason mit einem schiefen Grinsen auf den Lippen.

»Wo finde ich denn die Toilette?«, wechselte ich das Thema. Es behagte mir nicht, dass Mason bereits das zweite Mal an diesem Tag so offen über seine finanzielle Lage sprach.

Es war nicht richtig, dass er mir das erzählte. Wir kannten uns schließlich kaum. Zumindest nicht mehr als damals.

»Die zweite Tür rechts. Mrs. Ridgeback war heute hier. Sie kümmert sich um diesen Junggesellenhaushalt und verwandelt den Saustall, den ich hinterlasse, regelmäßig wieder in ein Wohlfühlheim mit dem Prädikat *sehr gut*.«

Ich legte meine Handtasche auf die ausladende graue Wohnlandschaft, vor der ein überdimensionierter Plasmabildschirm einem den Eindruck vermittelte, in einem Kinosaal zu sitzen. Nur das Popcorn fehlte.

»Gehört die auch der Bank?«, fragte ich.

»Wer?« Mason sah mich mit hochgezogener Augenbraue an.

»Na, diese Mrs. Ridgeback.«

Mason lachte. »Indirekt könnte man das wohl so sagen. Mal sehen, wie lange ich sie mir noch leisten kann. Aber für Ersatz ist ja gesorgt.«

Dabei sah er vielsagend in meine Richtung und vergrub seine Hände in den Hosentaschen. Eine Angewohnheit, die mir schon bei seinem Besuch in Elwood aufgefallen war. Er straffte seine breiten Schultern und spannte die Oberarme dabei so sehr an, dass das hellblaue Hemd zu reißen drohte.

Auf der Couch lag neben meiner Tasche ein rundes weißes Kissen. Instinktiv griff ich danach und warf es in seine Richtung. »Reinigungsdienste sowie etwaige andere Gefälligkeiten sind nicht im Vertrag inbegriffen.«

Mason begann schallend zu lachen. »Was genau verstehst du denn unter anderen Gefälligkeiten?« Dabei sah er mich lüstern an.

»Mason, wenn das hier zwischen uns irgendwie funktionieren soll, dann …«

Mason hob abwehrend die Hände. »Ich weiß. Sorry, kommt nicht wieder vor. Ehrlich!«, beteuerte er, doch das schelmische Grinsen auf seinen Lippen sprach eine ganz andere Sprache. Eine von der Sorte, die ich nicht unbedingt näher studieren wollte. Denn ich wusste nicht, ob sie die Dinge nicht unnötig verkomplizieren würde.

»Wo werde ich denn schlafen?« Ich ließ meinen Blick in der loftähnlichen Wohnung umherschweifen. Bisher waren mir nur zwei Zimmertüren aufgefallen. Eine davon war das Badezimmer.

»Ich überlasse dir ganz gentlemanlike mein Schlafzimmer und werde hier auf der Couch schlafen«, erklärte Mason und fuhr sich dabei mit der Hand durchs Haar.

Seine schwarzen Haare hatten ihm noch nie gehorcht. In unserer Jugend, in der Justin Bieber noch kein Trendsetter gewesen war, hatte seine Mom versucht, sein widerspenstiges Haar mit Gel zu bezwingen. Doch es war ihr nie wirklich gelungen. Es hatte schon immer ein Eigenleben gehabt und wirr in alle Richtungen abgestanden.

»Danke«, erwiderte ich. Als ich bemerkte, dass ich ihn noch immer anstarrte, lief ich schließlich ins Badezimmer, um mich frisch zu machen.

Schwallartig schüttete ich mir das kalte Wasser ins Gesicht und blickte mich anschließend im Spiegel an. Was war bloß los mit mir? Das da draußen war Mason. Mason war nicht sexy oder gar mein Typ. Mason war Mason. Warum schien das nur mein Verstand zu kapieren, während meine Hormone derweil völlig außer Rand und Band gerieten?

Mochte vielleicht an dem Umstand liegen, dass mein letztes Date beinahe zwei Jahre zurücklag. Meine Hormone forderten Frischfleisch. Am besten gleich. Sie wollten einfach nicht wahrhaben, dass Mason und ich nur Geschäftspartner waren, die schon bald wieder getrennte Wege gehen würden.

Ich zog ein frisches Handtuch aus dem offenen weißen Regal und trocknete mein Gesicht. Hinter mir stand eine Badewanne mit Whirlpoolfunktion. Daneben befand sich eine Dusche mit Regenbrause. Alles sehr schick und neu. Keine Wasserschlieren. Mrs. Ridgeback schien ordentliche Arbeit zu leisten.

Ich ließ meinen Blick weiter durch den Raum schweifen und blieb schließlich an den beiden Zahnbürsten hängen, die in zwei Bechern auf dem Waschtisch standen. Sofort schrillten bei mir sämtliche Alarmglocken. Warum standen da zwei Zahnbürsten? Jeder normale Mensch brauchte exakt eine Zahnbürste. Ich kannte wirklich niemanden, der gleichzeitig mehrere benutzte. Wem gehörte also das zweite Exemplar?

Hatte Mason etwa eine Freundin? Oder eine Affäre? Warum hatte er dann mich gebeten, ihn zu heiraten?

Ich setzte mich für einen Moment auf den Wannenrand und umklammerte diesen fest mit meinen Fingern. Worauf hatte ich mich da bloß eingelassen? Wie würde dieses kommende Jahr wohl aussehen? Was würde auf mich zukommen? Womit hatte ich zu rechnen? Wenn ich mich in dieser Wohnung so umsah, dann führte Mason mittlerweile ein Leben, das mit meinem keinerlei Überschneidungen hatte. Wir waren grundverschieden.

Wie aus zwei unterschiedlichen Galaxien im Raum-Zeit-Kontinuum gefangen. Das konnte doch nie und nimmer gut gehen.

Als die besorgte Stimme in meinem Inneren immer mehr die Oberhand gewann, schloss ich die Augen, um mich zu beruhigen. Mason konnte tun und lassen, was er wollte. Schließlich hatte er mich nur gebeten, ihn zu heiraten, damit er das Geld für diesen Nachtclub bekam. Es war eine Abmachung. Nichts weiter. Es ging mich nichts an, mit wem er sich traf oder die Nacht verbrachte.

Bei diesen Gedanken keimte ein zarter Spross Eifersucht in meinem Herzen.

»Ist alles in Ordnung bei dir?«

Masons unerwartetes Auftauchen vor der Tür hatte mich dermaßen erschreckt, dass ich in die Badewanne plumpste.

»Gwen?«, fragte er mit besorgter Stimme, als er den lauten Knall vernommen hatte. »Geht es dir gut?«

Anstatt etwas zu erwidern, begann ich schallend zu lachen. Diese ganze Situation war dermaßen komisch. Nahezu lächerlich.

»Gwen?«, fragte Mason erneut.

»Alles bestens«, behauptete ich, auch wenn ich kurz davor war, den Verstand zu verlieren. Aber das musste ich ihm ja nicht unbedingt auf die Nase binden.

»O-okay.« Masons Verunsicherung war ihm deutlich anzuhören. »Wenn du genug mit meinem Badezimmerinterieur geschäkert hast, dann würde ich mich freuen, wenn du wieder zu mir kommen könntest. Unser erster Termin steht an.«

Ich versuchte, aus der Wanne herauszukrabbeln, aber Mrs. Ridgeback hatte diese offenbar erst frisch poliert. Es gelang mir einfach nicht, mich aus meiner misslichen Lage zu befreien.

»Hochzeitstorten verkosten?«, bemühte ich mich um etwas Humor bei der ganzen Angelegenheit.

»Es wird eher bitter statt süß. Mom will uns sehen.«

Ich schluckte beim Gedanken daran, Rachel Livington schon in kurzer Zeit gegenüberzustehen. Ihren Umzug hatte ich nie sonderlich bedauert. Wenn ich an Masons Mom zurückdachte, dann erinnerte ich mich nur an ihre Unnahbarkeit und ihre Gereiztheit. Was auch immer wir Kinder taten, es war entweder zu laut oder zu kindisch gewesen. Oder gleich beides.

»Wow. Das Highlight gleich zu Beginn.«

Ein quietschender Ton war zu hören, als ich mit den Schuhen Halt am Wannenrand zu bekommen versuchte. Welcher normale Mensch hatte solch eine ausladende Badewanne in seiner Wohnung stehen? Das Ding war gefährlich.

»Was zur Hölle machst du da eigentlich? Kann ich dir irgendwie behilflich sein?«, fragte Mason mit einer Mischung aus Neugierde und Besorgnis in der Stimme.

»Ich kontrolliere deine Putzfrau«, behauptete ich.

»Und?« Mason klang ehrlich interessiert.

»Die Wanne ist verdammt gut geputzt.«

Mein neuerlicher Versuch, mich aus meinem selbst geschaffenen Gefängnis zu befreien, scheiterte abermals.

»Das freut mich, ich möchte dich auch nur ungern von deiner Überprüfung abhalten, aber wir müssen gleich los. Kommst du dann bitte raus?« Mason klang nun etwas ungeduldig.

»Das würde ich gerne«, sagte ich, während ich noch immer wie ein auf den Rücken gefallener Käfer dalag.

Mason dachte wahrscheinlich, ich sei vollkommen übergeschnappt. »Was genau hindert dich denn daran?«

»Mrs. Ridgebacks viel zu gute Arbeit. Du solltest dir eine nachlässigere Putzfrau suchen. Eine, die ihren Job nicht ganz so ernst nimmt.«

»Sorry, Gwen, aber du sprichst in Rätseln.«

Ich sah Mason deutlich vor mir, wie er sich durchs Haar fuhr.

Als ich noch immer keine Möglichkeit fand, allein aus der Wanne herauszukommen, schloss ich abermals die Augen.

»Mason, kannst du bitte reinkommen und mir helfen?«, fragte ich viel zu leise, aber Mason hörte mich dennoch.

»Bist du nackt?«

Ich schnaubte. »Natürlich nicht. Ich bin nur … Jetzt komm endlich rein.«

Die Türklinke ging nach unten und Mason kam vorsichtig in den Raum. Kaum dass er mich in meiner misslichen Lage erblickt hatte, lachte er lauthals los.

»Was machst du denn da?«

»Frag nicht so doof«, ging ich in die Gegenoffensive. »Hilf mir hier lieber raus. Oder willst du zu spät zum Rapport bei Mami erscheinen?«

Mason überwand die wenigen Schritte, die uns voneinander trennten, und verkniff sich dabei einen neuerlichen Lachanfall. Seine Mundwinkel zuckten.

Eigentlich wollte ich ihm böse sein, aber wenn ich in seiner Lage gewesen wäre, dann hätte ich wahrscheinlich auch schallend über mich gelacht.

Mason reichte mir seine Hand und zog mich schwungvoll aus meinem glatten Gefängnis. Zu schwungvoll. Anstatt wieder sicher auf beiden Beinen zu stehen, schwankte ich vornüber und landete mit meinem Kopf auf seiner harten Brust. Ich taumelte und verharrte dort viel zu lange, bis ich wieder Halt fand.

Meine Wange begann an genau der Stelle zu glühen, an der ich an seiner Brust lehnte. Ein teures Männerparfüm umspielte meine Nase. Herb und maskulin. Aber da war noch etwas anderes. Etwas, was mich an den Mason von damals erinnerte. Noch kam ich nicht darauf.

»Gwen?«, fragte mich Mason. Rasch schob ich mich von ihm weg und versuchte, etwas Platz zwischen uns zu bringen, was allerdings nicht so einfach war, solange die Höllenmaschine von Badewanne noch immer in meinem Rücken stand.

»Wollen wir dann los?«

Meine Wangen leuchteten sicher so rot wie die sauren Johannisbeeren, die früher in unserem Garten wuchsen. Einige Jahre nachdem Mason weggezogen war, hatte der Strauch keine Früchte mehr getragen, und Dad hatte ihn ersatzlos beseitigt. Mom war zu dieser Zeit bereits an den Rollstuhl gefesselt gewesen und Dad wollte sich im Garten nicht mehr Arbeit aufhalsen als unbedingt nötig.

Mason sah mich lange an. Noch immer zuckten seine Mundwinkel. Er genoss den Moment in vollen Zügen, während ich mir ein Loch im Boden wünschte.

»Lass uns gehen, bevor du noch auf die Idee kommst, den Rest meiner Wohnung unter die Lupe zu nehmen. Hatte ich bereits erwähnt, dass du heute Nacht in einem Wasserbett schläfst?«

Ich boxte ihm gegen den Arm und Mason verzog daraufhin gespielt verletzt das Gesicht.

»Wenn du nicht gleich aufhörst, dann …«

Ja, was denn dann? Dann fahre ich nach Hause. Dann kannst du das hier alleine durchziehen. Dann nehme ich mir ein Hotel.

Mason hob wieder die Hände in die Höhe. »Ist ja schon gut. Ich werde nie wieder ein Wort darüber verlieren. Besser?«

Ich nickte. »Schon viel besser.«

Dabei war in meinem Inneren gar nichts gut. Mein Herz hämmerte wie wild gegen meine Rippen, als wäre es ein zu Unrecht inhaftierter Gefangener auf Alcatraz. Das gefiel mir nicht. Das gefiel mir ganz und gar nicht.

Kapitel 14

Mason

»Hey, Steven, was gibt es?«

Gwen sah mich fragend an. Wir waren gerade im Begriff, das Apartment zu verlassen, doch Steven klingelte bereits zum dritten Mal bei mir an. Es musste wohl etwas Wichtiges sein.

»Hey, Mason, wie schaut es aus? Kommst du mit zu der Party?«

Die Party. Stimmt. Ich hatte ganz vergessen, Steven Bescheid zu geben, ob ich mitkommen würde.

Ich sah zu Gwen, die noch immer unentschlossen dreinsah. Offenbar behagte es ihr nicht, mich bei dem Gespräch zu belauschen. Sie sah sich nach hinten zur Couch um, und ich bedeutete ihr, dass ich kurz ins Schlafzimmer verschwinden würde, um die Angelegenheit zu klären.

»Heute nicht. Ich habe Besuch.« Ich hielt mich bedeckt. Von dem Abkommen mit Mom wusste niemand. Und ich würde dafür sorgen, dass das auch so blieb.

Sobald ich die Kohle für das *Empire* hatte, würde ich alles daransetzen, dass es baldmöglichst wiedereröffnet werden konnte. Und wenn es so weit war, dann zählte eh nur noch diese kleine Welt, die ich mir selbst geschaffen hatte. Alles andere würde dann an Bedeutung verlieren.

Steven pfiff anerkennend. »Weiblichen?«

»Ja«, erwiderte ich zugeknöpft.

»Ich verstehe.« Stevens Stimme troff nur so vor Anzüglichkeit. »Dann will ich das junge Glück mal nicht stören. Aber falls du die Dame bis heute Abend von der Bettkante schubsen solltest oder mal eine Auszeit brauchst, melde dich.«

Ich schüttelte den Kopf bei Stevens Worten. Für ihn war das ganze Leben eine nicht enden wollende Party. Wann immer sich ihm die Gelegenheit bot, warf er sich in die tosende Menge, trank einen über den Durst und riss eine Blondine nach der anderen auf. Da ich für gewöhnlich eher auf die dunkelhaarigen Schönheiten stand, kamen wir uns selten ins Gehege. Das war wohl einer der Gründe dafür, dass Steven gerne mit mir abhing. Vielleicht mochte er mich sogar.

In meiner Vergangenheit hatte ich viel zu viele Freunde kommen und gehen sehen. Keiner war mir lange geblieben. Bis auf Steven. Und jetzt auch Gwen. Vielleicht.

Scheiße! In wenigen Minuten waren Gwen und ich mit Mom in der *Waterbar* verabredet. Mom hasste es, wenn man sie warten ließ.

»Sorry, Alter, ich muss jetzt Schluss machen«, wimmelte ich Steven ab. »Ich melde mich später noch mal bei dir.«

»Alles klar. Und viel Spaß.« Steven lachte. »Du weißt ja, wo du mich erreichen kannst.«

Damit legte er auf und ich ging zurück zu Gwen ins Wohnzimmer. Sie saß auf der Couch und sah hinaus. Ob sie je zuvor in Frisco gewesen war? Ich hatte sie nicht mal gefragt. Ich hatte sie rein gar nichts gefragt. Was war ich nur für ein Egoist? Hier ging es die ganze Zeit nur um mich.

Sobald das Schaulaufen mit Mom über die Bühne gebracht war, würde ich Gwen fragen, worauf sie Lust hatte. Nur weil sie vertraglich dazu verpflichtet war, hier zu sein, hieß das noch lange nicht, dass ich mich wie ein Idiot verhalten musste.

Ich lief auf Gwen zu, die noch immer wie gebannt nach draußen sah. Als ich ihr Gesicht im Profil sah, blieb ich stehen und fuhr mit meinen Blicken die hohe Stirn, die kleine Stupsnase und ihre geschwungenen Lippen entlang.

Ihre langen Beine wurden zu meinem Leidwesen nun von einem langen schwarzen Tüllrock bedeckt. Darüber trug sie ein enges weißes Top, das an den unteren Enden Fransen hatte. An jedem anderen hätte diese Kombination merkwürdig gewirkt. Nicht aber bei Gwen. Ihr stand das Outfit ausgesprochen gut. Wie wahrscheinlich alles.

Ihre langen dunkelblonden Haare hatte sie zu einem unordentlichen Knoten im Nacken gebunden. Ihr Make-up wirkte dezent, aber verfehlte dennoch nicht seine Wirkung. Als Gwen heute Nachmittag angekommen war, hatte sie legere Freizeitkleidung getragen. In nicht weniger als einer halben Stunde hatte sie sich in eine atemberaubend schöne Frau verwandelt. Mein Blick hing noch immer an ihren rot geschminkten Lippen.

Als ich mich dabei ertappte, räusperte ich mich verlegen. »Wir können dann los.« Wie von allein schoben sich meine Hände in meine Hosentaschen. Das wurde langsam zu einer lästigen Angewohnheit.

Gwens Blick wirkte müde, als sie den meinen traf.

»Super.«

Sie war sicher schon eine Ewigkeit auf den Beinen. Und ich hatte nichts Besseres zu tun, als sie zuerst zu dem furchtbarsten Termin auf unserer To-do-Liste zu zerren. Leider lag die Entscheidung nicht in meiner Hand.

Mom wollte uns sehen, um Gwen auf den Zahn fühlen zu können. Sie schob die Interessen der Firma vor, um ihre eigene Neugierde zu verdecken. Keine Ahnung, was sie von Gwen erwartete, vielleicht befürchtete sie, Gwen könnte ihr ähnlich wie bei Mrs. Bloomfield vor so vielen Jahren einen Kübel Kuhdung in den Vorgarten kippen.

Mit knapp fünfminütiger Verspätung trafen wir in dem Nobelrestaurant mit Blick auf die Bay Bridge ein. Mom tippelte schon ungeduldig mit ihren Fingern auf die Tischplatte, während ein Kellner uns zu dem Tisch geleitete. Ihre Miene versprach nichts Gutes, und so griff ich nach Gwens Hand, um ihr zu signalisieren, dass ich an ihrer Seite stand.

Zuerst sah Gwen mich verwundert an, doch dann umschloss sie mit ihren Fingern die meinen. Ich nickte ihr kaum merklich zu, und sie schloss für einen Moment die Lider, als wolle sie mir sagen, dass sie bereit war. Wir verstanden uns noch immer ganz ohne Worte. Das war gut. Sehr gut sogar.

Mom hatte dieses Restaurant für das erste Treffen mit Gwen ausgewählt, um sie einzuschüchtern. Da sie hier schon eine Reihe kostspieliger Events veranstaltet hatte, begrüßte man sie hier überschwänglich, als wäre sie die Queen höchstpersönlich. Auf diese Weise konnte sie ihre Macht am besten demonstrieren. Wenn ich mir Gwen neben mir so ansah, war es vielleicht doch gar nicht so schlecht gewesen, dass wir uns etwas verspätet hatten. So hatte sie das Begrüßungskomitee und Moms huldvolles Winken in die Runde verpasst. Gwen musste nicht gleich die volle Schlagseite ihrer Autorität abbekommen. Das würde sie noch früh genug. Und ich hatte keine Ahnung, wie sie darauf reagieren würde. Mom konnte sehr despotisch sein.

»Ah, mein werter Herr Sohn und seine … Verlobte beehren mich mit ihrer Anwesenheit.«

Mom erhob sich divenhaft von ihrem Stuhl und hielt Gwen ihre Hand hin, als würde sie darauf warten, dass diese vor ihr einen Knicks machte und einen Handkuss hauchte. Sie war offenkundig sauer darüber, dass wir sie hatten warten lassen.

Gwen reichte ihr ihre Hand und begrüßte sie freundlich.

»Guten Tag, Mrs. Livington.«

»Nenn mich doch bitte Rachel, mein Kind. Schließlich gehörst du doch jetzt zur Familie.« Moms Stimme troff nur so vor Sarkasmus, während sie Gwen abschätzig musterte.

»Wie Sie wünschen, Mrs. … Rachel.«

Um die unangenehme Situation zu überspielen, schob ich den Stuhl für Gwen zurecht. Dieser Auftakt in Frisco war so gar nicht der Empfang, den ich Gwen hier in der Stadt hatte bereiten wollen. Bei Moms unterkühlter Begrüßung konnte man fast meinen, uns stünde ein Krieg und keine Hochzeit bevor.

»Und du, mein Sohn? Hast du dich seelisch und moralisch schon auf deine ersten beiden Einsätze nächste Woche eingestellt? Ich hoffe, du bist dir der Tragweite deiner Entscheidungen bewusst. Die Hochzeit in Key West ist eine der bedeutendsten in diesem Jahr. Neben eurer eigenen, versteht sich natürlich«, ergänzte sie schnippisch, während sie sich zurück auf ihren Stuhl sinken ließ.

Am liebsten hätte ich dieser Frau Panzertape über die Lippen geklebt. Jedes ihrer Worte kam dem unnachgiebigen Rattern eines Maschinengewehrs gleich. Aber so war das nun mal bei meiner Mutter. Sie hob sich ihre Freundlichkeit nur für ihre zahlenden Kunden auf.

»Ich bin bestens auf alles vorbereitet«, log ich und bemühte mich dabei, mein Pokerface aufrechtzuerhalten.

Gwen blätterte derweil in der Speisekarte. Für die vielen Lichter, die man rund um die Bay Bridge sehen konnte, hatte sie kein Auge. Sie übte sich im Unsichtbarsein. Ihre Anspannung stand ihr deutlich ins Gesicht geschrieben. Dabei war Gwen mitnichten eine leicht einzuschüchternde Frau. Ganz im Gegenteil. Sie konnte schon immer gut Kontra geben und war auch nicht auf den Mund gefallen. Das hatte sie mir erst vor wenigen Wochen hinreichend bewiesen.

Nein, sie blieb nicht so ruhig, weil Moms Art sie erschreckt hatte. Sie gab sich so devot, um mir einen Gefallen zu tun. Egal, was Mom ihr sagen, womit sie sie beleidigen würde, Gwen würde sich in Zurückhaltung üben und alles über sich ergehen lassen, um mir zu helfen.

Dieser Gedanke stieß mir sauer auf. Es war falsch von mir, Gwen in solch eine Rolle zu drängen. Die kriegerischen Auseinandersetzungen zwischen Mom und mir durften keine zivilen Opfer fordern. Schon gar nicht Gwen.

Ich griff nach der Speisekarte und warf ebenfalls einen Blick hinein. »Hast du eine Empfehlung für uns?«, fragte ich Mom ganz unverfänglich und in der Hoffnung, sie doch noch von ihrem Kurs abzubringen.

»Eine?« Mom verzog verächtlich ihre Mundwinkel.

»Ja. Für den Anfang würde uns deine Empfehlung für eine Hauptspeise genügen. Gwen und ich sind später noch verabredet.«

Mit jeder Minute, in der Gwen Moms Gegenwart länger erdulden musste, wuchs mein Wunsch, ihr etwas Gutes zu tun, sie in die Nacht zu entführen, um mit ihr das Leben zu feiern, anstatt den Untergang heraufzubeschwören.

»Die Meeresfrüchte sind ausgesprochen köstlich. Und auch gegen den Red Snapper ist nichts einzuwenden.«

Gwen hasste Fisch. Wenn mich nicht alles täuschte, dann aß sie nichts, was im Wasser lebte. Zumindest hatte sie nie einen der

Fische gegessen, die wir gefangen hatten.

»Ich werde das Ribeye nehmen«, erklärte Gwen, schlug die Karte wieder zu und legte sie zurück auf den Tisch.

»Das hört sich gut an. Das nehme ich auch«, schlug ich mich auf ihre Seite.

Mom sah unschlüssig zwischen Gwen und mir hin und her.

»Ihr beiden versteht euch ja ausgezeichnet. Das ist die beste Basis für eine glückliche und lang anhaltende Ehe.« Belustigt zog sie die Mundwinkel nun nach oben, als ein Kellner neben unserem Tisch einen Sektkühler auf einem Beistelltisch abstellte.

»Ihr habt doch nichts dagegen?«, fragte Mom gespielt einfühlsam. »Ich habe einen Champagner geordert, um dieses freudige Ereignis gebührend zu feiern. Schließlich plant man nicht alle Tage die Hochzeit des einzigen Sohnes.«

Mom sah mich durchdringend an und wartete darauf, dass ich einknickte. Aber so leicht würde ich es ihr nicht machen. Gwen und ich waren stark. Viel stärker, als sie es von uns glaubte. Wir würden es schaffen. Gwen und mir würde gelingen, woran so viele vor uns gescheitert waren: Rachel Livington in die Schranken zu verweisen.

Wir würden diese Probe schadlos überstehen und unsere finanziellen Probleme ein für alle Mal klären. Auch wenn Mom hoffte, ich würde mich während dieser Zeit in ihr Unternehmen verlieben, würde es mir eine Freude sein, ihre Seifenblase zerplatzen zu lassen, sobald ich meine Angelegenheiten mit dem Club geregelt hatte.

Ein Sektkorken knallte und Gwen neben mir zuckte leicht zusammen. Mom entging es nicht. Sie lächelte selbstzufrieden, während uns der Kellner die Gläser reichte.

Mom hob ihres an. »Auf euch und eure perfekte Hochzeit. Ihr

könnt euch gar nicht vorstellen, wie sehr ich mich darauf freue.«

Moms Lippen kräuselten sich, als sie Gwen ihr Glas entgegenstreckte und darauf wartete, dass sie mit ihrem erwiderte.

Danach wandte sie sich mir zu. Ich sah ihr fest in die Augen und prostete ihr zu. »Wer zuletzt lacht, lacht bekanntlich am besten.«

Doch Mom ging auf meine Spitze gar nicht ein. »Nun, ich dachte daran, der Trauung durch den Erzbischof eine Kutschfahrt durch San Francisco folgen zu lassen. Es wäre doch nett, wenn euch möglichst viele Menschen auf den Straßen zuwinken könnten und die Presseleute ausreichend Bildmaterial zur Verfügung gestellt bekämen. Wäre doch schade, wenn das Ereignis des Jahres keine Beachtung fände.«

Ich konnte nicht glauben, dass ich wirklich mit dieser Frau blutsverwandt war. Sie genoss es in vollen Zügen, mich vor Gwen zu blamieren. Ich saß da wie der letzte Vollidiot und ließ mich mit meinen zweiunddreißig Jahren von Mommy vorführen wie ein preisgekrönter Pudel auf einer Hundeshow.

Doch mir waren die Hände gebunden. Wenn ich irgendwann wieder aus der Abhängigkeit meiner Mutter gelangen wollte, dann musste ich diese Sache hier durchziehen und nichts weiter darauf geben, dass ich von Minute zu Minute mehr in Gwens Achtung sank. Am liebsten würde ich der mir gänzlich fremden Frau mir gegenüber sagen, dass sie sich die Pferdekutsche sonst wohin schieben konnte. Aber das konnte ich nicht. Nicht, wenn ich retten wollte, was mir lieb und teuer war.

»Eine Kutschfahrt hört sich doch sehr nett an. Und man hätte viel Platz für das ausladende Brautkleid, das du, liebe Rachel, bestimmt schon für mich ins Auge gefasst hast.«

Rachel Livington entgleisten die Gesichtszüge für den Moment. Ihr Mund klappte unkontrolliert auf, ehe sie sich wieder fasste und ihre Lippen zu einem angedeuteten Lächeln verzog. »In der Tat habe ich bereits meine Kontakte spielen lassen und bei einem der namhaftesten Designer unserer Zeit um Vorschläge gebeten.« Dann legte sie sich gespielt besorgt ihre Hand auf die Brust. »Ich hoffe, du nimmst es mir nicht übel. Ich will ja nur das Beste für euch beide.«

Dieses ganze Schauspiel war die reinste Farce. Es juckte mich in den Fingern, meine Hand zur Faust zu ballen und hart auf dem Tisch aufschlagen zu lassen. Doch diese Art von Aufsehen in Moms Lieblingsrestaurant würde mich teuer zu stehen kommen. Vor allem, da Mom die Menschen gerne glauben ließ, sie hätte immer alles unter Kontrolle. Insbesondere ihren Sohn.

»Haben die Herrschaften schon gewählt? Darf ich Ihnen schon etwas bringen?«, fragte ein hochgewachsener Kellner mit gegeltem Seitenscheitel in Moms Richtung. Der Junge hatte verstanden, worauf es ankam.

Mom schenkte ihm daraufhin ein anerkennendes Lächeln und sah mich ermahnend an, als wollte sie mir so sagen, dass ich ruhig ein wenig mehr wie er sein sollte.

»Mein Sohn und seine Verlobte nehmen das Ribeye, ich hingegen habe mich für die Meeresfrüchte entschieden. Sagen Sie Jean allerdings, er möge bitte auf die Austern verzichten. Mir ist heute nicht danach.«

Der schlaksige Kerl deutete eine Verbeugung vor meiner Mutter an.

»Sehr wohl, Mrs. Livington. Kann ich sonst noch etwas für Sie tun?«

»Nein, das wäre für den Moment alles. Danke.«

Kapitel 15

Gwen

»Entschuldigt mich bitte.«

Rachel Livington war noch immer die unnahbare Frau, die mich an die alte Hexe bei Hänsel und Gretel erinnerte. Es kam mir beinahe so vor, als säße Mason schon sein ganzes Leben in ihrem Gefängnis fest. Und jedes Mal, wenn er ihr den Finger hinstreckte, damit sie nachsehen konnte, ob er schon fett genug war, entschied sie sich dagegen.

Sie genoss diesen Termin hier in vollen Zügen. Doch mich konnte sie mit ihrem Gehabe nicht einschüchtern. Schließlich hatte sie schon früher mit allen Mitteln versucht, Mason ihren Willen aufzuzwingen. In ihren Augen mochte sie vielleicht wirklich nur das Beste für ihn wollen. Rachel Livington würde jedoch nie kapieren, dass man jemanden gehen lassen musste, wenn man ihn liebte.

Sicher bereitete es ihr ein Hochgefühl, ihren Sohn so kleinzuhalten und mir dabei eine Kostprobe ihrer Macht zu demonstrieren. Aber ich war die Falsche für solche Spielchen.

Und dennoch würde ich so tun, als wäre es ihr gelungen, mich einzuschüchtern. Schließlich wollte ich Masons Chancen, seinen Nachtclub zu retten, nicht mindern. Das war ich ihm irgendwie schuldig, nachdem er mein Zuhause vor der Zwangsversteigerung bewahrt hatte. Und natürlich war ich auch vertraglich dazu verpflichtet.

So langsam begriff ich allerdings, was ihm der Club bedeutete.

Er war seine Form von Rebellion gegenüber seiner Mutter. Etwas, was er sich geschaffen hatte, um ihr die Stirn bieten zu können. Es war sicher furchtbar für ihn, dass er nun Geld von ihr brauchte, um seine finanzielle Notlage zu beheben.

Bei Vertragsabschluss war mir nicht bewusst gewesen, dass ich zwangsläufig auch an Rachel Livington gebunden sein würde. Meine Einwilligung hatte weitreichende Folgen. Dasitzen und nett lächeln würde nicht reichen, um die Zeit zu überstehen, bis Mason aus dem Schneider war. Dafür kannte ich seine Mom einfach zu gut. Sie würde nichts unversucht lassen, um einen Keil zwischen Mason und mich zu treiben. So, wie sie es damals bei Mom und Dad versucht hatte.

Aber das würde ihr nicht gelingen. Er war mein bester Freund und ich würde ihm beistehen. Sie wollte ihre perfekt inszenierte Hochzeit für ihren Sohn, dann sollte sie die auch bekommen. Sie hatte nichts in der Hand, was sie gegen mich verwenden konnte.

Als ich mich von meinem Platz erhob, tat Rachel es mir nach. »Ich würde dich gerne zur Toilette begleiten, meine Liebe, und mein Näschen pudern, wenn es dir nichts ausmacht.«

Die Flucht aufs stille Örtchen hatte ich mir anders vorgestellt. Eigentlich hatte ich mir erhofft, dort ein paar Minuten verschnaufen zu können, um neue Kraft für das Essen zu tanken. Aber Rachel wusste, wann sie einen Fisch nicht vom Haken lassen durfte. Sie würde nichts unversucht lassen, mir zu zeigen, wie sehr wir beide – Mason und ich – von ihr abhängig waren.

Mittlerweile bereute ich meinen Entschluss. Nicht wegen Mason, sondern um meinetwillen. Die Vorstellung, dass ich ausgerechnet Rachel Livington dafür dankbar sein musste, dass Mom und ich noch immer ein Dach über dem Kopf hatten, war grausam. Von nun an würde ich an sie denken müssen, sobald mein

Fuß die Treppe zur Veranda betrat.

Irgendwie musste es mir gelingen, meine Schulden bei ihr zu begleichen. Ich konnte unter gar keinen Umständen ein Leben lang mit diesem Wissen leben. Auch wenn ich es schaffen könnte, es Mom vorzuenthalten.

»Emma ist ja nun schon eine ganze Zeit lang an den Rollstuhl gefesselt. Die Ärmste! Wie schlägt sie sich?«

Als könnte sie Gedanken lesen, sprach Rachel gleich das Thema an, das mir bei der ganzen Sache am meisten Kummer bereitete. Eigentlich war ich auf Masons Deal eingegangen, um Mom unsere finanzielle Lage nicht offenlegen zu müssen. Doch irgendetwas an Rachels funkelnden Augen sagte mir, dass nun kein Weg mehr daran vorbeiführen würde. Nicht, wenn ich wollte, dass Mom es von mir erfuhr und nicht von ihr.

»Wir kommen wunderbar klar«, erwiderte ich zurückhaltend, als wir die Tür zur Damentoilette passiert hatten. Dennoch wollte ich Rachel deutlich zu verstehen geben, dass meine Mom sie nichts anging.

»Es freut mich, das zu hören.« Rachel blickte in den Spiegel und puderte sich die Nase, während ich mir die Hände wusch. »Ich mache mir nur Sorgen um Emma. Hoffentlich ist sie dem ganzen Medienrummel gewachsen. Nicht auszudenken, wenn sie danach wieder in diese depressive Stimmung zurückfallen würde. Jetzt, da es ihr endlich wieder besser geht.«

Diese Frau war wirklich eine Hexe oder der Teufel. Wahrscheinlich war sie beides. Sie machte keinen Hehl daraus, dass sie bestens über meine Lage Bescheid wusste. Unterschwellig gab sie mir überdeutlich zu verstehen, dass sie mich in der Hand hatte, ohne dabei auch nur eine Miene zu verziehen.

Ich ballte meine Hände zu Fäusten und schluckte die Widerworte, die sich bis auf meine Zungenspitze vorgekämpft hatten, wieder hinunter. »Es gibt keinen Grund, Druck auf mich auszuüben. Ich werde dir keine Probleme bereiten.«

Bei meinen Worten fixierten mich Rachels Spiegelbildaugen. »Ach, tatsächlich? Deine bloße Anwesenheit bereitet mir bereits Probleme. Ich hatte gehofft, dich und deine ganze Familie in diesem Leben nicht wiedersehen zu müssen. Und du brauchst gar nicht glauben, dass du wegen der Sache von damals irgendeine Macht über mich hättest.«

Ihre Worte spien wie heiße Lava in meine Richtung, rannen an meinem Körper hinab und versuchten, auf ihrem Weg nach unten alles in mir in Brand zu setzen.

Rachel zog sich währenddessen in aller Seelenruhe den Lippenstift nach und lächelte dabei ihr Spiegelbild freundlich an, ganz so, als könne sie kein Wässerchen trüben.

Als eine ältere Frau die Tür zur Damentoilette öffnete, nutzte ich die Gelegenheit und schlüpfte hinaus, ohne auf das Schwiegermonster zu warten. Rachel war mit Abstand einer der verabscheuungswürdigsten Menschen, den ich kannte. Sie genoss es sichtlich, sich im Leid der anderen zu suhlen und daraus Profit zu schlagen. Man sagte ja immer, zurückblickend sei alles besser gewesen, als es tatsächlich war. Wenn ich mir das heutige Aufeinandertreffen nach all der Zeit so ansah, dann war es sogar noch viel schlimmer als in meiner Erinnerung.

Mason musste sich mit dieser Mutter unglaublich einsam gefühlt haben. Als kleiner Junge in einer fremden Stadt hatte er es sicher sehr schwer gehabt, Anschluss zu finden. Auf die Unterstützung seiner Mom hatte er dabei nicht zählen können. Die war viel zu sehr mit sich selbst und ihrem Unternehmen beschäftigt gewesen, als dass sie an Masons Schicksal Interesse gezeigt hätte.

Plötzlich tat es mir furchtbar leid, dass ich irgendwann aufgehört hatte, mich bei Mason zu melden, auch wenn ich nie etwas von ihm gehört hatte. Schließlich war ich im Paradies zurückgeblieben und hatte meine Umgebung, meinen sicheren Halt im Leben und meine Familie nicht verlassen müssen. Auch wenn nach Masons Umzug alles anders war, hatte ich dennoch die Liebe meiner Familie gehabt, die mir über meinen Verlust hinweggeholfen hatte. Was war Mason geblieben?

Als ich mich unserem Tisch näherte, saß er in Gedanken versunken da und blickte nach draußen. Den Abend hatte er sich sicher anders vorgestellt. Wobei er eigentlich hätte wissen müssen, dass Rachel mich nie besonders hatte leiden können. Zumindest nicht seit jener Nacht, in der ich sie in unserer Garage erwischt hatte.

Die Gäste an den anderen Tischen unterhielten sich angeregt und lachten viel. Nur an unserem Tisch herrschte Grabesstimmung, als hätten wir heute ein geliebtes Familienmitglied beerdigen müssen. Dabei waren es doch nur unsere Hoffnungen und Träume, die wir zu Grabe getragen hatten.

Die Hochzeit mit Mason würde verdammt große Wellen schlagen. Wenn ich geglaubt hatte, dass sie in Elwood unbemerkt bleiben könnte, dann hatte ich meine Pläne ohne Rachel Livington gemacht. Sie würde alles daransetzen, dieses Event gebührend zu feiern. Schließlich galt es, ihren Ruf zu verteidigen. Was würden die Leute sagen, wenn ihr Sohn eine schlichte, ja beschauliche Hochzeit im engsten Familienkreis feiern würde? Nein, in Rachels Welt brauchte es Glamour, Pferdekutschen und ein Hochzeitskleid mit einer zehn Meter langen Schleppe.

»Ah, du bist zurück. Bist du meiner Mutter entkommen? Ich

hoffe, sie lebt noch. Wobei …«

Ich kniff Mason in die Seite. »Sie befragt noch den Spiegel, wer die Schönste im Land ist.«

Mason lachte. »Das kann dauern.« Seine Anspannung löste sich, und er lehnte sich gelassen zurück.

»Rachel hat sich nicht verändert.«

Meist meinten die Leute mit dieser Aussage, dass seine Mom immer noch so jung und strahlend aussah wie eh und je. Doch Mason wusste genau, worauf ich hinauswollte.

»Wenn es dir zu viel mit ihr wird, dann überlege ich mir etwas. Nur weil sie die Spielregeln vorgegeben hat, heißt das nicht, dass sie uns wie ihre Sklaven behandeln darf.«

Ich winkte ab. »Lass gut sein. Ich kenne Rachel nicht anders und werde sicher mit ihrer Art zurechtkommen. Vielleicht sollten wir diese Treffen jedoch auf ein Minimum beschränken.«

Mason schenkte mir ein schiefes Lächeln.

»Was?«, fragte ich, als er nicht aufhörte, mich anzustarren.

»Du bist wunderbar.« Ich errötete bei Masons Worten. Auch wenn sie mit an Sicherheit grenzender Wahrscheinlichkeit nur freundschaftlich gemeint waren, kribbelte der Ameisenhaufen in meinem Bauch so sehr, dass ich es kaum noch aushalten konnte.

»Weißt du, was?«, fragte er dann.

Ich sah ihn erwartungsvoll an.

»Wir gehen.«

»Jetzt? Das können wir nicht machen. Rachel wird ausflippen.« Mason griff nach meiner Hand.

»Soll sie doch. Sie hat gesagt, worauf es ihr an unserer Hochzeit ankommt und uns vor vollendete Tatsachen gestellt. Ich finde, wir haben uns heute genug von ihr vorschreiben lassen und sollten den Abend mit etwas Erfreulicherem ausklingen lassen.«

»Aber was ist mit dem Geld? Sie wird kochen vor Wut und dir die Auszahlung verwehren.«

Mason erhob sich vom Stuhl und zog auch mich auf die Füße. »Lass sie mal kochen. Mom ist genau wie wir an einen Vertrag gebunden. Und dort steht nirgends, dass wir mit ihr zum Abendessen gehen müssen, um die Details unserer Hochzeit zu planen. Wir sind ihr doch hinreichend entgegengekommen, wie ich finde.« Ich schluckte, als Mason noch immer meine Hand fest in der seinen hielt und die abertausenden Ameisen in meinem Bauch wie verrückt umherliefen.

»Aber das hier ist doch ihr Lieblingsrestaurant. Wie wird sie denn dann dastehen, wenn wir sie einfach allein lassen?«

Mason überlegte kurz. »Wir sagen dem Kellner von eben, dass es einen kleinen Notfall gab und wir dringend wegmüssten. Jetzt lass uns gehen, bevor sie zurückkommt.« Es war wie damals, als wir unsere Streiche ausheckten. Ich hatte mich seit Jahren nicht mehr so lebendig und frei gefühlt. In diesem Moment war ich wieder ein kleines Kind, das die Sorgen dieser Welt noch nicht kannte und keine Ahnung davon hatte, was alles noch auf es zukommen würde. Als Kind lebte man den Augenblick und genoss ihn in vollen Zügen. Eine der vielen wundervollen Eigenschaften am Kindsein, die ich schmerzlich vermisste.

Kapitel 16

Mason

Ich krallte mich an das Lederlenkrad des Porsches, während ich immer wieder verstohlen zu Gwen schielte. Die anfängliche Euphorie, das beinahe kindliche Lachen, als wir das Restaurant verlassen hatten, waren verflogen. Sie blickte ernst und verunsichert drein.

Sicher machte sie sich Gedanken darüber, ob wir das Richtige getan hatten. Es war ein Fehler gewesen, uns Moms Zorn aufzuladen. Aber es wäre ein ähnlich schwerwiegender Fehler gewesen, Gwen weiter mit ihrer Gegenwart zu quälen. Ich musste auf sie achtgeben, mich um sie kümmern. Wie damals schon, als ich ihre Hand im Wasser gehalten hatte, damit sie keine Angst zu haben brauchte.

Am liebsten hätte ich den Wagen am Straßenrand geparkt und Gwen in meine Arme gezogen, sie fest an mich gedrückt und ihren Duft nach Himbeeren und Vanille inhaliert. Aber das kam nicht infrage, solange das sehnsüchtige Verlangen meines Körpers eine ganz andere Sprache sprach. Keine freundschaftliche, das war sicher.

Ich sehnte mich danach, sie in die Arme zu nehmen, ihren Herzschlag unter meinen Fingern zu spüren und sie zu fühlen. Ein Gefühl, das nichts mit der geschwisterlichen Verbundenheit zu tun hatte, von der ich die ganze Zeit ausgegangen war.

Als der Schlitz ihres Tüllrockes bei der Fahrt im offenen Cabrio ihr Bein freilegte, sog ich zischend die Luft ein.

»Wo fahren wir hin?«, fragte Gwen, während sie ihr Bein wieder bedeckte.

Ertappt richtete ich meinen Blick auf die Fahrbahn und wagte es nicht, sie noch einmal anzusehen. »Mein Kumpel Steven hat uns zu einer Party eingeladen.«

»Oh«, erwiderte Gwen.

Verwunderung war aus diesem Laut herauszuhören. Doch es stand für mich außer Frage, mit Gwen in mein Apartment zurückzukehren, um den Abend dort mit ihr allein ausklingen zu lassen. Es war viel zu früh, und ich hatte ihr noch gar nichts von der Stadt gezeigt. Ferner war da dieses Verlangen in mir, das mich noch immer dazu drängte, sie zu berühren, ihr nahe zu sein.

»Es wird bestimmt toll«, sagte ich, wie um mir selbst zu bestätigen, dass mein Vorhaben eine gute Idee war.

Gwen sah in die Nacht hinaus. »Mason?«

»Ja?«

»Meinst du, dass wir das Richtige tun?«

Eine Frage, die ich mir seit meinem Besuch in Elwood schon viel zu oft selbst gestellt hatte. »Ich denke, dass es egal ist, ob es richtig oder falsch ist. Es fehlen uns beiden die Alternativen, wenn ich das richtig sehe.«

Gwen sagte nichts, sah weiter die Hochhäuser und Straßenlaternen an uns vorbeiziehen.

»Ist Steven dein Freund?«, wechselte sie unumwunden das Thema. Ihre Stimme klang neugierig. Der unsichere Touch darin war verschwunden.

»Ja. Er ist Regisseur und kennt eine Menge einflussreicher Typen, die ihn zu den besten Partys der Stadt einladen. Wir beide … gehen dort oft gemeinsam hin.«

Ich konnte Gwen nicht sagen, dass Steven und ich in der Vergangenheit diese Events dazu genutzt hatten, um ausgelassen zu feiern und ein Betthäschen für die Nacht zu erobern. Steven hatte mir in diesen zahlreichen Nächten die Zerstreuung geboten, die ich so dringend nötig gehabt hatte. Jetzt war ich mir nicht mehr so sicher, ob mir dieser Lebenswandel noch gefiel. Aber jetzt ging es darum, einen ausgelassenen Abend verbringen zu können, und dafür war es sicher eine gute Idee. Gwen würde sich hervorragend amüsieren und den misslungenen Restaurantbesuch mit Mom vergessen.

»Klingt toll.« Gwen lächelte mich an, aber so ganz geheuer schien ihr das Ganze nicht zu sein. »Hoffentlich lassen die mich in dem Outfit überhaupt rein.« Gwen sah verunsichert an sich hinunter.

»Da habe ich überhaupt keine Bedenken.« Meine Stimme klang rau und leicht erstickt. Das entblößte Bein kam mir wieder in Erinnerung, genau wie die vollen roten Lippen und die sanften Gesichtszüge. Gwen war einfach unglaublich. Sie hätte heute Abend auch in Lumpen gekleidet sein können. Ihrer Schönheit hätte das keinen Abbruch getan.

Nachdem ich die Schlüssel meines Wagens einem jungen Kerl vom Parkservice übergeben hatte, ging ich um den Porsche herum und öffnete die Beifahrertür. Ich reichte Gwen meine Hand und half ihr auf die Füße. Sie schwankte etwas und landete beinahe an meiner Brust. Leider fing sie sich vorher wieder.

»Dort hinten am Eingang steht Steven.« Wie auf Kommando begann er wie ein Vater zu winken, der seine beiden Kinder nach einer Klassenfahrt abholte.

Gwen und ich liefen in seine Richtung. Unsere Hände berührten sich dabei nicht und mein Herz begann allmählich wieder in geordneten Bahnen zu schlagen. Ich bemühte mich, mein Pokerface wieder aufzusetzen und den coolen Typen zu mimen. Meine Hände vergrub ich dabei in den Taschen meiner Stoffhose.

»Hey, alter Junge. Schön, dass es doch noch geklappt hat«, begrüßte Steven mich überschwänglich, während er mir die Hand zum Einklatschen hinhielt.

Ich erwiderte seinen Gruß, ehe ich ihm Gwen vorstellte. »Das ist Gwen. Eine Freundin aus Kindertagen.«

Das war die Untertreibung des Jahrhunderts. Gwen war nicht nur eine Freundin, sie war das hübscheste und tougheste Mädchen, das ich kannte.

Auf Stevens Lippen schlich sich ein verschmitztes Lächeln. »Jetzt verstehe ich, warum du mich so lange hast warten lassen, Bro.« Hinter vorgehaltener Hand ergänzte er: »Die Frau ist ja eine Granate. Ich kann gut verstehen, dass du nur ungern das Bett mit ihr verlassen hast.«

Ich schlug ihm in die Seite. »Mit Gwen läuft nichts. Und hör auf, sie dermaßen sabbernd anzusehen. Haben wir uns verstanden?«

Steven hob abwehrend die Hände in die Höhe. »Alles klar, Bro. Welche Laus ist dir denn über die Leber gelaufen?«

»Seine Mutter«, schaltete sich Gwen dazwischen.

Steven klatschte in die Hände. »Dann sollten wir keine Zeit mehr verstreichen lassen und uns in die partywütige Menge schmeißen.« Er lachte. Als wir sein Lachen nicht erwiderten, setzte er hinzu: »Keine Sorge, es geht drinnen ganz gesittet zu. Gleich wird die Vorspeise serviert. Ich habe euch natürlich zwei Plätze neben mir frei gehalten.«

Ich klopfte Steven auf die Schulter. »So und nicht anders kenne ich meinen Kumpel.«

Steven grinste zufrieden. »Darf ich bitten, Gwen?«

Er reichte ihr seinen Arm, damit sie sich bei ihm unterhaken konnte. Ein Gefühl der Eifersucht überkam mich, als ich sah, dass Gwen sein Angebot annahm. Es fühlte sich falsch an, dass sie mit ihm und nicht an meiner Seite durch den Eingang schritt.

Ich ging den beiden nach, ohne mir etwas anmerken zu lassen. Aber ich würde mit Steven das Gespräch suchen und ihm verdeutlichen müssen, dass er die Finger von Gwen zu lassen hatte. Sie war mein Mädchen.

Nachdem wir die anderen Gäste an dem riesigen runden Tisch mit weißer Tischdecke und dem üppigen Blumenbouquet in der Mitte begrüßt hatten, setzten wir uns hin. Keine fünf Minuten später reichte mir eine der Servicekräfte ein Carpaccio. Das lief ja wie am Schnürchen.

Gwen lächelte mich an und begann ohne Umschweife zu essen. Erst jetzt fiel mir ein, dass ihr Magen ja bereits in meiner Wohnung geknurrt hatte. Es war egoistisch von mir gewesen, sie noch vor dem Essen aus der *Waterbar* zu entführen. Allerdings hätte ihr jede Minute länger mit Mom sicher auf den Magen geschlagen. Ob sie das Ribeye überhaupt angerührt hätte, wagte ich zu bezweifeln.

»Magst du etwas trinken?«, fragte ich Gwen, während ich mich suchend nach einem Kellner, der Getränkebestellungen aufnahm, umsah.

»Ja, sehr gerne. Ein Wasser.«

Als Steven das hörte, begann er zu lachen. »Wasser? Heute fließt Champagner, Süße. Mason und ich machen uns mal auf die Suche.« Dabei klopfte er mir überschwänglich auf den Rücken.

Kaum waren wir außer Hörweite des Tisches, begann Steven

auch schon damit, mich über Gwen auszufragen. »Wo hast du diese heiße Schnalle denn aufgetrieben? Die ist ja der absolute Wahnsinn. Sie hat nicht zufällig eine Schwester, die ihr täuschend ähnlich sieht? Zwilling? Nein?«

»Alter, jetzt krieg dich wieder ein. Gwen ist eine Freundin von früher.«

Wenn ich glaubte, Steven damit auf Abstand von Gwen zu halten, dann hatte ich mich offenbar geschnitten. »Dann ist sie also noch zu haben? Die Frau ist genau meine Kragenweite. Hast du ihren Hüftschwung gesehen? Bro, damit macht sie jedem *Victoria's-Secret*-Model Konkurrenz. Die Frau ist der absolute Wahnsinn. Diese Lippen und die großen dunklen Augen. Dann ihr Busen …«

»Ich denke, ich weiß jetzt, wie sehr du auf sie abfährst«, unterbrach ich Steven forsch in seinen Ausführungen. »Gwen ist nichts für dich.« Wenn ich hoffte, das Thema wäre damit ein für alle Mal beendet, dann hatte ich meine Rechnung ohne Steven gemacht.

»Da bin ich allerdings ganz anderer Meinung. Die Frau ist der pure Sex. Allein, wie sie mich vorhin angesehen hat … Am liebsten würde ich sie vom Fleck weg vernaschen.«

Ich bekam das Kotzen. Nicht wegen Steven. Sondern wegen mir. Noch vor einigen Wochen hatte ich genau so über jede Frau gesprochen, die mir gefiel. Ich war keinen Deut besser als er. Aber hier ging es nicht um irgendein Betthäschen, das sich Steven für die Nacht klarmachen wollte. Hier ging es um Gwen. Meine Gwen.

»Finger weg von Gwen! Haben wir uns verstanden?« Ich hob meinen Finger mahnend in Stevens Richtung. Dieser sah mich erschrocken und zugleich verärgert an.

»Sag doch gleich, dass du scharf auf sie bist. Was ist nur los mit dir, Bro? Mach dich mal locker. Wir werden uns doch nicht wegen einer Frau in die Haare kriegen.«

Ich sah Steven noch immer aus zusammengekniffenen Augen an. »Gwen ist meine Verlobte. Wir heiraten in wenigen Wochen. Wenn du eingeladen werden willst, solltest du deine Zunge zügeln und damit aufhören, von ihr wie über Frischfleisch in der SB-Theke zu sprechen. Haben wir uns verstanden?«

Steven sah mich schockiert an. »Du heiratest? Sie?« Dabei deutete er in Richtung des Tisches, an dem ich Gwen gerade zurückgelassen hatte.

Ich blickte zu ihr und sah voller Widerwillen, dass sie mit ihrem Tischnachbarn zu reden begonnen hatte. Als sie sich verlegen die Hand vor den Mund hielt und lachte, war es um mich geschehen. Am liebsten hätte ich den Kerl nach draußen gebeten, um ihm die Fresse zu polieren. Warum checkte denn niemand, dass das meine Frau war?

»Alter, du solltest dich dringend wieder in den Griff kriegen. Du siehst aus, als würdest du gleich explodieren. Ich dachte, du hast nichts mit ihr. Hast du nicht gesagt, ihr seid nur Freunde? Warum heiratest du sie dann?«

»Das ist eine lange Geschichte«, erwiderte ich wortkarg, ohne Gwen und diesen Latin-Lover-Verschnitt neben ihr aus den Augen zu lassen.

»Bei Gelegenheit solltest du sie mir trotzdem erzählen. Ich erkenne dich ja kaum wieder. Und außerdem solltest du damit aufhören, ihren Tischnachbarn in Gedanken zu vierteilen. Der Typ redet nur mit ihr, also entspann dich.«

Erschrocken fuhr ich zusammen. »Woher weißt du …«

»Bro, dein Gesicht spricht Bände. Du bist so was von verschossen in das Mädchen, dass deine Sinne alle verrücktspielen. Das hab ich noch nie an dir erlebt.«

»Ach was. Es ist nur so, dass ich Gwen schon mein ganzes Leben kenne. Wir waren schon immer beste Freunde, sind wie Geschwister aufgewachsen. Ich habe eine ganze Zeit lang neben ihr gewohnt.«

Steven lachte höhnisch auf. »Wie unschuldige beste Freunde seht ihr beiden definitiv nicht aus. Alter, hast du nicht gesehen, wie sie dich angeschaut hat? Und hast du zufällig bemerkt, dass du noch immer deine Hände zu Fäusten ballst und jeden grimmig anstarrst, der sie auch nur schief ansieht? Bro, du hast ein ernstes Problem.«

»Quatsch. Im Gegenteil: Gwen ist die Lösung all meiner Probleme. Wenn ich dir alles erzählt habe, wirst du das genauso sehen.«

Steven seufzte. »Das habe ich in der Vergangenheit leider viel zu oft von Freunden gehört, ehe sie in den sicheren Hafen der Ehe eingelaufen und nie wieder daraus hervorgekommen sind. Du beginnst dich ja schon jetzt zu verändern. Was ist aus dem Mason geworden, der sich voller Freude auf jede Party gestürzt hat und nichts hat anbrennen lassen?«

»Steven, wenn ich meinen Laden wiederbekommen will, dann muss ich heiraten. Gwen hilft mir dabei. Nichts weiter.«

»Pah!«, blaffte Steven. »Aus dem *Nichts-Weiter* ist in meinen Augen schon ein *Alles-oder-Nichts* geworden. Mach dir nichts vor, Bro. Du bist bis über beide Ohren in das Häschen verliebt.«

Nein, das konnte nicht sein. Gwen und ich waren Freunde. Wie Geschwister. Ein Gefühl von Wärme und Geborgenheit wandelte sich in meinem Inneren in Lust und Verlangen. Wann genau hatte ich damit angefangen, in ihr die Frau zu sehen und nicht mehr das Mädchen, das auf Bäume kletterte?

»Ach, und bevor wir zurück an den Tisch gehen, solltest du aufhören, dein Gesicht so zu verziehen und stattdessen deine Hände entspannen.«

»Ich bin tiefenentspannt!«, keifte ich ihn an. »Mach dir um mich keine Sorgen.« Sondern besser um den Latin Lover, der noch immer an Gwens Lippen hing wie ein Kätzchen an der Zitze seiner Mutter.

Steven holte an der Bar Wasser, Champagner und zwei Flaschen Bier.

»Trink das!« Mit diesen Worten reichte er mir eine davon. »Und komm erst mal wieder runter. Du führst dich auf wie ein pubertierender, pickeliger Junge, der Angst hat, auf dem Abschlussball sitzen gelassen zu werden.«

Mein Abschlussball war schon eine verdammt lange Zeit her. Das Mädchen, das ich damals gebeten hatte, mich zu begleiten, hatte mir kurz vorher abgesagt, weil der Schwarm der Schule, der Quarterback unserer Highschoolmannschaft, sie gefragt hatte, ob sie mit ihm gehen wolle. Dass der Kerl noch eine offene Rechnung mit mir hatte und mir nur eins auswischen wollte, hatte er dabei ihr gegenüber unter den Tisch fallen lassen. Ich fand sie schließlich heulend auf dem Schulkorridor, während er mit der Zunge zwischen den Oberschenkeln der Abschlussballkönigin in Mr. Sanders Kunstraum zugange war.

»Der Einzige, der hier Angst haben muss, ist dieser schmierige Kerl neben Gwen. Wenn der mein Mädchen auch nur anfasst, polier ich ihm die Fresse.«

Steven setzte seine Flasche an die Lippen an, um daraus zu

trinken. Zögerte dann für einen Moment und sah mich aus zusammengekniffenen Augen an. »Alter, dich hat es ja noch viel schlimmer erwischt, als ich gedacht habe.« Das Lachen war ihm dabei gänzlich vergangen.

Ich winkte ab, griff nach dem Wasser, das er für Gwen geordert hatte, und lief zurück zu unserem Tisch. Die Big Band in meinem Rücken war ganz in Weiß gekleidet und spielte ein Lied der *Rat Packs*. Die Stimmung im Saal war ausgelassen. Sicher war auch eine Vielzahl an Stars und Sternchen unter den Gästen. Doch dafür hatte ich keine Augen. Ich wagte es nicht zu blinzeln, während ich zu Gwen zurückkehrte. Der Latin Lover, der mir aus irgendeiner schmierigen Vorabendserie bekannt vorkam, hielt Gwen gerade sein Handy unter die Nase, als ich mich zu ihr setzen wollte.

»Hey«, meldete ich mich zurück und stellte das Glas vor Gwen ab, die mich dankend ansah und sogleich daran nippte.

Dann wandte sie sich jedoch zu meinem Leidwesen wieder dem Schmierenkomödien-Kerl zu. Was zum Henker hatte der, was ich nicht hatte? Warum bildeten sich in seiner Gegenwart diese Grübchen auf Gwens Wangen? Warum war sie bei ihm so ausgelassen und glücklich? Ich war rasend vor Eifersucht. So sollte sie mich ansehen und nicht ihn. Schließlich würde sie mich heiraten und nicht diesen dahergelaufenen Möchtegern-Schauspieler, der es nicht bis ins Abendprogramm geschafft hatte.

»Und das ist das kleine Dorf in den Pyrenäen, aus dem ich ursprünglich komme«, säuselte dieser in Gwens Ohr.

»Das sieht wirklich wunderschön aus. Ich war leider noch nie in Europa. Dabei hätte ich den Eiffelturm so gerne mal gesehen.« In Gwens Stimme lag ein Hauch Wehmut. Die Traurigkeit über die verpassten Chancen in ihrem Leben war ihr deutlich anzusehen.

»Wir könnten unsere Flitterwochen in Europa verbringen, wenn du möchtest«, schlug ich vor. Dabei hatte ich mir bis zu diesem Augenblick keinerlei Gedanken darüber gemacht, ob wir überhaupt verreisen würden.

Doch meine Worte verfehlten ihre Wirkung nicht. Zumindest teilweise nicht. Gwen strahlte mich an. Endlich kam auch ich in den Genuss, die Grübchen in ihren Wangen zu sehen. Der Schmierenkomödien-Heini ließ jedoch noch immer nicht von ihr ab. Wenn mich nicht alles täuschte, dann rückte er sogar noch ein Stück näher zu ihr. Das würde er noch bereuen.

Ich stand auf. »Ich denke …«

»… wir sollten uns wieder hinsetzen. Die Hauptspeise wird gleich gebracht«, beendete Steven meinen Satz und drängte mich zurück auf meinen Platz. Nur an mich gerichtet, ergänzte er: »Wenn du dem Kerl hier vor allen Leuten eine verpasst, wird das deine Mom nicht sonderlich gutheißen. Du weißt, dass die Pressefuzzis nur darauf warten, dass du ihnen neuen Stoff bietest. Sie würden wie die Hyänen über dich und die Kleine herfallen. Und das willst du doch nicht, oder? Ich kann mir nicht vorstellen, dass du begeistert wärst, wenn Gwen es in den Schundblättern dieses Landes zu einer traurigen Berühmtheit bringen würde.«

Meine Kieferknochen mahlten bei jedem von Stevens Worten aufeinander. Er hatte recht. Wenn ich jetzt die Kontrolle über mich verlor, würde morgen das ganze Land davon lesen können und Gwens guter Ruf wäre dahin. Damit wäre gleichzeitig einer der wichtigsten Punkte in Moms Vertrag gebrochen, und ich müsste mich nach einer anderen Braut umsehen. Gwens Zuhause würde dann doch noch unter den Hammer kommen. Das musste ich verhindern. Ich durfte mich nicht vergessen. Nicht, wenn ich meinen Club retten wollte. Und schon gar nicht um Gwens willen.

Das hier war verdammt wichtig. Und je mehr ich zuließ, dass Gwens Gegenwart solch eine Wirkung auf mich hatte, umso schwieriger würde es werden, die kommende Zeit zu überstehen. Ich musste mich dringend abreagieren. Ich brauchte eine Ablenkung. So griff ich nach dem Champagner, den Steven auf dem Tisch abgestellt hatte, und füllte ein Glas damit. Ich spülte den teuren Tropfen in einem Zug die Kehle hinunter, nur um die Prozedur zwei weitere Male zu wiederholen. So langsam wurde es besser. Ich entspannte mich, auch wenn ich Gwen und ihren Sitznachbarn nicht aus den Augen ließ.

»Gut so«, meinte Steven, als ich mich etwas beruhigt hatte. »Vielleicht solltest du dir an der frischen Luft etwas die Beine vertreten. Oder gleich die Tanzfläche stürmen.« Als ich mich von meinem Platz erhob, rief er mir zu: »Das ist der Mason, den ich kenne!«

Doch als ich an Gwens Platz vorbeilief und sah, wie die Hand des schmierigen Möchtegern-Lovers auf ihrem Oberschenkel ruhte, zündete in mir ein gigantisches Feuerwerk, das mich fast aus der Haut fahren ließ. Keine Sekunde länger würde ich dem Theater zusehen. Es verlangte mir alles ab, nach außen hin ruhig zu bleiben.

»Gwen, wir sollten jetzt gehen.« Ich bemühte mich, meine Stimme ruhig und gelassen klingen zu lassen.

Gwen sah verunsichert zwischen uns beiden hin und her. Ihr gefiel die Situation nicht. Da waren wir schon zu zweit.

»Gwen wird nirgendwohin gehen. Wir unterhalten uns gerade so schön. Sie kann selbst entscheiden, was sie machen möchte.

Vielleicht sollten wir auf die Tanzfläche gehen?«

Dabei warf er Gwen solch ein widerliches Grinsen zu, dass sich die Finger meiner rechten Hand ganz von allein zur Faust ballten.

»Wir haben noch einiges zu erledigen. Feiern können wir ein anderes Mal«, erklärte ich, noch immer um eine konfliktfreie Lösung bemüht.

Doch der Möchtegern-Latin-Lover verstand kein Nein. Er wollte seine Chance nicht ungenutzt verstreichen lassen. Die Wut über sein anmaßendes Verhalten brachte mich innerlich beinahe zum Explodieren.

Gwen begriff, in welch angespannter Lage sie sich befand, und erhob sich schließlich ohne viel Aufhebens von ihrem Stuhl. Sie reichte mir ihre Hand, woraufhin mein Nebenbuhler schnaubte. Es gefiel ihm nicht, als Verlierer vom Feld zu gehen. Doch ich hatte nur Augen für Gwen, deren Hand fest die meine umschloss.

Als wir den Ausgang bereits erreicht hatten, ging plötzlich alles ganz schnell. Jemand tippte mir auf die Schulter und kaum dass ich mich umgedreht hatte, wollte mir Gwens Verehrer eine verpassen. Es gelang mir jedoch, seiner Faust auszuweichen. Aus einem Impuls heraus schlug auch ich zu. Ich traf ins Schwarze und sah kurz darauf das Blut aus seiner Nase laufen.

»Das werden Sie noch bereuen!«, jammerte er sogleich wie ein kleiner Junge, dem man das Pausenbrot weggenommen hatte.

Gwen griff abermals nach meiner Hand, um mich davon abzuhalten, erneut auf ihn loszugehen.

»Haut schon ab«, hörte ich Steven dicht neben mir sagen. »Ich halte euch die Presse vom Leib und stopf dem Schönling hier zur Not die Fresse.« Er zwinkerte mir verschwörerisch zu. »Aber genieß den restlichen Abend mit der Kleinen. Das bist du mir schuldig.

Kapitel 17

Gwen

Während Mason und ich darauf warteten, dass uns der junge Mann vom Einparkservice den Wagen vorfuhr, überschlugen sich meine Gedanken. Mason war schier außer sich gewesen, als er mich mit meinem Sitznachbarn hatte reden sehen. Dabei war doch nichts weiter vorgefallen. Eine lockere Unterhaltung, nichts Weltbewegendes. Als der Kerl mir die Hand auf den Oberschenkel gelegt hatte, hätte ich etwas sagen müssen, doch irgendwie war es mir nicht so recht geglückt. Ich war Mason dankbar dafür, dass er sich eingemischt und dem Kerl klargemacht hatte, dass er die Finger von mir nehmen sollte.

Doch in Masons Augen hatte ich so viel Wut gesehen. Und noch etwas: Eifersucht. Ein Gefühl, das ich in Bezug auf mich nie dort zu sehen erwartet hätte. Diese Tatsache wühlte mich innerlich auf.

»Danke«, sagte Mason, nachdem ihm der schlaksige Kerl mit den Igelhaaren und dem viel zu weiten Smoking die Autoschlüssel für seinen Porsche überreicht hatte.

Er machte sich schon auf den Weg zur Fahrerseite, als ich ihn davon abhielt. »Mason, ich denke, ich sollte fahren.«

Mason hielt in der Bewegung inne und sah mich verwundert an. »Außer mir und den Einparkfahrern auf solchen Events ist dieses Auto noch kein anderer Mensch gefahren.« Für ihn war die Sache damit hinreichend geklärt.

»Wenn du möchtest, dass ich dich begleite, dann wirst du mir die Schlüssel geben. Du hast getrunken, Mason. Ich setze mich keinesfalls auf den Beifahrersitz, während du betrunken durch die Stadt fährst.«

Mason begann zu lachen. »Betrunken? Ich bitte dich. Ich vertrage einiges mehr. Wann genau bist du so gewissenhaft geworden?« Seine Stimme klang verwundert und belustigt zugleich.

»Ich hänge nun mal an meinem Leben. Und ich kann mich nicht daran erinnern, dass es in unserem Vertrag eine Klausel gibt, die besagt, dass ich dir bedingungslos überallhin folgen muss.«

Mason warf mir den Schlüssel in hohem Bogen zu. Ich fing ihn mit beiden Händen auf. »Verdammt! Diesen Passus hatte ich eigentlich noch einfügen lassen wollen. Offenbar hat ihn mein Anwalt vergessen.«

»Haha, sehr lustig«, erwiderte ich, während ich mich auf die Fahrerseite des Porsches begab.

So souverän, wie ich eben geklungen hatte, war ich allerdings bei Weitem nicht. Ich hatte in meinem ganzen Leben noch keinen Porsche gefahren. Außerdem war das Auto verdammt teuer. Mason würde mich wahrscheinlich umbringen, falls ich den Lack seines heiß geliebten Wagens zerkratzen oder einen Unfall bauen würde.

Mason blieb an seinen Porsche gelehnt stehen und sah mich lange an, ehe er seine Hand in meine Richtung bewegte und mir zärtlich eine Haarsträhne hinters Ohr legte. Ich wagte es nicht zu atmen, als seine Finger dabei meine Wange streiften. Es fühlte sich an wie der erste Sommerregen, den man nach langer Dürre sehnsüchtig erwartete. Als kleines Kind war ich dabei oft über die Wiese getanzt und hatte meinen Kopf in den Nacken geworfen, um die einzelnen Regentropfen mit der Zunge aufzufangen.

»Das mit dem Kerl vorhin hat mir gar nicht gefallen«, sagte er mit fester Stimme. Sein Blick lag dabei fest auf mir. Ein Prickeln setzte an der Stelle ein, die er soeben berührt hatte, und breitete sich schlagartig über meinen ganzen Körper aus.

»Ich habe doch nur …«, wollte ich mich rechtfertigen, aber Mason unterbrach mich.

»Es hat mir nicht gefallen!« Seine Worte ließen keine Widerworte zu. Seine Finger ruhten noch immer auf meiner Wange und brachten die Haut darunter zum Glühen.

Ich schluckte schwer, ehe ich zaghaft zu nicken begann. In mir tobte ein Sturm aus wirren Gefühlen, der mich verunsicherte. Was war das zwischen Mason und mir? Was geschah da plötzlich zwischen uns? Warum kribbelte es in meinem Bauch, wenn er mir so nahe war? Warum wollte ich mehr davon? So viel mehr.

Dann öffnete er mir die Tür des Porsches und löste seine Hand von meiner Wange. Nach außen hin versuchte ich, mir nicht anmerken zu lassen, was gerade in mir vorging. Erleichtert atmete ich auf, als ich mich schließlich auf den Ledersitz gleiten ließ. Zum Glück hatte der Porsche ein Automatikgetriebe. Das würde es mir leichter machen.

»Lass uns zurück zu mir fahren.« Mason setzte sich neben mich und gurtete sich an.

Bei der Vorstellung, schon bald ganz allein mit ihm in seinem Apartment zu sein, schlug mein Herz in einem viel zu schnellen Takt. Ich sehnte mich nach diesem Moment, und gleichzeitig wollte ich davonlaufen. Weit weg. Dorthin, wo meine Erinnerung an Mason nicht von rosaroter Zuckerwatte umhüllt war.

Was zur Hölle war bloß los mit mir? Warum wünschte ich mir plötzlich nichts sehnlicher, als von ihm begehrt zu werden? Warum hatte es sich so gut angefühlt, als er mir eben gesagt hatte, dass ihm die Situation mit meinem Sitznachbarn gegen den Strich gegangen war?

Als mich zunehmend das Gefühl überkam, dringend Raum zwischen Mason und mich bringen zu müssen, startete ich den Motor und fuhr los.

»Hey, mal langsam mit den jungen Pferden. Der Wagen hat vierhundertzwanzig PS.«

»Angst?«, fragte ich schnippischer, als mir zumute war.

Masons Mundwinkel verzogen sich zu einem schiefen Lächeln. »Auf keinen Fall. Nur bin ich etwas besorgt um den Wagen. Das ist alles. Bisher hat sich noch niemand zwischen mich und meine Lady gedrängt.«

Ich schnaubte gespielt eingeschnappt auf. »Dann wird sich die Lady langsam daran gewöhnen müssen, dass sie Konkurrenz bekommen hat.« Kaum dass ich die Worte ausgesprochen hatte, hätte ich sie am liebsten wieder zurückgenommen.

»Sieht ganz danach aus«, erwiderte Mason mit kehliger Stimme.

»Was möchtest du essen? Ich habe noch kalte Pizza und einen Grünkohl da. Frag mich nicht, wo das Gemüse herkommt. Das muss mir Mrs. Ridgeback untergejubelt haben, als sie den Kühlschrank sauber gemacht hat.«

Ich lachte aus vollem Hals, und die Angst vor der Zweisamkeit mit Mason war wie weggeblasen. »Also noch immer kein Gemüse? Und kalte Pizza? Ernsthaft?«

»Aber sicher doch. Kalte Pizza hält jung. Zumindest erinnert sie mich nach wie vor an früher, als ich als Einziger so lange gewartet habe, bis die Pizza ganz kalt war, bevor ich sie gegessen habe.«

»Gott, wenn ich so darüber nachdenke, warst du wirklich ziemlich merkwürdig. Wir anderen waren schon lange fertig, bevor du überhaupt mit dem Essen begonnen hast.«

Ich setzte mich auf einen Barhocker. In Masons Loft stand im abgegrenzten Küchenbereich eine Theke mit zwei Hockern davor. Einen Tisch gab es nicht. Auch nicht im Wohnbereich.

»Besonders.«

Ich verdrehte die Augen. »Liegt wohl immer im Auge des Betrachters.«

Mason blies hörbar die Luft aus. »Also? Pizza oder das Gemüse? Die Wahl liegt ganz bei dir. Oder sollen wir doch noch etwas bestellen?«

Masons Mom und die Sache auf der Party eben hatten mir auf den Magen geschlagen. Plötzlich wusste ich nicht, wie es zwischen uns weitergehen sollte. Nur eins war mir inzwischen klar geworden: Einfach würde es sicher nicht werden. »Ich habe keinen Hunger mehr.« Mason musterte mich, während sich seine Miene wieder verfinsterte.

»Gwen, das heute Abend tut mir leid. Ich weiß gar nicht, wieso …«

Nun hielt ich ihn vom Weiterreden ab. »Ist schon okay. Lass uns nicht weiter darüber sprechen.«

Als unsere Blicke sich wissend ineinander verhedderten, hätte ich am liebsten ein Messer genommen, um die Verbindung zwischen uns zu kappen. Alles in mir sehnte sich danach, dass Mason wieder seine Hand auf meine Wange legte. Aber das würde alles nur unnötig verkomplizieren und die Erfüllung unserer gegenseitigen Vertragsbedingungen um einiges erschweren. Ferner hatte ich noch immer keine Ahnung, wem die zweite Zahnbürste im Badezimmer gehörte.

»Ich hätte auch noch eine Packung Erdnüsse«, wechselte Mason unvermittelt das Thema.

Ich schob den lästigen Gedanken an die Zahnbürste und ihre tiefere Bedeutung beiseite. »Das klingt genau nach dem, was mir für den heutigen Abend so vorgeschwebt hat. Dazu noch ein Gin Tonic, und meine Welt ist wieder in Ordnung.«

Mason öffnete einen Küchenschrank und förderte ein kleines rundes Döschen zutage. »Ich mixe uns gleich zwei Drinks. Setz dich doch rüber auf das Sofa und mach dir den Fernseher an. Wenn mich nicht alles täuscht, dann geht *America's Got Talent* in die nächste Runde.«

Ich nahm die Nüsse entgegen und versuchte, das Gefühl, das Masons Finger durch ihre abermalige Berührung meiner Haut in mir verursachten, zu unterdrücken. »Wow, das können wir uns unter keinen Umständen entgehen lassen. Jedenfalls nicht, nachdem der Kerl, den du neulich so gut fandest, in die nächste Runde gekommen ist.«

Mason machte sich derweil an einem anderen Schränkchen zu schaffen und holte eine Flasche Gin und eine Zitrone daraus hervor.

»Ist dir die Zitrone auch von Mrs. Ridgeback untergeschoben worden?«, fragte ich albern glucksend.

Mason stellte die Flasche vor mir auf den Tresen, während er die gelbe Frucht noch immer in Händen hielt. »Dabei handelt es sich um eine Obstsorte und kein Gemüse, Gwenny. Das solltest du eigentlich wissen. Mr. Bell war doch immer so gewissenhaft, was seinen Unterricht anging.«

Gwenny. Ich konnte mich gar nicht mehr so richtig daran erinnern, wann mich das letzte Mal jemand bei meinem Spitznamen genannt hatte. Früher hatte Dad mich immer so gerufen. Und eben Mason, als er noch bei uns gewohnt hatte.

Ein Hauch von Verlegenheit überkam mich. Ich wollte Mason

nicht diese Macht über mich geben. Denn letztlich würde ich wieder nach Elwood gehen, während er in Frisco in dieser sündhaft teuren Loftwohnung mit Blick über die Stadt blieb. Und der zweiten Zahnbürste.

»Er starb an einem Herzinfarkt, zwei Monate nachdem du gegangen warst.«

»Das … erklärt es. Es tut mir leid um ihn. Ich mochte den Kerl. Er hatte was von diesem Komiker, der als *Mr. Bean* berühmt wurde.«

Mason reichte mir ein Glas und stieß kurz darauf mit seinem dagegen. »Auf die Zukunft!«

Ich sah Mason tief in die Augen und versuchte, mich dabei seiner Sogwirkung zu entziehen. In seinem Blick lag so viel Schönes und Bekanntes, dass ich mich am liebsten an Masons Schulter gelehnt und den Moment genossen hätte. Aber wir waren keine Kinder mehr. Ich konnte mich nicht mehr einfach so bei ihm anlehnen. Wenn das kommende Jahr nicht in einem Desaster enden sollte, dann musste ich mich mit solchen Annäherungsversuchen zurückhalten.

Mason und ich waren zwei grundverschiedene Menschen, die ganz unterschiedliche Lebenswege eingeschlagen hatten. Es gab darin keinerlei Überschneidungen. Uns verband rein gar nichts. Nichts, was heute noch von Bedeutung wäre.

»Ich denke, ich sollte jetzt schlafen gehen.« Ich nippte an dem Glas und stellte es anschließend zurück auf den Tresen, während ich mich ungeschickt vom Hocker wand.

»Jetzt schon? Es ist ja noch nicht mal dunkel draußen.«

Mason sah mich mit diesem angedeuteten Lächeln auf den Lippen an, während er mit der Hand in Richtung des Fensters zeigte.

»Das wird in dieser Stadt wahrscheinlich nie der Fall sein.

Wenn es danach ginge, dürfte ich wahrscheinlich nie schlafen.«

»Nicht nur, wenn es nach der Stadt ginge.«

Masons Blicke durchbohrten mich. Ich konnte das Verlangen darin deutlich erkennen. Das war nicht gut. Das war ganz und gar nicht gut.

»Mason, ich denke, wir sollten nichts tun, was uns im Nachhinein … leidtun könnte.«

Sein verschleierter Blick wurde klarer. »Glaub mir, die Zeit mit meiner Mom wird dir ganz sicher leidtun. Ich kann und will es nicht beschönigen. Die Frau ist ein Aasfresser.«

»Komm schon!« Auch wenn er mit seinen Worten sicher recht hatte, sprach er noch immer über die Frau, die ihm das Leben geschenkt hatte.

Mason hob abwehrend die Hände. »Nur die Wahrheit. Aber ich versuche alles, um dich vor ihr zu schützen. Gleich morgen fange ich damit an. Wir haben einen Termin bei einem Konditor, mit dem wir zusammenarbeiten.«

»An einem Sonntag? Und wie genau willst du mich damit in Schutz nehmen?«, fragte ich irritiert.

»Ja, er nimmt sich den Vormittag nur für uns Zeit, um uns drei seiner exzellenten Kreationen für unsere Hochzeit zu präsentieren. François ist Franzose und sehr eitel. Egal, wie dir die Kuchen auch schmecken werden, du solltest jedes Mal behaupten, dass sie *formidable* seien. Durch den Termin bei Moms Lieblingskonditor machen wir gute Miene zum bösen Spiel. Ich kenne meine Mutter. Wenn wir ihr einen Happen vor die Füße werfen, wird sie für einige Zeit genügsam sein.«

Ich stütze mich mit meinen Händen auf dem Hocker ab, auf dem ich bis eben noch gesessen hatte. »Und wenn sie das nicht ist? Ich meine, wir haben sie heute im Restaurant einfach sitzen lassen. Ich kann mir nicht vorstellen, dass sie das für ein bisschen Kuchen vergisst.«

»Dann hast du definitiv noch nicht von François' Kuchen gekostet.« Mason lachte und darin lag solch eine Leichtigkeit, dass ich am liebsten mit eingestimmt hätte.

»Morgen also Kuchen bis zum Abwinken. Wie gut, dass wir das Abendessen haben ausfallen lassen. Sonst passe ich womöglich nicht in das Kleid Ihrer königlichen Hoheit.«

Ich verdrehte die Augen und wollte mich schon zum Gehen wenden.

»Sie wird euch das Haus nicht wegnehmen. Vertraue mir!«

Ich hielt in der Bewegung inne und wollte etwas erwidern. Dann entschied ich mich für ein weniger verfängliches »Gute Nacht!« und ging in Masons Schlafzimmer.

Kapitel 18

Mason

»Et voilà! Es ist vollbracht. Ein Meisterstück ist geboren.«

Ein kleiner rundlicher Mann undefinierbaren Alters und mit hoher Chefkochmütze auf dem Kopf begrüßte uns überschwänglich mit diesen Worten, während er Gwen zwei Luftküsschen auf den Wangen andeutete.

Ich blickte zu Gwen, während ich im Rücken des Konditors stand und mich kaum noch halten konnte. Meine Gesichtsmuskeln zuckten. Wenn das so weiterging, dann würde ich jeden Augenblick lauthals loslachen müssen. Als sich der Franzose zu mir umwandte, tat ich so, als würde ich mich räuspern müssen, ehe ich dem Mann die Hand entgegenstreckte.

»Monsieur Livington, es ist mir eine Ehre, Sie in meiner bescheidenen Backstube begrüßen zu dürfen.«

Das war ja wohl die Untertreibung des Jahrhunderts. Die Backstube war mindestens so groß wie zwei Fußballfelder. Und das mitten in San Francisco. Der Mann musste ein absolutes Genie auf seinem Gebiet sein. Die Leute rannten ihm regelrecht die Bude ein, Hochzeitstorten konnten nur mit einer Vorlaufzeit von zwei Jahren bestellt werden.

»Vielen Dank, François. Wir danken Ihnen für das überaus großzügige Angebot, unsere Hochzeitstorte zu entwerfen. Ich bin schon sehr gespannt darauf, womit Sie uns verzaubern werden.«

Natürlich kannte ich François' Ruf. Ich wusste, dass sich nur die namhaftesten Kunden in seiner Kartei befanden und er oftmals nach Europa flog, um dort am englischen oder spanischen Hof seine Meisterleistung zur Schau zu stellen und die Gaumen der erlauchten Herrschaften zu erquicken. Der Typ hatte es wirklich drauf.

»Kommen Sie doch näher«, forderte er uns schließlich auf, als Gwen und ich nach wie vor ganz erschlagen waren von der Größe, der Vielzahl an Mitarbeitern – es waren mitunter sicher sechzig oder siebzig – und den riesigen Maschinen und Backöfen. Ein süßer Duft aus Vanille und Schokolade lag in der Luft. An einem Tisch zu meiner Linken wurden gerade roséfarbene Marzipanrosen gedreht und mit weißen Perlen in der Mitte verziert. Dabei waren die Rosen nicht mal so groß wie ein Fünfcentstück.

Wenn man mich dazu verdonnern würde, dieser Tätigkeit auch nur einen halben Tag lang nachzugehen, würde ich freiwillig nach Alaska auswandern. Doch der hagere Mittzwanziger vor mir legte eine stoische Ruhe an den Tag. Er schien seinen Job gerne zu machen.

Im Hintergrund waren leise Klänge eines Streichorchesters zu hören. Die Musik war äußerst dezent und passte dennoch wundervoll in das Ambiente.

François lotste uns zu einer Tür, die links von der Backstube abzweigte. Dahinter befand sich der Traum jeder zukünftigen Braut. Für mich war es hingegen der absolute Albtraum. Die Wände des schätzungsweise zwanzig Quadratmeter großen Raumes waren mit einer rosafarbenen sowie weiß gestreiften Tapete verkleidet. Zu unserer Rechten befand sich eine übergroße Vitrine, in der eine Auswahl an Kuchen des Hauses gezeigt wurde. Daneben standen Kärtchen, auf denen zu lesen war, für wen diese Exemplare schon hergestellt wurden. Ich erkannte einen der früheren Präsidenten des Landes sowie mehrere Hollywoodsternchen und Sängerinnen. Tatsächlich war dort auch ein Bild der Queen zu sehen. Sie winkte mit unergründlicher Miene. Dennoch schien sie sehr amused.

»Nehmen Sie doch Platz.« François bedeutete uns, uns an einem runden weißen Tisch mit vier Stühlen niederzulassen.

Gwen sah sich im Raum um. Ihre Augen waren geweitet und ihr Mund stand leicht offen. Ihr langes dunkelblondes Haar hatte sie zu einem hohen Pferdeschwanz gebunden. Das Make-up des heutigen Tages fiel nicht ganz so ins Auge wie das vom Vortag. Wobei Gwen in meinen Augen überhaupt keine Schminke brauchte. Sie war eine Naturschönheit.

Meine Gedanken flogen zurück zum heutigen Morgen. Ich hatte mich schlafend gestellt, als Gwen auf Zehenspitzen in die Küche geschlichen kam, um sich aus dem Kühlschrank ein Glas Wasser zu holen. Sie trug ein unscheinbares graues Schlafshirt und ihre langen Haare hingen ihr wie ein dunkelblondes Cape über den Rücken.

Als sie im oberen Küchenschränkchen nach einem Glas griff, musste sie sich strecken. Dabei rutschte ihr Shirt ein ganzes Stück nach oben. Da sie lediglich einen schwarzen String trug, bekam ich freien Blick auf ihren Po gewährt. Ihr Hintern war apfelförmig und sah wirklich zum Anbeißen aus. Am liebsten wäre ich zu ihr gegangen und hätte ihren Nacken mit einer Spur aus Küssen versehen, ehe ich sie nach allen Regeln der Kunst geliebt hätte.

Ich beobachtete Gwen dabei, wie ihre langen Beine sie zurück in mein Schlafzimmer trugen, und wäre ihr am liebsten gefolgt. Aber das wäre keine gute Idee gewesen. Ich hatte mich schon am

Abend zuvor dazu hinreißen lassen, sie schonungslos mit meiner Eifersucht zu konfrontieren. Gwen sollte nicht denken, dass ich sie attraktiv fand oder dass ich mich viel lieber mit ihr durch das Laken meines Bettes gewälzt hätte, als den Termin hier bei François wahrzunehmen.

Diese Frau war Sex pur. Kein Wunder, dass Steven bei ihrem Anblick ganz aus dem Häuschen gewesen war und der Möchtegern-Latin-Lover seine Finger nicht bei sich behalten konnte. Ich hatte wirklich keine Ahnung, wie ich die nächste Zeit durchstehen sollte, während jede Faser meines Körpers immer mehr von dieser Frau in Besitz genommen wurde.

»Dieses Exemplar ist dreistöckig. Der Boden besteht jeweils aus einem Schokoladenkuchen. Dazwischen befindet sich eine Buttercremeschicht mit Tonkabohnen.«

François schnitt einen Kuchen an, den er eben auf einem Servierwagen in das Zimmer geschoben hatte. Gwen und ich blickten wie gebannt auf den Kuchen, der mit weißem Fondant überzogen war. Auf der einen Seite zog sich ein Wasserfall aus roséfarbenen, pinken und blasslila Blumen – darunter auch die Rosen von gerade eben – über alle drei Etagen mit einer solchen Anmut, dass ich für einen Moment vergaß, wo ich mich gerade befand und was ich hier tat.

François und seine Crew waren wirklich Meister ihres Handwerks. Die Arbeit war derart filigran, dass ich es in gewisser Hinsicht bedauerte, als er das Stück Kuchen aus dem Gesamtwerk herauslöste. Er gab es auf einen Teller und reichte uns dazu zwei Gabeln. Brautpaaren hatte man offenbar das Recht abgesprochen, einen eigenen Teller zum Essen zu bekommen. Von nun an war alles, was mein war, auch ihres.

Ein zaghaftes Stimmlein in meinem Inneren fragte mich: *Was wäre denn so schlimm daran?*, während Gwen mit ihrer Gabel das erste Stückchen des Kuchens zu ihrem Mund beförderte.

Ich beobachtete sie dabei, wie sie sich das süße Gebäck auf der Zunge zergehen ließ.

»Das ist wirklich très formidable, François.« Ihre Augen leuchteten mit dem zitronengelben Falter auf dem obersten Stockwerk des Kuchens um die Wette. Sie meinte es ehrlich. Der Kuchen schmeckte ihr.

Für den Wimpernschlag eines Augenblicks ließ ich mich dazu hinreißen, wirklich zu glauben, hier ginge es um meine echte Hochzeit. Eine Hochzeit mit der Frau, die ich über alles liebte und die bis an mein Lebensende an meiner Seite sein würde. Das warme Gefühl, das sich daraufhin in meinem Inneren ausbreitete, war trügerisch und falsch. Sosehr ich mich auch danach sehnte, mit Gwen verbunden zu sein, es würde nicht funktionieren. Ich war nicht der Typ, der sich an nur eine Frau band. Nicht einmal an Gwen. Da mochte sie noch so sehr meine tiefsten Sehnsüchte ans Ufer zerren, uns beiden stand keine rosige Zukunft bevor, auch wenn uns der Kuchendekor das glauben lassen wollte.

»Wirklich ausgezeichnet«, lobte auch ich den vorzüglichen Kuchen, nachdem ich davon gekostet hatte.

Für meinen Geschmack war er etwas zu süß, aber mir war ein Steak zu jeder Tages- und Nachtzeit auch lieber als Kuchen. Das würde ich François allerdings nie und nimmer auf die Nase binden. Ich wusste, wie der Mann tickte. Erst vor Kurzem war er schier ausgerastet, als eine von Moms Kundinnen seinen Kuchen als durchschnittlich betitelt hatte. Das war sogar dermaßen ausgeartet, dass die Presse davon Wind bekommen hatte und Mom nur schwer den Namen ihrer Agentur aus den Schlagzeilen hatte herauszuhalten können. Torten konnten nämlich genauso einen Shitstorm auslösen wie ein Artikel über unbezahlte Steuern. Auch wenn man glaubte, dass etwas so Unverfängliches wie ein Gebäck schwerlich dazu in der Lage wäre. In diesem Job musste man ständig mit dem Unwahrscheinlichen rechnen: Regen, obwohl der Wetterbericht von strahlendem Sonnenschein ausging, Tränen, während ein Lachen angebracht gewesen wäre, und eben das vernichtende Urteil einer gestressten Braut, wo sich der Confiseur ein fettes Lob ausgemalt hatte.

Die Welt der Menschen, die heiraten wollten, war ziemlich genau zwischen Himmel und Hölle angesiedelt. Ein Schritt zu weit nach links und man sah sich am Abgrund.

»Wollen Sie Ihre Zukünftige nicht mit einem Stück Kuchen füttern? Ich würde ein Bild für Ihre werte Frau Maman machen. Sie wird ganz außer sich sein vor Rührung.«

Mom hatte François augenscheinlich darauf angesetzt, ein paar taugliche Fotos für die Presse zu machen. Als sie vorschlug, Gwen und mir ein Fernsehteam an die Seite zu stellen, das jede unserer Hochzeitsvorbereitungen dokumentieren würde, um dies kurz vor unserer Hochzeit auszustrahlen, hatte ich mich massiv dagegen zur Wehr gesetzt. Schließlich war ich kein Affe im Zoo, den man für Geld bewundern konnte.

Trotzdem hatte es sich die Grande Dame nicht nehmen lassen, Zeugnisse der einzelnen Etappen in den siebten Himmel erstellen zu lassen.

»Ist schon okay«, meinte Gwen mit einem zaghaften Lächeln auf den Lippen. Sie wollte nicht der Grund dafür sein, dass die Beziehung zwischen meiner Mutter und mir noch weiter abkühlte. Sie wusste nicht, dass wir uns bereits in der Eiszeit befanden.

Meine Kieferknochen begannen ganz von allein aufeinander zu mahlen, ehe ich einen Kuchenbissen auf meine Gabel lud und ihn in Gwens Richtung beförderte.

»Oh, das ist merveilleux. Bitte so bleiben«, befahl François, als Gwen ihre Lippen öffnete, um den Kuchen in Empfang zu nehmen.

Ich hatte mich ein Stück weit über den Tisch gebeugt. Unsere Blicke verfingen sich abermals ineinander, und ich sah in diese großen schokobraunen Augen, die aus Gwens Gesicht besonders hervorstachen. Verlegen und zugleich erwartungsvoll sah sie mich an, während ich sie fütterte und nicht wagte, meinen Blick von ihr zu nehmen.

François schoss ein paar Bilder. Das zuckende Licht erinnerte mich an das Gewitter, von dem Gwen und ich einmal am Weiher überrascht worden waren. Die anderen Badegäste waren schon längst nach Hause gegangen. Nur wir hatten geglaubt, das Unwetter würde vorüberziehen. Als das erste Donnergrollen am Himmel zu hören gewesen war, war Gwen förmlich in meine Arme gesprungen. Vor Gewittern hatte sie damals beinahe so viel Angst gehabt wie vor dem Wasser. Als die ersten Blitze den Himmel erhellt hatten, hatte sie sich so fest an mich gepresst, dass kein Stück Papier mehr zwischen uns gepasst hätte.

Ich war ihr damals so einfühlsam, wie es mir für meine zehn Jahre möglich gewesen war, durchs Haar gefahren und hatte alles versucht, um sie zu beruhigen. Ihr kleiner Körper zitterte ohne Unterlass, bis das Gewitter davongezogen war und der Himmel erneut in einem freundlichen Blau erstrahlte. Was gäbe ich nur darum, zu erfahren, ob sie noch immer Angst vor Gewittern hatte?

»Ich werde den nächsten Kuchen holen. Eine Ode an die

Liebe. Sie werden ganz entzückt sein.«

Gwen und ich schenkten François' Worten keine weitere Beachtung. Wir hatten nur Augen füreinander.

»Ich …«, begann ich zu sprechen, als mir die Stille zwischen uns allmählich unangenehm wurde.

Gwen strich sich mit den Fingern über ihre Lippen, an denen noch einzelne Brösel des Kuchens und etwas Buttercreme hingen. Sie wischte sie weg und sah mich erwartungsvoll an, während ich mir nichts sehnlicher wünschte, als ihr so nahe sein zu können wie die Kuchenkrümel.

»Ja?«, fragte sie schließlich.

»Ich … ich wollte dir danken«, begann ich recht einfallslos. »Du machst das wirklich toll.«

Gwen lachte. »Ich esse Kuchen, Mason. Was sollte dabei schon schiefgehen?«

Innerlich schlug ich mir mit der Hand gegen die Stirn. »Wir wissen beide, dass es hier nicht nur um den Kuchen geht.«

Eigentlich wollte ich damit auf die bevorstehende Hochzeit und die Zeit danach anspielen, aber unterbewusst versuchte ich, Gwen eine Botschaft einer ganz anderen Art zu vermitteln. Ich beobachtete jede ihre Regungen genau, nachdem ich meine Worte auf den Weg geschickt hatte.

Gwen strich sich verlegen eine Haarsträhne hinters Ohr und senkte ihren Blick für den Bruchteil einer Sekunde. »Mason, ich denke nicht, dass wir …«

Ich hing an ihren Lippen wie ein Magnet an seinem Gegenpol. Gwen rang innerlich mit sich um die richtigen Worte, während sich ihre Wangen leicht röteten. Sie log. Das sah ich ihr deutlich an. »Es ist keine gute Idee, da weiterzumachen, wo wir gestern aufgehört haben«, sagte sie schließlich, ehe sie sich eilig noch ein

Stück Kuchen in den Mund schob.

»Wo haben wir denn gestern aufgehört?«, fragte ich mit erstickter Stimme, während meine Gedanken wieder zu dem Anblick ihres wohlgeformten Hinterns abschweiften.

»Mason, wir sollten vernünftig sein. Wenn wir … Also, das würde einfach alles verkomplizieren und … Ich weiß nicht …«

Ein Stück der Buttercreme hing noch immer an ihren Lippen, während sie sprach. Ohne darüber nachzudenken, wischte ich mit meinem Daumen über die Stelle an ihrem Mund. Gwen öffnete ihre Lippen und kostete meinen mit Buttercreme gesüßten Finger. Ihre Augen schlossen sich, als ihr Köper kaum merklich zu zittern begann.

Ich beugte mich ein Stück weiter zu ihr nach vorne, legte die Hand in ihren Nacken und berührte ganz behutsam ihre Lippen mit den meinen. Zunächst ganz keusch, dann immer fordernder bewegte sich mein Mund auf dem ihren. Anfangs wirkte Gwen überrumpelt und erwiderte den Kuss nicht. Dann begann auch sie damit, mich zu küssen. Als sie ihren Mund öffnete, um meiner drängenden Zunge Einlass zu gewähren, fühlte ich mich dem Himmel ganz nahe.

»So, das wäre dann la deuxième tarte. Eine Kreation aus meiner Hand. Eigens für diese Hochzeit entworfen.«

François' Worte ließen uns aus einer Welt erwachen, die so viel besser war als die unsere. Blitzartig stoben wir wie die glimmende Glut eines Lagerfeuers auseinander.

Verdammt! Ich hatte es nicht geschafft, meine Finger von ihr zu lassen. Das war ein beschissener Fehler! Ich hätte das nicht tun dürfen. Was dachte sie nun von mir? Ob ihr der Kuss gefallen hatte? Wollte sie vielleicht mehr? Ich würde gerne …

Nein! Das war vollkommen hirnrissig. Gwen war eine gute

Freundin. Meine beste. Ich würde das zwischen uns nicht mit Sex zerstören. Sie bedeutete mir schließlich etwas. Viel mehr, als ich mir bis gerade eben hatte eingestehen wollen.

»Sie sieht wirklich wunderschön aus«, beeilte sich Gwen zu sagen, als der Meister voller Stolz vor seiner fünfstöckigen Torte stand und sein Publikum Beifall heischend ansah.

Der Kuchen war über und über mit Perlen und Rosen verziert. Jeder Boden sah anders aus. Der erste war babyblau. Den zweiten mit weißem Fondant verarbeiteten Boden umrankten eingearbeitete Blumen. Darauf folgte eine roséfarbene Schicht mit weißen Perlen und eine Schicht mit eingeschnitzten Rauten, deren Ecken ebenfalls mit Perlen versehen waren. Die oberste Kuchenschicht war wieder mit weißem Fondant gearbeitet. Darauf war ein aus Marzipan gefertigtes rotes Herz zu sehen, in dessen Mitte ein Polaroid angebracht war, auf dem ich Gwen mit Kuchen fütterte.

François hatte den Moment eingefangen, als wir uns beide wie verschüchterte Teenager angesehen hatten, und ihn für die Nachwelt festgehalten. Voller Bewunderung und Sorge nahm ich zur Kenntnis, dass es ihm gelungen war, das Knistern zwischen uns zu konservieren. Ich räusperte mich verlegen und suchte nach dem Schnitzmesser in meiner Hosentasche. Dummerweise verwahrte ich es für gewöhnlich in meinem Nachttisch. Nachdem Gwen heute Nacht in meinem Zimmer geschlafen hatte, lag es noch immer in der obersten Schublade. Kein Wunder, dass die Situation dermaßen aus dem Ruder gelaufen war. Ohne meinen Talisman war ich aufgeschmissen.

»Ganz zauberhaft«, beteuerte ich, als François mich unschlüssig ansah.

Unverkennbar stand mir mein inneres Gefühlschaos offen ins Gesicht geschrieben. François musterte mich, und für den Hauch eines Augenblicks hatte ich die Sorge, er könnte sich die Kamera schnappen und ein Foto von mir schließen. Letztlich unterließ er es und schnitt den Kuchen an, um uns davon probieren zu lassen. Wieder nur ein Teller. Und zwei Gabeln.

»Der Kuchen besteht aus fünf klassischen Biskuitböden. Unser Biskuit ist ausgesprochen fluffig, da wir fast das Doppelte an Eiern verwenden wie die Konkurrenz. Dazu die fruchtige Erdbeer-Vanille-Buttercreme. Da zergeht jeder Bissen auf der Zunge.«

François beobachtete mich ausgiebig dabei, wie ich das erste Stück Kuchen versuchte. Der Mann verstand etwas von seinem Handwerk. Der Kuchen war mit Abstand das beste Backwerk, das ich je gegessen hatte. Wenn es nach mir allein ginge, dann würden wir diesen Kuchen als Hochzeitstorte auswählen. Allerdings ging es hierbei nicht nur um mich. Einerseits musste ich auf François' Gefühle Rücksicht nehmen und auch noch die dritte und letzte Torte probieren. Und natürlich hatte auch Gwen ein Mitspracherecht. Ferner konnte ich nicht so ganz glauben, dass meine Mutter bei dieser in ihren Augen so wichtigen Entscheidung nicht die Hand im Spiel haben würde. Wahrscheinlich tauchte sie jeden Moment filmreif wie eine Diva in der Tür auf und forderte François auf, ihr die Torten zu präsentieren.

»Formidable«, antwortete ich brav, als mich der Blick des Konditors zu zermürben begann. »Ein ausgesprochen leckerer Kuchen. Ich habe in meinem ganzen Leben noch keinen so guten Kuchen gegessen«, betete ich artig das Protokoll herunter.

Die Mundwinkel des Confiseurs bogen sich zufrieden nach oben. Dann gab er mir überdeutlich zu verstehen, dass ich Gwen auch einen Bissen abgeben sollte. Innerlich seufzte ich auf. Seit unserem Kuss hatte ich es nicht gewagt, sie anzusehen. Nun würde ich es müssen. Ob ich wollte oder nicht.

Gwen griff hastig nach der zweiten Gabel und stopfte sich ein großes Stück Kuchen in den Mund. »Sehr lecker«, sagte sie leicht schmatzend in François' Richtung, der daraufhin eine huldvolle, ja leicht angedeutete Verbeugung machte.

Noch ehe ich michs versah, verschwand der untersetzte Franzose wieder in die Backstube, und Gwen und ich waren allein.

»Der Kuchen war wirklich gut«, meinte ich nach einer Weile, als das Ticken der Uhr an der Wand mich mit jedem weiteren Schlag immer näher an den Rand des Wahnsinns katapultierte.

Ein kaum hörbares »Hm« war daraufhin zu vernehmen. Gwens Blick war auf die Tür gerichtet, durch die der Konditor gleich zurückkehren würde. Sie wollte ebenfalls nicht mit mir allein sein. Nicht nach diesem magischen Moment, der unsere beiden Welten aus ihren Angeln gehoben hatte.

»Gwen, ich …«

»Mason, lass gut sein! Wir vergessen einfach, was passiert ist. Lass uns den letzten Kuchen probieren und bring mich anschließend bitte zum Flughafen.«

»Aber dein Flug geht doch erst in fünf Stunden. Ich dachte, wir verbringen den Nachmittag noch ein bisschen mit Sightseeing. Du hast doch noch gar nichts von der Stadt gesehen.«

Gwen atmete hörbar aus. Dann sah sie mich unvermittelt an. Waren das Tränen in ihren Augen? »Ich habe mehr gesehen, als mir lieb ist.« Sie blinzelte zweimal, und der gläserne Schleier war verschwunden.

Am liebsten hätte ich sie in die Arme genommen, um ihr zu erklären, dass ich selbst nicht verstand, was da in mich gefahren war. Dann wieder wünschte ich mir zweitausend Kilometer Sicherheitsabstand zwischen uns, weil mir das, was ich bei dem Kuss empfunden hatte, Angst bereitete.

Als unsere Lippen sich berührten, hatte die Welt für einen Moment damit aufgehört, sich zu drehen. Die Menschen behaupteten das nur allzu oft, aber genau in jener Sekunde war es tatsächlich so gewesen. Am liebsten hätte ich den Augenblick nie wieder losgelassen. Denn ich hatte mich so wohlgefühlt wie schon lange nicht mehr. Es fühlte sich ein wenig so an, wie nach Hause zu kommen. Nach Elwood. In das Haus mit den weißen Gartenzaunlatten drum herum und mein Zimmer, von dem aus ich den besten Blick auf Gwens Zimmer hatte.

Gwen nun so abweisend sprechen zu hören, ließ die Seifenblase, die mit jeder Minute immer größer und größer geworden war, zerplatzen. All meine Träume und Hoffnungen flogen wie verglühende Sterne umher und verloren sich im Kosmos.

»Das hier ist die dritte Torte«, erklärte François voller Stolz. Auch diesen Servierwagen hatte er selbst in den Propierraum geschoben. Offenbar hatte er keinem seiner Angestellten die Verantwortung für seine Kreationen überlassen wollen und lieber selbst Hand angelegt. Er tat seinen Job voller Hingabe.

»Wir haben uns für den zweiten Kuchen entschieden«, sagte Gwen mit zittriger Stimme, ehe sie aufstand.

François sah unschlüssig zwischen uns beiden hin und her. »Aber Sie haben den letzten Kuchen doch noch gar nicht probiert. Wollen Sie nicht erst …«

Gwen winkte ab. »Ich muss leider meinen Flieger erreichen.« Wieder eine Lüge.

»Das stimmt.« Ich erhob mich ebenfalls, um ihr den Rücken zu stärken, auch wenn ich es nicht gutheißen konnte, dass sie nach dieser intimen Situation, die wir gerade erlebt hatten, einfach davonrannte. »Bei ihren vorzüglichen Torten haben wir die Zeit ganz vergessen. Entschuldigen Sie bitte, François, aber wir sind dermaßen ins Schwärmen geraten, dass wir Raum und Zeit vergessen haben.«

Meine Erklärung beschwichtigte den verstimmten Mâitre pâtissier ein wenig. »Wenn Ihnen die zweite Torte so gut gefallen hat, dann wird es mir eine Ehre sein, diese für Ihre Hochzeit zu backen«, verkündete er huldvoll, als wir uns von ihm verabschiedeten.

Kapitel 19

Gwen

Im Inneren des Porsches fühlte ich mich wie in einem Gefängnis. Es gab keine Möglichkeit für mich, dem zu entkommen. So mussten sich die Gefangenen von Alcatraz gefühlt haben. Schließlich galt die Bastion im Pazifik als ausbruchsicher.

Das Wasser war so kalt, dass man nicht darin schwimmen konnte. Hätten die Gefangenen es aus der Anlage irgendwie herausgeschafft, wären sie an der klirrenden Kälte des Meeres gescheitert.

»Gwen, wir sollten noch mal darüber reden. Es war doch nur ein Kuss«, verharmloste er den Vorfall schließlich.

Nur ein Kuss. So sah er das also. Einerseits sollte ich glücklich über seine Äußerung sein. Schließlich beendete sie diese ständigen unsicheren Fragen in meinem Kopf und stellte mich vor vollendete Tatsachen. Andererseits fühlte es sich wie ein Schlag ins Gesicht an, von einem Mann kurz nach dem Kuss des Jahrhunderts gesagt zu bekommen, es sei nur ein Kuss gewesen. Einer von vielen.

Aber was hatte ich erwartet? Dass Mason mich aus tiefstem Herzen liebte und deshalb zu mir nach Elwood gekommen war? Hatte ich wirklich so naiv sein können, das von ihm zu glauben? Nach all den Jahren. Auch nachdem ich doch hinreichend gesehen hatte, was er für ein Typ war. Das Internet hätte mir die Augen öffnen sollen. Doch ich hatte lieber die Lider geschlossen und mich der Realität verweigert. Nun musste ich mit den Konsequenzen leben.

Mason zu küssen, war mit Abstand der schlimmste Fehler gewesen, den ich je begangen hatte. Als seine Lippen meinen Mund berührt hatten, wusste ich, dass es diesen Moment entweder nur ein einziges Mal geben oder er für immer andauern würde. Mein trügerisches Herz hatte gehofft, dass sich meine tiefsten Sehnsüchte doch noch erfüllten.

Die halbe Nacht hatte ich in Masons Bett wach gelegen und mir Gedanken über uns gemacht. Die Kinder von einst waren wir schon lange nicht mehr. Ich sah in Mason nicht mehr nur den Nachbarsjungen, mit dem ich auf die höchsten Bäume geklettert war. Nein, ich sah in ihm den Mann. Einen überaus attraktiven Mann.

Keine Ahnung, ob es daran lag, dass ich seit Jahren kein wirkliches Date mehr gehabt hatte oder meine Hormone verrücktspielten. Allerdings war eins klar: Dieser Kuss hatte etwas in mir verändert. Es gab keine Möglichkeit mehr, mich hinter dem Bild unserer unschuldigen Kindheit zu verstecken. Der Zug war abgefahren. Lange bevor ich auch nur ansatzweise realisiert hatte, dass er nicht mehr am Gleis stand.

»Es gibt nichts, worüber wir reden müssten. Wie du sagtest, es war nur ein simpler Kuss.«

Ich beobachtete die Wolkenkratzer, an denen Mason vorbeifuhr. Ich wollte nicht bockig oder verletzt klingen. Damit war keinem von uns beiden geholfen. Außerdem war ich vielmehr sauer auf mich selbst. Ich hatte gewusst, wie Mason tickte, und hatte mich dennoch auf ihn eingelassen. Es war nun an mir, die Reißleine zu ziehen.

»Ich muss dir noch was sagen«, fasste ich mir ein Herz.

Mason blickte zu mir hinüber. Ich konnte es aus dem Augenwinkel erkennen.

»Worum geht es?«, fragte er mit sorgenvoller Stimme. Diese Tatsache bekräftigte mich in meinem Vorhaben. Ich konnte nicht länger zulassen, dass diese merkwürdige Stimmung zwischen uns anhielt. Wir mussten uns wieder auf das Wesentliche konzentrieren: auf diesen Deal, das kommende Jahr, eine ungewollte Hochzeit und unsere Freundschaft.

»Es gibt da jemanden.« Als ich Mason diese Lüge präsentierte, wagte ich es noch immer nicht, ihn anzusehen.

Mason atmete hörbar aus, ehe er antwortete: »Ist dir der Kerl wichtig?« Seine Stimme klang gefasst, dennoch konnte ich dieses leichte Zittern darin vernehmen.

Ich log nicht gerne, aber in diesem speziellen Fall war es notwendig. Eine Notlüge sozusagen, um mein Herz vor weiteren Schmerzen zu schützen. »Ja, das ist er. Und wenn mich nicht alles täuscht, hast du auch jemanden«, äußerte ich meine Vermutung, was die zweite Zahnbürste im Bad betraf.

»Nein, das habe ich nicht. Ich weiß nicht, wie du darauf kommst, aber ich möchte etwas klarstellen.« Mason parkte den Wagen am Flughafen, bevor er weitersprach. »Ich wollte dir auf keinen Fall zu nahe treten. Es tut mir leid, dass die Stimmung zwischen uns jetzt so angespannt ist.«

Das bedauerte ich auch. Nur ein einziger Kuss, und meine klar definierte Welt versank im Chaos. Plötzlich flatterten die Schmetterlinge in meinem Bauch wie wild umher, von denen ich bis eben noch geglaubt hatte, sie würden tief und fest im Winterschlaf liegen.

»Ach Quatsch. Alles okay«, winkte ich ab. Meine Mundwinkel verzogen sich zu einem gequälten Lächeln. »Ich denke nur, dass es besser ist, wenn wir das mit dem Küssen unterlassen.«

Mason nickte mir zustimmend zu. »Dein Start in Frisco war

mehr als bescheiden. Wirst du denn überhaupt noch mal wiederkommen?«

Es war höflich von ihm, mich danach zu fragen. Dabei wussten wir beide doch nur zu genau, dass mir überhaupt keine Wahl blieb.

»Das Carpaccio gestern Abend war ausgezeichnet und auch François' Kuchen haben mir ausgesprochen gut geschmeckt. Kulinarisch gesehen ist San Francisco definitiv wieder eine Reise wert.«

Mason lachte. Auch er machte gute Miene zum bösen Spiel. Das konnte ich ihm ganz deutlich ansehen. Aber ich hatte nicht den Mut, über das Gefühlschaos in meinem Inneren zu sprechen. Nicht, nachdem uns bald wieder zweitausend Meilen voneinander trennen würden.

Ohne es zu wollen, begann ein Film in meinem Kopf abzulaufen, in dem Mason mit blonden, brünetten und schwarzhaarigen Schönheiten über die roten Teppiche der Stadt flanierte. Er konnte jede haben. Er hatte sicher nicht auf mich gewartet. Ich war ein einfaches Mädchen vom Lande. Mit der Glitzerwelt, in die er mich gestern Abend entführt hatte, hatte ich nichts am Hut. Ich hatte mich nicht wohlgefühlt. Vielleicht hatte ich die Alarmglocken deshalb so lange nicht schrillen hören, als der Mann zu meiner Linken mich immer weiter zugetextet hatte.

»Na, dann kann ich ja noch hoffen. Ich kenne noch einige gute Steakrestaurants.«

Nun musste auch ich lachen.

»Mit Speck fängt man Mäuse.«

»Ganz genau.«

»Gwen?« Das Lächeln auf Masons Lippen verschwand abermals. Er wurde ernst.

»Ja?«, fragte ich vorsichtig. Ich wusste nicht, ob ich hören wollte, was er mir gleich sagen würde. Mason befeuchtete seine Lippen.

»Du bist mir wichtig. Okay?« Ich nickte.

»Ich weiß.«

»Lass uns einen Pakt schließen.« Auf Masons Gesicht breitete sich ein Lächeln aus.

»Wie sieht der aus?«

»Wir ziehen das jetzt ganz professionell durch. Zur Belohnung gehen wir nach der Hochzeit in die Flitterwochen nach Europa. Und ich würde mir wünschen …«

»Ja?«, fragte ich erneut, während ich nicht wusste, was ich von seinem Vorschlag halten sollte. Allein mit Mason in Europa, die Vorstellung ließ mein verräterisches Herz viel zu schnell schlagen. Dummes Ding!

»Und anschließend gehen wir an unseren Weiher, klettern auf unsere Eiche und springen in den See. So wie früher. Einverstanden?«

Mason wollte mir unmissverständlich verdeutlichen, dass wir lieber weiterhin in den Erinnerungen an unsere Kindheit schwelgen sollten, anstatt dem Kuss von gerade eben zu viel Bedeutung beizumessen.

Auch wenn in mir in diesem Moment etwas zerbrach, wusste ich doch, dass das die einzig vernünftige Entscheidung war. Die Anziehungskraft zwischen uns war so stark, dass ich inständig hoffte, wir könnten uns ihrer Sogwirkung entziehen. Noch war ich unsicher. »Einverstanden!«, erwiderte ich dennoch.

»Ihr habt was?!« Phil schrie so laut in den Hörer, dass ich ihn einige Zentimeter von meinem Ohr weghalten musste.

»Wir haben uns geküsst.«

»Donnerwetter! Dafür, dass du dich auf gar keinen Fall in ihn verlieben wolltest, bist du gerade auf dem besten Weg dorthin.«

Eigentlich hatte ich Phil angerufen, um die Zeit bis zu meinem Flug zu überbrücken. Nachdem ich eingecheckt und mein Gepäck aufgegeben hatte, war ich durch die Sicherheitskontrolle gelaufen und hatte mich im Anschluss daran in ein paar Shops herumgetrieben. Schließlich hatte ich mir einen *Iced Latte Macchiato* geholt und den Fliegern beim Starten und Landen zugesehen. Als ich schließlich am Gate angelangt war, waren es noch immer zwei Stunden bis zu meinem Flug gewesen.

Um mich von dem Kuss mit Mason abzulenken, hatte ich beschlossen, durch die sozialen Netzwerke zu scrollen und ein wenig in den Nachrichten zu lesen. Fataler Fehler! Denn gleich zu Beginn hatte ein Boulevardblatt über die Party vom gestrigen Abend berichtet, auf der auch Mason und ich gewesen waren. Ein Bild von Mason und mir war dort zu sehen. Ich hatte gar nicht bemerkt, dass uns die Paparazzi fotografiert hatten.

Unbekannte Schönheit an Mason Livingtons Seite. Nach dem Brand im Empire *und der noch immer ungeklärten Frage nach der Ursache war es still um den einst so begehrten Junggesellen geworden* … Ich las nicht weiter. Allein die Tatsache, mich dort in der Klatschspalte zu finden, war eine Katastrophe.

Mit Händen und Füßen hatte ich mich gegen das Gezerre in die Öffentlichkeit wehren wollen. Und schon bei meinem ersten Schaulaufen war ich mit Mason wie eine der unzähligen Frauen vor mir auf dem roten Teppich geknipst worden. Nummer dreiundzwanzig. Das hatte ich nicht werden wollen.

»Ich werde mich ganz sicher nicht in ihn verlieben. Mason hat sich für den Kuss entschuldigt«, erklärte ich Phil, während ich abermals einem Flieger dabei zusah, wie er den Landeanflug auf den *San Francisco International Airport* einleitete. Es war eine riesige Maschine. Bestimmt ein Airbus A380. Vielleicht kam sie sogar aus Europa. Wieder schweiften meine Gedanken zu Masons Deal zurück. Die Vorstellung, mit ihm gemeinsam Hand in Hand durch Paris zu streifen, den Eiffelturm zu besteigen und in einem kleinen, ja schnuckeligen Café frisch gebackene Croissants zu essen, jagte mir einen wohligen Schauer über den Körper.

»Er hat was?«, blaffte Phil in den Hörer.

»Es tat ihm leid. Er wollte es nicht.«

Phil schnaubte. »Na, das ist mir ja einer. Erst küsst er dich und dann entschuldigt er sich wenig später bei dir dafür. Und was genau meinst du mit: *Er wollte es nicht.* Ich habe noch nie jemanden ganz aus Versehen geküsst.«

Eine ältere Dame nahm direkt neben mir am Gate Platz und sah mich freundlich lächelnd an. Sie reiste allein. So wie ich.

»Er hat sich hinreißen lassen. Genau wie ich. Aber letztlich hat er eingesehen, dass es falsch war. Und das ist besser so.«

Phil überlegte kurz, ehe sie antwortete: »Sagt wer? Sorry, Liebes, aber das ist der größte Quatsch, den ich je gehört habe. Man küsst sich doch nicht nur aus einer Laune heraus. Euch beide verbindet so viel. Mir war von Anfang an klar, dass ihr über kurz oder lang etwas miteinander anfangen würdet. Hattet ihr Sex?«

»Nein!«, rief ich so laut, dass die Dame zu meiner Rechten etwas zusammenzuckte. Als ich mich bei ihr entschuldigt hatte, setzte ich leiser fort: »Wir waren beim Hochzeitstortenprobieren. Es war keine … Himmel, das Ganze war ein Fehler. Wir werden nicht miteinander … Mason hat mir überdeutlich zu verstehen gegeben, dass er lieber wieder an unserer Freundschaft anknüpfen will. Das ist auch ganz in meinem Sinne.«

»Blödsinn!«, schimpfte Phil ins Telefon, während ich etwas im Hintergrund rascheln hörte.

»Das ist es ganz und gar nicht. Ich habe keine Lust, eine von unzähligen Frauen zu werden, mit denen Mason im Bett war. Reicht schon, dass uns die Paparazzi gestern auf dem roten Teppich fotografiert haben.«

Phil pfiff anerkennend. »Wow! Na, das nenn ich doch mal einen würdigen Auftakt. Vergiss nicht, meine Süße, du hast eingewilligt, ihn zu heiraten! Ihr beide werdet zwangsläufig in einem Bett landen. Oder wie willst du erklären, dass die Braut in der Hochzeitsnacht nicht im Zimmer ihres Mannes schläft?«

Allein die Vorstellung, das Bett mit Mason teilen zu müssen, ließ das Blut in meinen Ohren rauschen. »Wir … haben bestimmt eine Suite. Mit Couch. Es gibt also sicher eine Möglichkeit, sich aus dem Weg zu gehen.«

»Ha!«, warf Phil siegessicher ein. »Du bist dir also im Klaren darüber, dass es bei räumlicher Enge zwangsläufig zwischen euch zum Sex kommen wird.«

Wieder war ein Rascheln zu hören. Dann knabberte Phil an etwas. »Isst du da etwa Chips?«, fragte ich irritiert.

»Nein, Popcorn. Ich muss meine Nerven beruhigen. Kommt ja nicht alle Tage vor, dass meine beste Freundin mit ihrem besten Freund rumknutscht und anschließend beinahe mit ihm in der Kiste landet.«

Ich schloss für den Bruchteil einer Sekunde meine Augen und verfluchte mich innerlich dafür, dass ich Phil angerufen und ihr von dem Ereignis erzählt hatte. Ich hätte besser meine Klappe halten sollen. Aber so einfach war das nicht. Der Gedanke an den Kuss, an den Moment, als Masons Lippen meine berührt hatten, wollte mich nicht mehr loslassen. Was auch immer ich tat, meine

Gedanken flogen wie ganz von allein zu dieser Erinnerung zurück.

Ich musste mich jemandem anvertrauen und Phil war dabei die beste Wahl. Bis eben hatte ich das zumindest geglaubt. Mittlerweile hatte ich daran jedoch meine Zweifel. »Ich lande nicht mit ihm in der Kiste. Hörst du mir eigentlich zu? Mason und ich sind alte Freunde, die durch die Hochzeitsvorbereitungen für einen Moment verunsichert waren und sich schließlich zu etwas hatten hinreißen lassen, was sie unter normalen Umständen nie gemacht hätten.«

So rational erklärt, klang es sogar in meinen Ohren ganz plausibel. Leider wollte das mein Herz jedoch nicht einsehen. Es sprach eine ganz andere Sprache. Eine ganz ähnliche wie Phil, wie mir schien.

»Sorry, Gwen, aber euch beide verbinden längst nicht mehr nur die Sandkastengeschichten oder das Bällebad. Ihr seid erwachsen geworden und fühlt euch zueinander hingezogen. Das ist ganz normal. Das passiert jeden Tag auf der Welt millionenfach. Gerade eben. Und jetzt auch. Und gleich wieder. Ihr könnt eure Gefühle nicht wie das Licht an der Deckenlampe mit einem Schalter abschalten. Wenn es so einfach wäre, dann würden das verdammt viele Menschen tun. Glaub mir! Ich weiß, wovon ich da spreche. Mir wurde mein Herz schon unzählige Male gebrochen. Das Schlimme daran: In vielen Fällen war ich mir dessen sogar bewusst, dass es so kommen würde, und habe mich dennoch darauf eingelassen. Liebe ist nicht planbar. Du kannst sie nicht aussitzen und so tun, als wäre sie nicht da. Sie verschwindet nicht, nur weil du dir die Augen zuhältst.«

»Dafür müsste sie ja erst mal vorhanden sein. Aber wie ich dir jetzt schon mehrfach zu erklären versucht habe, ist das zwischen

Mason und mir keine Liebe«, erwiderte ich halsstarrig.

Doch Phil hielt eisern an ihrer Meinung fest. »Was ist es denn dann?«

»Nichts. Zumindest nichts, worüber man sich unterhalten müsste. Wir haben einen Deal. Und das war es auch schon.«

Mit jeder Silbe, die wir wechselten, bereute ich es umso mehr, mich bei Phil gemeldet zu haben. Ich hätte in dem kleinen Buchladen einen Thriller kaufen sollen. Damit hätte ich meine Zeit zumindest sinnvoll verbringen können. Diese Unterhaltung mit Phil drehte sich im Kreis. Sie wollte einfach nicht verstehen, dass sie mit ihrer Einschätzung danebenlag.

Ist es denn so? Liegt sie wirklich daneben?, fragte mich meine innere Stimme.

»Weißt du, Gwen? Ich denke, du solltest mal eine Nacht darüber schlafen. Vielleicht träumst du ja sogar von Mason.« Phil kicherte übermütig.

»Phil! Das ist nicht komisch.«

»Ach nein?«, fragte sie. »Ich finde die Reihenfolge zwar etwas schräg, die ihr für euer Zusammenleben ausgesucht habt. Also, erst Heiratsantrag, dann Liebe und anschließend Hochzeit. Aber am Ende kommt es auf dasselbe hinaus: happily ever after.«

Ich schnaubte. Phil war viel zu beschwingt. Ich konnte sie so nicht ernst nehmen.

»Ich muss jetzt los«, log ich, um dieses Gespräch endlich beenden zu können.

»Machs gut, Gwen. Und bitte melde dich, wenn du in Chicago gelandet bist.«

»Das mache ich«, versprach ich, ehe ich mein Smartphone zurück in meine Handtasche beförderte und mich schwer in den Sitz zurückfallen ließ. Müde schloss ich meine Lider. Die Nacht war viel zu kurz gewesen. Ständig hatte ich an Mason denken und den gemeinsamen Abend Revue passieren lassen müssen.

»Fliegen Sie nach Hause, mein Kind?«, fragte die alte Frau zu meiner Rechten mit leiser Stimme. Ich konnte sie kaum verstehen.

»Ja, so ist es«, erwiderte ich freundlich.

»Wartet Ihr Freund dort auf Sie?«

Ich schluckte. Das Thema hatte ich doch gerade erst abgehakt. »Nein, ich bin nicht liiert«, sagte ich, obwohl ich kurz davor war, Mason zu heiraten. Die Situation war so paradox.

»Aber Sie sprachen doch mit Ihrer Freundin über einen jungen Mann, in den Sie sich verliebt haben.«

Plötzlich fand ich die ältere Dame gar nicht mehr freundlich. Eher aufdringlich. Anscheinend hatte sie mich bei meinem Telefonat mit Phil belauscht. Das hätte ich wirklich nie von ihr gedacht. Am liebsten hätte ich mir einen anderen Platz gesucht, aber mittlerweile hatte sich der komplette Wartebereich des Gates gefüllt.

»Entschuldigen Sie bitte, wenn ich Ihnen zu nahe getreten bin. Ich wollte Sie nicht belauschen. Aber Ihre Geschichte ist der meinen so ähnlich, dass ich nicht anders konnte. Ich musste Sie einfach darauf ansprechen.«

Die grauen Augen der Frau wirkten wässrig. Eine tiefe Furche durchzog ihre Stirn und ließ sie bekümmert dreinblicken.

»Ist schon okay«, bemühte ich mich um etwas Freundlichkeit in der Stimme.

Das faltige Gesicht der Frau glättete sich, als ihr Mund sich zu einem Lächeln verzog. »Ich weiß, wie es ist, wenn man sich in den Falschen verliebt, mein Kind. Ich habe mich damals gegen meine Gefühle entschieden und einen anderen Mann geheiratet.

Jim und ich hatten ein gutes Leben. Wir haben zwei Kinder. Leider ist er vor einem halben Jahr gestorben. Und auch wenn ich ihm in all den Jahren treu gewesen bin, habe ich doch oft an Arthur denken müssen. Als ich mich nun endlich nach ihm auf die Suche gemacht habe, musste ich hören, dass er schon vor mehr als zehn Jahren gestorben ist. Ich werde also nie erfahren, wie es ihm ergangen ist, ob er auch manchmal an mich hatte denken müssen oder längst mit dem Kapitel abgeschlossen hatte. Mir bleibt nichts als die Erinnerung.«

Bei der rührseligen Geschichte füllten sich meine Augen mit Tränen. Die Vorstellung, jemanden aus ganzem Herzen zu lieben und kein Happy End zu finden, war unglaublich traurig.

»Das tut mir sehr leid für Sie«, sagte ich schließlich mit erstickter Stimme.

Die Frau reichte mir ein Taschentuch. »Das muss es nicht, mein Kind. Ich hatte ein schönes Leben. Jim war mir ein wundervoller Ehemann und er hat mir zwei zauberhafte Töchter geschenkt. Kinder, die mich lieben und sich noch heute nach ihrer alten Mom erkundigen. Meine Große hat gerade nachgefragt, ob ich das kommende Wochenende zu ihnen kommen möchte.« Sie winkte dabei vielsagend mit ihrem Handy. »Ich möchte nur verhindern, dass Sie – aus welchen Gründen auch immer – eine falsche Entscheidung treffen.«

Kapitel 20

Mason

»Sie dürfen die Braut jetzt küssen.«

Ich atmete erleichtert auf, als das Brautpaar sich küssend in den Armen lag und die Gäste zu klatschen begannen.

Diese erste Hochzeit wäre beinahe schon vor ihrem Beginn in einem Fiasko geendet. Und schuld daran war nur der dämliche Bräutigam, der sich heute Nacht dazu entschlossen hatte, das Bett der Brautjungfer aufzusuchen, anstatt in seinem eigenen Bett zu schlafen. Angeblich wäre nichts gelaufen und er hätte sich nur des Nachts in der Tür geirrt, nachdem er sich an der Hotelbar noch ein wenig Mut für die Hochzeit am Folgetag angetrunken hatte.

Doch die Braut wollte von alledem nichts wissen, hatte sich in ihrem Badezimmer eingesperrt und damit gedroht, aus dem Fenster zu springen, falls es jemand wagen sollte, die Tür gewaltsam zu öffnen.

Es hatte mich einiges an Überzeugungskraft gekostet, Brittany davon zu überzeugen, dass ihr Matthew sie über alles liebte und sie die letzten zehn Jahre doch nicht einfach so wegwerfen sollte. Erst als die Brautjungfer hoch und heilig geschworen hatte, dass zwischen dem Bräutigam und ihr nichts gelaufen war, hatte Brittany ein Einsehen mit uns gehabt und die Tür geöffnet.

Das hatte allerdings alles viel zu lange gedauert. Für das Make-up und die Haare waren kaum mehr als eine Stunde Zeit geblieben. Dafür sah sie jetzt jedoch ausgesprochen gut aus. Die eben noch geröteten Augen und das verweinte Gesicht waren wie weggewischt. Vor mir stand eine strahlende Braut, wie sie schöner nicht hätte sein können.

Die Visagistin sollte ich für unsere Hochzeit buchen. Sie würde Gwens natürliche Schönheit unterstreichen, ohne sie unnötig in etwas zu verwandeln, was sie nicht war. Wenn ich nur daran dachte, dass ich bald selbst der Bräutigam sein würde, der am Altar auf seine Braut wartete, jagte mir die Vorstellung einen Schauer nach dem anderen über den Rücken. Einen wohligen, wohlgemerkt.

Seit der Sache mit dem Kuss am Sonntag herrschte mehr oder minder Funkstille zwischen uns. Ich hatte mehrmals versucht, Gwen unverfänglich zu kontaktieren. Jedes Mal hatte sie jedoch nur das Nötigste geantwortet und war nicht weiter auf meine Bemühung, eine Unterhaltung anzukurbeln, eingegangen.

Das Handy in meiner Hosentasche vibrierte. Ich stand abseits der Hochzeitsgesellschaft, sodass ich es ohne Probleme herausholen konnte.

Mom.

»Wie läuft es?« Kein *Hallo, wie gehts dir?* Kein anderweitiger Versuch, eine nette Konversation zu beginnen.

»Alles bestens«, erwiderte ich ebenso wortkarg.

»Gut. Gut. Wie laufen die Vorbereitungen zu deiner eigenen Hochzeit? François hat ein wenig aus dem Nähkästchen geplaudert. Gwen und du, ihr seid euch offenbar etwas nähergekommen. Ich dachte, du würdest die Sache eher professionell angehen.«

»Wir tun eben alles für die perfekte Tarnung«, log ich. Von dem Deal zwischen Gwen und mir wusste meine Mutter nichts. Und so sollte es auch bleiben.

Wie in den letzten Tagen flogen meine Gedanken auch jetzt wieder zu dem kleinen Probierraum in François' Konditorei. Gwens Lippen waren nur wenige Zentimeter von den meinen entfernt. Ich näherte mich ihr immer mehr, bis mein Mund auf dem ihren Halt fand. Dieser Moment war wie die Erfüllung meiner Träume, wie ein lang gehegter Wunsch, der endlich in Erfüllung gegangen war.

Als ich anschließend meine Lider wieder geöffnet hatte, hatte mich Gwen mit großen Augen angesehen. Sie hatte es nicht gewagt, auch nur einmal zu blinzeln, schien unter Schock zu stehen. Ihre Unsicherheit war ihr deutlich anzumerken.

Plötzlich war ich mir gar nicht mehr so sicher, ob es wirklich das Richtige war, Gwen so zu bedrängen. Ich hätte mich besser unter Kontrolle haben müssen. Der Kuss hatte alles verändert. Nun waren wir nicht mehr die unschuldigen kleinen Kinder, die ihre Nachmittage miteinander verbracht und nichts als Unfug im Kopf gehabt hatten. Wir waren Erwachsene mit einem Makrokosmos an Vorschriften und Gefühlen. Alles Dinge, die das Leben nur unnötig schwer machten.

»Fein. Vergiss bei der ganzen Küsserei aber deine eigentlichen Aufgaben nicht.« Mom machte gar keinen Hehl daraus, dass es ihr missfiel, wie die Dinge zwischen Gwen und mir standen.

Dabei ging es mir ganz ähnlich. Ich wollte mich auch nicht länger mit diesem Kuss beschäftigen, der sich wie eine Backsteinmauer zwischen Gwen und mich gestellt hatte und mit keiner Macht der Welt mehr verrückt werden konnte.

»Wie könnte ich nur?«, erwiderte ich schnippisch und beendete das Gespräch.

Die Braut schritt gerade am Arm ihres Mannes an mir vorbei und flüsterte in meine Richtung ein kaum hörbares »Danke«. Sie strahlte übers ganze Gesicht, während der Chor aus Leibeskräften *Oh happy day* sang und die Woge der Musik die beiden gemeinsam mit ihren Gästen nach draußen trug.

Ein wundervolles Bild. Zufrieden mit mir und meinem bisherigen Tagwerk, nickte ich meiner Assistentin Marry zu und bedeutete ihr, dem Brautpaar unauffällig zu folgen. Marry hatte Erfahrung mit dem Planen und Organisieren von Hochzeiten. Sie arbeitete bereits seit zehn Jahren für Moms Firma.

Ich selbst wollte mir nach dem ganzen Stress des Vormittags eine kurze Auszeit am Strand gönnen und mir die Füße vertreten. Die beiden Frischvermählten würden sich hoffentlich bis zu meiner Rückkehr gedulden, ehe sie sich in die erste Ehekrise stürzten.

Ich lief aus der fensterlosen und völlig untypischen Kirche hinaus und hielt mich rechts. Ich konnte das Meer bereits rauschen hören, so nahe war es mir. Auf dem Weg kaufte ich mir eine kalte Coke und ein Sandwich. Das Frühstück am Morgen hatte ich wegen Brautzilla streichen müssen.

Genussvoll biss ich in mein Hähnchen-Avocado-Sandwich, nachdem ich mich in den Sand gesetzt hatte. Ein paar Jungs spielten Fußball und störten zwei gut aussehende Mittzwanzigerinnen beim Sonnenbaden. Als die eine der beiden in meine Richtung sah, hob ich grüßend die Hand. Ein kleiner Flirt konnte ja nicht schaden. Außerdem würde er mich sicher auf andere Gedanken bringen.

»Hey!«, rief mir die brünette Schönheit zu, während sie sich ihre Sonnenbrille ins Haar schob und zwei grüne Augen zum Vorschein kamen.

»Hey«, sagte ich und wischte mir das Kinn mit einer Serviette sauber.

»Meine Freundin und ich«, sagte sie und deutete dabei auf sich und die Blonde mit dem Triangelbikini und dem superknappen Stringtanga, »wollten heute Abend in den *Aqua Nightclub* und mal wieder so richtig Party machen. Hemmungslos! Wenn du verstehst, was ich meine.« Mit ihrer Zunge strich sie sich lasziv über die Lippen, während ich eine sehr konkrete Vorstellung davon bekam, was sie mit ihrer Anspielung hatte sagen wollen.

»Bedauere. Heute Abend bin ich leider schon wieder in Frisco«, erwiderte ich wahrheitsgetreu.

Die junge Frau sah mich enttäuscht an. »Das ist wirklich schade. Hast du am Nachmittag Zeit? Wir könnten uns ganz ungezwungen in deinem Hotelzimmer treffen und ein bisschen abhängen.« Wieder war da dieser lüsterne Ausdruck in ihren Augen und ein Verlangen in ihrer Stimme zu hören, dem ich mich nur schwer erwehren konnte.

Eine Stimme in mir riet mir dazu, ihr Angebot anzunehmen und die kommenden Stunden ganz ungezwungen in der Horizontalen zu verbringen. Seit der Sache mit Gwen hatte ich mit keiner Frau mehr geschlafen. Was für meine Verhältnisse einem Zölibat auf Lebenszeit gleichkam.

»Sorry, ich muss leider arbeiten«, hörte ich mich plötzlich sagen.

Die Stimme der Vernunft hatte das Ruder an sich gerissen. Dabei hatte ich sie überhaupt nicht darum gebeten.

»Wir hätten sicher unseren Spaß gehabt«, sagte sie, ehe sie sich trollte und ihrer Freundin von der Spaßbremse erzählte, die ich in ihren Augen offenkundig sein musste.

Ich zweifelte unterdessen kein bisschen daran, dass wir ein paar schöne Stunden miteinander verlebt hätten. Und dennoch konnte ich es nicht. Es ging nicht. Gwen spukte mir wie ein Gespenst durch den Kopf. Ich wollte sie nicht verletzen, indem ich mit einer anderen Frau schlief. Dabei wusste ich nicht einmal, ob ihr das überhaupt etwas ausmachen würde.

Unsere Situation war dermaßen verfahren, dass ich mir keinen anderen Rat mehr wusste, als Steven anzurufen.

»Hey, Bro. Was geht ab? Wo steckst du? Ich habe dich in den vergangenen vier Tagen ein dutzend Mal zu erreichen versucht. Ich dachte schon, du seist tot.«

»Ich bin geschäftlich unterwegs«, erklärte ich. »Hast du kurz Zeit?«, überging ich seinen Vorwurf.

»Klar, für dich doch immer. Was ist los? Wie kann ich dir helfen?«

Ich seufzte. »Das weiß ich nicht so genau. Erinnerst du dich noch an Gwen?«

»Das heiße Fahrgestell von Samstag? Die werde ich in meinem ganzen Leben nicht mehr vergessen. Die Frau war eine Granate.«

Es gefiel mir noch immer nicht, dass Steven so über Gwen redete. »Halt mal den Ball flach! Du sprichst über meine Verlobte.«

Steven lachte. »Die Diskussion hatten wir doch schon am Samstag. Ich bin nach wie vor der Meinung, du solltest nicht heiraten. Wenn du es dennoch tun möchtest, werde ich dir jedoch nicht im Weg stehen. Meinen Segen habt ihr.«

Das Gespräch verlief so gar nicht in den Bahnen, in denen ich es gerne gewusst hätte. »Danke dir. Aber darum ging es mir gar nicht.«

Motorenlärm war im Hintergrund zu hören. Dann die Sirene eines Krankenwagens.

»Worum ging es dir dann? Sag schon! Ich hab nicht ewig Zeit. Mein nächster Termin ist in dreißig Minuten.«

»Lass mich raten! Blond, langbeinig, üppiger Vorbau, praller Hintern.«

Steven lachte abermals. »Ich sehe, wir verstehen uns. Aber jetzt spann mich nicht weiter auf die Folter. Was wolltest du mir erzählen?«

Ich atmete tief durch, ehe es ihm erzählte. »Ich habe sie geküsst.«

Steven blies hörbar Luft durch seinen Mund aus. »Autsch! Und jetzt?«

»Was, und jetzt?«, fragte ich verunsichert.

»Na, hat sie den Kuss erwidert, habt ihr miteinander geschlafen oder redet ihr seither kein Wort mehr miteinander?«

Ich seufzte. »Eher Letzteres.«

»Scheiße.«

»Da sagst du was.« Ich warf ein paar kleinere Steine ins Meer und beobachtete ein Kreuzfahrtschiff beim Auslaufen aus dem Hafen. Sicher befand es sich auf dem Weg nach Havanna. Seit kurzer Zeit konnte man aus den Staaten wieder nach Kuba reisen. Diesen Umstand hatten sich vor allem die Reedereien zunutze gemacht.

»Und jetzt?«, fragte Steven mit betroffener Stimme.

»Ich habe keine Ahnung. Ich hab ihr gesagt, dass es mir leidtut. Ich habe mich für den Kuss entschuldigt und gehofft, es würde wieder alles werden wie früher. Aber mit jedem Tag, der verstreicht und an dem ich nichts von ihr höre, wird mir immer klarer, dass ich es verbockt habe«, gab ich ehrlich zu.

Die Sache nagte derart heftig an mir, dass ich sogar nachts davon träumte. In den harmloseren Träumen blieb es bei dem nahezu keuschen Kuss. Wenn die Fantasie mal wieder mit mir durchging, liebten wir uns in François' Konditorei – umgeben von Hochzeitstorten und anderem Zuckergebäck. In jeder Nacht, in der ich meine Finger im Traum auf Gwens Körper auf Wanderschaft schickte, sehnte ich mich mehr danach, es auch im wirklichen Leben zu tun. Ich konnte jetzt schon mit Gewissheit sagen, dass die Zeit nach der Hochzeit zu der härtesten meines Lebens gehören würde. Die Vorstellung, sie nicht berühren zu dürfen und so zu tun, als seien wir nur *best friends*, brachte mich schon jetzt gänzlich um den Verstand.

»Alter, na klar hast du es verbockt. Du hast dich doch nicht wirklich für einen Kuss entschuldigt. Oder?«

Auch mit dieser Tatsache haderte ich bereits seit Tagen. »Doch, das habe ich. Ich dachte, auf diese Weise könnten wir uns wieder auf das besinnen, was wichtig ist. Wenn ich mit Gwen schlafe, dann ist nichts mehr wie zuvor. Der Sex steht dann zwischen uns, und wir haben so etwas wie eine Beziehung. Bald schon streiten wir uns darüber, wer die Zahnpasta im Bad nicht wieder zugeschraubt oder die Kaffeetasse nicht in die Geschirrspülmaschine eingeräumt hat. Steven, ich will das nicht!«

Es kam für mich einem Horrorszenario gleich, ein stinknormales Leben mit all den Problemen des Alltags zu leben. Ich war nicht dafür gemacht, den Müll runterzutragen und die Kloschüssel zu putzen. Das war nicht ich. Außerdem machte ich mir nicht sonderlich viel aus Kindern. Jede Frau wollte irgendwann Kinder. Das war bei Gwen sicher nicht anders.

Allein die Vorstellung, irgendwann mit ihr genau wie diese Vorstadtfamilien zu enden, wäre für den Mason von früher der absolute Glücksfall gewesen. Aber ich hatte mich verändert. Das Leben hatte mich verändert. Ich war nicht mehr der unbedarfte kleine Junge, der sich mit dem wenigen, das er hatte, zufriedengab. Ich wollte mehr. So viel mehr. Und ich konnte mir nicht vorstellen, dass ich das in einer Beziehung finden würde. Nicht einmal, wenn Gwen darin eine Rolle spielte.

»Bro, das will keiner. Aber es liegt doch mindestens zur Hälfte an dir, ob es wirklich so kommen wird. Und Gwen hat auf mich nicht den Eindruck einer Spülbürste schwingenden Hausfrau mit gelben Putzhandschuhen gemacht. Sie schien eigentlich ganz vernünftig. Bis auf den kleinen Flirt mit dem Latino zumindest.«

Ich schnaubte. »Erinnere mich bloß nicht an den. Der Typ hat das ganze Dilemma ja erst ins Laufen gebracht. Wäre er ihr nicht so auf die Pelle gerückt, dann hätte ich Gwen nie gezeigt, wie eifersüchtig ich war. Und auch der Kuss wäre sicher nie passiert.«

»Du hast ihr gesagt, dass du eifersüchtig warst? Bro, was ist bloß los mit dir? Ich erkenne dich gar nicht wieder. Du benimmst dich wie ein pubertierender Teenager, der keine Ahnung vom anderen Geschlecht hat. Mason, du müsstest doch mittlerweile wissen, wie der Hase läuft.«

Ja, da hatte Steven recht. Eigentlich wusste ich auch, dass ich mich vollkommen danebenbenommen hatte. Aber die Eifersucht auf diesen Kerl hatte sich von Minute zu Minute immer weiter potenziert, bis ich meinem Ärger einfach Luft machen musste. Eine Sekunde länger, und ich wäre qualvoll an meiner Wut erstickt. Ferner wollte ich, dass Gwen kapierte, dass sie diese Nummer kein zweites Mal mit mir abziehen konnte. Zumindest nicht, solange unser Vertrag galt.

Wenn es nach mir ginge, dürfte sie in dieser Zeit nicht einmal einen anderen Mann ansehen. Ich war mir natürlich hinreichend darüber im Klaren, dass das vollkommener Schwachsinn war. Außerdem hatte sie ja sogar behauptet, dass es da jemanden in ihrem Leben gab. Wobei ich ihr das nicht so recht abgekauft hatte. Wenn mich nicht alles täuschte, dann hatte sie mich in dieser Hinsicht angelogen. Dennoch wusste ich auch, dass ich es kein zweites Mal ertragen würde, wenn sie in meiner Gegenwart einen anderen Mann so anlächeln würde, wie sie es bei dem Latin Lover getan hatte. Ihr Lachen sollte mir gehören. Mir ganz allein.

»Bei Gwen setzt mein Hirn aus. Die Frau berührt etwas in mir, das ich nicht mit Worten fassen kann.«

Steven seufzte. »Dich hat es ganz schön erwischt.«

»Hörst du mir eigentlich zu? Es kann mich nicht erwischt haben, weil ich überhaupt nicht der Typ dazu bin. Ich kann mich auf keine Beziehung einlassen. Das bin nicht ich. Verstehst du? Deshalb ja auch der Deal mit Gwen. Ich wusste, sie würde mir keine Schwierigkeiten machen. Und dann das. Was mache ich denn jetzt?«

»Tja, wenn du mich fragst, bleiben dir genau zwei Möglichkeiten. Erstens: Du trennst dich wieder von ihr und suchst dir eine andere Frau, die die Vertragsbedingungen erfüllen kann. Oder zweitens: Du lässt dich auf das Ganze ein und wartest ab, was passiert. Falls ihr dann wie zwei ausgehungerte Tiere übereinander herfallen solltet, wünsche ich dir schon mal vorab viel Spaß beim Toilettenschrubben.«

»Steven!«, blaffte ich in den Hörer. Doch der hatte gerade seinen *Termin* in Empfang genommen und mich eilig weggeklickt.

Geistesabwesend öffnete ich WhatsApp und sah mir zum gefühlt tausendsten Mal Gwens Profilbild an. Sie trug ein gelbes Sommerkleid mit blauen Schmetterlingen darauf und lächelte voller Übermut in die Kamera. In ihren Augen konnte ich das Kind von einst sehen, während ihr Körper mich auf eine viel leidenschaftlichere Weise in seinen Bann zog.

Kapitel 21

Gwen

Die Tage vergingen in rasantem Tempo. Meine Schichten im Diner flogen nur so vorbei, und auch in meiner Freizeit schien die Uhr doppelt so schnell zu laufen wie gewohnt.

Mein Hochzeitstag rückte in greifbare Nähe. Ständig war noch etwas zu planen oder abzusegnen. Ich gab zu allem meine Zustimmung und war dankbar dafür, dass Mason mich nicht noch mal nach Frisco beordert hatte.

Wir hatten uns jetzt schon fast drei Wochen nicht mehr gesehen oder gehört. Die wenigen Zeilen, die wir uns geschrieben hatten, mal dahingestellt. Das beklemmende Gefühl, das ich empfand, seit wir uns beide am Flughafen getrennt hatten, hielt noch immer an. In dieser Hinsicht war für mich kaum Zeit vergangen.

»Liebes?«, rief mich meine Mom aus dem Erdgeschoss.

»Ja?« Ich eilte zur Treppe. »Ist etwas passiert?« Mom hatte sich seit einiger Zeit vorgenommen, mehr zu Hause zu trainieren, um wieder fitter zu werden. Ich hatte jedes Mal Sorge, sie könnte sich übernehmen und dabei verletzen.

»Kommst du mal zu mir! Ich möchte dir etwas geben.«

Mir schwante Böses. Moms Stimme klang rührselig.

Mit jeder Stufe, die ich mich ihr näherte, wuchs mein schlechtes Gewissen erneut ins Unermessliche an. Bis zum heutigen Tag hatte ich es nicht gewagt, ihr reinen Wein über die bevorstehende Hochzeit mit Mason einzuschenken. Ich konnte Mom einfach nicht sagen, dass wir lediglich eine Abmachung getroffen hatten.

Es würde ihr das Herz brechen. Da war ich mir ganz sicher.

Auf der anderen Seite durfte ich nichts tun, was ihre positive Verwandlung gefährden konnte. Ich konnte sie nicht wieder in das dunkle Loch zurückschubsen, aus dem sie sich so mühevoll herausgekämpft hatte.

»Da bist du ja, mein Schatz.« Mom klopfte neben sich auf die Couch und bedeutete mir, neben ihr Platz zu nehmen. »Ich habe noch eine Kleinigkeit für dich. Nichts besonders Wertvolles. Aber ich möchte es dir gerne geben.«

Mom streckte mir ein kleines viereckiges Schächtelchen entgegen und sah mich auffordernd an. »Nimm ruhig!«, sagte sie schließlich, als ich es noch immer perplex anstarrte und nicht wagte, es zu berühren.

»Ist es das, was ich glaube?«, fragte ich beinahe ehrfürchtig.

Mom lachte. »Öffne es, dann wirst du es sehen.«

Meine Hände zitterten leicht, als ich den Deckel anhob und einen goldenen Ring darin vorfand. »Ist das Dads Ehering?«

Mom nickte. »Ja, das ist er. Ich möchte, dass du ihn bekommst. Du kannst ihn vielleicht an einer Kette um den Hals tragen. Dann wäre dein Dad bei deiner Trauung dabei. Natürlich nur, wenn du das auch möchtest.«

Unvermittelt schossen mir Tränen in die Augen. »Aber das kann ich nicht annehmen. Das ist Dads Ring. Du hast ihn seit seinem Tod getragen. Er gehört zu dir. Nicht zu mir.«

Mom strich mir mit der Hand über die Wange und wischte meine Tränen weg. »Er gehört mindestens genauso sehr zu dir, mein Schatz. Dad hat dich über alles geliebt. Vergiss das nie! Er war so unglaublich stolz auf dich. Egal, was du gemacht hast. Und ich bin mir ganz sicher, dass er sich riesig freuen würde, wenn er wüsste, dass du Mason heiratest. Schon als ihr noch klein wart, hat er immer gesagt, dass ihr beiden Seelenverwandte seid. Als Mason dann wegzog, ist auch ein Teil von dir weggegangen und erst wiedergekommen, als Mason wieder in deinem Leben auftauchte.«

Ich dachte einen Moment über ihre Worte nach. »Was genau meinst du damit?«

Mom zog meine Hände in ihren Schoß und umschloss sie behutsam. »Seit Mason zurück ist, bist du wie ausgewechselt. Du strahlst viel mehr von innen. Dein Leuchten ist wieder da. Ich hatte schon gar nicht mehr damit gerechnet, es noch mal an dir zu sehen. Mason muss dich wachgeküsst haben.«

Wieder flogen meine Gedanken wie von ganz allein zu dem Kuss, der vor drei Wochen alles verändert hatte. Einem Kuss, der mir einfach nicht aus dem Kopf gehen wollte. Ich bildete mir sogar ein, Masons Lippen noch immer auf meinen zu spüren, wenn ich meine Lider schloss. Warm und weich lagen sie auf den meinen. Ein Gefühl von Geborgenheit breitete sich in meinem Inneren aus.

»Vielleicht hat er das ja sogar«, sagte ich mehr zu mir selbst.

Ich wusste nur nicht, ob das Wachküssen mir etwas genommen oder gegeben hatte. Dornröschen hatte nach ihrem Kuss einen Prinzen und ein ganzes Königreich bekommen. Ich hingegen fühlte mich beinahe so, als hätte man mich meiner sorglosen Kindertage beraubt und sie gegen diesen einen unsagbar schönen und zugleich schrecklichen Augenblick ausgetauscht.

Rückblickend betrachtet, wüsste ich nicht, wofür ich mich entschieden hätte, wenn die Wahl bei mir gelegen hätte: Für die Erinnerung an meine Kindheit oder für den Kuss, der kaum mehr als wenige Sekunden angedauert hatte.

»Bist du denn schon aufgeregt?« Mom hielt noch immer meine

Hand und sah mich mit einer Mischung aus unbändiger Vorfreude und einem Hauch Wehmut in den Augen an.

»Ja, ein wenig schon. Aber ich denke, dass das ganz normal ist.«

Das war die Untertreibung des Jahrhunderts. Ich war so hibbelig, dass ich am liebsten meine Fingernägel angeknabbert hätte. Eine lästige Angewohnheit, die ich mit dem Übergang an die Junior High ein für alle Mal abgelegt hatte.

Allein die Vorstellung, dort vorne in der Kirche am Altar zu stehen und auf die Frage des Erzbischofs, ob ich den Mann neben mir zu meinem rechtmäßig angetrauten Ehemann nehmen, ihn lieben und ehren wolle, bis das der Tod uns scheiden würde, bereitete mir arges Kopfzerbrechen.

Vertraglich war ich dazu verpflichtet, auf diese Frage mit einem klaren Ja zu antworten. Allerdings wusste ich ja, dass ich Mason weder liebte noch mein weiteres Leben mit ihm teilen würde. Bis auf die spezielle Zeit, zu der ich meine Einwilligung gegeben hatte.

»Als Dad und ich heirateten, war ich das reinste Nervenbündel. Meine Mom hat mir Baldrian verabreicht, als ich wie ein aufgescheuchtes Huhn durchs Haus gerannt bin und nach dem Schleier gesucht habe.«

Ich musste lachen. Meine Erinnerungen an meine Granny waren nicht mehr ganz so präsent. Leider war sie viel zu früh gestorben. Aber sie war eine von den resoluten Frauen gewesen, die wussten, worauf es im Leben ankam.

»Na, ich wäre auch ausgerastet, wenn ich kurz vor der Trauung ohne Schleier dagestanden hätte.«

Mom grinste. »Dumm nur, dass ich ihn bereits die ganze Zeit auf dem Kopf trug und es nicht bemerkt hatte.«

Ich schlug mir mit der Hand vor den Mund. »Nein!«, rief ich, ehe ich schallend zu lachen begann. »Das ist nicht dein Ernst«, japste ich.

»Doch. Ich war so durch den Wind, dass ich jeden und alle aufgescheucht habe, nach dem Ding zu suchen.«

Es war wie früher. Vor Moms Unfall. Wir saßen im Wohnzimmer und lachten über alte Geschichten. Die Sorge und die Angst um die unbezahlten Rechnungen und das Jahr mit Mason rückten in den Hintergrund. Es zählte nur der ausgelassene Augenblick mit Mom.

»Hast du denn schon deine Sachen für die Flitterwochen gepackt? Es soll in Europa ziemlich heiß sein. Du solltest dir noch ein paar schicke Bikinis gönnen. Bestimmt fahrt ihr auch mal ans Meer.«

Die Flitterwochen. An die wollte ich gar nicht denken. Vierzehn Tage allein mit Mason, und dann gleich so weit weg von zu Hause. Einerseits hatte ich mich mein ganzes Leben lang darauf gefreut, einmal nach Europa zu reisen und die wunderschönen Städte und Länder zu sehen, in die ich mich in den vielen Büchern, die ich gelesen hatte, weggeträumt hatte. Andererseits hatte ich nie im Leben daran gedacht, dass ich diese Reise ins Ungewisse mit einem Mann antreten würde, der mich nicht liebte und sich dennoch an mich band. Wenn auch nur auf Zeit.

»Mom, wenn ich lieber hierbleiben soll, dann kannst du es gerne sagen. Ich kann die Reise verschieben.« *Oder gleich ganz absagen*, dachte ich bei mir.

»Was?« Moms Augenbrauen schnellten nach oben, während sie mich entsetzt ansah. »Das kommt ja auf gar keinen Fall infrage. Du wirst fahren und nicht hier bei deiner alten Mutter sitzen. Hast du gehört? Ich würde es mir nie verzeihen, wenn du wegen mir auf dein Glück verzichten würdest. Das könnte keine Mutter.«

Da konnte ich meiner Mom leider nicht zustimmen. Ich kannte mindestens ein Exemplar, dem es ziemlich egal war, ob sein Sprössling glücklich war oder nicht. Wenn ich nur an Rachel dachte, breitete sich eine eisige Kälte in meinem Inneren aus. Die Vorstellung, schon bald ihre Schwiegertochter zu sein, ließ mich erschaudern. Für mich war die Frau die Verkörperung der bösen Stiefmutter im Märchen.

»Was in der Hochzeitsnacht auf dich wartet, brauche ich dir aber nicht zu erklären. Oder?«

»Mom!«, rief ich lauter als gewollt. Dieses Thema wollte ich unter keinen Umständen mit ihr besprechen. Nicht weil es mir peinlich war, sondern weil ich nicht vorhatte, mit Mason dieser Sache nachzugehen.

Es stand außer Frage, dass wir miteinander schliefen.

Mason und ich waren wie Geschwister, betete ich mir innerlich vor. Zwischen uns würde es keinen Sex geben. Allein der Gedanke daran war schon total abwegig.

»Was denn? Du bist seit Jahren nicht mehr ausgegangen.« Achselzuckend sah sie mich an. »Aber sicher habt ihr schon längst …«

»Ich muss dringend noch ein paar Sachen packen«, unterbrach ich sie und sprang von meinem Platz auf. Diese Unterhaltung war für mich beendet. Ich konnte und wollte mich nicht länger über Mason und mich unterhalten.

Ich hatte weiterhin vor, nach den Flitterwochen in Elwood zu wohnen. Mom hatte ich gesagt, dass Mason beruflich sehr viel eingespannt war und wir deshalb erst danach nach einer gemeinsamen Wohnung suchen wollten.

Das war nur zum Teil gelogen. Seit Mason bei Rachel arbeitete, hatte sie ihn gefühlt um den halben Globus geschickt. Die Frau verstand es, jemanden mürbezumachen. Mason jettete zwischen den einzelnen Staaten Amerikas, dann noch London, Kanada und Japan hin und her. Mehr als zwei bis drei Tage war er nie an ein und demselben Fleck.

Er hatte mir von all seinen Reisen Bilder geschickt und mir unverfängliche Nachrichten dazu getextet. Kein einziges Mal hatte er von dem Kuss gesprochen. Er hielt sich an die Abmachung und schwieg das Gefühl der Verbundenheit, das ich in seiner Gegenwart gespürt hatte, einfach tot.

Mom sah mich aus zusammengekniffenen Augen an. »Gwen, ist auch wirklich alles okay bei dir? Du hast doch etwas. Mir kannst du es doch sagen.«

»Ich …« Ich wollte Mom nicht beunruhigen. Im Grunde war ja auch alles bestens. Ich hatte mich auf einen Deal eingelassen, der uns das Dach über dem Kopf gesichert hatte. Und nun musste ich meinen Teil der Vereinbarung einhalten.

Das klang alles ganz plausibel und einfach. In Wirklichkeit sah es allerdings anders aus. Das unbändige Kribbeln in meinem Bauch, das ich immer dann verspürte, wenn ich an Mason dachte, und der Wunsch, ihm nahe zu sein, wuchsen täglich ins Unermessliche. Ich hatte es nicht mehr unter Kontrolle. So gern ich es auch behauptet hätte.

»Ja, mein Schatz?« Mom sah mich erwartungsvoll an.

»Ich sollte die Sachen packen gehen.« Damit machte ich schließlich einen Rückzieher. »Mach dir keine Sorgen um mich. Mir geht es gut. Das sind nur die Nerven«, ergänzte ich.

Und damit log ich nicht einmal. Meine Nerven lagen wirklich blank. In tausenden von Horrorszenarien hatte ich mir schon vorgestellt, was Rachel für Mason und mich an Events für die Hochzeit geplant hatte, von denen wir noch nichts wussten. Sie würde den Tag zu ihrem Tag machen. Da war ich mir ganz sicher.

Das Brautkleid, von dem ich bisher nur gehört hatte, dass es existierte, war sicher so protzig und ausschweifend wie ein Kleid aus dem Barock. Ich wollte mir gar nicht ausmalen, wie ich mich bei den heißen Temperaturen, die aktuell vorherrschten, darin zurechtfinden sollte. Meine eigenen Vorstellungen von meinem Hochzeitskleid hatte ich längst begraben. Wenn es nach mir gegangen wäre, dann wäre mir ein schlichteres Modell viel lieber gewesen. Ein wenig Spitze und ansonsten eine klassische A-Linie.

Mom sah mich noch immer unschlüssig an. Sie haderte augenscheinlich mit sich, ob sie meinen Worten Glauben schenken sollte. »Ist gut, Liebes. Aber wenn du doch etwas auf dem Herzen haben solltest, weißt du ja, wo du mich findest.«

»Danke dir, Mom.« Ich gab ihr einen Kuss auf die Wange und eilte daraufhin in Richtung Tür.

Die Last, die auf meinem Herzen lag, wog gefühlt schwerer als das Universum. Doch auch dieses Detail behielt ich besser für mich.

Kapitel 22

Mason

»Verdammt! Ich kriege das einfach nicht hin.« Zum wiederholten Mal versuchte ich, eine Fliege zu binden. Das erste Mal in meinem Leben. Dad war zu früh gegangen, um mich in die hohe Kunst des Fliegenbindens einzuweisen. Und er würde auch heute nicht da sein, um mir beizustehen. Schließlich hatte er mit allem gebrochen, was mit meiner Mom zu tun gehabt hatte, und eine neue Familie gegründet. Irgendwo in Oregon. Ich gehörte offenbar nicht mehr dazu.

Trotz der YouTube-Videos und Do-it-yourself-Anleitungen wollte es mir einfach nicht gelingen, dieses Stück Stoff so um den Kragen zu legen, dass es am Ende auch nach etwas aussah. Entweder verknotete ich sie, schlang sie zu fest um den Hals oder sie sah einfach so bescheuert aus, dass ich damit auf keinen Fall vor den Altar treten konnte.

»Kann ich dir helfen?«, fragte Steven in meinem Rücken, der gerade dabei war, mein Sakko von etwaigen Flusen zu befreien. Er sah konzentriert aus.

»Falls du eine Fliege binden kannst.«

Steven grinste, bügelte das Sakko erneut auf und hängte es zurück an die Garderobe. »Nichts leichter als das. Mein Opa war Herrenausstatter und hat mir schon als kleiner Jungen gezeigt, wie man eine Krawatte bindet«, erklärte er, während ich ihm die Fliege reichte.

»An meine Großeltern kann ich mich gar nicht mehr so richtig erinnern. Sie sind beide früh gestorben.«

Steven legte die Fliege in meinen Nacken und band sie anschließend zu der bekannten Form zusammen. Was mir in dreißig Minuten nicht gelungen war, hatte Steven in unter sechzig Sekunden geschafft.

»Perfekt«, lobte dieser sich selbst.

»Wow! Das sieht auf jeden Fall nach einer Fliege aus. Ich danke dir, Mann.«

Ich klopfte Steven anerkennend auf die Schulter und blickte dabei auf die Armbanduhr an meinem Handgelenk. In einer Stunde würde ich Gwen endlich wiedersehen. Wenn sie denn kam. Mom hatte sie und ihren Teil der Gäste in einem anderen Hotel untergebracht. Sie fand, es würde Unglück bringen, sollten wir uns bereits vor der Zeremonie über den Weg laufen.

»Übrigens schade, dass du keinen Junggesellenabschied wolltest. Wir hätten noch mal so richtig die Sau rauslassen können. So wie früher.«

Ich konnte die Wehmut in Stevens Worten hören und es tat mir leid, dass ich meinen besten Kumpel vor den Kopf gestoßen hatte. Aber die vielen Einsätze im Auftrag der Liebe und die Planungen für meine eigene Hochzeit hatten mich derart in Beschlag genommen, dass dafür einfach keine Zeit geblieben war.

»Sorry, Bro, wir holen das nach«, beteuerte ich.

Steven zog seine Augenbrauen leicht an, ließ sie jedoch gleich wieder hinabsausen.

»Was denn?«, fragte ich.

Irgendetwas stimmte nicht zwischen uns. Es konnte doch nicht nur an diesem bescheuerten Junggesellenabschied liegen. Steven und ich hatten in unserem Leben schon so viele Partys gefeiert, dass ich sie gar nicht mehr zählen konnte. Auf eine mehr oder weniger kam es dabei doch wirklich nicht an.

»Ich weiß nicht, Bro. Ich hab das Gefühl, dass wir uns auseinandergelebt haben.«

Nun war es an mir, meine Augenbrauen nach oben schnellen zu lassen. »Wie darf ich das denn verstehen? Du klingst ja wie eine der verbitterten Hausfrauen aus Wisconsin.« Ich lachte über meinen kleinen Scherz. Doch Steven fand ihn offenbar gar nicht lustig.

»Ich hab eben die gemeinsame Zeit mit dir vermisst. Jetzt, wo du bald heiraten wirst, werden wir uns wahrscheinlich noch seltener sehen. Vielleicht sogar überhaupt nicht mehr. Ich finde es nur sehr schade, dass ich meinen besten Freund auf diese Weise verliere.«

Stevens Stimme klang erstickt. Ich packte ihn bei den Schultern. »Hey, Bro, sieh mich an!«, befahl ich ihm. »Wir werden für immer Freunde bleiben. Das kommende Jahr muss ich den Ball etwas flach halten und zusehen, dass ich meinen Nachtclub wieder zum Laufen bekomme. Danach wird alles sein wie bisher. Glaub mir!«

Steven lachte. »Ha! Du solltest keine leeren Versprechungen machen, Bro. Wir wissen beide ganz genau, dass du sehr an der Kleinen hängst. Ich kann mir nicht vorstellen, dass du sie nach einem Jahr wieder in die Wüste schicken wirst. Und falls du es tun solltest, würde ich dir mal gewaltig in den Hintern treten. Sie ist ein Hauptgewinn, Mason. So eine wie Gwen wartet nicht an jeder Straßenecke auf dich. Sie ist etwas ganz Besonderes, und wenn du ganz tief in dich hineinhörst, dann weißt du, dass ich recht habe.«

Steven legte seine Hände bekräftigend auf meine Schultern, da wusste ich, dass er recht hatte.

Die vergangenen Wochen ohne Gwen waren furchtbar gewesen. Wenn ich nicht bis zum Hals in Arbeit gesteckt hätte, wäre ich zu ihr nach Elwood geflogen. So sehr hatte ich sie vermisst. Es war kein Tag vergangen, an dem ich es nicht bereut hatte, ihre Gefühle mit Füßen getreten zu haben.

»Steven, egal, wie die Sache mit Gwen und mir auch weitergehen wird, wir beide bleiben die besten Freunde. Okay?«

Ich sah Steven fest in die Augen, um meinem Versprechen mehr Nachdruck zu verleihen. In all den Jahren in Frisco hatte ich nichts als belanglose Kontakte geknüpft. Mit Steven war es anders. Mit ihm konnte ich reden. Auch wenn das unter Männern nicht allzu oft vorkam. Heute, an meinem Hochzeitstag, war es wieder mal so weit. Und ich war dankbar dafür, dass er mich nicht veralberte, sondern verstand, wie konfus meine Situation gerade war.

»Okay, Bro! Und deinen Junggesellenabschied holen wir nach. Deine Mom hätte uns sogar den Stretch-Hummer gemietet. Das Teil ist der Oberhammer. Ein richtiger Muschimagnet. Nach dem Abend hätten sich die Mädels in meinem Bett gestapelt.«

Da war er wieder: Steven, wie er leibte und lebte.

»Mom hätte den Hummer gemietet?«, fragte ich irritiert.

Das war äußerst nett von ihr gewesen. Wurde sie etwa auf ihre alten Tage doch noch milde?

»Ja, sie hat mich angerufen und gemeint, dass sie mir ein ordentliches Budget für deinen Junggesellenabschied zur Verfügung stellen wollte. Ich sollte ihr nur sagen, wo wir feiern würden. Mehr wollte sie nicht wissen.«

»Ah, okay.«

Warum wollte sie wissen, wo der Junggesellenabschied stattfinden würde? Vielleicht hatte sie Sorge, dass die Party nicht stilvoll genug wäre und die Paparazzi mich in irgendeinem Billigschuppen zwischen den Beinen einer Stripperin ablichten könnten. Die Frau wollte wirklich alles und jeden unter Kontrolle bringen. Das musste auf Dauer ganz schön anstrengend sein.

Steven ging zurück zur Garderobe und streifte das Sakko vom Bügel. »So langsam sollten wir uns auf den Weg zur Kirche machen. Bei der *Cathedral of Saint Mary of the Assumption* muss ich immer an ein Planetarium denken. Im Vergleich zu anderen Kirchen ist sie doch recht hässlich.«

Da musste ich Steven zustimmen. Das Gebäude war wirklich keine besondere Augenweide. Aber sie war nun mal die Kathedrale des Erzbistums San Francisco. Somit war sie genau der richtige Ort, an dem Mom mich den heiligen Schwur der Ehe leisten lassen wollte, um möglichst medienwirksam in Erscheinung zu treten.

Eine kleine aus Stein und Lehm gefertigte Kapelle irgendwo im Napa Valley wäre mir zwar lieber gewesen, aber ich wollte es nicht darauf ankommen lassen, mich mit meiner Mutter anzulegen. Ich brauchte meine Kräfte für andere Fronten, an denen sich die Situation zunehmend zuspitzte.

»Hast du mitbekommen, ob Gwen gestern auch wirklich eingetroffen ist?«

Ich hatte Steven darum gebeten, sich in dem Hotel zu erkundigen, in dem Gwen untergebracht war. Nachdem mich zunehmend der Verdacht beschlichen hatte, sie könnte doch noch einen Rückzieher machen, befand ich es für richtig, ihr nachzuspionieren. Allerdings konnte ich schlecht selbst in dem Hotel auf die Suche nach ihr gehen. Am Telefon hatte mir eine überaus charmante, aber zugleich auch furchtbar zugeknöpfte junge Frau mitgeteilt, dass sie leider keine Auskunft über die Gäste ihres

Hauses geben durfte. Steven war also meine letzte Chance gewesen.

»Ich dachte schon, du würdest mich nie fragen.« Steven sah mich grinsend an.

»Ja, und? Ist sie da?« So langsam war mein Geduldsfaden so angespannt, dass er jeden Moment reißen konnte.

Das Blut in meinen Venen rauschte wie die heiße Lava eines eben erst ausgebrochenen Vulkans durch meinen Körper. Ich war in meinem ganzen Leben noch nicht so aufgeregt gewesen. Dabei handelte es sich streng genommen bei dieser Hochzeit lediglich um einen vertraglich geregelten Termin, der abgehandelt werden musste.

Aber ich wusste es besser, auch wenn ich es niemandem gegenüber zugegeben hätte. In weniger als einer Stunde würde ich am Altar darauf warten, dass Gwen in einem weißen Brautkleid auf mich zulief. Allein die Vorstellung an dieses Szenario jagte mir eine Gänsehaut über den ganzen Körper.

Steven grinste noch immer, ehe er endlich ein Erbarmen mit mir hatte. »Ja, sie hat gestern Abend mit ihrer Mom und ihrer Trauzeugin eingecheckt. Zufrieden?«

Eine zentnerschwere Last fiel mir vom Herzen. Dennoch bemühte ich mich, meine Stimme ganz ruhig und gefasst klingen zu lassen. »Klar. Ich danke dir.«

Steven hielt mir das Sakko so hin, dass ich hineinschlüpfen konnte.

»Bereit?«

Ich atmete tief durch und blickte mich ein letztes Mal in dem hohen Spiegel auf der gegenüberliegenden Seite des Raumes an. »Bereit!«

Kapitel 23

Gwen

»Ich habe in meinem ganzen Leben noch kein so hässliches Brautkleid gesehen. Bist du dir sicher, dass du es tragen möchtest? Ich könnte dir schnell noch ein anderes besorgen.«

Phil machte gar keinen Hehl daraus, dass ihr das Kleid, das von einem Boten vor knapp zwei Stunden gebracht worden war, überhaupt nicht gefiel.

Mir ging es da ganz ähnlich, allerdings wollte ich Mom nicht damit belasten. »Pst.« Ich bedeutete Phil nicht weiterzusprechen und schloss die Verbindungstür zwischen Moms und meinem Zimmer.

»Es ist wirklich keine Schönheit. Da gebe ich dir recht. Aber auf die Schnelle ein neues Kleid zu besorgen, ist aussichtslos. Die meisten Brautkleider müssen noch angepasst werden. Dafür bleibt keine Zeit mehr. Außerdem kann ich Masons Mom nicht derart vor den Kopf stoßen. Sie hat das Kleid bei irgendeinem namhaften Designer für mich anfertigen lassen.«

Ich strich die einzelnen Tüll- und Stofflagen glatt, wie um doch noch etwas zu retten. Doch auch dieser Versuch war aussichtslos. Dabei war nicht alles daran furchtbar. Der obere Teil des Kleides war recht schlicht gehalten. Der weiße Seidenstoff lag in Falten übereinander, hatte keine Träger und machte sicher ein wunderschönes Dekolleté. Das eigentliche Problem war viel weiter unten angesiedelt. Dort lagen einzelne Tüll- und Seidenlagen ähnlich wie bei den Blättern einer Rose übereinander. Der Designer hatte dabei das rechte Maß um ein Weites überschritten.

Der untere Teil des Kleides war so aufgebauscht, dass ich nicht wusste, wie ich mich darin überhaupt fortbewegen sollte.

Phil überwand die wenigen Meter, die uns voneinander trennten, und besah sich die einzelnen Lagen etwas genauer. »Wir könnten hier und hier ein paar der Stofffetzen rausnehmen. Dadurch würde es nicht ganz so aufgeplustert aussehen. Mit dem Teil erinnerst du mich an einen meiner Wellensittiche, die ich als Kind hatte. Wenn der seine Federn aufgestellt hatte, sah er dem Etwas, das dir Masons Mom als Brautkleid verkaufen möchte, ganz ähnlich.«

Bei der Vorstellung musste ich lachen. Dabei war mir mittlerweile ganz und gar nicht mehr zum Lachen zumute. Meine innere Anspannung war, seit ich den Fuß in den Flieger gesetzt hatte, nicht mehr abgeflaut. Immer wieder hatte ich davonrennen wollen, nur um letztlich einsehen zu müssen, dass es keinen Ort gab, an dem ich mich verstecken und mein Elternhaus dennoch bewahren konnte.

»Ich hatte mir mein Brautkleid zwar immer ganz anders vorgestellt, aber letztlich bin ich nicht in der Position, um darum zu feilschen.« Ich seufzte. »Vielleicht sieht es angezogen ja viel besser aus.«

»Pah! Dass ich nicht lache. Ein Wunder, wenn wir mit dem Monstrum überhaupt noch durch die Tür, geschweige denn in den Aufzug passen. Masons Mom hat uns doch mit Absicht in das zwölfte Stockwerk gesteckt. Die macht sich einen Spaß daraus.«

Rachel Livington war so einiges zuzutrauen. Womöglich fand sie das tatsächlich witzig. Ich wusste es nicht. Alles, was die Frau tat oder sagte, war mir ein Mysterium. Nichts davon war nett oder gut gemeint. Sie legte keinen Wert darauf, andere Menschen glücklich zu machen. Bis auf ihre Kunden. Aber die zahlten schließlich auch eine Menge Geld dafür.

»Vielleicht. Aber das lässt sich jetzt leider nicht mehr ändern.« Aufgeregt blickte ich auf die Uhr. Die Zeiger schritten unnachgiebig voran, und die Visagistin war noch immer nicht eingetroffen. »Wenn ich nicht bald die Haare und das Make-up gemacht bekomme, brauche ich mich auch nicht mehr mit dem Kleid auseinanderzusetzen. So, wie ich gerade ausschaue, kann ich nicht vor den Altar schreiten.«

Nach dem Aufstehen hatte ich im Badezimmerspiegel den Schreck meines Lebens bekommen. Mein Gesicht war über und über von roten Pusteln überzogen gewesen, die sich auch über meinen Hals und das Dekolleté ausgebreitet hatten. Die Aufregung hatte sich augenscheinlich auch auf meine Haut ausgewirkt. So konnte ich auf keinen Fall heiraten. Blieb nur zu hoffen, dass die Visagistin wusste, was sie zu tun hatte. Mason war ja ganz begeistert von ihr gewesen.

Wieder meldete sich dieses eifersüchtige Stimmchen in meinem Inneren zu Wort, das sich fragte, wie gut sich die beiden kannten und wie nahe sie sich standen. Ob er sie wohl auf einem der Einsätze der letzten Wochen mal zum Essen eingeladen und anschließend mit ihr das Bett geteilt hatte?

Wieder musste ich an die zweite Zahnbürste in seinem Badezimmer, an die vielen Frauen auf den roten Teppichen und an seinen Charme denken. Mason war kein Mann, der lange allein blieb. Er konnte jede haben. Davon war ich überzeugt.

Es klopfte an der Tür. Schlagartig wurde ich aus meinen Gedanken gerissen, als Phil sie auch schon öffnete. Endlich. Die Visagistin war da.

»Du musst Gwen sein«, begrüßte mich die dickliche Frau jenseits der fünfzig mit einem freudigen Lächeln auf den Lippen. Ich erwiderte es bereitwillig. Sie passte eindeutig nicht in Masons Beuteschema. »Mein Name ist Vivian und ich werde das rote Etwas da aus deinem Gesicht im Nullkommanichts verschwinden lassen.«

Vivian war mir auf Anhieb sehr sympathisch. Sie war keine Konkurrentin, wenn es um meinen Zukünftigen ging. Zudem wusste sie genau, wie sie eine Braut kurz vor der Trauung glücklich machen konnte.

»Setz dich mal da drüben auf den Stuhl«, ordnete sie an und folgte mir mit einem schweren Metallkoffer.

»Ich schaue derweil mal rüber zu deiner Mom und frage sie, ob sie noch Hilfe braucht«, bot Phil an.

»Das ist eine sehr gute Idee. Ich danke dir«, beeilte ich mich zu sagen. Offenbar hatte Phil den Schock über das Brautkleid etwas verwunden.

Als das Kleid geliefert worden war, war Phil um einiges entsetzter darüber gewesen als ich. Es hatte nicht viel gefehlt, und sie hätte es dem Boten postwendend wieder mitgegeben. Es hatte mich einiges an Überredungskunst gekostet, ihr klarzumachen, dass das gar keine gute Idee war. Schließlich wollte ich Rachel nicht gegen mich aufbringen. Ferner hätte sie den Boten womöglich einen Kopf kürzer gemacht. Mit den meisten Überbringern schlechter Nachrichten hatte es in der Geschichte kein gutes Ende genommen. Das wollte ich dem jungen Studenten nicht antun, der durch die Botengänge sicher sein Studium finanzierte.

»So, dann fangen wir mal an. Was machen wir mit deinen Haaren?« Vivian strich mir über mein langes dunkelblondes Haar und hob es schließlich an. »Wir könnten eine klassische Hochsteckfrisur machen. Wie sieht denn das Brautkleid aus?«

Ich deutete auf das hässliche Teil schräg gegenüber an der Wand. Vivian war, gelinde gesagt, geschockt. Aber sie war Profi genug, um es sich nicht anmerken zu lassen. Mir fiel es dennoch auf.

»Nun, da das Kleid … besonders ins Auge sticht, würde ich vorschlagen, wir wählen eine nicht ganz so ausdrucksvolle Frisur.«

Ich nickte ihr zustimmend zu. »Ich denke, das wird das Beste sein.«

Als Vivian kurz darauf meine langen Strähnen mit einem Lockenstab bearbeitete, kam ich noch mal auf das Brautkleid zu sprechen. Ich wollte nicht, dass Vivian von mir annahm, ich hätte einen derart schlechten Geschmack. »Meine Schwiegermutter hat das Kleid ausgesucht. Es ist von einem ganz bekannten Designer.«

Ich beobachte Vivian durch einen großen Spiegel, der vor mir stand, dabei, wie sie eine Strähne nach der anderen in Locken legte. »Ich hoffe, euer Verhältnis ist besser, als das Kleid vermuten lässt«, erwiderte sie offener, als ich es erwartet hätte.

»Leider nein«, antwortete ich mit gesenktem Blick.

Das schlechte Verhältnis zu Masons Mom war noch ein Grund mehr, dem heutigen Tag voller Sorge vor dem Unerwarteten zu begegnen. Ich hatte keine Ahnung, welche Überraschungen sie für uns noch in petto hatte, aber ich war mir ganz sicher, dass sie sich kreativ zeigen würde.

»Lass den Kopf nicht hängen, Kleines. Letztlich zählt nur die Liebe zwischen dir und deinem Mann.«

Noch so ein wunder Punkt. Dennoch versuchte ich mich an

einem Lächeln. Vivian meinte es schließlich nur gut, und es würde zu weit führen, wenn ich sie über Masons und meine Lage näher ins Bild setzte.

Mason hatte mich davor gewarnt, in Bezug auf die Hochzeit zu leichtfertig Informationen preiszugeben. Man konnte schließlich nie wissen, was die Menschen mit diesem Wissen anfingen. Wichtige Details an die entsprechenden Stellen bei den Boulevardblättern weiterzugeben, wäre leicht verdientes Geld.

»Na, was sagst du?«, fragte mich Vivian schließlich, während ich meinen Gedanken nachhing.

Ich besah mein Gesicht und die Frisur im Spiegel. Von den roten Flecken, die mein Gesicht vor einigen Minuten noch geziert hatten, war nichts mehr zu sehen. Vivian hatte wirklich ganze Arbeit geleistet. Auch meine Augenringe hatte sie perfekt kaschiert. Bestimmt war dafür ein ganzer Concealer draufgegangen. Die aufgeklebten langen Wimpern und die roten Lippen waren eindeutig als das Highlight in meinem Gesicht auszumachen.

Und dann die Frisur. Sie war so schön, dass ich mir vor Rührung die Hand vor den Mund halten musste. Natürlich achtete ich peinlich genau darauf, nicht mit den Fingern an die Lippen zu kommen.

Vivian hatte meine Haare zu einer Hochsteckfrisur arrangiert. Einzelne gelockte Strähnen hingen daraus hervor.

»Ich bin total begeistert. Vivian, du bist wirklich unglaublich gut. Mason hat in Bezug auf dich total recht behalten.«

Vivian lachte. »Ich danke dir und freue mich, dass es dir gefällt. Mason hatte in Bezug auf dich auch recht.« Dann zupfte sie, ohne auf diese Aussage näher einzugehen, noch einmal an meinen Haaren. »Das sollte reichen, mehr Strähnen würde ich aus der

Frisur nicht herauslösen. Das wäre dann zu üppig. Und das wollen wir nicht.«

Ich musste lachen. »Nein, wir wollen dem Brautkleid ja nicht die Show stehlen.«

Nun musste auch Vivian lachen. »Du hast es erfasst.«

Als Vivian die Kosmetika und die übrigen Klammern in ihrem Metallkoffer verstaut hatte, konnte ich nicht anders. »Was hat Mason denn über mich gesagt?«

Ich versuchte, es ganz beiläufig klingen zu lassen, aber der leicht zittrige Unterton in meiner Stimme strafte mich Lügen.

Vivian sah mich einen Moment lang an. »Er meinte, dass du eine natürliche Schönheit seist und gar nicht viel Make-up benötigen würdest.«

Ich lachte. »Gut, dass er mich heute früh nicht gesehen hat.«

Vivian winkte ab. »Ach was. Die paar Pusteln hatten wir doch schnell überdeckt.« Dann nahm sie mich ohne Vorwarnung in den Arm. »Ich wünsche euch beiden eine unvergessliche Trauung, einen wunderschönen Tag und ein gesundes und glückliches Leben.«

Ich schluckte bei ihren Worten. Die Vorstellung daran, dass Mason und mir heute noch viele weitere Menschen solche und ähnliche Glückwünsche überbringen würden, schnürte mir die Kehle zu. Ich konnte nur hoffen, dass ich der ganzen Sache gewachsen war.

Neben meinem vorgetäuschten Schwur vor Gott belog und betrog ich alle Menschen, denen ich wichtig war. Nicht nur das. Ich belog und betrog sogar Menschen, die ich überhaupt nicht kannte. Ich würde sie freundlich anlächeln und mit dem Wissen dankend ihre Wünsche entgegennehmen, dass diese Ehe nur auf dem Papier existierte und ein vorgezeichnetes Verfallsdatum hatte.

Meine innere Unruhe wurde beim Gedanken daran nicht unbedingt geringer. Ganz im Gegenteil. Am liebsten wäre ich mit Vivian durch die Hotelzimmertür gegangen und hätte alles hinter mir gelassen. Doch so einfach war es nicht. So einfach war es nie.

»Süße, wir sollten dir das Kleid jetzt anziehen«, meldete sich Phil zu Wort, kaum dass Vivian verschwunden war.

»Ist gut«, erwiderte ich wie in Trance, als etwas hinter mir zu rascheln begann.

»Du musst schon ein bisschen mithelfen«, hörte ich Phil im nächsten Moment sagen.

»Wie bitte?«, fragte ich irritiert.

»Na, beim Anziehen. Du solltest zumindest mal deine Jogginghose und das Shirt ausziehen und deine Arme anschließend in die Höhe strecken. Sonst wird das nichts.«

»Oh, entschuldige. Ich war in Gedanken.«

Phils Miene verfinsterte sich. »Du brauchst keine Angst zu haben. Ich hab mich mittlerweile mit dem Kleid abgefunden.«

Trotz der angespannten Situation musste ich lachen. Phil kannte mich einfach zu gut. »Da bin ich aber froh. Hast du Mom helfen können? Ist sie fertig?«

»Sie wollte gleich noch mal zu dir kommen. Ich meinte nur, wir sollten erst noch das Kleid anziehen.«

Mom würde sicher aufwühlende Worte für mich finden und mich noch vor der Kirche zu Tränen rühren. Ich atmete schwer, als läge eine zentnerschwere Last auf meinen Lungen. Auch wenn ich mich lieber mit einem Snowboard an den Füßen von einem gigantisch hohen Berg in die Tiefe gestürzt hätte, würde ich wohl nicht umhinkommen, mich dem Gespräch zu stellen.

Phil zog an den schier unendlich scheinenden Schnüren in meinem Rücken. »Das Teil ist nicht nur potthässlich, es ist auch noch dermaßen komplex, dass Mason dich da nie wieder rauskriegt.«

»Ich will überhaupt nicht, dass Mason mir das Kleid auszieht.«

Phil lachte. »Darin schlafen wirst du aber nicht können, Liebes. Außer du möchtest auf einem Berg aus Tüll und Seide nächtigen. Denn allein kommst du da nie wieder raus.«

Es klopfte abermals an der Tür. Dieses Mal jedoch an der Verbindungstür.

»Fertig!«, rief Phil und drapierte die ausladenden Schichten so, dass sie auf beiden Seiten gleich aussahen. Ich bezweifelte, dass Mason mich in diesem Kleid auch nur ansatzweise hübsch finden würde. Da hatte seine Mutter wirklich verdammt gute Arbeit geleistet. In dem Monstrum sah ich aus wie *Marie-Antoinette* bei einem ihrer imposanten Feste am Hofe von Ludwig XVI. In ihrer Zeit wäre ich sicher ein Hingucker gewesen. In unserer Zeit würde ich Schwierigkeiten dabei haben, in ein Taxi zu passen. Auf das Getuschel der Hochzeitsgäste konnte ich mich auch schon einstimmen. Das würde sicher nicht ausbleiben.

»Du siehst …«, begann Mom und stockte sogleich, als sie mich näher in Augenschein nahm. »… atemberaubend schön aus«, setzte sie schließlich hinzu, während sie in ihrem Rollstuhl näher auf mich zugefahren kam.

Sie bemühte sich um ein warmes Lächeln, doch ich konnte ihr ansehen, was sie wirklich von dem Kleid hielt. »Danke, Mom. Rachel hat es ausgesucht.«

»Oh«, erwiderte sie mit hochgezogenen Augenbrauen. »Dann war es bestimmt sündhaft teuer. Du solltest ihr dafür danken, falls du es nicht ohnehin schon getan hast.«

Ich verkniff mir einen Kommentar darauf. »Dads Ring trage

ich bereits um den Hals.« Dabei nahm ich ihn zwischen Daumen und Zeigefinger und hob ihn etwas in Moms Richtung.

»Sehr schön.«

Als ich mich zu ihr nach unten beugte, strich sie mir über die Wange. »Ach, Mom.«

»Was ist denn los, mein Schatz? Du brauchst nicht aufgeregt zu sein. Es wird alles gut werden. Sei froh, dass du keinen Schleier hast.«

Ich musste lachen. »Sonst müsstest du mich mit Baldrian abfüllen. Nicht die schlechteste Idee.«

Nun lachte auch Mom. »Ich habe tatsächlich noch vor unserem Abflug ein Fläschchen für den äußersten Notfall besorgt. Du musst dir also keine Sorgen machen. Wir sind für alle Eventualitäten gewappnet.« Sie legte ihren Zeigefinger unter mein Kinn und sah mir tief in die Augen.

»Wirklich für alle?«

Sie nickte abermals, ehe sie den Deckel eines Schächtelchens öffnete. Zuvor war mir gar nicht aufgefallen, dass sie etwas auf ihrem Schoß liegen hatte. »Ich habe hier noch ein paar Dinge, die dir Glück bringen sollen.« Dann zog sie ein blaues Strumpfband daraus hervor. »Etwas Blaues als Zeichen der Treue, die Mason und du euch schwören werdet.«

Mom sagte das mit einer solchen Zuversicht, dass ich beinahe selbst daran geglaubt hätte.

»Hier noch ein Glückspenny für deinen Schuh. Es soll euch nie an etwas fehlen.«

Dass es uns an dem wirklich essenziellsten Bestandteil einer Ehe, nämlich der Liebe fehlte, warf ich gedanklich lieber über Bord.

»Etwas Neues als Symbol für das beginnende Eheleben trägst

du ja bereits.«

Ich kam nicht umhin, an mir hinabzusehen. Leider hatte sich das Kleid zwischenzeitlich nicht in die stilvollere Wunschvorstellung verwandelt, in der ich gerne geheiratet hätte.

»Und Dads Ring ist etwas Altes. Es soll für dein bisheriges Leben stehen. Für die Liebe zwischen deinen Eltern, die dich dein ganzes Leben getragen hat und dich auch noch tragen wird, wenn wir beide nicht mehr bei dir sein können.«

Eine erste Träne löste sich aus meinen Augen. Der Tag würde verdammt hart werden. Das Wissen, ihn ohne meinen geliebten Dad durchstehen zu müssen, war grausam.

»Ich habe hier noch eine schlichte weißgoldene Armbanduhr«, sagte Phil. »Die würde ich dir gerne leihen.«

»Ein Zeichen der Freundschaft. Es wird euch Glück bringen«, erklärte Mom mit einem Strahlen im Gesicht, während Phil mir die Uhr um das Handgelenk legte und mich aufmunternd ansah.

»Nun bist du für den heiligen Bund der Ehe gut vorbereitet, mein Schatz. Jetzt kann also gar nichts mehr schiefgehen.«

Wie gerne ich den Worten meiner Mom doch Glauben geschenkt hätte. Leider wusste ich es jedoch besser.

Kapitel 24

Mason

Architektonisch war die *Cathedral of Saint Mary of the Assumption* keine besondere Meisterleistung. Das Gebäude stammte aus den Sechzigerjahren des vergangenen Jahrhunderts, es war viel zu dunkel und roch muffig.

Die walnussfarbenen Holzbänke sahen nicht besonders einladend aus. Daran vermochten auch die Blumengestecke, die an der Seite des Mittelganges angebracht worden waren, nicht viel zu ändern. Auch wenn der Erzbischof mit seiner Anwesenheit den Schuppen um einiges aufwertete, war er dennoch keine besondere Augenweide.

Aber Mom hatte bestimmt, dass wir genau in dieser Kirche zu heiraten hatten und uns in dieser und in vielerlei anderer Hinsicht kaum Spielraum gelassen.

Beispielsweise fand ich es wenig erbaulich, nach der Trauung mit einer offenen Kutsche durch die Stadt zu fahren. Ein offenes Cabrio mit mächtig Pferdestärken unter der Motorhaube wäre mir um einiges lieber gewesen. Genauso wie der Veranstaltungsort, an dem wir das freudige Ereignis feiern würden. Das *Hyatt Regency* war ganz nett, aber für eine Hochzeit wenig stimmungsvoll. Die Atmosphäre war einfach zu unpersönlich, um nicht zu sagen: steril.

Wenn ich da an die Hochzeitslocations zurückdachte, an denen ich die Brautpaare der letzten Wochen betreut hatte, dann waren diese um einiges liebevoller ausgesucht und dem Anlass würdiger gewesen.

Mom war es nicht darauf angekommen, eine Hochzeit mit dem gewissen Etwas zu arrangieren. Ihr war es lediglich darum gegangen, besonders viel Aufsehen zu erregen. Sie liebte es, im positiven Sinne im Mittelpunkt zu stehen. Und genau das würde sie mit den ausgewählten Hochzeitsbausteinen auch erreichen.

Schon als ich mich mit Steven auf den Weg zur Kirche gemacht hatte, waren uns die Übertragungswagen der Fernsehsender ins Auge gefallen. Mom hatte wirklich an alles gedacht, um auch ja ordentlich positive Publicity für ihre Firma zu bekommen. Blieb nur zu hoffen, dass kein namhafter Schauspieler auf die Idee kam, gerade heute zu sterben oder BranJolina ein Comeback ins Auge fassten.

Ich blickte zu Steven, der mich aufmunternd anlächelte. Gwen hätte schon längst da sein müssen. Aber wie die meisten Bräute, so verspätete auch sie sich. Blieb nur zu hoffen, dass sie überhaupt noch kam.

Dann schweifte mein Blick über die geladenen Gäste. Die meisten davon kannte ich überhaupt nicht. Wieder andere hatte ich seit Jahren nicht gesehen. Es war fast so, als wäre ich zu Gast auf dieser Hochzeit und nicht der Bräutigam.

Plötzlich setzte die Orgel ein und der Chor begann mit dem Lied *Going To The Chapel Of Love* von *The Shirelles*. Auch dieses Lied stammte aus den Sechzigern des vergangenen Jahrhunderts. Aber es hatte Klasse und Stil. Im Gegensatz zu der Kathedrale war es zeitlos. Es hatte mich einiges an Überzeugungskraft gekostet, aber letztlich hatte ich mich bei der Auswahl der Lieder durchsetzen können. Ein weiterer kleiner Etappensieg.

Mein Blick fiel auf meine Mutter. Rachel Livingston saß wie die Queen höchstpersönlich kerzengerade in der ersten Bank. Wo auch sonst? Sie verzog keine Miene, als sich unsere Blicke kreuzten. Kein nettes Wort, kein aufbauendes Schulterklopfen, geschweige denn eine Umarmung. Ich hatte mit dieser Frau, die vorgab, mich zur Welt gebracht zu haben, am heutigen Tag nicht mehr als drei Worte gewechselt. Und dazu hatte sicher nicht »Ich liebe dich« gehört. Eher »Mach«, »Lass«, »Sofort«. Der Livington'sche Gleichklang des Gehorsams.

Und dann blickte ich den Mittelgang hinunter. Zuerst sah ich Emmas Rollstuhl. Sie würde ihre Tochter an mich übergeben. Der Gedanke war tröstlich und schmerzvoll zugleich. Es musste schwer für Gwen sein, dass ihr Vater sie nicht mehr auf diesem Weg begleiten konnte. Ob sie sich zu seinen Lebzeiten auf solch eine fingierte Hochzeit mit mir eingelassenen hätte, wagte ich jedoch zu bezweifeln.

Der Chor sang aus Leibeskräften und schaffte es endlich, den kalten Kirchenmauern so etwas wie Leben einzuhauchen. Während ich den Klängen lauschte, rückte Gwen in mein Sichtfeld, und schlagartig verlor alles andere an Bedeutung.

Bereits auf die Entfernung hin konnte ich sehen, wie wunderschön sie aussah. Ihre Haare waren nach oben gesteckt worden. Einzelne Haarsträhnen hingen ihr daraus hervor. Das Kleid war allerdings eine Zumutung. Da hatte sich Mom wirklich selbst übertroffen. Aber auch wenn sie alles darangesetzt hatte, mir meine Gwen, wie ich sie kannte, zu nehmen, war es ihr dennoch nicht gelungen. Ich konnte sie noch immer ganz deutlich vor mir sehen. Besser als je zuvor.

Mein Herz machte einen Schlag zu viel, als sich unsere Blicke trafen. Sie sah mich mit wachen Augen an. Gwen wagte nicht zu blinzeln. Offenbar hatte sie Sorge, sonst könnte etwas Furchtbares geschehen.

Wie eine Elfe schwebte sie an der Seite ihrer Mom auf mich

zu. Steven ließ einen kaum hörbaren Pfiff los. Auch wenn der untere Teil des Kleides von einem Schneider aus dem Horrorkabinett gefertigt worden sein musste, war der obere Teil bis zu ihren Hüften ein wahres Highlight. Es setzte Gwens zarte Schultern, ihre schmale Taille und ihr üppiges Dekolleté gekonnt in Szene.

Nun war der Moment gekommen: Emma überreichte mir die Hand ihrer Tochter.

»Sei immer gut zu ihr, mein Junge.« Emmas Blick war voller Hoffnung und Freude. Sie liebte ihre Tochter über alles und hoffte für sie, dass sie mit mir glücklich werden würde.

Gwen hatte ihr also nichts von unserer Abmachung erzählt. Sicher war es besser so. Zumindest für den Moment. Es gab zahllose Ehen, die aus weniger triftigen Gründen geschlossen und ebenso schnell wieder annulliert oder geschieden wurden.

Als meine Finger Gwens Hand berührten, fühlte es sich an wie die Ankunft in einem liebevollen Zuhause, das man nach einer langen Reise endlich wieder betrat und sich so fühlte, als wäre man nie weggewesen. Gwens Blick war verschämt und glitt gen Boden. Ich schenkte ihr ein aufmunterndes Lächeln.

Am liebsten hätte ich ihr gleich jetzt und hier gesagt, wie leid mir alles tat. Aber dafür war weder der richtige Ort noch die richtige Zeit. Später in der Honeymoon-Suite, wenn wir unter vier Augen waren, würde ich mich für mein Verhalten entschuldigen und sie bitten, wirklich meine Frau zu sein. Mit allem, was dazu gehörte.

Denn eines war mir in den letzten Wochen hinreichend bewusst geworden: Ich konnte Gwen nicht noch einmal verlieren. Das würde ich kein zweites Mal durchstehen. Denn aus der

Freundschaft von einst war heimlich, still und leise Liebe geworden. So sachte, dass ich es selbst kaum bemerkt und erst begriffen hatte, als Gwen von mir getrennt gewesen war.

»Hi«, hauchte ich ihr zu.

»Hey«, erwiderte sie ebenso leise, ehe wir uns dem Erzbischof zuwandten.

»Liebes Brautpaar! Sie sind in dieser entscheidenden Stunde Ihres Lebens nicht allein. Sie sind umgeben von Menschen, die Ihnen nahestehen. Sie dürfen die Gewissheit haben, dass Sie mit unserer Gemeinde und mit allen Christen in der Gemeinschaft der Kirche verbunden sind. Zugleich sollen Sie wissen: Gott ist bei Ihnen. Er ist der Gott Ihres Lebens und Ihrer Liebe. Er heiligt Ihre Liebe und vereint Sie zu einem untrennbaren Lebensbund. Ich bitte Sie jetzt, öffentlich zu bekunden, dass Sie zu dieser christlichen Ehe entschlossen sind.«

Der Erzbischof ließ wirklich keine Sekunde mit Unwichtigkeiten verstreichen. Kaum dass die Zeremonie begonnen hatte, würde er uns auch schon trauen. Mein Magen verkrampfte sich auf die Größe einer Erbse, während mein Herz vor Freude höherschlug. Denn auch wenn ich dieser aufgezwungenen Ehe noch immer nichts abgewinnen konnte, war ich glücklich darüber, dass Gwen bald meine Frau sein würde.

»Mason Eduard Livington, ich frage Sie: Sind Sie hierhergekommen, um nach reiflicher Überlegung und aus freiem Entschluss heraus mit Ihrer Braut Gwen Audrey Fingerhood den Bund der Ehe zu einzugehen?«

Ich schluckte den Kloß in meinem Hals herunter und antwortete mit einem klaren und deutlichen »Ja!«.

»Wollen Sie Ihre Frau lieben und achten und ihr die Treue halten alle Tage ihres Lebens?«

Abermals lautete meine Antwort: »Ja, ich will.«

Der Erzbischof, ein hochgewachsener und weise dreinsehender Mann mittleren Alters, nickte mir zu, ehe er sein Hauptaugenmerk auf Gwen richtete.

»Gwen Audrey Fingerhood, ich frage Sie: Sind Sie hierhergekommen, um nach reiflicher Überlegung und aus freiem Entschluss heraus mit Ihrem Bräutigam Mason Eduard Livington den Bund der Ehe einzugehen?«

Schweigen. Mein Herz setzte schon einen Schlag aus, ehe Gwen mit einem zittrigen »Ja« antwortete.

»Wollen Sie Ihren Mann lieben und achten und ihm die Treue halten alle Tage seines Lebens?«

Auch darauf antwortete Gwen nach einem leichten Zögern mit einem leisen »Ja«.

Ein riesiger Stein fiel mir vom Herzen. Ich war so erleichtert darüber, dass ich den Worten des Pfarrers nach dem Ringtausch kaum noch folgte. Bis zu dem Moment, als er mich wieder unmittelbar anredete und sagte: »Sie dürfen die Braut jetzt küssen.«

Voller Entsetzen wurde mir schlagartig bewusst, dass ich Gwen gleich vor all diesen Menschen küssen musste, wenn ich nicht wollte, dass es unnötiges Gerede gab. Und das wollte ich ganz sicher nicht.

Laut Vertragsregelwerk hatte ich mich dazu verpflichtet, nichts zu tun, was negativ auf die Agentur zurückfallen würde. Ein Bräutigam, der in der Kirche seine Braut nach Aufforderung des Bischofs nicht küsste, würde mit Sicherheit Aufmerksamkeit von der falschen Sorte hervorrufen.

Als ich mich zu Gwen umdrehte, sah ich die Angst in ihren Augen. Ich griff intuitiv nach ihren Händen. Sie waren kalt und zitterten wie Espenlaub. Ich umschloss sie fest mit den meinen und sendete ihr damit ein tiefes Versprechen, immer an ihrer Seite zu stehen. Egal, welche Hürden das Schicksal uns auferlegen würde. Ich würde bei ihr sein und sie gemeinsam mit ihr bezwingen.

Als ich meinen Kopf ein Stück weit zu ihr nach unten bewegte, hielt ich die Luft an. Gleich würde es so weit sein: Ich würde Gwen ein zweites Mal küssen. Doch dieses Mal würde ich mich nicht wieder dafür entschuldigen. All die Liebe und das Gefühl der Verbundenheit, das ich für sie empfand, versuchte ich, in meine Lippen zu legen, als sie auf Gwens Mund trafen. Voller Sehnsucht und Verlangen küsste ich sie mit dem Mut der Verzweiflung und der Hoffnung auf ein Happy End.

Zunächst erwiderte Gwen den Kuss nicht. Sie wirkte starr und erschrocken. Doch dann löste sich die Anspannung in ihr und auch sie küsste mich. Ich legte meine Hand in ihren Nacken, während ihre Handflächen meine Wangen umschlossen. Wir küssten uns wie zwei Ertrinkende, die das rettende Ufer erreicht hatten, obwohl sie schon längst nicht mehr damit gerechnet hatten.

Alles um uns herum war unbedeutend. Raum und Zeit verschwanden, ehe Steven mir auf die Schulter tippte.

»Hey, Bro, heb dir das besser für später auf. Deine Mom schaut, als hätte sie soeben eine Wurzelbehandlung über sich ergehen lassen müssen.«

Nur widerwillig löste ich mich schließlich von meiner Braut. Unsere Blicke ruhten noch immer aufeinander, als der Chor *A Whole New World* aus dem Disney-Klassiker *Aladdin* anstimmte.

Kapitel 25

Gwen

Mason nahm meine Hand und lief im Takt des Liedes an den Gästen, die links und rechts in den Bänken standen und uns freundlich zulächelten, vorbei. Moms Gesicht war tränenüberströmt. Freudentränen. Ich lief neben ihm her, während in mir ein Orkan toste. Er hatte mich geküsst. Doch dieses Mal war es anders gewesen. Er war so leidenschaftlich und liebevoll gewesen. Und das Wichtigste: Als Mason sich von mir gelöst hatte, lag keine Reue in seinen Augen. Vielmehr war darin das Versprechen abzulesen gewesen, dass noch viele weitere Küsse dieser Art folgen würden.

Wie in einem Traum schwebte ich den Mittelgang entlang – immer auf den Ausgang zu. Durch die geöffneten Kirchentüren spitzte die gleißende Sonne herein. Der Chor stimmte gerade den Refrain an und sang hoffnungsvoll von einem neuen Leben, in dem wir selbst über unser Schicksal und unsere Träume bestimmen würden.

Jeder Schritt war so einfach mit Mason an meiner Seite. Die vormalige Anspannung, meine Verunsicherung, die Sorge um das Danach waren wie weggewischt. Es fühlte sich richtig und gut an, als wäre ich endlich an meinem Ziel angekommen, als hätte ich den schweren Ballast der Vergangenheit wie einen Neoprenanzug abgestreift.

Mason sah mich lächelnd an, und ich erwiderte es bereitwillig. Vergessen war das hässliche Brautkleid. Als Mason mich so ansah, fühlte ich mich wie eine wunderschöne Prinzessin in einem

Märchen, die ihren Prinzen gefunden hatte. Wie es zu dieser Heirat gekommen war, war an dieser Stelle nicht mehr wichtig. Nur das Hier und Jetzt zählte.

Vor der Kirche wartete eine achtspännige Kutsche auf uns. Die Mähnen der Pferde waren geflochten und mit einer roséfarbenen Schleife gebunden worden. Die weiße Kutsche erinnerte an das Exemplar, das die gute Fee in *Cinderella* aus einem Kürbis gezaubert hatte. Das ganze Bild troff nur so vor Kitsch. Wenn die Entscheidung in meiner Hand gelegen hätte, dann wäre meine Wahl sicher nicht auf solch eine mondäne Kutsche gefallen. Dennoch war sie irgendwie süß.

Mason half mir beim Einstieg und setzte sich wenig später dicht neben mich. Sofern das bei dem voluminösen Rock überhaupt möglich war.

Die Gäste knipsten ohne Unterlass Fotos und auch einige Filmkameras waren zu sehen. Wenn mich nicht alles täuschte, dann waren auf diesen die Labels einiger Fernsehsender zu erkennen. Rachel hatte wirklich alle Hebel in Bewegung gesetzt, um dieses Event in die Presse zu drängen. Ich mochte mir gar nicht ausmalen, wie viel sie das gekostet hatte. Aber Geld spielte in ihrem Leben sicher keine Rolle. Ganz im Gegensatz zu meinem.

»Ist alles in Ordnung?«, fragte Mason besorgt.

Ich rang mich zu einem Lächeln durch und schob die trüben Gedanken beiseite.

»Ja«, hauchte ich ihm strahlend zu.

Verlieb dich nicht in ihn! Du weißt nicht, ob er das alles nur macht, um den Reportern und den geladenen Gästen die perfekte Show zu bieten, warnte mich meine innere Stimme.

Ich bemühte mich, Mason weiterhin anzulächeln, aber die neu

entdeckte Leichtigkeit verschwand so plötzlich, wie sie gekommen war. Liebe war zwischen Mason und mir nicht vorgesehen. Ich musste mein Herz nicht an ihn verschenken. Dazu hatte mich niemand gezwungen.

Denn eins stand außer Frage: Wenn ich ihm mein Herz öffnete, dann würde mir Mason dieses in naher Zukunft brechen. Er war nicht der Typ Mann, der ein Leben lang mit ein und derselben Frau zusammen war. Er liebte seine Freiheit und er liebte sein Leben.

Die ausschweifenden Partys, die durchzechten Nächte, die vielen gut aussehenden Frauen – das alles übte einen ungemeinen Reiz auf Mason aus, und er würde sich in dieser Hinsicht sicher nicht von einem auf den anderen Tag um hundertachtzig Grad drehen. Nicht wegen mir.

Der Kutscher ließ die Peitsche in die Höhe schnellen, schon setzten sich die Pferde in Bewegung. Die Gäste applaudierten und warfen mit Reiskörnern in unsere Richtung.

»Bevor es zur Partylocation geht, hat Mom ein kleines Fotoshooting anberaumt«, erklärte Mason, der noch immer meine Hand hielt.

Ich nickte. In gewisser Hinsicht war ich froh darüber. So würde es noch einige Zeit dauern, bis die Gäste uns im Hotel mit ihren Glückwünschen überschütten konnten. Ferner war ich froh darüber, Mom so bald nicht in die Augen sehen zu müssen.

Bei den meisten Bräuten schwand die Nervosität mit dem Jawort. Danach wurde ausgelassen gefeiert, denn es gab ja keinen Grund mehr, aufgeregt oder verunsichert zu sein. Bei mir war leider der gegenteilige Fall eingetreten. Seit mir meine innere Stimme ins Gewissen geredet hatte, keimte eine Unruhe in mir auf, die ich nicht ohne Weiteres wieder abschütteln konnte. Und

Mom würde das bemerken. Sie würde fühlen, dass etwas ganz und gar nicht in Ordnung war.

Als wir beim *Cable Car Museum* ankamen, war ich verwundert. Ich hatte erwartet, dass wir unsere Fotos irgendwo am Strand machen würden. Die Vorstellung, als Brautpaar vor den riesigen Seilwinden, den alten Bahnen oder den Übertragungsrädern zu posieren, war doch etwas gewöhnungsbedürftig. Aber ich konnte mir schon vorstellen, dass Masons Mutter besonders daran gelegen war, das Shooting gewinnbringend an die Zeitungen zu verkaufen. An jedem öffentlich zugänglichen Ort hätten die Paparazzi so viel Material knipsen können, dass die Bilder des eigens von ihr georderten Fotografen wertlos gewesen wären.

Allerdings hatte ich mir fest vorgenommen, am heutigen Tag nicht anzuecken. Wenn ich Rachel Livington nicht gegen mich aufbrachte, dann würde sie mich in Ruhe lassen. So mein frommer Wunsch. Und vor allem würde sie Mom hoffentlich in Ruhe lassen. Sie sollte den Tag und damit die Hochzeit ihres einzigen Kindes in vollen Zügen genießen.

»Bist du sicher, dass wir hier richtig sind?«, fragte ich Mason, als ich seinen verwunderten Gesichtsausdruck bemerkte.

Er grinste. »Du glaubst doch nicht, dass Mom mich eingeweiht hat.« Er deutete nach vorne zum Kutscher. »Er wird strikte Anweisungen von ihr erhalten haben. Unser Ziel ist also mit Gewissheit richtig.« Dann reichte er mir seine Hand und half mir aus dem Wagen. »Komm, lass uns das Beste aus dem Shoot machen.«

»Ich weiß nicht genau, wie du dir das vorstellst. Die Location ist jetzt nicht unbedingt hochzeitsfototauglich«, warf ich ein. »Aber ich werde mein Möglichstes tun, um den Fotografen nicht zu verstimmen.«

Mason schenkte mir ein schiefes Lächeln und sah mir fest in die Augen.

»Was?«, fragte ich nach einer Weile, als mir sein Blick langsam unangenehm wurde.

»Ach, es ist nichts. Ich musste nur an das eine Shooting damals in der Preschool denken. Weißt du noch, wie du einfach jedes Foto gecrasht hast? Irgendwann hast du mich dazu ermuntert, mitzumachen, und wir haben Blumenvasen, Bilder und Jacken vor die Gesichter der anderen Kinder gehängt, kaum dass der Fotograf aufs Knöpfchen drücken wollte.«

Nun musste ich schallend loslachen. »Gott, das war so ein cooler Tag. Es hat so viel Spaß gemacht. Wir haben es auch ziemlich lange durchgezogen, bis eine Lehrerin unseren Streichen schließlich einen Riegel vorgeschoben hat.«

»Ja, Miss Grodsky hat in dieser Hinsicht wirklich keinen Spaß verstanden«, bemerkte Mason, während er über etwas nachzudenken schien. »Was hältst du davon, wenn wir es jetzt wieder so machen und uns während des Shootings Gegenstände vor die Gesichter halten?«

Ich wollte schon sagen, wie genial ich die Idee fand, hielt mich dann jedoch zurück. »Ich denke, deine Mom würde ausrasten, wenn sie die Fotos sähe.«

»Soll sie doch«, erwiderte Mason wie selbstverständlich. In seiner Stimme lag dabei eine solche Entschlossenheit, dass ich mich unweigerlich fragen musste, was sich in der Zwischenzeit verändert hatte.

Noch vor wenigen Wochen hätte Mason alles dafür getan, um seinen Nachtclub zu retten, und war dafür sogar einen Pakt mit dem Teufel eingegangen. Auch wenn er Rachel im Restaurant versetzt hatte, war er danach tunlichst darum bemüht gewesen, alle weiteren Forderungen ihrerseits einzuhalten. Schließlich war er nicht aus eigenem Antrieb wochenlang durchs Land getingelt und hatte aufgeregten Bräuten die Hand gehalten und verkaterten Bräutigamen die benötigte Kopfschmerztablette gereicht.

Was war vorgefallen? Warum war Rachels Meinung plötzlich nicht mehr so wichtig für ihn?

Mason grinste. »Komm! Um der alten Zeiten willen.«

Meine Hand lag noch immer in seiner. Er zog leicht daran, wie um mich in seine Richtung zu lotsen. Ich widersetzte mich nicht. Bereitwillig ging ich mit ihm in das Museum, wo ein nett aussehender Mann mit Glatze und Zigarre im Mund auf uns wartete.

»Ah, das Brautpaar«, stellte er schließlich scharfsinnig fest und reichte Mason und mir die Hand. »Mein Name ist Alfonso und ich heiße Sie herzlich willkommen an diesem etwas außergewöhnlichen Ort für Ihr Hochzeitsshooting.« Offenbar war es auch für ihn nichts Alltägliches. »Um das Ambiente für unsere Zwecke etwas passender zu gestalten, habe ich mir erlaubt, ein wenig Deko und Equipment mitzubringen.« Er deutete dabei auf eine Plastikkiste, in der ein Banner mit der Aufschrift Just married, aufgeblasene rote Herzluftballons und Fähnchen mit Mr. und Mrs. zu finden waren.

Mason sah mich schmunzelnd an. Das war genau das, was wir für unseren Shootingboykott brauchten. Auch ich musste beim Gedanken daran grinsen, obwohl mir Alfonso jetzt schon leidtat. Der Arme konnte schließlich nichts dafür, dass Mason dazu übergangen war, den Kuschelkurs gegenüber seiner Mom ins Gegenteil zu verkehren.

Auf dem ersten Bild stand ich im Inneren der *Cable Car*, während Mason auf einer Stufe Position bezog. Wir waren auf diese Weise beide annähernd gleich groß. Als besonderes Highlight sollten wir uns die Fähnchen mit *Mr.* und *Mrs.* so vorhalten, dass unsere Gesichter dabei nicht verdeckt wurden.

Gesagt, getan. Nur leider hatten Mason und ich zielsicher und mit voller Absicht immer dann unsere Gesichter verdeckt, wenn Alfonso aufs Knöpfchen drückte. Die ersten vier Male nahm er es noch hin, doch zunehmend wurde er ungeduldiger, bis er schließlich für einen Wechsel des Dekoartikels plädierte.

Aber auch mit den Herzluftballons oder dem Banner war kein anständiges Foto von uns zu bekommen. Mason und ich hatten unsere reinste Freude daran, dem Shooting unsere ganz eigene Note zu verleihen.

Seit Monaten, ach was, seit Jahren hatte ich nicht mehr solch einen Spaß gehabt. Ich musste Tränen lachen und hielt mir den Bauch, als mich ein regelrechter Lachflash überkam.

Alfonso war hingegen weit weniger zum Lachen zumute. Er sah uns missmutig an und stand kurz davor, endgültig durchzudrehen. Er tat mir wirklich leid. Schließlich konnte er ja nichts dafür, dass wir gerade bei seinem Shooting unsere Rebellion gegen Rachel Livington anzettelten.

»Gwen?«, fragte Mason.

»Ja?«

»Ich habe seit Wochen nicht mehr so gelacht wie eben mit dir.« Er sah mich verunsichert an. Er rang innerlich mit etwas. Darüber konnte auch sein Lächeln nicht hinwegtäuschen. »Würdest du mir einen Gefallen tun?«

Ich nickte und sah ihn aus leicht zusammengekniffenen Augen an.

»Versprichst du mir, mit mir bis an mein Lebensende zu lachen?«

Mason hatte nach meinen Händen gegriffen und hielt sie fest.

»Ich verstehe nicht ganz. Ist das ein Heiratsantrag? Du weißt schon noch, dass wir uns vor nicht einmal zwei Stunden in der Kirche das Jawort gegeben haben?«

Mason lachte. »Sicher weiß ich das. Aber wir wissen beide, dass es die falschen Gründe waren, die uns dazu bewogen haben, uns das Eheversprechen zu geben.«

Ich wagte es nicht zu atmen, während Mason zu mir sprach. Eine Gänsehaut breitete sich in Windeseile auf meinem Körper aus, während mein Blick fest auf Masons Lippen haftete.

»Und was willst du mir damit sagen?« Meine Stimme brach. Ich konnte es kaum noch erwarten, dass Mason weitersprach.

»Gwen, ich möchte mit dir lachen, mit dir weinen, dich in den guten und in den schlechten Zeiten an meiner Seite wissen. Ich möchte dich lieben, mich um dich sorgen, dir eine helfende Hand sein und dich für immer auf Händen tragen. Willst du bei mir bleiben, bis der letzte Atemzug aus meiner Kehle entwichen ist?«

Mein Herz schlug so laut, dass es sich in meinen Ohren wie das grollende Meeresrauschen anhörte. »Aber … Ich verstehe nicht …«, stammelte ich, während ich Mason nicht aus den Augen ließ.

»Gwen, ich habe mich in dich verliebt und ich war der größte Vollidiot auf Erden, als ich den Kuss wieder zurücknahm. Entschuldige bitte! Das wird nie wieder vorkommen.«

Mason legte seine Hände auf meine Wangen, sah mir tief in die Augen und küsste mich anschließend noch einen Hauch sinnlicher als vorhin in der Kirche. Mir verschlug es den Atem. Für einen Moment drohte ich zu ersticken, bis ich in seinen Mund zu atmen begann und das Gefühl bekam, endlich angekommen zu sein.

»Na endlich!«, hörte ich Alfonso glücklich ausrufen, während Blitze an uns vorbeischossen. »Damit kann ich arbeiten.«

Während Alfonso gefühlt hundert Fotos von uns schoss, küssten wir uns immer weiter. Am liebsten hätte ich den kompletten Tag damit verbracht, Mason zu küssen. Aber so einfach war es dann doch wieder nicht.

Kapitel 26

Mason

Gwen so ausgelassen an meiner Seite zu sehen, war derart beflügelnd, dass ich den Kutscher am liebsten gebeten hätte, ein anderes Ziel anzufahren als das Hyatt.

Moms Zufriedenstellung war mir nicht länger wichtig. Ebenso wenig wie das *Empire*, das mehr Mittel zum Zweck als Lebenstraum gewesen war. Das wusste ich jetzt. Nur Gwen zählte für mich. Endlich hatte ich es begriffen. Aber wenn Gwen und ich Reißaus genommen hätten, wären auch viele Menschen enttäuscht worden, die unsere Rückkehr erwarteten. Allen voran Gwens Mom Emma. Ich wollte und konnte sie nicht vor den Kopf stoßen.

So entschied ich mich dazu, den heutigen Tag gemäß dem Protokoll durchzustehen und ab morgen das Leben mit Gwen zu leben, das ich mir vorgenommen hatte. Auch wenn das unter Umständen bedeutete, dass ich den Nachtclub nicht halten konnte. Irgendeine Möglichkeit würde sich sicher auftun. Viele Menschen wagten ständig einen Neuanfang und hatten dabei nicht eine derart bezaubernde Begleiterin an ihrer Seite. Mit Gwen, da war ich mir ganz sicher, würde mir alles problemlos gelingen.

»Da seid ihr zwei ja endlich.« Mom machte gar keinen Hehl daraus, dass sie unsere gute Laune nicht ausstehen konnte. »Hat Alfonso ein paar schöne Bilder von euch geknipst?«

Gwen und ich sahen uns verstohlen an und grinsten. »Mit Sicherheit ist etwas Brauchbares dabei«, gab ich mich nebulös.

Mom zog verwundert eine Augenbraue nach oben und sah zwischen Gwen und mir hin und her. »Fein. Dann können wir ja im Programm weitermachen. Die Vorspeise wird in einer halben Stunde serviert, einige der Gäste würden gerne vorab noch ihre Glückwünsche und Präsente an euch weitergeben.«

Nun würde ich also gleich unzähligen Menschen lächelnd entgegentreten müssen, die ich nur oberflächlich kannte oder von denen ich bis zum heutigen Tag noch nie etwas gehört hatte. Aber das war mir egal. Solange Gwen an meiner Seite war, würde ich alles durchstehen. Egal, wie sehr mir das Ganze auch gegen den Strich ging.

Die erste Gratulantin war Emma, und ich konnte gar nicht in Worte fassen, wie glücklich ich über diesen Umstand war. Sie sah uns voller Wärme und Liebe an, reichte Gwen und mir eine Hand und hielt uns ganz fest. »Ihr beiden, ich bin so glücklich, dass ihr es endlich geschafft habt, eure Lebenswege wieder miteinander zu vereinen. Als ihr noch klein wart, stand es für uns außer Frage, dass ihr beiden füreinander bestimmt seid. Euch heute so glücklich zu sehen, bestätigt unsere damalige Annahme. Liebe ist nicht nur gestern oder heute. Nein, sie ist für immer.«

Tränen der Rührung stiegen in mir auf, doch ich ließ es zu. Emma war für mich immer die Mutter gewesen, die ich nie gehabt hatte. In ihrer Nähe fühlte ich mich geborgen und geliebt. Ein Gefühl, das ich bei meiner eigenen Mom nie wirklich gespürt hatte. Ein Hauch von Wehmut lag in diesen Gedanken.

Doch so wie der rührende Moment gekommen war, machte ein neuerlicher Auftritt meiner Mom ihn auch schon wieder zunichte. »Emma, du warst schon immer eine verblendete Romantikerin. Jetzt zu behaupten, die Kinder seien schon immer füreinander bestimmt gewesen, ist sogar für dich ziemlich einfältig.

Findest du nicht auch?«

Mir stockte der Atem bei ihren Worten. Voller Entsetzen blickte ich zuerst zu Gwen, die mich ebenfalls aus weit aufgerissenen Augen ansah, und dann zu Emma. Gegen meine Erwartung strahlte sie jedoch übers ganze Gesicht.

»Ich danke dir für das Kompliment, Rachel. Ich bekenne mich gerne schuldig: Ja, ich bin eine Romantikerin und hoffe, dass dieser Zustand bis an mein Lebensende anhält. Einfältig würde ich eher den nennen, der die Augen vor den Tatsachen so vehement verschließt, dass er es sich bis heute nicht eingestehen kann, mit seiner Einschätzung danebengelegen zu haben.«

Aus den Augen meiner Mutter schossen wütende Blitze in Emmas Richtung. Diese lächelte milde und legte ihre Hände sanftmütig auf ihren Schoß.

»Nun, ich will dir deine kleine heile Welt nicht nehmen, Emma. Du hattest in den letzten Jahren so viel Leid zu ertragen. Erst der Unfall, der dich an den Rollstuhl fesselte, und dann noch der Tod deines Mannes. Das Schicksal hat es wahrlich nicht gut mit dir gemeint. Das tut mir so leid für dich.«

Moms Stimme klang süß und lieblich, doch ich konnte aus jeder ihrer Silben den Hass hören, den sie gegenüber Emma empfand. Am liebsten wäre ich eingeschritten und hätte meine Mutter davon abgehalten, weiter derart bösartig gegen Emma vorzugehen.

Doch Emma kam mir zuvor.

»Liebe Rachel, ich habe erst vor Kurzem lernen dürfen, dass es nie zu spät ist, dankbar für das zu sein, was man hat. Den verpassten Chancen nachzuweinen oder sich im Selbstmitleid zu suhlen, hat noch nie jemandem genutzt. Ich weiß, dass ich eine glückliche Ehe hatte und der Rollstuhl ist mir zu einem guten

Gefährten geworden. Ich wüsste also wirklich nicht, warum du mich bedauern solltest. Es geht mir sehr gut.«

Moms Lippen bebten vor Wut. Ihre Hände hatte sie inzwischen zu Fäusten geballt. Als sie den Mund öffnete, um etwas zu erwidern, fragte sie einer der Gäste etwas und sie ging äußerst bereitwillig vom Schlachtfeld. Offenbar war sie sich dessen bewusst geworden, dass sie diesen Kampf hier nicht für sich entscheiden konnte.

Ich schämte mich furchtbar für meine Mutter. Mittlerweile war ich allerdings alt genug, um zu wissen, dass es nicht an mir lag. Mom war nun mal so, wie sie war. Ich würde sie nicht ändern – genauso wenig, wie ich sie dazu bringen konnte, mir gegenüber etwas liebevoller zu sein. Dieser Zug war längst in Richtung Nirgendwo aufgebrochen, ohne Aussicht auf Wiederkehr. Mit dem Unterschied zu früher, dass es mir heute nicht mehr so wichtig war, doch noch auf den Zug aufzuspringen. Es war nicht mehr von Bedeutung, Rachel Livington zu gefallen. Gwen war der einzige Mensch auf Erden, dem ich gefallen wollte. Und eine leise Stimme sagte mir, dass mir das um einiges leichter gelingen würde als bei meiner Mutter.

»Ich wünsche euch alles Glück der Erde und mindestens fünf Kinder«, fuhr Emma unbeirrt fort.

»Mom!«, schrie Gwen erschrocken auf.

Emma und ich lachten. Die letzten Minuten waren vergessen.

»Was denn? Ich möchte endlich Oma werden. Ich finde, ich habe lange genug gewartet.«

Nun lachte auch Gwen. »Lass uns doch noch ein bisschen die Zweisamkeit genießen!«

Emma winkte ab. »Dafür hattet ihr lange genug Zeit. Jetzt warten Pflichten auf euch. Enkelkinder stehen dabei an oberster

Stelle. Wem soll ich denn sonst die vielen leckeren Lieblingsspeisen und Süßigkeiten kochen und backen?«

Wir lachten alle drei.

Gwen

Nach gefühlten dreihundert Mal Händeschütteln und dem Entgegennehmen der Glückwünsche, dem Essen – bestehend aus einer Mille Feuille von eingelegtem Sommergemüse mit Basilikumpesto, Parmesan, altem Balsamico und gebratener Garnele, einem Kräuterschaumsüppchen mit Zitronen-Perlhuhn-Ravioli, rosa gebratenem Kalbsfilet auf Zucchini-Tomaten-Risotto und Pfeffersoße sowie einer Himbeer-Zitronengras-Schnitte mit Himbeerragout und Pralineneis –, dem Hochzeitstanz, dem Brautstraußwurf und den vielen Reden von Menschen, die ich noch nie zuvor in meinem Leben gesehen hatte, war ich restlos am Ende.

Die Nächte zuvor hatte ich so schlecht geschlafen, dass sich mein Schlafdefizit deutlich bemerkbar machte. Außerdem ermüdete mich das ständige Lächeln und freundliche Nicken. Der Job einer Braut war wirklich verdammt anstrengend. Vor allem, wenn sie die ganze Zeit darauf bedacht war, nicht negativ aufzufallen, damit man die Hochzeit am Folgetag nicht in den Klatschspalten der Boulevardblätter mit der Überschrift *Braut benimmt sich auf Hochzeit daneben* verriss.

Die Band spielte einen langsamen Walzer, und ich schmiegte mich wie selbstverständlich an Masons Brust. Noch vor einigen Tagen hätte ich denjenigen, der mir gesagt hätte, dass dieser Tag genau so verlaufen würde, als Spinner bezeichnet. Ich konnte mein Glück kaum fassen. Am liebsten hätte ich mich zum dritten

Mal an diesem Tag in den Handrücken gekniffen. Aber auf die blauen Flecke, die daraus unweigerlich resultieren würden, hatte ich keine Lust. Nicht, wenn ich daran dachte, dass ich schon in wenigen Tagen mit Mason in die Flitterwochen aufbrechen würde.

Mason musste vorher noch eine Hochzeit organisieren, und ich wollte Mom sicher wieder nach Hause bringen, ehe wir nach Paris flogen. Allein die Vorstellung, mit Mason schon bald Hand in Hand durch die Stadt der Liebe zu flanieren, war so berauschend, dass ich mich dem Gefühl vollkommenen Glücks nur äußerst bereitwillig öffnete.

»Schatz?«, hauchte Mason leise in mein Ohr.

»Ja?«, fragte ich, während ich noch immer meine Wange an seine Brust gebettet hatte.

»Lass uns verschwinden!«

Ich löste den Kontakt und sah ihn unsicher an. »Meinst du nicht, dass es auffallen könnte, wenn das Brautpaar auf einmal weg ist?«

Mason lachte. »Kann gut sein. Aber ich finde, wir haben unsere Pflicht erfüllt. Zumindest den Part, den meine Mutter vorgegeben hat. Ich denke, jetzt wäre es an der Zeit, sich den Pflichten zuzuwenden, die deine Mom uns auferlegt hat.«

Bei Masons Worten begannen die Schmetterlinge in meinem Bauch wie wild durcheinanderzufliegen. Mein Unterleib begann freudig zu zucken und die innere Stimme der Vernunft, die in den vergangenen Tagen viel zu oft zu mir gesprochen hatte, hatte plötzlich Sendepause.

Mason wartete meine Antwort gar nicht erst ab. Er nahm mich bei der Hand und führte mich langsam von der Tanzfläche, während er darum bemüht war, keine Aufmerksamkeit auf uns zu ziehen. Wenn ich mir die ausgelassen feiernden Gäste so ansah, dann würden sie nicht einmal bemerken, dass wir nicht mehr da waren. Den meisten von ihnen waren wir wahrscheinlich eh total egal.

Als wir die Tische passiert hatten und am Ende des Raumes angelangt waren, rannten wir auf das erlösende Ziel zu. Übermütig wie zwei kleine Kinder spurteten wir in Richtung Tür und lachten dabei so laut, dass wir dankbar dafür sein konnten, dass die Band von einem Walzer zu einem Klassiker von *Queen* gewechselt hatte.

Die Musikzusammenstellung war in gewisser Hinsicht etwas gewöhnungsbedürftig, aber gerade im Moment hatte ich nichts daran auszusetzen. Als ich die Klinke berührt hatte, rief ich: »Erste!« Mason küsste mich so stürmisch, dass mir Hören und Sehen verging. Wir wanden uns küssend durch die Tür und schwebten wie auf Wolken den Korridor entlang, bis wir schließlich beim Aufzug ankamen.

Phil hatte meine Sachen bereits in die Suite gebracht. Ähnlich stand es bestimmt auch um Masons Habseligkeiten. Nur widerwillig lösten wir uns voneinander, als das typische *Pling* des Aufzugs ertönte. Bis Mason und ich mein Brautkleid in die viel zu eng wirkende Kabine gepresst hatten, verging zumindest für meinen Geschmack viel zu viel Zeit. Ich wurde immer ungeduldiger und konnte es kaum mehr erwarten, endlich mit Mason in der Honeymoon-Suite anzukommen.

Auf dem Weg ins oberste Stockwerk des Hotels wollten zum Glück keine weiteren Gäste in den Fahrstuhl einsteigen. Wir fuhren bis nach oben durch. Wieder machte es *Pling* und wir waren da: Vor dem Zimmer, in dem ich die Nacht mit Mason verbringen würde. Nur wir zwei. Ganz allein.

Kapitel 27

Gwen

Ich atmete tief durch und konzentrierte mich auf den nächsten Atemzug. Alles in mir war im Aufruhr. Mein Herz schlug so wild in meinem Brustkorb, dass jeder Schlag meine Rippen zum Vibrieren brachte. Mir wurde abwechselnd heiß und kalt. Das Rauschen in meinen Ohren nahm zu. Die unbändige Vorfreude und die gleichzeitige Angst vor dem, was gleich auf mich zukommen würde, hatten mich fest im Griff.

Während Mason an der zur Suite gehörenden Bar den vorgekühlten Champagner aus Sektkübel hob, um ihn für uns beide zu öffnen, suchte ich in einer der flatterigen Stofffetzen meines Kleides nach meinem Handy. Irgendwo im Dickicht zwischen Tüll und Seide hatte der findige Designer eine Tasche eingearbeitet, die allerdings so gut versteckt war, dass man sie auf keinen Fall entdecken konnte. Egal, ob als außenstehender Beobachter oder als Trägerin selbst.

Ein Knall ertönte, und ich erschrak zu Tode. Mason goss den Champagner in zwei Flöten. Ich unterbrach meine Suche, bis ich mich wieder gefasst hatte. Da. Endlich konnte ich das rechteckige Smartphone ausmachen und aus dem Stoffdschungel befreien.

Eilig tippte ich eine Nachricht an Phil. »Sind schon mal hoch.«

Ihre Antwort ließ nicht lange auf sich warten. »Viel Spaß und tue nichts, was ich nicht auch tun würde.« Dahinter war ein zwinkernder Smiley zu sehen.

So unverblümt auf den Umstand hingewiesen zu werden, dass

ich mich in wenigen Augenblicken eng umschlungen mit Mason auf dem Bett vergnügen würde, war mir unangenehm. Also tippte ich: »Ich hatte Kopfschmerzen.«

Phil schickte einen lachenden Smiley. »Aber sicher doch. Wir sprechen uns morgen.«

Ich warf das Handy auf die Couch vor mir und versuchte, mich ein wenig zu beruhigen. Mason würde schon nicht wie ein ausgehungertes Tier über mich herfallen. Im Gegensatz zu mir hatte er in den vergangenen Wochen sicher ausreichend Frischfleisch zwischen die Pfoten bekommen.

»Gwen? Worüber grübelst du denn jetzt schon wieder nach?«, fragte Mason mit einer Mischung aus Beunruhigung und Zärtlichkeit im Blick. »Wir müssen nichts machen, was wir nicht möchten.« Dann ließ er sich noch zu einem Witz hinreißen. »Moms Anweisungen für den heutigen Tag endeten vor der Zimmertür. Ab sofort können wir tun und lassen, was wir wollen. Ab sofort spielen wir die Hauptrollen in unserem eigenen Film. Einem Film, der hoffentlich noch viele Gwen-und-Mason-Kapitel für uns bereithält.«

Ich schmolz bei Masons Worten dahin.

Er reichte mir das Glas mit dem Prickelwasser und stieß mit seinem dagegen. »Auf dich und mich. Und ein Leben voller Liebe. Für immer.«

Wieder wollten sich die Stimmen in mir zu Wort melden, die der Ansicht waren, dass es dieses *Wir* nicht geben konnte. Ich schüttelte leicht mit dem Kopf, um die Gedanken darin verstummen zu lassen.

Ich prostete Mason zu und trank genau wie er einen Schluck. Wir sahen uns dabei tief in die Augen, und ein Verlangen ergriff mich, das ich vorher so nie empfunden hatte. Ich wollte Mason.

Ich wollte ihn küssen, mich in seine Arme werfen und schließlich eins mit ihm werden. Er war der Junge, den ich in all den Jahren vermisst hatte, und er war der Mann geworden, der meine tiefsten Sehnsüchte weckte. Mein Mann.

Mein Magen schlug Purzelbäume, als Mason mir das Glas wieder abnahm und es hinter sich gemeinsam mit seinem auf dem kleinen Wohnzimmertisch abstellte.

Noch ehe ich wusste, wie mir geschah, presste er auch schon seine Lippen auf meine. Anfangs noch vorsichtig wurden unsere Küsse von Mal zu Mal immer fordernder. Wir rangen nach Luft, atmeten miteinander und verloren uns in einem Strudel aus Lust und Begierde.

Meine Hände gingen auf rastlose Wanderschaft auf Masons Körper. Ungeduldig zog ich das Hemd aus seiner Hose und schob meine Hände unter den weißen Stoff. Masons Bauch überspannte ein Sixpack, der sich bei meinen kalten Händen noch eine Spur fester zusammenzog.

Er wollte es mir gleichtun, doch der Berg von Tüll und Seide war sicherer, als es jeder Keuschheitsgürtel je sein könnte. Mason zog und zerrte an den einzelnen Schnüren. Kaum glaubten wir, er hätte es endlich geschafft, mich aus dem Kleid zu befreien, schnürte mir der Stoff die Rippen dermaßen ein, dass ich kaum noch Luft bekam.

»Hängst du sehr an dem Kleid?«, fragte Mason, während er mich vielsagend anlächelte.

»Kein bisschen«, gab ich wahrheitsgetreu zur Antwort.

Mason eilte zu dem kleinen Sekretär und machte sich in dessen Schubladen auf die Suche nach etwas. Ich hatte schon eine Ahnung, worum es sich dabei handeln könnte. Mein Brustkorb hob und senkte sich viel zu schnell. Eine plötzliche Kälte umfing mich, kaum dass Mason von mir abgelassen hatte.

»Verdammter Mist!«, stieß Mason wütend aus, als er einfach nicht fündig wurde.

Dann kam er wieder zu mir und versuchte, die Stoffballen, die meinen Körper umhüllten wie Bandagen eine Mumie, mit bloßen Händen auseinanderzureißen. Leider ohne Erfolg. Das Zeug war so stabil, als sollte es mindestens tausend Jahre halten.

Plötzlich kam mir die Situation total surreal vor, sodass ich lachen musste. Vor wenigen Stunden hatte ich noch geglaubt, Mason und ich würden unsere Hochzeitsnacht in getrennten Betten verbringen, und jetzt konnten wir uns nicht schnell genug unserer Kleider entledigen, um übereinander herzufallen.

»Warum lachst du mich denn jetzt aus?« Mason sah ein wenig gekränkt aus.

»Ich lache dich nicht aus. Ich lache über die Situation.«

Er schob die Augenbrauen zusammen. »Das macht es nicht unbedingt besser. Schließlich bin ich hier einer der Hauptakteure.«

»Ach, Mason.« Ich legte meine Hände auf seine Wangen, zog ihn sanft zu mir und küsste ihn auf den Mund. Danach zog ich eine Spur aus Küssen über seinen Hals und seinen Nacken.

Mason stöhnte zufrieden auf. »Wenn du so weitermachst, kann ich für nichts garantieren.«

»Ach nein? Was willst du denn machen?«, fragte ich, während ich die Knöpfe seines Hemdes öffnete und meine Küsse immer tiefer auf seinem Körper platzierte.

Mason fuhr mir mit den Händen durchs Haar. Dann zog er mich zurück in seine Arme. »Babe, ich bin kurz unten und frage nach einer Kettensäge.«

Als ich ihn daraufhin mit vor Schreck geweiteten Augen ansah, lachte auch er. »Okay, ich denke, eine Schere dürfte es auch tun. Die finde ich sicher unten an der Rezeption. Ich bin also im Nullkommanichts wieder da. Versprich mir, dass du auf mich wartest!«

Zur Bestätigung küsste ich ihn zum Abschied.

Mason

Wo zum Henker kamen denn jetzt plötzlich die ganzen Leute her? Es war bereits nach zweiundzwanzig Uhr, und dennoch checkten ständig neue Gäste ein. Ich war der fünfte in der Schlange. Natürlich befand sich am Schalter genau ein Mitarbeiter.

Für den Bruchteil einer Sekunde überlegte ich, laut *Feuer!* zu rufen, doch dann verwarf ich den Gedanken schnell wieder. Bei meinem Glück würde im Anschluss daran das ganze Hotel geräumt, und es würde noch länger dauern, bis ich mit Gwen all die Dinge nachholen konnte, die ich mir seit Wochen herbeigesehnt hatte.

»So allein?«, fragte mich eine Stimme ganz nah an meinem Ohr.

Ich erschrak und wandte mich zu der Frau um, die ich in meinem ganzen Leben noch nie gesehen hatte. »N-nein«, stotterte ich, als mir das viel zu tief ausgeschnittene Dekolleté und der extrem kurze Minirock ins Auge fielen.

Hatte nicht bis vor wenigen Sekunden noch ein Mann hinter mir gestanden? Ich hätte schwören können, dass der Dicke mit der Brille der Nächste in der Schlange nach mir gewesen war.

»Hast du Lust auf ein Abenteuer?«

Wieder kam mir die unbekannte Frau viel zu nahe, sie streifte sogar meine Wange mit ihren Lippen. Das war dann eindeutig zu viel.

»Entschuldigen Sie bitte, aber meine Frau wartet in der Hochzeitssuite auf mich. Es wäre also schön, wenn Sie mich in Ruhe lassen könnten. Versuchen Sie es doch mal bei diesem Herrn.« Ich deute auf den dicken Mann mit der Brille. »Der hat bestimmt noch ein Plätzchen in seinem Bett für Sie frei.«

»Spießer!«, blaffte sie und rempelte mich dermaßen an der Schulter an, dass ein Page bereits auf uns zumarschiert kam und klärend eingreifend wollte.

Ich winkte ab und beteuerte, dass alles in bester Ordnung sei.

Als ich zehn Minuten später mit der Schere zurück ins Zimmer zu meiner Frau kam, war die Sache mit dem Flittchen längst vergessen. Jetzt zählte nur noch die Zweisamkeit mit Gwen. Alles und jeder andere hatte ab sofort in meinen Kopf Hausverbot.

Kapitel 28

Mason

Mit jedem Mal, wenn ich die Schere öffnete, um sie anschließend erneut durch die vielen Lagen des Hochzeitskleides zu führen, stieg in mir die Vorfreude auf das Geschenk, das darunter auf mich wartete. Das Auspacken meiner Frau war dermaßen erregend, dass ich Mom bei Gelegenheit für diese Abscheulichkeit von Kleid danken sollte.

»Kommst du voran? Es fühlt sich noch immer so an, als würde mich das Kleid ersticken wollen. Bist du sicher, dass deine Mom dieses Monstrum nicht verhext hat und es bei jedem Schnitt nicht gleich wieder um zwei Nähte zuwächst?«

Ich lachte. »Ganz sicher. Ich kann deine Spitzenunterwäsche sehen. Und sie gefällt mir ausgesprochen gut. Beweis genug?«

»Hört sich plausibel an.«

Einige Minuten vergingen, doch dann war es endlich geschafft. Das Kleid fiel von Gwen ab wie der Kokon von einer Raupe, und vor mir erschien ein wunderschöner Schmetterling. Nur noch mit BH, Seidenstring und Strapsen bekleidet, so stand sie vor mir. Auf High Heels, wohlgemerkt. Ihr Anblick ließ mich für einen Moment innehalten. Ich konnte gar nicht genug davon bekommen. Meine Augen fuhren rastlos auf ihrem Körper Achterbahn. Auf und nieder. Immer wieder. Ich wollte jede Stelle ihrer spärlich bekleideten Haut in Augenschein nehmen, mich ausgiebig daran sattsehen. Wobei ich mir gar nicht sicher war, ob ich das je könnte.

»Was?«, fragte Gwen verunsichert und versuchte, sich mit ihren Händen zu bedecken.

»Hat dir eigentlich schon mal jemand gesagt, wie wunderschön du bist? Ich kann mein Glück kaum fassen. Es ist wie ein Traum, dich vor mir stehen zu sehen. Ich will den Moment mit beiden Händen festhalten, da ich Angst habe, er könnte sonst wie eine Seifenblase zerplatzen.«

Gwen grinste verlegen. »Aber ich bin keine Seifenblase. Ich bin ein Mensch aus Fleisch und Blut. Und jetzt komm endlich her und nimm mich in deine Arme!«

Das ließ ich mir nicht zweimal sagen. Ich überwand die wenigen Meter, die uns voneinander getrennt hatten, und küsste Gwen mit all der Leidenschaft, die ich für sie empfand. Zunächst wollte ich ihr nicht zu nahe treten, abwarten, ob sie den ersten Schritt machte. Als sie mir die sorgfältig von Steven gebundene Fliege hastig vom Hals riss und die Knöpfe meines Hemdes wenig später folgen ließ, spürte ich, dass es Gwen genau wie mir erging: Sie wollte mich ebenso sehr, wie ich sie wollte.

Wir torkelten liebeshungrig durch die Suite, klammerten uns fest aneinander und küssten uns immer intensiver.

Wie im Fieber strichen meine Finger über ihren Körper. Vorsichtig. Mit Bedacht. Ich wollte sie fühlen, sie schmecken, sie riechen – und am besten alles auf einmal. Und auf der anderen Seite wollte ich jeden Moment in vollen Zügen auskosten, mir Zeit damit lassen, sie zu lieben.

Wir stolperten über die Kante zwischen Wohn- und Schlafbereich. Gwen fiel gegen meine Brust. Ich hielt sie fest und legte meine Hände schützend auf ihren Rücken. Wie von allein glitten sie immer tiefer, berührten ihren Po. Eine Gänsehaut breitete sich auf Gwens Körper aus, während sie abermals eine Spur aus

Küssen auf meinem Hals hinunter bis zu meinem Schlüsselbein zeichnete. Ich stöhnte wohlig auf, umschloss ihren Hintern etwas fester und presste ihren Unterleib an meinen.

Vergessen war der Vorsatz, es langsam anzugehen. Ich wollte sie. Ich wollte Gwen so sehr. Stöhnend rieben wir uns aneinander. Gwen öffnete meine Gürtelschnalle. Kurz darauf war ihre Hand in meiner Hose verschwunden. Ich keuchte auf, als sie mein Glied mit ihren Fingern umschloss.

»Hör bloß nicht auf«, hörte ich mich sagen.

Ich schloss die Augen und gab mich dem Gefühl vollkommen hin. Als Gwens Lippen wieder Halt auf meinem Hals fanden, zog ich sie enger an mich und löste die Ösen ihres BHs. Der Stoff fiel zu Boden. Mit meinen Fingerspitzen fuhr ich über ihre Brüste, massierte sie, ehe ich zunächst vorsichtig daran zu saugen begann. Als ich Gwens Stöhnen vernahm, kostete ich immer mehr von ihr, biss sie leicht in die Brustwarzen und zog mit meinen Fingern den String nach unten.

Gwen fuhr mir mit den Händen durchs Haar und presste mich an sich, als hätte sie Angst, ich könnte jeden Moment damit aufhören und sie unbefriedigt zurücklassen.

Mit den Fingern glitt ich zwischen ihre Beine und tastete mich voran. Sie war warm und feucht und zuckte unter meiner Berührung leicht zusammen. Mit kreisenden Bewegungen begann ich sie zu verwöhnen.

»Leg dich aufs Bett!«, befahl ich ihr mit einem Kratzen in der Stimme, das ganz ähnlich dem Fauchen eines Tigers war.

Doch Gwen fügte sich ohne Widerworte, löste den String von ihren Beinen und legte sich vor mir auf den Rücken. Ihre Beine winkelte ich an, ehe ich sie mit der Zunge verwöhnte. Zunächst fuhr ich ganz vorsichtig über ihre empfindlichste Stelle, doch schon bald wurden meine Schläge immer schneller.

»Mason! Ich will dich!«

Gwens Hände fuhren wieder wild durch meine Haare. Der Schmerz war süß und erregte mich nur umso mehr. Ich fuhr mit meiner Zunge immer tiefer in sie hinein, bis Gwen mich nach oben zu sich zog.

Mit wenigen Handgriffen entledigte ich mich meiner Kleider. Gwen ließ keine Sekunde verstreichen, ehe sie mit ihren Händen meinen Hintern umfasste und ihn an ihren Unterleib presste. Sie wollte mich. Sie wollte mich unbedingt.

Das Gefühl von Erfüllung breitete sich in mir aus, auch wenn ich noch nicht einmal annähernd in den Genuss gekommen war, im süßen Rhythmus der Lust eins mit Gwen zu werden.

Geradezu andächtig strich ich ihr eine ihrer Locken hinters Ohr und küsste sie sanft auf die Schläfe.

»Mason, das ist nicht witzig! Ich will dich! Jetzt!«

Ich lachte, als Gwen mir ihr Becken entgegenschob.

»Langsam! Lass uns den Moment doch ausgiebig genießen. Wir haben doch noch unser ganzes Leben. Wir können das jeden Tag und jede Nacht wiederholen. Sooft du willst.«

Sie grinste und biss sich dabei verlegen auf die Unterlippe.

Dann stützte sie sich auf ihre Unterarme und küsste mich neckisch. Als ich den Kuss vertiefen wollte, wich sie mir aus und küsste mich kurz darauf wieder. Viel zu kurz.

»Na, warte!«, drohte ich, packte ihre Oberarme und drückte sie in die Matratze, sodass sie mir nicht entkommen konnte.

Dieses Spiel aus Feuer und Lust gefiel mir viel zu sehr, als dass ich es vorzeitig beenden wollte. Mit der Zungenspitze fuhr ich ihre Lippen nach.

Als Gwen diese öffnete, um mir Einlass zu gewähren, fochten

unsere Zungen einen wilden Kampf aus Verlangen und Leidenschaft. Ich hätte mich noch ewig dem wilden Reigen hingeben können.

In einem unachtsamen Moment löste Gwen ihre Arme aus meiner Umklammerung und fuhr mit ihren Krallen über meinen Rücken. Ein wohliger Schauer erfasste mich, und ich spürte den Drang, in sie einzudringen und mich mit ihr gemeinsam über die Klippe der Lust zu stürzen.

»Gwen, wir haben nicht über die Verhütung gesprochen.«

Gwen sah mich aus glasigen Augen an. »Ich habe keine ansteckenden Krankheiten. Wenn du das wissen willst.« Ihre Stimme klang verlangend und begehrlich. Jede ihrer Regungen machte mir überdeutlich bewusst, wie sehr sie mich wollte.

»Ich auch nicht. Aber was ist …«

»… mit den Enkelkindern, die meine Mom sich so sehr wünscht? Nun, da wird sie sich noch etwas gedulden müssen. Ich bin aktuell nicht in meiner fruchtbaren Phase. Wir sind also sicher, was den Nachwuchs anbelangt.«

Ich lachte. »Dann werden wir also heute Nacht ausgiebig üben können, um irgendwann in naher Zukunft die schönsten Kinder der Welt zu zeugen.«

Gwen schmunzelte. »Für mich zählt das Hier und Jetzt. Ich will dich, Mason! Ich will dich so sehr!«

Wieder umklammerte Gwen meinen Hintern so fest, dass ich schließlich ein Erbarmen mit ihr hatte und langsam in sie eindrang. Ich glitt immer tiefer in sie hinein, bis ich sie vollends ausfüllte. Während ich einen Moment verharrte, um mich voll und ganz in Gwen hineinzufühlen, hob sie ihr Becken weiter an, sodass ich noch eine Spur tiefer in sie drang.

Zunächst langsam, dann immer fordernder stieß ich in sie.

Dann hörte ich abrupt auf, um das süße Spiel noch etwas länger andauern zu lassen. Gwen hob ihre Lider und sah mich flehentlich an. Doch ich hatte kein Erbarmen mit ihr. Noch nicht.

Mit einer Hand umklammerte ich ihre Handgelenke und legte sie über ihren Kopf. Gwen ließ alles über sich ergehen, während sie mich mit kreisenden Bewegungen ihres Beckens dazu bringen wollte, sie endlich zu befriedigen.

Mit der anderen Hand berührte ich ihre Brustwarzen, die sich mir fest und erregt entgegenstreckten. Ich strich darüber, und als ein zischender Laut über ihre Lippen kam, verstärkte ich meine Berührungen, zwickte sie und beobachtete ihren sich wölbenden Rücken voller Genugtuung.

»Mason! Bitte!« Ihr Flehen war mein Ansporn, die Lust zwischen uns immer weiter ins Unermessliche zu steigern.

Ich wollte mir nicht vorstellen, wie es sein würde, die Verbindung mit ihr wieder zu lösen. Unsere Körper waren eins. Ich konnte Gwens Herzschlag unter meinen Fingern spüren. Er schlug im selben Takt wie meiner.

In einem Moment der Unachtsamkeit rollte sich Gwen über mich, sodass sie plötzlich auf mir saß. Sie grinste mich schelmisch an, während sie mich langsam zu reiten begann. Stöhnend legte ich meinen Kopf auf das Kissen und genoss Gwens rhythmische Bewegungen, während ich ihre Brüste massierte.

Gwen legte ihren Kopf in den Nacken und stöhnte. Sie erhöhte das Tempo, während ich mit meinen Fingern an ihrem Venushügel hinabglitt und ihre Klitoris mit kreisenden Bewegungen verwöhnte.

Bald schon verspürte ich den Drang, das Ruder wieder an mich zu reißen. Schwungvoll warf ich Gwen wieder auf das Laken. Das

Überraschungsmoment war mir geglückt. Sie hatte nicht mal bemerkt, was ich vorhatte.

Entsetzt sah sie mich an, glaubte sie doch, ich könnte das Tempo wieder drosseln. Aber danach war mir jetzt nicht mehr. Ich wollte sie. Ich wollte Gwen. Und ich konnte es keinen Moment länger abwarten, endlich in ihr zu kommen und ein Teil von ihr zu werden.

Nun gab ich den Takt wieder an. Ich bemühte mich um einen gleitenden Übergang. Als Gwen ihre Beine anwinkelte, drang ich noch eine Spur tiefer in sie ein. Meine Stöße wurden intensiver und härter. Ich vergewisserte mich dabei immer wieder, dass es ihr noch gefiel. Ob das, was ich tat, dem entsprach, was sie von mir erwartete.

Gwens Lider waren geschlossen. Sie biss sich auf die Unterlippe, konnte die Lust kaum mehr aushalten, ohne zerspringen zu müssen. Das war gut. Das war sogar sehr gut. Immer schneller bewegte ich mich in ihr, bis Gwens Stöhnen von den Wänden widerhallte.

Nur noch einen Moment. Nur noch einen weiteren klitzekleinen Augenblick und ich würde explodieren vor Glück. Als sich unsere Körper dem Höhepunkt näherten, sprang ich mit Gwen gemeinsam mit Anlauf von der Klippe eines Wasserfalls und landete in einem Strudel aus Befriedigung und unglaublicher Freude. Freude auf das nächste Mal, wenn ich wieder eins werden dufte mit der Frau, die ich liebte.

Kapitel 29

Gwen

Eng umschlungen wachte ich in Masons Armen auf. Er schlief noch. Sein Haar hing ihm wirr ins Gesicht. Er sah zufrieden und glücklich aus. Ich strich ihm vorsichtig über die Wange, tunlichst darum bemüht, ihn nicht zu wecken.

Die letzte Nacht war wie im Rausch an mir vorbeigezogen. Wir hatten uns geliebt, uns in den Armen gehalten und waren erst im Morgengrauen in einen tiefen Schlaf gefallen. Ich fühlte mich wie im siebten Himmel. Noch immer konnte ich es nicht fassen, dass der Tag unserer Hochzeit so ausgegangen war. Ich hatte wirklich mit allem gerechnet, nur nicht damit, mein Glück zu finden. Es fühlte sich wie die Erfüllung meiner Träume an, hier bei Mason zu liegen und ihm beim Schlafen zuzusehen. Allein die Vorstellung, von nun an öfter in den Genuss zu kommen, ließ die Schmetterlinge in meinem Bauch Purzelbäume schlagen.

Noch gestern hatte nichts danach ausgesehen. Ich hatte erwartet, dass wir uns nach der letzten Begegnung stocksteif gegenüberstehen und es nicht wagen würden, uns in die Augen zu sehen.

Ein Lächeln stahl sich auf meine Lippen, als ich an den Kuss in der Kirche zurückdachte. Zu diesem Zeitpunkt hätte ich nie erwartet, dass ich noch am Abend in einem Meer aus Masons Küssen baden würde. Trotzdem war das der Kuss, den ich in meiner Erinnerung als unseren ersten Kuss behalten wollte. Der zurückgenommene Kuss vor einigen Wochen passte einfach nicht in das Leben, das wir beide uns vorgenommen hatten.

Wir wollten zusammenbleiben. Für immer. Das per Vertrag festgesetzte Verfallsdatum unserer Ehe sollte von jetzt an keine Rolle mehr für uns spielen. In dieser Hinsicht waren wir uns gestern sofort einig gewesen. Wir würden nichts und niemanden mehr zwischen uns kommen lassen. Nicht einmal Masons Mom. Sie hatte ohnehin bereits genug Unruhe gestiftet.

Dennoch würde Mason mit ihr reden müssen. Wenn er von heute auf morgen nicht mehr in ihrer Agentur arbeiten würde, müsste er sich nicht nur von seinem Nachtclub verabschieden, sondern sich auch mit einer saftigen Vertragsstrafe auseinandersetzen. Es blieb ihm also fast nichts anderes übrig, als noch eine Weile bei ihr zu arbeiten.

Und erst dann würde Mason zurück nach Elwood kommen können. Dann jedoch für immer. Denn es war sein größter Wunsch, wieder in dem kleinen Nest unweit von Chicago zu wohnen. Für das *Empire* bräuchte er dann einen Geschäftsführer, und ab und an müsste er natürlich selbst vor Ort nach dem Rechten sehen.

Er hatte gemeint, dass wir die Zeit in Frisco gut nutzen könnten, und war anschließend ein weiteres Mal wie ein ausgehungerter Wolf über mich hergefallen. Nicht dass es mir leidgetan hätte. Ganz im Gegenteil.

Während Mason sich bereits konkrete Pläne machte, stand für mich bisher nur fest, dass ich mit ihm zusammen sein wollte. Ob ich dabei weiter im Diner arbeiten oder einen anderen Weg einschlagen würde, wusste ich noch nicht. Was würde aus Mom und dem Haus werden? Was aus den vielen unbezahlten Rechnungen?

»So grüblerisch am Morgen nach der Hochzeitsnacht?«, fragte Mason mich plötzlich in die Stille hinein, und ich zuckte dabei erschrocken zusammen. »Muss ich mir Gedanken machen?« Er schenkte mir sein einnehmendstes Lächeln und küsste mich sanft auf die Nasenspitze.

»Alles bestens«, log ich. Ich wollte den Morgen nach dieser wundervollen Nacht nicht mit meinen Zukunftsängsten zerstören.

Es würde sich schon für alles eine Lösung finden lassen. Manchmal brauchten die Dinge nur ein bisschen Zeit. Und die konnte mir ja keiner nehmen. Weder die Bank noch die Firmen, die auf Geld von mir warteten.

»Ich sehe doch, dass dich etwas beschäftigt.« Dann wurde seine Miene ernster. »Bereust du die vergangene Nacht? Bereust du es, dass wir miteinander geschlafen haben?«

»Nein!«, schrie ich viel zu laut.

»Das war deutlich.« Mason lachte schallend.

»Ich habe nur überlegt, wie es weitergehen soll. Nichts weiter.«

Mason sah mich mit festem Blick an. »Das ist wirklich schwere Kost am frühen Morgen. Lass uns einen Berg nach dem anderen bezwingen und nicht gleich alle auf einmal. Okay?«

»Okay.« Ich drehte mich auf die Seite, um ihm besser in die Augen sehen zu können. Die Milchstraße lag heute ganz ruhig vor mir. Die grauen Sprenkel in Masons blauen Augen waren so einnehmend, dass ich mich gar nicht daran sattsehen konnte.

»Was hältst du von einem Frühstück im Bett?«

Mason zog mich noch ein Stückchen näher zu sich, sodass ich wieder ganz dicht bei ihm lag. Seine starken Arme hielten mich fest. Wieder überkam mich dieses Gefühl der tiefen Geborgenheit, das ich immer in seiner Nähe empfand. Alles war gut, wenn Mason bei mir war. Es war fast so, als hätte Daddy tatsächlich recht behalten.

Als Mason vor so vielen Jahren gegangen war, hatte er einen Teil von mir mitgenommen. Seither hatte ich mich unvollständig gefühlt. Mein Leben war immer mehr aus den Fugen geraten. Nach Moms Unfall und Dads Tod hatte ich mich in einer sich abwärts drehenden Spirale befunden und einfach nicht mehr den Weg nach oben einschlagen können.

Mit Mason an meiner Seite schmiedete ich wieder Pläne für die Zukunft. Auch wenn diese noch nicht ganz so rosig aussah, wie ich es mir gerne gewünscht hätte. Aber was nicht war, konnte ja noch werden.

Ich schenkte meinem Mann ein Lächeln und konzentrierte mich auf das Hier und Jetzt. »Das hört sich sehr verlockend an. Aber was wird deine Mom dazu sagen? Sie hat alle Gäste, die im Hotel übernachten, zum Frühstück gebeten.«

Auch wenn ich zu dieser Frau lieber zehn Meter Sicherheitsabstand einhalten würde, war ich mir auch bewusst, wie abhängig wir von ihr waren. Noch. Aber für den Moment wollte ich nicht, dass Mason wegen eines Frühstücks im Bett, das mir wirklich ausgesprochen gut gefallen hätte, Probleme bekam.

»Du hast bestimmt recht. Wir sollten runtergehen. Wir holen das mit dem Frühstück im Bett spätestens in Paris nach.«

Stimmte ja. Das hatte ich ganz vergessen. Schon in wenigen Tagen würde es in die Stadt der Liebe gehen. Nur Mason und ich. Beim Gedanken daran schossen Glückshormone durch meinen ganzen Körper.

»Bevor wir zum Frühstück gehen, muss ich allerdings noch …«

Mason verschwand unter die Bettdecke.

»Hey, lass das! Wir sind schon spät dran«, beschwerte ich mich kichernd, als er mir schon wieder an die Wäsche wollte.

Sein Kopf tauchte ganz dicht vor meinem Gesicht wieder auf.

»Dafür muss immer Zeit sein. Ich will meine ehelichen Pflichten ja nicht vernachlässigen.«

Ich lachte. »Allein die letzte Nacht gibt dir einen Puffer von drei Wochen.«

Nun war es an Mason zu lachen. »Zwischen uns wird es nie genug Sex geben, Gwen. Und das weißt du auch.« Dabei küsste er mich so leidenschaftlich, dass mir die Luft wegblieb.

Kurz darauf liebten wir uns, als gäbe es kein Morgen. Zum Frühstück kamen wir natürlich viel zu spät. Aber an die wütenden Blicke von Rachel hatten wir uns längst gewöhnt. Mom und Phil hingegen hatten absolutes Verständnis dafür, dass wir beide den Morgen nach unserer Hochzeitsnacht langsam hatten angehen lassen wollen. Wäre es nach ihnen gegangen, lägen wir noch immer in unserer Suite und frühstückten im Bett.

Es fühlte sich ein bisschen merkwürdig an, ohne Mason nach Elwood zurückzukehren. Mom und ich waren am späten Nachmittag mit der Maschine von San Francisco nach Chicago geflogen. Mich von Mason trennen zu müssen, war mir dabei sehr schwergefallen. Etwas, womit ich im Leben nicht gerechnet hätte.

Noch wenige Stunden vor der Hochzeit hatte ich mir die Zeit herbeigesehnt, wenn ich den Schlüssel im Schloss meines Elternhauses versenken würde, um endlich wieder mein gewohntes Leben leben zu können.

Doch als ich auf der weiß gestrichenen Veranda ankam, hielt ich inne. Ich blickte zu den beiden Schaukelstühlen, in denen Mason und ich vor einiger Zeit gesessen und das erste Mal nach langer Zeit miteinander geredet hatten. Plötzlich erkannte ich, dass es nicht länger mein größter Wunsch war, dass alles so blieb wie bisher.

Nein, ich wollte ein anderes Leben. Ein Leben mit Mason an meiner Seite. Ich konnte es kaum erwarten, ihn endlich wiederzusehen. Dabei waren wir gerade einmal wenige Stunden voneinander getrennt. Das konnte ja noch heiter werden.

»Soll ich dir helfen, Liebes?«, fragte Mom neben mir, als ich mit dem Schlüssel in der Hand noch immer vor der Tür stand und keine Anstalten machte, diese zu öffnen.

»Entschuldige bitte, ich war in Gedanken.«

Mom grinste. »Ich kann mir gut vorstellen, dass es merkwürdig für dich ist, jetzt wieder von Mason getrennt zu sein. Aber er muss noch einige Dinge erledigen, damit ihr unbesorgt in eure Flitterwochen aufbrechen könnt.« Dann legte sie eine Hand auf meinen Arm. »Er liebt dich über alles. Das konnte ich in seinen Augen sehen. Es fiel ihm mindestens so schwer wie dir, dich ziehen zu lassen. Aber was sind schon zehn Tage im Vergleich zur Ewigkeit?«

Mom hatte ja recht. Und dennoch sah ich jede Minute, die ich von ihm getrennt war, als Höllenqual an.

»Ich werde mich einfach ein bisschen ablenken müssen, bis Mason kommt, um mich nach Paris zu entführen.«

Ohne es zu wollen, dachte ich wieder an die zweite Zahnbürste in seinem Badezimmer. Würde er sich in der Zeit, bis wir uns wiedersahen, mit einer anderen Frau vergnügen? Mason war unersättlich. Zumindest hatte er sich die vergangenen Tage so gegeben. Ich wusste dabei nicht, ob es an mir gelegen hatte oder ob er generell ein sehr hohes Bedürfnis an Zweisamkeit hatte.

Wir hatten nicht darüber gesprochen, ob wir unsere Beziehung von nun an monogam halten wollten. Für mich war das überhaupt kein Thema, wenn ich da jedoch an Masons Vorgeschichte dachte, bekam ich meine Zweifel. Nagende kleine Biester hakten sich immer wieder in meinen Kopf ein und streuten Unsicherheit und Angst in meine Gedanken.

Mason offen auf meine Sorgen anzusprechen, hatte ich mich nicht getraut. Ich wollte ihm nicht das Gefühl geben, dass ich ihm nicht vertraute. Im Grunde tat ich es ja. Doch dann schoben sich wieder diese Bilder aus dem Netz vor mein geistiges Auge. Fotos von Mason mit über zwanzig unterschiedlichen Schönheiten, mit denen er ausgelassen vor den Kameras posiert hatte.

Zu wie vielen davon hatte er noch Kontakt? Traf er sich regelmäßig mit ihnen? Würde er es von heut auf morgen beenden, nun, da er mit mir verheiratet war?

Noch vor wenigen Tagen hätte ich es ihm nicht zugetraut, dass er sich nur mit mir zufriedengab. Nun hatte ich Hoffnung. Aber war diese womöglich trügerischer Natur? War es nicht ziemlich naiv von mir, auch nur zu glauben, Mason würde von jetzt an ein komplett anderer Mensch sein? Man streifte jahrelange Gewohnheiten nicht wie eine Lederjacke von den Schultern. Der Mensch war ein Gewohnheitstier.

»Ist gut, mein Schatz.«

Ich sperrte die Tür auf und ließ Mom mit ihrem Rolli hineinfahren. »Ich schaue eben noch schnell zum Postkasten und komme dann gleich nach.«

Kaum dass ich die Post in Händen hielt, hatte ich auch schon einen anderen Grund, mir Sorgen zu machen. Letzte Mahnungen wechselten sich mit ersten ab. Es konnte auf keinen Fall so weitergehen. Ich sah die einzelnen Briefe durch und lief dann zur Garage, um sie erst mal zu den übrigen in die Schublade von Dads Werkbank zu legen.

Die kommenden Tage würde Mom wieder zur Physio gehen,

und dann musste ich mir dringend einen Überblick über alles verschaffen. Denn getreu dem Motto *Aus den Augen aus dem Sinn* hatte ich all die unschöne Post der vergangenen Zeit einfach dort in der Garage abgeladen und die Gedanken daran so weit wie möglich aus meinem Kopf verbannt.

Jetzt war es an der Zeit, auch dieses Problem anzugehen. Ich wollte mein Leben in geordnete Bahnen lenken, damit mich die Altlasten in der Gegenwart mit Mason nicht länger in den Abgrund ziehen konnten.

Finanziell stand es bei uns beiden nicht zum Besten. Aber Geld war nicht alles. Auch wenn man sich damit eine Menge ruhige Stunden und albtraumfreie Nächte kaufen konnte. Nicht das Schlechteste.

Ich knipste das Licht in dem kleinen Raum an und ging die wenigen Schritte bis zu Dads Werkbank. Ich strich darüber und erinnerte mich an die vielen Nachmittage, an denen wir hier gemeinsam gebastelt, repariert und Dinge neu erfunden hatten. Einmal war es uns doch tatsächlich gelungen, einen Staubsaugeroboter herzustellen. Zunächst hatte er auch wirklich gute Dienste geleistet. Bis zu dem Tag zumindest, an dem er trotz eingebauten Sensors die Treppe hinuntergefallen war.

Ich öffnete die Schublade und erschrak beinahe zu Tode, als ich erkannte, dass all die Kuverts, die ich in den letzten Wochen hier gesammelt hatte, verschwunden waren. Verunsichert sah ich mich zu allen Seiten hin um, als könnte dort jemand stehen und mich beobachten.

Erst beim zweiten Blick entdeckte ich einen winzigen Zettel in dem Fach und nahm ihn heraus. *»Das ist mein Hochzeitsgeschenk, liebe Gwen. Ich hoffe, du bist mir nicht mehr böse, dass ich dir die Extrastunden im Diner gekürzt habe. Aber letztlich war es doch nur zu deinem*

Besten. Ich bin so froh, dass du dein Glück gefunden hast, mein Kind. Dein Mitch.«

Tränen der Rührung schossen mir in die Augen und flossen unaufhörlich über meine Wangen. Mitch, mein Chef, hatte meine Rechnungen bezahlt? Das war doch vollkommen verrückt. Das konnte ich nie und nimmer mit gutem Gewissen annehmen. Dafür waren es viel zu große Summen gewesen. Nicht dass ich es dank meiner Verdrängungsoffensive konkret beziffern konnte, aber dennoch: Es war zu viel.

Woher wusste Mitch überhaupt von meinen Schulden? Und woher kannte er diese Schublade?

»Ich hab mit ihm darüber geredet«, meldete sich Mom in meinem Rücken zu Wort.

Ich erstarrte. Wie kam Mom in die Garage? Dann die Erkenntnis: Sie hatte mit Mitch über meine Schulden geredet. Über Schulden, von denen sie eigentlich nichts wissen sollte. Ferner wusste sie über die Schublade in Dads Werkbank Bescheid.

Langsam drehte ich mich zu ihr um, während ich noch immer den Zettel in meinen Händen hielt. Ich hob ihn leicht an und deutete damit in ihre Richtung. »Ich verstehe das nicht. Wieso hast du mit Mitch darüber geredet? Woher weißt du überhaupt …«

»… dass wir in finanziellen Schwierigkeiten stecken? Spätestens seit Mr. Donalds hier anrief und mir überdeutlich zu verstehen gab, dass er bei der nächsten verspäteten Ratenzahlung für das Haus kein Auge mehr zudrücken könnte.«

Hoffentlich hatte er nicht doch noch wegen mir Probleme in der Bank bekommen.

»Bist du enttäuscht von mir?«, fragte ich mit gesenkten Schultern.

»Natürlich nicht! Wie kommst du nur darauf? Gwen.« Mom fuhr mit dem Rollstuhl auf mich zu, umfasste schließlich meine Oberarme fest mit ihren Händen. »Sieh mich an, mein Schatz! Du könntest mich nie enttäuschen. Hörst du? Du bist das Beste, was mir der liebe Gott je geschenkt hat, und ich bin so unglaublich stolz auf dich. Allein, was du in den vergangenen Jahren alles geleistet hast … Du hast dich komplett um alles gekümmert. Du hättest vielmehr ein Recht, enttäuscht von mir zu sein.«

Mom stiegen Tränen in die Augen. Ihre Stimme brach. Nun war es an mir, mit dem Kopf zu schütteln. »Nein, Mom, du warst doch so traurig und niedergeschlagen wegen Dads Tod. Und dann auch noch der Rollstuhl.«

Mom sah mir fest in die Augen. »Dennoch war es falsch von mir, dich mit allem alleinzulassen. Es war ein Fehler gewesen, dass ich die ganze Verantwortung an dich abgetreten habe. Ich hätte mich um alles kümmern müssen. Ich sitze im Rollstuhl, aber ich bin hier«, sagte sie und deutete dabei an ihre Stirn, »topfit.«

»Das weiß ich doch, Mom. Aber wieso hast du Mitch von unseren Problemen erzählt? Ich wusste gar nicht, dass ihr Kontakt zueinander habt.«

Moms Mund öffnete sich, doch es kam kein Laut daraus hervor. Sie schien mit sich zu ringen, fand offenbar die richtigen Worte nicht gleich. »Mitch und ich waren zusammen in der Junior High. Wir waren beste Freunde. Ähnlich wie du und Mason. Wenn dein Vater nicht irgendwann in mein Leben getreten wäre, dann hätte ich bestimmt Mitch geheiratet.«

»Oh«, erwiderte ich wenig eloquent. Aber diese Information war mir neu.

»Ein Jahr nach Dads Tod rief er mich an und fragte, ob wir

zusammen einen Kaffee trinken wollten. Du warst zu dem Zeitpunkt bei Phil. Ich habe mich sehr einsam gefühlt und mich trotz meines schlechten Gewissens mit ihm getroffen.«

»Mom, Dad wäre dir nicht böse gewesen. Er wollte immer nur, dass wir glücklich sind. Weißt du? Er hätte nicht gewollt, dass du bis an dein Lebensende allein bleibst.«

Einzelne Tränen rannen über ihre Wangen. »Meinst du?«

Ich nickte. »Ich bin mir sogar ganz sicher.«

Mom lächelte verlegen. »Mitch und ich sehen uns seither einmal wöchentlich. Manchmal auch öfter. Es tut mir gut, meine Zeit mit ihm zu verbringen. Und ich fühle mich weniger einsam, weißt du. Mitch vermag die Lücke, die dein Dad hinterließ, ein klein wenig zu schmälern.« Sie sah verlegen zu Boden.

»Mom, vor mir brauchst du dich nicht zu rechtfertigen. Ich kann sehr gut nachempfinden, wie du dich fühlst.« Ich musste an Mason denken und an das wohlige Gefühl, das sich in mir ausbreitete, wann immer er in meiner Nähe war.

»Sind das dort alles neue Rechnungen?« Moms Blick glitt an mir vorbei zur Werkbank.

Ich schüttelte mit dem Kopf. »Nein, das meiste davon sind wohl Glückwunschkarten zu unserer Hochzeit. Keine Ahnung, von wem die alle sind. Wahrscheinlich kenne ich die Leute nicht einmal.«

Mom lachte. »Rachel hat wirklich nichts unversucht gelassen, dieser Hochzeit ihren Stempel aufzudrücken. Doch Mason und du, ihr habt ihr die Show gestohlen.«

Ich grinste, während ich mir den Stapel an Kuverts nahm und einen nach dem anderen öffnete. Wie vermutet, sandten mir Menschen die besten Wünsche zur Hochzeit, von denen ich bisher noch nie etwas gehört hatte. Ich flog über die wenigen Zeilen und legte die ersten beiden Karten zur Seite. Als ich jedoch den dritten Umschlag öffnete, gefror mir das Blut in den Adern.

»Gwen? Ist alles okay?«, fragte Mom, als ich mir abwesend mit den Fingern an die Lippen griff. »Schatz? Was ist denn los?«

Meine Hände zitterten so sehr, dass ich das Foto in meiner Hand nicht länger festhalten konnte. Es segelte zu Boden, und ich starrte darauf, als könnte die Szene jeden Moment zum Leben erwachen.

»Was ist das denn für ein Bild?«, fragte Mom und hob das Foto vom Boden auf. »Aber das ist ja Mason«, sagte sie mit zusammengeschobenen Augenbrauen. »Wer ist die Frau in seinem Arm? Bestimmt eine alte Bekannte. Die Aufnahme ist sicher schon einige Jahre alt. Die Frau darauf möchte sich bestimmt nur in den Vordergrund spielen, weil sie euch euer Glück nicht gönnt«, versuchte Mom, mich zu trösten, als meine Augen sich mit Tränen füllten.

Die Frau in Masons Armen zu sehen, war wie ein Erdbeben, das den Boden aufriss und mich mit sich in die Tiefe zog. All meine Hoffnungen und Wünsche an eine gemeinsame Zukunft versanken im Treibsand, bis nichts mehr davon übrig war.

Dafür hatte ich jetzt endlich Gewissheit: Sie war die Frau, der die zweite Zahnbürste in Masons Badezimmer gehörte.

Mason hatte noch immer etwas mit anderen Frauen. Und das, obwohl er beteuert hatte, mich über alles zu lieben. Ich war so dumm und naiv gewesen, ihm zu glauben und ihm mein Herz zu schenken. Ich hätte klüger sein müssen. Schließlich hatte ich die Bilder im Internet ja gesehen. Dort war für alle Welt einsehbar, was Mason für ein Mann war. Dennoch hatte ich all die Bedenken und Zweifel über Bord geworfen und mich bereitwillig auf ihn eingelassen.

Das hatte ich nun davon. Mein Herz zog sich schmerzvoll zusammen, während mir das Atmen immer schwerer fiel. Mason hatte doch gesagt, dass er mich liebte. Wie konnte er mir das nur antun?

»Nein, Mom. Das ist definitiv kein altes Foto. Sieh es dir mal genau an! Das ist der Smoking von der Hochzeit, und wenn du links auf den Teppich am Boden siehst, dann erkennst du auch das Emblem des Hotels. Dieses Bild ist in unserer Hochzeitsnacht entstanden, als Mason nur mal kurz an die Rezeption wollte, um etwas zu holen.«

Die Schockstarre fiel langsam von mir ab und machte einem anderen Gefühl Platz: Wut. Ich kochte innerlich allein bei dem Gedanken daran, wie er behauptet hatte, er hätte so lange an der Rezeption anstehen müssen, da so viele Gäste vor ihm hatten einchecken wollen.

Auch in diesem Moment hatte mir mein gesunder Menschenverstand signalisiert, dass am späten Abend sicher nicht so viele neue Gäste kamen. Doch auch diese Bedenken hatte ich wie eine lästige Fliege einfach abgeschüttelt und hatte mich mit wehenden Fahnen in mein Unglück gestürzt.

Ich war ja so was von bescheuert gewesen. Nie und nimmer hätte ich mich auf ihn einlassen sollen.

»Mein Schatz, es gibt bestimmt eine ganz einfache Erklärung dafür.« Mom strich mir einfühlsam über den Rücken. »Zieh jetzt keine voreiligen Schlüsse! Rede mit Mason! Frag ihn, was es mit dem Bild und der Frau darauf auf sich hat. Klärt es wie erwachsene Menschen, und lass dich nicht von deiner Wut leiten!«

Mom hatte gut reden. Sie wusste ja nicht, wie es überhaupt zu dieser Hochzeit gekommen war. Außerdem kannte sie die Bilder im Netz nicht und die Anziehungskraft, die Mason auf das andere Geschlecht ausübte. Wenn sie das alles wüsste, da war ich mir ganz sicher, würde sie nicht so reden. Sie würde Mason ebenso verurteilen, wie ich es jetzt tat, und nicht länger nach einem Grund suchen, der ihn entlasten könnte.

»Ich muss mir erst mal selbst darüber klar werden, was dieses Bild nun zu bedeuten hat.«

Damit ging ich zurück ins Haus und verkroch mich in meinem Bett im ersten Stockwerk. Hierher konnte Mom mir nicht folgen. Ich besah mir das Bild von allen Seiten. Mason sah etwas angespannt darauf aus. Dafür lächelte die leicht bekleidete Frau, die mich an ein Supermodel erinnerte, umso mehr. Sie schien sich prächtig mit meinem Mann zu amüsieren.

Der Kloß in meinem Hals wurde immer dicker. Ich konnte kaum noch schlucken, so riesig war er bereits.

Mein Handy vibrierte. Mason. Er versuchte, mich zu erreichen. Ich nahm das Smartphone und legte es in den Kleiderschrank. Wenn es einen Menschen gab, mit dem ich jetzt auf gar keinen Fall sprechen wollte, dann war es Mason.

Er würde mir sicher sagen wollen, wie sehr er mich doch vermisste und dass er es kaum noch erwarten konnte, mit mir in die Flitterwochen zu fliegen. Alles Schall und Rauch. Es würde keine Reise nach Frankreich geben. Nicht mit mir. Auch würde es keine gemeinsame Zukunft mit dem Mann geben, dem ich bedingungslos mein Herz geschenkt hatte.

Bevor Mason zurückkam, war mein Leben nicht besonders schön gewesen. Aber ich hatte ein intaktes Herz besessen. Nun lagen die Scherben auf dem Boden und der Schmerz war nicht mehr zu ertragen. Belogen und betrogen von dem Mann, den ich liebte und von dem ich geglaubt hatte, er wäre mein Seelenverwandter. Noch vor wenigen Stunden hatte ich im siebten Himmel geschwebt. Viel zu weit oben. Nun war ich zurück auf dem Boden der Tatsachen angekommen und der Aufprall hatte verdammt wehgetan.

Kapitel 30

Mason

»Hallo, mein Sohn.« Eine mir gänzlich unbekannte Stimme meldete sich zu Wort. Noch so ein Spinner, der die Hochzeit im Fernsehen gesehen hatte und nun seinen Profit daraus schlagen wollte. Dummerweise hatte eine der findigen Reporterinnen ihren Job besonders gut machen wollen und in meiner Vergangenheit geschnüffelt. Dabei war ihr aufgefallen, dass ich keinen Kontakt mehr zu meinem Vater hatte. Seither waren schon drei Hochstapler auf die Idee gekommen, mich zu kontaktieren, um mich anzupumpen.

»Hören Sie, Mister! Ich habe keine Ahnung, wer Sie sind und warum Sie auf diese Weise versuchen, Ihr Bankkonto aufzufüllen. Ich werde jedoch nicht auf Ihren Trick hereinfallen. Sie sind bereits der vierte Kerl diese Woche, der versucht, mir weiszumachen, er sei mein Vater. Also seien Sie so gut und ersparen Sie uns beiden diese peinliche Situation, indem Sie einfach wieder auflegen und mich nie wieder anrufen.«

Ich wollte das Gespräch bereits beenden, da meldete der Fremde sich erneut zu Wort. »Ich kann beweisen, dass ich dein Vater bin. Du hast eine kleine Narbe am Kinn.«

Ich lachte. »Ein Detail, das so klein nicht ist. Man hat sie sicher bei den Großaufnahmen im Fernsehen gesehen. Sonst noch etwas?«

»Du warst damals im Ferienlager mit Gwen.«

Nun wurde ich hellhörig. »Das ist bestimmt auch so ein Detail, das man leicht herausfinden kann, wenn man sich etwas mit der

Materie beschäftigt. Alle Ehre, Sie sind der Erste, der sich auf dieses Gespräch vorbereitet hat. Dagegen waren Ihre Vorgänger Dilettanten.«

Mein Blick fiel auf mein Handy, während ich gedankenverloren über die Narbe an meinem Kinn strich. Noch immer keine Nachricht von Gwen. So langsam machte ich mir Sorgen um sie. Wenn sie sich auch heute nicht bei mir melden sollte, dann würde ich Emma anrufen. Irgendwas stimmte da nicht, und ich hatte keinen blassen Schimmer, was vorgefallen sein könnte.

Bei unserem Abschied am Flughafen war noch alles in bester Ordnung gewesen. Wir hatten uns verliebt in den Armen gelegen und uns auf unser Wiedersehen gefreut. Und jetzt? Gwen antwortete nicht auf meine Nachrichten. Sie las sie mittlerweile nicht einmal mehr. Meine Anrufe nahm sie nicht entgegen.

Sobald ich diesen Spinner in der Leitung abgewürgt hatte, musste ich dringend etwas tun. Die Sorge, Gwen könnte sich anders entschieden haben und ein Leben mit mir doch nicht wollen, zerfraß mich innerlich wie ein Krebsgeschwür. Ich konnte nicht länger in dieser Ungewissheit leben, auch wenn mich ihre Zurückweisung umbringen würde.

»Mason, du hast deine ersten Schritte mit elf Monaten gemacht, du bist Linkshänder, deine Lieblingsfarbe ist Erdbeerrot und dein Kuscheltier war ein Bär, dessen rechtes Ohr abgerissen war.«

Als der Mann am Telefon geendet hatte, verharrten wir beide in absoluter Stille. Ich konnte meine Atemzüge hören, so leise war es. Das waren alles Details, die man nirgends nachlesen konnte. Da war ich mir ganz sicher. Aber war es denn wirklich möglich? War da am anderen Ende der Leitung wirklich mein Dad?

»Dad?«, fragte ich in die Stille hinein und fürchtete mich vor der Antwort.

»Ja, Mason. Ich bin dein Dad und ich fühle mich furchtbar, dass ich die Hochzeit meines einzigen Kindes nicht miterleben konnte.«

Allmählich erinnerte ich mich wieder an seine Stimme. Auch wenn sie in diesem Gespräch nicht so fest klang wie früher, eher weinerlich. Dabei hatte er sich doch selbst aus der Verantwortung gestohlen und sich nach der Scheidung nie wieder bei mir gemeldet.

»Komm schon, Dad! Drück jetzt nicht auf die Tränendrüse. Du hattest deine Chance. Du hättest dich in den vergangenen Jahren um mich bemühen und wenigstens eine meiner Karten oder Briefe beantworten können. Erspar uns diese Heuchelei, und ich will vergessen, dass du angerufen hast.«

»Ich verstehe nicht …«, begann er zu stottern.

»Ach nein?«, erwiderte ich in Rage. »Dann will ich es dir noch mal ganz klar und deutlich sagen: Du bist für mich gestorben. Du hast mich aus deinem Leben gestrichen, als ich ein kleiner Junge war. Tote erweckt man nicht einfach so wieder zum Leben, Dad. Der Zug ist längst abgefahren.« Meine Stimme troff vor Sarkasmus.

»Nein, ich meinte die Karten und Briefe, von denen du gesprochen hast. Ich habe nie welche bekommen. Hast du denn jemals meine Nachrichten erhalten? Ich habe dir anfangs alle paar Tage geschrieben und auch versucht, dich zu sprechen, aber deine Mom war der Meinung, dass es dich zu sehr aufwühlen würde. Nach einiger Zeit sagte sie mir dann, du wolltest keinen Kontakt mehr zu mir, und als ich nach zwei Jahren immer noch nichts von dir gehört hatte, habe ich es zu deinem Besten aufgegeben, mich weiter bei dir zu melden. Ich wollte dich nicht weiter bedrängen.«

Mein Blick fiel auf eines der vielen Bilder an der Wand des Büros. Ein verliebtes Pärchen grinste übermütig in die Kamera, während Mom danebenstand. Mom! Diese hinterlistige Schlange hatte verhindert, dass ich Dads Nachrichten und Anrufe erhielt. Das war so typisch für sie. Und ich war so dumm gewesen, sie bis heute nicht in Verdacht zu haben.

Aber wer konnte schon ahnen, dass sie so weit gehen würde? Dann beschlich mich ein weiterer furchtbarer Gedanke. Hatte sie auch Gwens Post abgefangen? Hatte sie damals dafür gesorgt, dass unsere Freundschaft zerbrach?

»Dad, ich fürchte, Mom hat uns die Entscheidung genommen. Sie wollte nicht, dass wir in Verbindung bleiben. Ich hätte mich gefreut, wenn du dich gemeldet hättest. Auch noch nach fünf Jahren oder zehn. Ich freue mich sogar heute über deinen Anruf, auch wenn uns viel kostbare Zeit verloren gegangen ist.«

»Dieses Miststück!«, hörte ich ihn plötzlich am anderen Ende der Leitung schimpfen. »Erst will sie die Scheidung und das alleinige Sorgerecht für dich, und dann tut sie alles dafür, dass wir beide uns aus den Augen verlieren.«

»Nicht nur wir beide«, offenbarte ich.

»Wen hat sie denn noch aus deinem Leben gestrichen?«

Ich seufzte. »Gwen.«

»Aber die hast du doch geheiratet, dachte ich. Oder liege ich falsch?«

»Nein, du liegst nicht falsch. Es ist eine verdammt lange Geschichte.« Wieder sah ich zu meinem Handy, auf dem noch immer keine Nachricht von Gwen zu finden war. »Und wenn mich nicht alles täuscht, dann hat Mom auch jetzt wieder ihre Finger im Spiel.«

»Wie meinst du das?« Dad konnte mir nicht folgen.

»Das spielt jetzt keine Rolle. Ich melde mich wieder bei dir, sobald ich eine verdammt wichtige Sache geklärt habe. Versprochen!« Plötzlich hatte ich das dringende Bedürfnis, die Sache zwischen Gwen und mir nicht länger auf die Wartebank zu schieben.

Mein Bauchgefühl sagte mir, dass da etwas nicht stimmte.

»Ist gut, mein Sohn. Eins musst du noch wissen: Ich habe dich immer geliebt und werde dich immer lieben, ich habe all deine Geburtstage gefeiert und in meinem Portemonnaie sind deine Bilder nach wie vor zu finden. Du bist ein Teil von mir. Vergiss das nie! Auch wenn andere versuchen, einen Keil zwischen uns zu treiben. Du wirst immer mein Sohn sein und ich immer dein Dad.«

»Dad, ich …« Bei den warmherzigen Worten meines Vaters verschlug es mir beinahe die Sprache und ich musste mit den Tränen kämpfen. »Ich freue mich schon sehr auf unser Wiedersehen.«

»Ich mich auch, mein Sohn. Ich mich auch.«

»Emma, kann ich mit Gwen sprechen?«

»Hallo, mein Junge, ich fürchte, Gwen will nicht mit dir sprechen.«

Emmas Worte trafen mich mitten ins Herz. Noch vor wenigen Minuten wollte ich um jeden Preis Gewissheit. Nun war ich mir nicht mehr so sicher, ob ich das wirklich wollte.

»Warum? Was habe ich getan?«

Emma schwieg einen Moment. »Das solltet ihr beide miteinander klären. Ich möchte mich nicht einmischen, obwohl ich Gwen dazu geraten habe, mit dir darüber zu reden. Es ist ihre Entscheidung, Mason.«

Wenn ich Emma so reden hörte, dann schien unsere Situation mehr als verfahren. Gwen wollte keinen Kontakt zu mir und Emma wollte oder konnte mir nicht dabei helfen, dass sie doch noch mit mir ein klärendes Gespräch suchte. Ich drehte mich im Kreis.

Aber ich hatte eine Idee, wen ich sonst noch fragen konnte. Mittlerweile war ich mir ziemlich sicher, dass Mom in diese Sache involviert war. Ich hatte zwar noch keinen blassen Schimmer, wie und warum, aber das würde ich schon noch rauskriegen.

»Emma, ich melde mich wieder«, verabschiedete ich mich von Gwens Mom und eilte über den Flur in Moms Büro.

Ohne anzuklopfen, riss ich die Zimmertür zu Moms Büro auf und rannte nahezu auf ihren Schreibtisch zu.

»Huch, da hat es heute aber jemand eilig. Aber das kennen wir ja schon. An der Hochzeit konntest du auch nicht schnell genug verschwinden, um dich mit deinem Liebchen zu vergnügen.«

Mom war absolut nicht amused gewesen, dass Gwen und ich die Party vorzeitig verlassen hatten. Aber das war ihr Problem. Nirgends in den Regularien zur Hochzeit war eine Uhrzeit festgeschrieben worden, zu der wir die Feier verlassen durften.

Dennoch kam sie seither nicht umhin, mich ständig darauf hinzuweisen. Das ging mir gewaltig auf den Sack, am liebsten hätte ich mit voller Wucht auf ihren Tisch geschlagen und ihr gesagt, was ich von ihr hielt.

Aber noch musste ich mich im Zaum halten. Schließlich war ich auf Antworten von ihr angewiesen. Vor der Fehde mit Mom stand die Klärung der angespannten Lage zwischen Gwen und mir. Mir blieb also nichts anderes übrig, als den Ball flach zu halten, einmal tief durchzuatmen und anschließend mit ruhiger Stimme fortzufahren.

»Mom, kannst du mir sagen, warum Gwen sauer auf mich ist. Hast du eine Ahnung, was vorgefallen sein könnte?«

»Ich?«, echauffierte sie sich, als hätte ich ihr unterstellt, ihre Kleider bei Macy's von der Stange zu kaufen. »Wenn Gewitterwolken über dem Liebeshimmel aufgezogen sind, dann tut mir das natürlich ausgesprochen leid für euch. Aber ich wüsste beim besten Willen nicht, wie ich in dieser Hinsicht Abhilfe schaffen sollte. Tut mir leid.«

Auf ihren Lippen breitete sich ein zufriedenes Lächeln aus. Diese Frau war wirklich mit dem Teufel im Bunde. Vielleicht weidete sie sich auch nur an der Angst und Verzweiflung ihrer Mitmenschen. Nichts an dieser Frau war liebevoll oder nett. Und sie bemühte sich nicht einmal mehr hinreichend, um es zu kaschieren.

Nun wurde es mir doch zu bunt. »Dieses Spiel kannst du mit Menschen spielen, die dumm genug dafür sind oder sich gerne von dir einlullen lassen. Da ich mich weder zu der einen noch zu der anderen Gruppe zähle, erwarte ich jetzt von dir eine zufriedenstellende Antwort.«

Mein Ton ließ keinen Zweifel daran, dass es mir ernst mit dem war, was ich gesagt hatte.

»Und was, wenn nicht?« Mom lachte höhnisch auf. »Willst du mich dazu zwingen?«

»Ich finde einen Weg, dich zum Sprechen zu bringen, glaube mir.«

Ich baute mich zur vollen Größe vor ihrem Schreibtisch auf und sah sie mit finsterer Miene an, um meinen Worten mehr

Nachdruck zu verleihen.

»Dass ich nicht lache. Du bist ein solcher Einfaltspinsel wie dein Vater. Dabei dachte ich …« Sie stockte und redete nicht weiter. Offenbar war sie sich im Klaren darüber, dass sie gerade im Begriff war, etwas preiszugeben, was sie mir eigentlich hatte verschweigen wollen.

»Ich weiß, dass du dafür verantwortlich bist, dass Dad und ich jahrelang keinen Kontakt zueinander hatten. Ich weiß, wozu du in der Lage bist. Wenn du nicht möchtest, dass ich mein Wissen mit den Medien teile und dein Trugbild von der liebenden Mutter und der heilen Familie zerstöre, dann solltest du Tacheles reden.«

Wie um meine Drohung zu untermalen, griff ich nach dem Hörer auf ihrem Tisch.

»Untersteh dich!« Sie bemühte sich, ihre Gegendrohung vernichtend klingen zu lassen, doch es gelang ihr nicht. Die Sorge stand ihr offen ins Gesicht geschrieben. Mich täuschte sie nicht mit ihren Worten darüber hinweg.

»Sonst was? Willst du mich von deinem Türsteher rausschmeißen lassen? Könnte ähnlich viel Aufsehen erregen wie der Anruf bei den einschlägigen Stellen von Funk und Fernsehen. Aber das liegt natürlich ganz in deinem Ermessen.«

»Du!« Mom erhob drohend ihren Zeigefinger. Doch die Zeiten, in denen ich mich davon hatte einschüchtern lassen, waren ein für alle Mal vorbei.

»Es wäre mir sehr recht, wenn wir das Ganze hier etwas abkürzen könnten. Mein Kaffee drüben in meinem Büro wird kalt.«

Ich wusste, dass ich Moms Geduld damit auf die Spitze trieb. Aber ich wusste auch, dass sie mir auf diese Weise sagen würde, was ich von ihr zu hören erhoffte.

»Ich weiß nicht, was deine Frau hat. Vielleicht hat sie ja ihre

Tage.«

Nun hatte ich die Faxen dicke. Ich suchte im Adressbuch die Telefonnummer eines Fernsehsenders und ließ es sogleich anklingeln. Als eine Frau am anderen Ende abgenommen hatte, wurde die Leitung plötzlich unterbrochen.

»Es könnte sein, dass Gwen ein Foto geschickt bekommen hat.«

»Was für ein Foto?« Ich hielt den Hörer noch immer in der Hand.

»Von dir und einer Frau.« Mom rückte nur tröpfchenweise mit der Wahrheit heraus. Aber ich würde nicht eher Ruhe geben, bis ich wusste, was sie Gwen da für ein ominöses Bild geschickt hatte.

»Ein altes Foto?«, ging ich auf das Bild ein.

»Nein. Es ist am Abend eurer Hochzeit entstanden. Nachdem ihr euch bereits sang- und klanglos aus dem Staub gemacht und eure Gäste enttäuscht zurückgelassen habt.«

Was für ein Bild konnte das nur sein? Seit ich wieder Kontakt zu Gwen hatte, hatte ich mich mit keiner anderen Frau getroffen. Dafür wurde mir die Sache zwischen uns immer wichtiger. Ich wollte keine anderen Frauen. Ich wollte nur Gwen.

Doch dann schweiften meine Gedanken zurück zu Gwens Hochzeitskleid und der Schere, die ich mir an der Rezeption dafür geholte hatte.

»Du hast eine Nutte auf mich angesetzt, damit du Gwen Bilder schicken kannst, die mich in den Armen einer anderen Frau zeigen? Am Tag meiner Hochzeit?« In jedes meiner Worte packte ich all die Verachtung, die ich für die Frau mir gegenüber empfand.

Mom fuhr sich mit einer Hand durchs Haar. »Die Hochzeit

war bis ins kleinste Detail ausgesprochen gut geplant.«

Jetzt reichte es mir wirklich. Ich schlug mit voller Wucht mit der geballten Faust auf ihren Schreibtisch. »Bist du denn von allen guten Geistern verlassen? Du hast sie ja nicht mehr alle. Warum zum Henker bist du so versessen darauf, alles Glück, das mir im Leben widerfährt, zunichtezumachen? Man sollte fast meinen, du hasst mich.«

»Ach, jetzt sei doch nicht so furchtbar empfindlich. Das Model hatte ja nicht die Anweisung, dich in ihr Bett zu locken. Wälze mal nicht alle Probleme auf mich ab. Gwen ist nicht gut für dich. Sie ist unter deiner Würde. Das ist meine Meinung, daran halte ich nach wie vor fest. Wie auch dein Vater nicht gut genug für dich war. Doch damals habe ich die Reißleine noch rechtzeitig gezogen und dir eine Kindheit in Frisco ermöglicht, die dich auf das Leben vorbereiten sollte. Konnte ja keiner ahnen, dass du dich gegen den richtigen Weg als mein Nachfolger entscheiden und einen billigen Nachtclub eröffnen würdest.«

Diese Frau begriff nicht einmal ansatzweise, dass sie meilenweit über das Ziel hinausgeschossen war. Sie lebte in ihrer eigenen kleinen, hinterhältigen Welt, nahm Rücksicht auf niemanden und machte ihr Wort zum Gesetz. Doch von nun an konnte sie dort von mir aus versauern.

»Mom, ich werde jetzt durch diese Tür gehen. Und nicht mehr zurückkommen.« Ich deutete auf die Tür in meinem Rücken. »Meine Sachen zusammenpacken und gehen. Ab sofort lebe ich ein glückliches Leben.«

Ich wandte mich ab und ging ohne ein weiteres Wort.

»Das kannst du nicht machen. Wir haben einen Vertrag!«, hörte ich sie keifen, als ich die Tür ins Schloss zog. Doch sie konnte mir damit nichts mehr anhaben. Mein Entschluss stand fest.

Kapitel 31

Gwen

»Ich finde, du solltest ihm noch eine Chance geben.« Phil hatte sich eben etwas vom Thailänder kommen lassen. *Mal was Neues*, hatte sie gemeint.

Nach über zwei Stunden am Telefon, dem ganzen Herzschmerz und den vielen Tränen hatte sie sich das redlich verdient. Ich hingegen hätte keinen Bissen hinunterbekommen.

»Ich weiß nicht, Phil. Das ist alles so kompliziert. Die Sache mit dem Foto war nur die Spitze des Eisbergs. Mason und ich haben nie darüber geredet, wie wir unser Leben gemeinsam gestalten wollen. Was, wenn er das gar nicht möchte? Dann die Sache mit seiner Mom und dem Nachtclub. Egal, wie ich mich drehe und wende, diese Liebe, falls sie denn wirklich existiert hat, ist zum Scheitern verurteilt. Es gibt viel zu viele Baustellen, an denen wir arbeiten müssten, um zusammen sein zu können.«

Phil raschelte im Hintergrund. »Zuerst mal: Das Leben ist kompliziert. Und im Grunde weißt du genauso gut wie ich, dass die Schlampe auf dem Bild für den Entschluss bei dir gesorgt hat, einfach aufzugeben. Ich meine, wenn sich diese Tussi wirklich zwischen euch drängen will, dann solltest du nicht kampflos aufgeben, sondern alles daransetzen, ihr klarzumachen, zu wem Mason gehört. Das ist dein Mann, Himmel! Und wenn du mich fragst, fand er sie eh nicht besonders toll. Hast du dir mal seinen Gesichtsausdruck angesehen. Der sagt nicht: *Yo, Baby, ich find dich heiß! Der sagt eher: Ganz nett, aber oben in der Suite wartet die Richtige auf mich.*«

»Ach, Phil, wir drehen uns im Kreis.« Genau das hatte mir Phil bereits zweimal im Verlauf unseres Gesprächs gesagt.

»Aber nur, weil du dich so gerne um deine eigene Achse drehst. Ich wäre schon längst zum nächsten Punkt übergegangen.« Phil schnaubte in den Hörer.

»Der da wäre?«

Phil blies abermals hörbar in ihr Smartphone. »Süße, ich liebe dich wirklich über alles, aber so kommen wir nicht weiter. Wenn du Mason nicht die Möglichkeit geben willst, sich zu dem Vorfall zu äußern, dann werden wir noch hunderte Theorien entwickeln und nie zu einem sicheren Ergebnis kommen. Egal, ob seine Mom einen an der Waffel hat, er seinen Nachtclub weiterführen oder nach Timbuktu auswandern will. Wenn du ihn nicht danach fragst, wirst du es nie erfahren.«

Wenn das doch so einfach wäre! Seit ich Mason mein Herz geöffnet hatte, waren nur wenige Tage vergangen, in denen ich diese Liebe bedingungslos genießen konnte. Nun sah ich mich vor den Trümmern dieser Liebe. Noch hatte ich es nicht schwarz auf weiß. Doch ich konnte es fühlen und hatte panische Angst vor dem Moment der Wahrheit.

»Gwen?«, rief meine Mom aus dem Erdgeschoss nach oben.

»Sorry, Phil, ich muss Schluss machen. Mom braucht mich.«

»Ist gut. Aber denk noch mal über alles nach.« Phils Stimme klang flehentlich.

»Das werde ich.« Wie ich es bereits die letzten Tage immer und immer wieder getan hatte. In meinem Kopf gab es nur noch dieses Foto und das ganze Chaos, das es in meinem Inneren ausgelöst hatte, drohte mich nach und nach einzunehmen.

Ich hatte keinen Hunger, konnte mich auf nichts anderes als

diese Frau in Masons Armen konzentrieren und verlor mich jeden Tag ein Stück selbst.

»Was kann ich für dich tun, Mom?«, fragte ich sie noch auf der Treppe auf dem Weg nach unten.

Sie antwortete mir nicht, also eilte ich zu ihr ins Wohnzimmer. Doch von meiner Mom war weit und breit nichts zu sehen. Dafür stand da jemand, mit dem ich ganz und gar nicht gerechnet hatte.

»Was machst du denn hier?«, fragte ich schockiert, als ich Mason mitten im Raum stehen sah.

Ich versuchte, nicht darüber nachzudenken, dass ich nur eine Jogginghose trug, seit Tagen kein Make-up aufgetragen hatte und meine Haare zu einem wirren Vogelnest auf meinem Kopf drapiert waren. Ferner schob ich die Gedanken an meine vom Weinen geröteten Augen beiseite. Wie um mir selbst Halt zu geben und gleichzeitig zu Mason auf Abstand zu gehen, verschränkte ich meine Arme vor der Brust.

»Ich bin gekommen, um mit dir zu reden.«

Nun war der Moment da, vor dem ich mich so sehr gefürchtet hatte. Und meine größte Sorge war es, dass er mir gleich sagen könnte, dass er diese Frau auf dem Foto liebte und alles zwischen uns nur Schall und Rauch gewesen war.

Ich zog meine Arme noch eine Spur enger um mich, um mein wild schlagendes Herz davor zu bewahren, aus meinem Brustkorb zu springen.

»Ich weiß aber nicht, ob ich mit dir reden möchte. Warum bist du gekommen? Ich dachte, ich hätte dir deutlich zu verstehen gegeben, dass ich keinen Kontakt zu dir möchte.«

Mason seufzte. Er sah müde und traurig aus. Als er einige

Schritte auf mich zugelaufen war, sah ich die Milchstraße in seinen Augen wieder in Aufruhr. Auch wenn er nach außen hin tough auf mich wirkte, war sein Innerstes ebenso wie meins aufgewühlt.

»Dieses Foto, das du in der Post vorgefunden hast, hat Rachel geschickt.«

Ich zog die Augenbrauen fest zusammen. »Ich verstehe nicht. Hat sie dich in flagranti erwischt und geistesgegenwärtig ein Foto gemacht, oder wie meinst du das?«

Mason umschloss meine Arme mit seinen kalten Händen. Ein Schauder ging mir über den Rücken, während ich versuchte, wieder mehr Abstand zwischen uns zu bringen.

»Sie hat diese Frau auf mich angesetzt, um dieses Foto zu bekommen. Aber ich schwöre dir: Ich stand an diesem Abend an der Rezeption an, genau wie zig andere Gäste, und wartete darauf, eine Schere zu ergattern, um dich aus dem Kleid zu befreien. Ich hatte nichts mit der Frau. Weder vor diesem Abend noch danach. Ich kenne sie nicht. Und ich werde nie etwas mit ihr haben. Mit keiner anderen Frau. Außer dir!«

Mein dummes Herz wollte sich vor Freude an seinen Hals werfen, ihn küssen und berühren. Doch mein Verstand widersetzte sich den aufkeimenden Frühlingsgefühlen in meinen Inneren und riet mir hartnäckig dazu, Mason keinen Glauben zu schenken.

»Ich weiß nicht, was ich glauben soll«, offenbarte ich ihm meine Gefühlswelt. »Ich habe im Netz einiges über dich gelesen. Außerdem weiß ich, dass du kein Kostverächter bist. Du bist kein Mann für nur eine Frau. Lass dieses Bild gefakt sein. Okay. Aber was ist mit den Frauen, die dir in Zukunft willige Blicke zuwerfen werden? Wirst du dich ihnen genauso entziehen können? Wirst du nicht irgendwann das Leben, das du vor mir in San Francisco gelebt hast, vermissen? Was sagt uns denn, dass das, was wir in unserer Hochzeitsnacht und in den Tagen danach füreinander empfunden haben, ausreicht, um ein Leben lang zu halten?«

Mein Herz schlug mir bis zum Hals, als ich Mason erklärte, wie es mir ging.

»Gwen, ich will nur dich. Das schwöre ich dir! Was in fünf oder zehn Jahren sein wird, kann dir niemand sagen. Vielleicht bist du es ja dann, die sich in einen anderen Mann verliebt.« Mason schluckte schwer. »Aber allein aus der Vermutung heraus, dass irgendwann irgendetwas sein könnte, das unserer Liebe ein Ende setzt, kannst du das Band zwischen uns nicht kappen. Du liebst mich ebenso sehr, wie ich dich liebe. Bitte tu mir das nicht an und wende dich nach all der Zeit ohne dich wieder von mir ab. Das würde ich nicht ertragen.«

Wieder ermahnte mich mein dummes Herz, ihm Gehör zu schenken, während mich mein Verstand noch immer zur Vorsicht aufrief. »Mason, das zwischen uns ist so … verfahren. Ich meine, deine Mom wird auch in Zukunft nichts unversucht lassen, um uns zu trennen. Sie macht keinen Hehl daraus, dass sie für dich ganz andere Pläne ins Auge gefasst hat und für deren Verwirklichung sogar über Leichen gehen würde. Ich kann nicht ständig mit neuen Attacken ihrerseits rechnen müssen. Das ertrage wiederum ich nicht.«

Ich ging noch einen Schritt weiter zurück, bis ich an der Wand angelangte, um mehr Platz zwischen Mason und mich zu bringen. Doch er ließ sich davon nicht beirren, schloss gleich zu mir auf und sah mir dabei noch immer fest in die Augen, als hätte er Angst, er würde die Verbindung zu mir verlieren, wenn unser Blickkontakt unterbrochen werden sollte.

»Das musst du auch gar nicht. Ich habe ihr heute Morgen gesagt, dass ich nichts mehr von ihr wissen will.«

Ich schlug die Hand vor den Mund. »Was wird aus dem Vertrag und deinem Nachtclub?« Dann überrollte mich die Erkenntnis mit der Wucht einer Dampflok. »Was wird aus diesem Haus?«

Mason strich mir beruhigend über die Wangen. Doch seine Berührung verfehlte ihre Wirkung. Stocksteif stand ich vor ihm, während ich nicht wagte zu atmen, geschweige denn, etwas zu sagen.

»Das Haus ist sicher. Ich habe mit meinem Anwalt alles geklärt. Du brauchst dir darüber überhaupt keine Gedanken zu machen. Die Sache mit dem Vertrag zwischen Mom und mir sollten wir auch irgendwie klären können. Zur Not vor Gericht. Da ich meine Mom allerdings verdammt gut kenne, wird sie einen Teufel tun und eine öffentliche Anklage gegen mich in die Wege leiten. Die negative Publicity wäre schließlich ihrem Geschäft abträglich. Das würde sie nie und nimmer in Kauf nehmen. Und meinen Nachtclub … Ja, da muss ich mir selbst erst mal sicher sein, ob ich den überhaupt noch haben will. Ich habe ihn damals als Trotzreaktion gegen Moms Willen eröffnet. Heute brauche ich kein Werkzeug mehr, um mich gegen diese Frau behaupten zu können. Sie ist mir schlichtweg egal.«

Meine Knie wurden ganz weich, als Masons Atem mein Gesicht streifte. Er roch heute wie damals nach Erdbeereis. Ganz so, als hätte er gerade eine Kugel davon gegessen.

Alles in mir sehnte sich danach, mich in seine Arme zu werfen und ihm Glauben zu schenken. Aber was wäre in ein paar Wochen? Würde er seiner Meinung treu bleiben oder seine Entscheidung womöglich bereuen? Was wäre dann mit mir? Wenn ich jetzt mit Mason nach Paris flog und dort eine unvergessliche Zeit mit ihm verbrachte, wusste ich nicht, ob ich es ertragen konnte, wenn er mich doch noch wie eine heiße Kartoffel fallen ließ.

Niemand konnte mir Gewissheit über meine Zukunft geben. Darüber war ich mir durchaus im Klaren. Aber die Augen vor den Tatsachen verschließen, war ebenso kein Weg, um mit der ganzen Sache umzugehen.

»Gwen, du hingegen bist mir nicht egal. Ich werde um dich kämpfen, wie noch nie zuvor ein Mann um eine Frau gekämpft hat. Ich liebe dich, mein Schatz!«

Er strich mir einfühlsam mit dem Handrücken über die Wange und ich erschauderte bei dem so lang ersehnten Gefühl, das sich daraufhin in mir ausbreitete.

»Mason, ich …«

Er legte mir seinen Zeigefinger auf die Lippen. »Ich wollte dich nicht zu etwas drängen. Du sollst in Ruhe über alles nachdenken können.«

Dann löste er sich von mir, und mir wurde schlagartig so kalt, als wäre aus dem Hinterhalt ein Blizzard über mich hereingebrochen. Mein Innerstes bebte. Mein Kopf wusste nicht, was er glauben sollte. Mein Verstand beharrte nach wie vor darauf, ihm einen Korb zu geben, doch mein Herz sprang ihm mit offenen Armen entgegen.

»Ich werde jetzt gehen.« Masons Worte klangen gefasst. »Du weißt, wo du mich finden kannst. Ich werde dort auf dich warten.«

Dann ging er durch die Tür auf die Veranda. Ich beobachtete ihn durch das Wohnzimmerfenster dabei, wie er über den Rasen zu dem kleinen Gartentor lief. Er blickte sich kein einziges Mal mehr zu mir um, als er es passiert hatte. Mason war wieder weg, und in mir tobte ein Sturm, der mich an den Rand des Wahnsinns trieb.

Kapitel 32

Mason

Ich lehnte mit dem Fuß an dem Baum, der mir meine Kindheit bedeutete. Hier hatte ich die unbeschwertesten Stunden meines Lebens verbracht. Wenn Gwen heute nicht mehr kommen sollte, dann würden es zugleich die schrecklichsten werden.

Doch so weit wollte ich noch gar nicht denken. Gwen musste doch auch sehen, dass wir beide füreinander bestimmt waren. Mom hatte in der Vergangenheit alles darangesetzt, die Verbindung zwischen uns beiden zu trennen. Ich war überzeugt davon, dass sie all die Karten und Briefe, die ich ihr geschickt hatte, abgefangen und weggeworfen hatte. Ebenso war es sicher auch den Nachrichten von Gwen an mich ergangen.

Aus einem mir unerfindlichen Grund heraus hatte Mom sich ihren Spaß daraus gemacht, mein Leben in die Hand zu nehmen und über mich zu bestimmen. Hierzu würde ich ihr nie wieder die Gelegenheit geben. Das war ein für alle Mal vorbei.

Von nun an gestaltete ich meinen Lebensweg allein und nach meinen Vorstellungen. Und wenn Gwen es so wollte, dann am liebsten mit ihr an meiner Seite.

Wieder blickte ich auf die Uhr an meinem Handgelenk, dabei war seit dem letzten Mal keine Minute vergangen. Die Ungeduld in mir nahm Ausmaße an, die ich kaum noch unter Kontrolle halten konnte. Am liebsten wäre ich zurück zu Gwens Haus gefahren und hätte sie angefleht, zu mir zurückzukommen.

Doch ich wusste ganz genau, dass das der falsche Weg war. Ich durfte sie zu nichts zwingen. Sie musste ihre Entscheidung selbst treffen, und ich würde sie respektieren müssen. Auch wenn das bedeutete, dass sie sich gegen uns entschied. Anders würde ich sie auf jeden Fall verlieren. Und solange mir nur das Staubkorn an Hoffnung blieb, dass sie zu mir zurückkam, wollte ich nichts tun, um es zu gefährden.

Ich raufte mir die Haare, während ich auf den See blickte. Er lag ganz ruhig vor mir. Es war ein lauer Sommertag, dennoch war ich ganz allein hier. Da sprang ein Fisch aus dem See und kreisförmige Wellen bildeten sich um ihn, die weite Ringe zogen.

»Hey«, sagte Gwen in meinem Rücken.

»Hey«, erwiderte ich und wandte mich zu ihr um. Wieder hielt ich meinen Glücksbringer fest mit meinen Fingern umschlossen und vergrub meine Hände in den Hosentaschen.

Gwen trug ein fliederfarbenes Sommerkleid. Ein Lufthauch umspielte ihren Rock und blies den leichten Stoff ein wenig nach oben. Ihre Haare hatte sie zu einem hohen Zopf zusammengebunden und ihr Gesicht geschminkt.

Nie würde ich ihren Anblick vergessen, als ich ihr vorhin im Wohnzimmer begegnet war. Müde sah sie aus, abgespannt, mit aufgequollenen Augen und eingefallenen Wangen. Dafür war ich verantwortlich gewesen. Ich ganz allein. Auch wenn ich nicht mit der Frau auf dem Foto, das ich bis heute nicht zu sehen bekommen hatte, herumgemacht hatte und Gwen auch überhaupt keinen Grund dazu hatte, mir nicht zu vertrauen: Allein die Tatsache, dass meine Mutter sie in dem Glauben gelassen hatte, war unbarmherzig. Und ich hätte viel früher etwas tun müssen, um herauszufinden, warum Gwen aus heiterem Himmel den Kontakt abgebrochen hatte.

Es wäre sogar meine Pflicht gewesen. Das schlechte Gewissen

war so präsent, dass ich mich kaum auf das Wesentliche konzentrieren konnte: nämlich auf Gwen.

»Danke, dass du gekommen bist«, sagte ich in die Stille hinein. Jedes Wort musste gut überlegt sein. Denn ich wollte nichts Falsches sagen oder etwas machen, das Gwen dazu veranlassen könnte, mich wieder zu verlassen.

Gwen umklammerte ihre Arme ganz fest. Ich konnte ihr deutlich ansehen, dass sie sich noch nicht sicher war, ob es eine gute Entscheidung gewesen war, zu mir zu kommen. Ein falsches Wort, und sie würde wieder gehen und alles wäre vorbei.

»Ich weiß noch nicht, ob es eine gute Idee war, dich hier zu treffen, aber ich kann auch nicht mehr mit der Unklarheit leben. Ich … Mason, es fällt mir schwer, dir Vertrauen zu schenken. Wenn wir ehrlich zueinander sind, dann kennen wir beide uns doch überhaupt nicht mehr. Als wir diese Ehe ins Auge fassten, war sie Bestandteil eines Vertrags, der alles andere als durch Liebe und das Gefühl der Zugehörigkeit zueinander zustande gekommen ist. Am Tag der Hochzeit offenbarst du mir auf einmal, dass du dich in mich verliebt hast und dein Leben mit mir verbringen willst. Dann das Foto in der Post … Es ist einfach verdammt viel in so kurzer Zeit passiert. Das ständige Auf und Ab hat mich dabei ganz aus der Bahn geworfen. Ich weiß mittlerweile schon gar nicht mehr, was ich glauben soll … Es ist einfach zu viel.«

Gwens Augen füllten sich mit Tränen, und in mir brach etwas. Sie so leiden zu sehen, war mit Abstand das Letzte, was ich wollte. Ich hatte mir vorgenommen, diese Frau auf Händen zu tragen, ihr der beste Ehemann zu sein, den sie sich nur wünschen konnte. Ab sofort musste das alles hinter uns liegen. Wir brauchten einen Neuanfang.

Ich blickte zu der alten Eiche, die links von mir stand. Sie stand noch immer so da, als wäre kaum Zeit vergangen, seit Gwen und ich auf sie geklettert und von der Baumkrone aus in den See gesprungen waren.

Wie für andere Kinder ein Baumhaus im Garten, so war dieser Baum unser Unterschlupf gewesen. Wir hatten uns hier getroffen, wenn es einem von uns nicht gut gegangen war, waren hinaufgeklettert und hatten all unsere Probleme am Boden zurückgelassen. Hoch oben in der Baumkrone waren wir frei und glücklich. Nichts und niemand konnte uns hier etwas anhaben.

»Ob wir es wohl noch immer da hinaufschaffen würden?«, wechselte ich unvermittelt das Thema. Plötzlich wusste ich ganz genau, was ich machen musste, um Gwen zu zeigen, dass sie mir vertrauen konnte und ich sie nie wieder enttäuschen würde.

Gwen verschränkte die Arme vor der Brust. Sie sah irritiert aus, dennoch war da dieser Funke in ihren Augen zu erkennen. »Ich könnte es mit Sicherheit noch.« Dann sah sie mich abschätzig an. »Bei dir bin ich mir da allerdings nicht so sicher.«

»Na, warte!«, erwiderte ich gespielt eingeschnappt und drehte mich zu der Eiche um.

Doch Gwen war schneller. Noch ehe ich michs versah, kletterte sie auch schon an den Ästen entlang nach oben. Sie waren fest und stark. Dennoch beobachtete ich jeden ihrer Schritte genau. Schließlich waren wir damals Kinder gewesen. Keine Ahnung, ob der alte Baum auch uns Erwachsene tragen konnte.

»Komm doch!«, spornte mich Gwen an. Sie war in ihrem Element. *So wie früher*, schoss es mir durch den Kopf.

In ihrer Stimme lag solch eine kindliche Leichtigkeit, dass ich versucht war, alles, was uns beide noch vor wenigen Augenblicken so viel Kummer bereitet hatte, in einem Bündel vom Baum in den See zu werfen. Ich würde dabei zuzusehen, wie es auf dem Seegrund liegen blieb und uns nichts mehr anhaben konnte. All den Ballast, die trüben Gedanken und die Missverständnisse packte ich gedanklich in einen großen Sack und zog diesen mit mir nach oben in die Baumkrone.

Ast für Ast überwand ich, um Gwen möglichst schnell wieder nahe zu sein. Ich vermied es dabei, auf den Boden zu sehen. Meine Höhenangst war in den vergangenen Jahren noch schlimmer geworden. In Hochhäusern oder im Flugzeug machte sie mir merkwürdigerweise nichts aus. Das lag wahrscheinlich daran, dass die Höhe so unwirklich war, dass sie mein Geist nicht fassen konnte.

Anders war es hier bei diesem alten Baum, der mir schon früher immer alles abverlangt hatte. Mit zittrigen Händen umklammerte ich den nächsten Ast und zog anschließend mein rechtes Bein nach. Auch das war geschafft.

»Ich bin schon fast da und überhole dich gleich.«

Gwen lachte. »Das will ich sehen. Du hast es früher kein einziges Mal geschafft, vor mir oben anzukommen. Ich war immer schneller als du. Das wird sich heute nicht ändern.«

Mein Ehrgeiz war geweckt. Doch Gwen war schon viel zu weit oben. Es war aussichtslos, sie noch einzuholen. Sie hatte es mal wieder geschafft und mich um Längen geschlagen. Im Gegensatz zu früher machte mir das aber überhaupt nichts aus. Es gab keine Jungs in der Schule mehr, die mich aufziehen würden, weil mich ein Mädchen besiegt hatte.

Um Gwen so ausgelassen zu sehen, war ich bereit, fast alles zu tun. Sie sollte nicht mehr länger Tränen wegen mir vergießen, sondern lachen und glücklich sein.

»Erste!«, rief Gwen aus der Baumkrone zu mir hinunter.

»Du hast doch geschummelt«, neckte ich sie, während ich nach dem nächsten Ast griff, um Halt zu finden.

»Pah! Mason Livington, du bist noch immer ein schlechter Verlierer. An manchen Dingen ändert sich offenbar auch nach all der Zeit nichts.«

Ihr Kleid flatterte um ihre Beine, die sie elegant übereinandergeschlagen hatte. Sie saß wie auf einer Schaukel und hielt sich mit nur einem Arm am Baumstamm fest.

»Du bist um einiges leichter als ich. Die Grundvoraussetzungen sind nicht dieselben.«

Nur noch wenige Äste, dann würde ich endlich wieder bei der Frau sein, die ich über alles liebte. Jetzt hieß es, bloß nicht runterzuschauen, damit mich meine Höhenangst nicht doch noch übermannen konnte. Das Schwindelgefühl, das daraufhin in meinem Kopf einsetzen würde, war kein guter Wegbegleiter auf dem Weg nach oben.

Gwen blies hörbar Luft durch ihren Mund aus. »Das ist die lahmste Ausrede, die ich je gehört habe.«

Endlich hatte ich Gwen erreicht. Ich wollte schon nach ihrem Bein greifen, da zog sie es unvermittelt weg. Mein Blick glitt in die Tiefe, und das Gefühl, sterben zu müssen, breitete sich in rasantem Tempo in meinem Körper aus. Ich taumelte und wäre wohl sogar gefallen, wenn Gwen nicht beherzt nach meinem Arm gegriffen hätte.

»Alles okay mit dir? Du siehst so verängstigt aus. Hast du immer noch mit Höhenangst zu kämpfen?«

Ich nickte.

»Um Himmels willen, warum bist du dann hier hochgeklettert? Du musst verrückt sein!«

»Ja, vor Liebe zu dir.« Ich bemühte mich, nicht länger nach

unten zu sehen, und fokussierte meinen Blick auf Gwen.

»Aber du musst doch höllische Qualen ausstehen.«

Gwen sah mich voller Sorge an. Erst jetzt bemerkte ich, dass mir der kalte Schweiß auf der Stirn ausgebrochen war und mein Hemd an mir klebte. Mein Puls raste und mein Herz setzte zur Lichtgeschwindigkeit an.

»Für dich, mein Schatz, würde ich alles auf mich nehmen.«

Gwen sah mich gerührt an und reichte mir die Hand. Sie half mir, auf dem Ast neben ihrem Platz zu nehmen. Erst tastete ich mich prüfend voran und vermied es dabei, mein ganzes Gewicht auf den Ast zu legen. Doch als er weder knirschte, noch mit mir zu Boden sauste, gab ich ihm einen Vertrauensvorschuss.

»Du meinst das ernst mit dir und mir«, meinte Gwen.

»Absolut!«, erwiderte ich wie aus der Pistole geschossen.

Sie sah mich einen langen Augenblick grübelnd an, dann klarte sich ihre Miene wieder auf. »Ich denke, wir sollten es noch mal versuchen. Jetzt, da du dich bis hier oben vorgekämpft hast, kann ich dir schlecht sagen, dass alles umsonst gewesen ist.«

Gwen lachte und beugte sich so weit zu mir nach vorne. Dann hielt sie abrupt in der Bewegung inne, überlegte kurz und sagte: »Wem gehört die zweite Zahnbürste in deinem Badezimmer?«

»Wie bitte?«, fragte ich verwundert.

Gwen verdrehte die Augen. »Du hast mich sehr wohl verstanden. Also?«

»Die habe ich für dich besorgt, mein Schatz.«

Abermals erhellte sich Gwens Gesicht. Sie beugte sich ein Stück nach vorne, sodass sich unsere Lippen berühren konnten.

Ich schloss meine Lider und bemühte mich, all die Liebe, die ich für sie empfand, in meinen Kuss zu legen. Raum und Zeit spielten keine Rolle mehr. Nur wir beide zählten. Die Anspannung der letzten Tage, meine Sorgen, die Angst vor Gwens Entscheidung – das alles war wie weggeblasen.

In Gedanken griff ich nach dem Sack, in dem all die Dinge eingepackt waren, die ich nur allzu gerne loswerden wollte, und warf ihn in den See hinunter. Wieder war ein platschender Laut zu hören. Sicher von einem Fisch oder eben von dem schweren Ballast, der mir soeben vom Herzen gefallen war.

Als Gwen sich von mir löste, waren ihre Wangen gerötet. »Und wie kommen wir jetzt wieder hinunter?«

Ich deutete auf den See. »So wie früher.«

Gwen sah mich verunsichert an. »Meinst du denn, dass das bei deiner Höhenangst so gut wäre?«

»Schatz, ich leide schon mein ganzes Leben an diesem flauen Gefühl im Magen, wenn es weit nach oben geht«, offenbarte ich ihr ehrlich.

»Aber dann … dann bist du ja früher hier hochgeklettert, obwohl es dir höllische Angst gemacht hat.« Gwen kniff die Augen zusammen. »Warum?«

Ich beugte mich abermals zu ihr und strich ihr sanft über die Wange. »Nur wegen dir, mein Schatz. Nur wegen dir.«

Wieder füllten sich Gwens Augen mit Tränen. Doch dieses Mal waren es Tränen der Freude.

Als sie sich wieder etwas gefangen hatte, griff sie nach meiner Hand. »Bereit?«

»Ja. Mit dir immer«, erwiderte ich wie selbstverständlich. »Warte! Ich will noch schnell meine Hose und mein Hemd ausziehen. Das Schnitzmesser, das ich von deinem Dad bekommen habe, könnte im Wasser verloren gehen oder danach Rost ansetzen.«

»Ach, dann ist das der Gegenstand, den du immer in der Hosentasche mit dir trägst?«

Ich nickte. »Ja, so ist es. Er ist mein Glücksbringer. Ich habe ihn doch zum Abschied von ihm geschenkt bekommen. Ich hüte ihn wie den Heiligen Gral.« Ich lachte, um zu überspielen, dass es mir ein wenig peinlich war, dass ich als erwachsener Mann noch immer an einem Geschenk festhielt, von dem ich glaubte, es würde mich beschützen und mir alles Schlechte vom Hals halten können.

»Ich finde das sehr schön. Ich erinnere mich noch wie heute, als Dad in der Garage war und …«

Gwen stockte plötzlich.

»Was ist?«, fragte ich besorgt.

»Ich erinnere mich nur gerade daran, dass er damals nicht allein war. Deine Mom war bei ihm und hat ihn … Sie hat ihn regelrecht angefleht, mit ihr durchzubrennen. Offenbar war sie verliebt in ihn. Doch mein Dad hat ihr gesagt, wie sehr er Mom und mich liebt. Ich werde nie die wütenden Blitze in ihren Augen vergessen, mit denen sie mich bedacht hat, als sie aus der Garage gelaufen kam und bemerkte, dass ich ihr Gespräch mit angehört hatte.«

Ich überlegte kurz. »Womöglich war das ihr letzter Versuch, doch noch ein Stück heile Welt abzubekommen. Und als sie erkennen musste, dass sie deinen Dad nie bekommen würde, hat sie sich von meinem Vater scheiden lassen und ist mit mir fortgegangen. Keiner sollte merken, dass die große Rachel Livington an der Liebe gescheitert war.«

Gwen versuchte, meinen Gedanken zu folgen. »Die Arme ist tagtäglich glücklichen Paaren ausgesetzt und hat ihr eigenes Happy End nie wirklich gefunden. Das muss furchtbar sein. Ich stelle es mir wie eine immer wieder aufklaffende Wunde vor, die einfach nicht heilen will.«

»Ja, in gewisser Hinsicht tut sie mir auch leid. Aber sie hat zu viel Unheil angerichtet in ihrem Wahn, alles und jeden kontrollieren zu können. Ab sofort spielt diese Frau keine Rolle mehr in unserem Leben oder unseren Gedanken. Einverstanden?«

»Einverstanden!« Gwen lächelte, auch wenn sie noch einen Moment über die Gefühlsregungen meiner Mutter nachzudenken schien.

Ich zog meine Sachen aus und warf sie hinunter auf den Boden. Mein Magen verkrampfte sich, als ich den hinabgleitenden Kleidern bei ihrem Flug nach unten zusah.

»Mason, meinst du wirklich, du schaffst das?«

»Mit dir an meiner Seite schaffe ich alles.«

Ich nickte ihr zu, ehe ich behutsam an ihrer Hand zog und wir gemeinsam in den See sprangen. Der Weg nach unten war die reinste Hölle. Ich glaubte, ersticken zu müssen. Als wir tief unter Wasser gezogen wurden, hielten wir uns noch immer ganz fest an der Hand. Dann tauchten wir auf. Gwen lachte, während ich einfach froh war, noch zu leben. In einem wilden Reigen wirbelten wir durchs Wasser und küssten uns dabei.

Das war wie eine Erneuerung unseres Eheversprechens, das wir uns in der Kirche noch nur zum Schein gegeben hatten. Und plötzlich wusste ich es ganz genau: Liebe ist für immer. Dieses Gefühl zwischen Gwen und mir würde uns keiner nehmen können. Nie mehr!

Epilog

Gwen

»Das ist unfair.«

»Was genau?«, wollte Mason wissen, der sich nur schwerlich das Grinsen verkneifen konnte, während sein Mund über und über mit Lebkuchenkrümeln verschmiert war.

»Du hast viel zu früh begonnen. Mom hatte noch gar nicht das Startzeichen gegeben.«

Ich sah hinüber zu ihr, doch sie hob nur abwehrend ihre Hände.

»Ich halte mich raus.«

Mitch, Masons Dad und Mom wandten sich einem Schwank aus ihrer Vergangenheit zu und überließen uns wieder uns selbst.

Ich verschränkte gespielt eingeschnappt die Arme vor der Brust. »Ich hätte gewonnen, wenn du nicht geschummelt hättest.«

Mason gab mir einen Kuss auf die Wange. »Ach, komm schon, Schatz. Beim nächsten Mal lasse ich dich gewinnen. Okay?«

Ich schüttelte mit dem Kopf. »Nein, das ist nicht dasselbe.« Dann seufzte ich. »Seit wir Kinder waren, habe ich mir gewünscht, dich einmal im Lebkuchenwettessen zu besiegen. Und nun das.« Ich schmollte wie ein Kind, dem man den Lutscher aus dem Mund gezogen hatte.

Mason sah mich zärtlich an und strich mir eine meiner Haarsträhnen hinters Ohr, die sich aus meinem Zopf gelöst hatte. »Wenn ich das gewusst hätte, dann hätte ich dich natürlich gewinnen lassen. So wie beim Aufstieg des Eiffelturms.«

»Pah! Dass ich nicht lache. Ich war schon oben, da bist du noch schnaufend an der ersten Ebene herumspaziert. Komm mir also bloß nicht so.«

Mein Blick streifte den Wohnzimmerschrank in unserem neuen Haus. Dort standen zwei Fotoalben ganz dicht beieinander. Auf dem einen stand nach wie vor nur *Gwen und Mason.* Auf dem anderen war *Hochzeit und Flitterwochen* zu lesen.

Mom hatte mir das Album von Mason und mir aus Kindertagen geschenkt. Weit weggezogen war es nicht. Nur ins Nebenhaus. In das Haus, in dem Mason aufgewachsen war.

Anfangs waren wir unschlüssig darüber gewesen, was wir mit dem Geld aus der Police anfangen sollten. Wir hatten schon gar nicht mehr damit gerechnet, dass sich die Versicherung doch noch erweichen lassen würde, uns die Vertragssumme auszuzahlen. Ich hatte Masons Mom in Verdacht. Sie hatte wohl doch endlich ein Einsehen gehabt. Das war dann wohl der erste Schritt in die richtige Richtung gewesen, nachdem sie abertausende in die falsche gegangen war.

Als es dann wirklich so weit war, wollte Mason in Elwood bleiben. Das Haus seiner Familie stand noch immer frei, und wir kauften es in der Absicht, dort ein glücklicheres Leben zu führen, als es ihm in seinen Kindertagen mit seinen Eltern vergönnt war.

Wir hatten uns viel vorgenommen, aber wir waren uns darüber einig, dass wir es schaffen würden.

»Gwen?«, fragte Mason.

»Was ist?«

»Weißt du eigentlich, dass ich dich über alles liebe?« Mason sah mich verträumt an, während im Hintergrund Weihnachtsmusik lief und unsere Gäste sich blendend zu unterhalten schienen.

Ich verdrehte die Augen. »Komm mir jetzt nicht so. Du hast

geschummelt.«

Mason schenkte mir ein schiefes Lächeln. »Lass mir doch den einen Sieg. Mein Herz, meine Seele, mein Verstand und mein Körper gehören ohnehin schon längst dir, also hast du eigentlich auch gewonnen.«

Nun musste ich schmunzeln, beugte mich zu ihm nach vorne und küsste ihn auf den Mund. »Geht es dir gut?«, wechselte ich unvermittelt das Thema. Rachel hatte sich am heutigen Abend bei ihm gemeldet, doch er hatte mir bisher nicht gesagt, was sie von ihm wollte.

Mason lächelte noch immer. »Es ging mir nie besser, mein Schatz. Ich habe dich, alles andere wird sich auch noch finden.«

Ich hatte mich dazu entschieden, mein Architekturstudium wieder aufzunehmen. Mason haderte hingegen noch mit sich, worin er seine Erfüllung finden könnte. Den Nachtclub hatte er zwischenzeitlich verkauft.

»Bist du traurig, dass Rachel nicht hier ist?«, wagte ich einen Vorstoß, da ich wissen wollte, was sie ihm gesagt hatte.

Mason sah mich wissend an. »Du bist so neugierig wie eh und je, mein Schatz, aber dafür liebe ich dich ja.« Nun küsste er mich auf die Nasenspitze. »Mom hat uns frohe Weihnachten gewünscht. Sie scheint sich langsam, aber sicher damit zu arrangieren, dass ich mein eigenes Leben lebe.«

Wir wussten beide, dass das mehr war, als wir je von ihr erwartet hätten. »Das ist doch sehr nett von ihr.«

»Es hat sie sicher große Überwindung gekostet, hier anzurufen. Es ist ein Anfang. Mal sehen, wo er hinführt. Tief in mir drinnen bin ich mir sicher, dass sie letztlich nur das Beste für mich wollte, und ich will die Wut in meinem Bauch, die ihr gegenüber in all den Jahren immer größer geworden ist, nicht länger fühlen. Auch wenn sie mit aller Macht versucht hat, mir ihren Willen aufzuzwingen, will ich ihr die Hand reichen und auf eine friedlichere Zukunft hoffen.«

Mason ruhte in sich. So aufgeräumt und zufrieden hatte ich ihn schon lange nicht mehr gesehen.

»Revanche?«, fragte ich schließlich, während ich schon nach einem Lebkuchen vor mir auf dem Teller griff.

Mason antwortete mir nicht, sondern tat es mir gleich. Wie die Verrückten stopften wir uns die süßen Teile in den Mund, kauten, was das Zeug hielt, bis abermals Mason als Erster »Fertig!« rief.

Ich wollte etwas erwidern, doch Mason ließ es nicht zu. Er küsste mich, bis mir fast die Sinne schwanden. So sollte es bleiben. Für immer!

ENDE

Danksagung

Liebe Leserinnen und Leser,
vielen lieben DANK für das Interesse an meinen Büchern.
Mit Liebe ist nur mit Dir habe ich mir selbst ein kleines Geschenk gemacht. Ich habe mich während des Schreibens an den Heiratssantrag meines Mannes auf der Golden Gate Bridge in San Francisco erinnert und auch der Song A whole new World wurde bei unserer Trauung in der Kirche gespielt. Es hat mir unglaublich viel Spaß gemacht, die Story zu Papier zu bringen. Wenn ich es ebenso geschafft habe, euch mit meiner Geschichte zu erreichen, dann bin ich sehr glücklich darüber.
Bedanken möchte ich mich an dieser Stelle ganz herzlich bei meinen engagierten und wunderbaren Testleserinnen. DANKE für eure ehrlichen Worte, eure Begeisterung und euer Mitfiebern. Ohne euch wäre das Ganze nur halb so schön. Vielen lieben DANK, dass ihr den Weg mit mir gegangen seid! Ich freue mich bereits heute über euer Feedback zum nächsten Buch.
Liebe Doro, dein Lob und deine lieben Worte sind mir immer wieder ein Ansporn und motivieren mich so ungemein. DANKE hierfür.
Vielen DANK, liebe Jil, dass du mein Manuskript auf Herz und Nieren geprüft hast.
Vielen DANK an meine LeserInnen, dass ihr mit mir in die Geschichte von Gwen & Mason abgetaucht seid.

Eure Mila

Außerdem freue ich mich sehr auf regen Austausch mit euch:

Newsletter https://mila-summers.de/
E-Mail: **mila.summers@outlook.de**
Facebook: **Mila Summers**
Instagram: **books_by_mila_summers**
Twitter: **BooksbyMila**

PS: Wenn euch meine Geschichte gefallen hat, würdet ihr mir unglaublich helfen, indem ihr eine Rezension auf dem Buchportal eurer Wahl schreibt. Dann bekommen vielleicht noch weitere Leser und Leserinnen die Möglichkeit, meine Geschichten kennenzulernen. Vielen DANK hierfür!

34796016R00193

Printed in Poland
by Amazon Fulfillment
Poland Sp. z o.o., Wrocław